Nadine Schott

Second Life

Wenn Aufgeben keine Option ist.

1. Auflage
Taschenbuchausgabe April 2025
Copyright © der Originalausgabe
2025 von Nadine Schott

Gedruckt in Deutschland

„WENN AUFGEBEN KEINE OPTION IST.“

NADINE SCHOTT

Bibliografische Information der Deutschen Nationalbibliothek: Die Deutsche Nationalbibliothek verzeichnet diese Publikation in der Deutschen Nationalbibliografie; detaillierte bibliografische Daten sind im Internet über dnb.dnb.de abrufbar.

Verlag: BoD · Books on Demand GmbH, Überseering 33, 22297 Hamburg, bod@bod.de
Druck: Libri Plureos GmbH, Friedensallee 273, 22763 Hamburg

ISBN: 978-3-8192-1137-9

Liebe Familie, liebe Freunde,

heute stehe ich vor euch mit einem Herzen, das überquillt vor Dankbarkeit, Demut und einer tiefen Liebe, die keine Worte vollkommen beschreiben können. In einer der dunkelsten Phasen meines Lebens, als das Schicksal mich in die Ecke drängte und mir die Luft zum Atmen zu entziehen schien, wart ihr es, die mir Licht brachten. Ihr wart die Hand, die mich auffing, als ich zu fallen drohte. Ihr seid der Grund, warum ich heute hier bin - an einem Ort, an dem ich die Liebe und Unterstützung spüren kann, die mich am Leben erhalten haben.

Als plötzlich alles anders war, habt ihr an meiner Seite gestanden. Ihr wart die, die mich an den guten Tagen aufbauten und die mich in den schlechteren durch trugen. Ihr habt mir die Stärke gegeben, auch dann weiterzukämpfen, als ich selbst nicht mehr an mich glauben konnte. Vor allem aber habt ihr mir immer wieder gezeigt, dass ich niemals alleine bin - dass Liebe, Freundschaft und gegenseitiger Glaube jede Dunkelheit überwinden kann. Ihr habt mir beigebracht, dass keine Dunkelheit zu mächtig ist, wenn man das Licht von geliebten Menschen an seiner Seite hat. Und es gibt keine Worte, die den Wert dessen, was ihr mir gegeben habt, auch nur ansatzweise ergründen können.

Ein besonderer Dank gilt meinen Eltern - meinen wahren Lebensrettern, ohne die ich heute nicht mehr hier stehen würde. Ihr habt mich in einer der gefährlichsten Momente meines Lebens gefunden, als alles aus den Fugen zu geraten schien. Ihr habt mich gehalten, als ich nicht mehr in der Lage war, mich selbst zu halten. In einer Welt, die sich mir immer mehr entzog, habt ihr mir die größte Chance meines Lebens geschenkt: eine zweite Chance. Dafür kann ich euch nicht genug danken. Ihr seid mein Fundament, mein Lebensanker, der mich durch alles trägt. Ich liebe euch mit einer Tiefe, die kaum in Worte zu fassen ist und ich bin so unglaublich gesegnet, euch an meiner Seite zu wissen. Ohne euch wäre alles anders verlaufen - und für dieses Geschenk werde ich mein Leben lang dankbar sein.

Weiterhin gilt ein ganz besonderer Dank meiner Oma. Du bist so viel mehr für mich als nur meine Großmutter. Du bist mein Rückzugsort, meine „Seelenwärmerin", die, bei der ich immer wieder Zuflucht finden kann und Trost finde, egal was passiert. Deine Art, mich zu unterstützen, zu beruhigen und mir Halt zu geben, ist so unermesslich wertvoll. In deinen Armen habe ich Trost gefunden, in deinen Worten Hoffnung. Du schaffst es immer, mit deinem ruhigen Wesen und deiner Liebe alle Sorgen und Ängste von mir zu nehmen. Dass ich dich bei mir habe, ist keineswegs selbstverständlich und dafür bin ich unendlich dankbar. Du hast mir in den dunkelsten Momenten immer wieder das Gefühl gegeben, dass alles gut wird - und das tut es auch, weil du an meiner Seite bist. Du bist mein Vorbild, meine Stärke, meine geliebte Oma. Ich danke dir von Herzen, dass du immer für mich da bist und ich wünsche mir, dass wir noch viele Jahre zusammen verbringen dürfen. Deine Liebe und Fürsorge sind der größte Schatz in meinem Leben.

Auch meinem Bruder und meiner Schwägerin möchte ich danken. Ihr habt mich zur stolzesten Tante der Welt gemacht. Eure Kinder bereichern mein Leben auf eine Weise, die ich mir nie hätte vorstellen können. Durch euch habe ich gelernt, wie wertvoll es ist, Liebe und Fürsorge weiterzugeben. Ihr habt mir eine neue Perspektive auf das Leben eröffnet und dafür danke ich euch von Herzen. Ich schätze es mehr als ich es in Worte fassen kann, dass ich die wundervolle Aufgabe übernehmen durfte, meine Neffen zu begleiten und zu unterstützen sowie meine geliebte Nichte im Herzen weiterleben zu lassen.

Besonders möchte ich auch persönlich meinen beiden kleinen Neffen und meiner Nichte im Himmel danken. Ihr erfüllt mich mit so viel Stolz und ich bin unsagbar dankbar, eure Tante sein zu dürfen. Jeden Tag aufs Neue zeigt ihr mir, wie wichtig die Familie ist und vor allem, wie wertvoll die gemeinsamen Erinnerungen sind, die wir täglich miteinander schaffen. Ich freue mich auf die Zeit, die ich noch mit euch verbringen darf - in den Momenten, die wir schon jetzt miteinander teilen und in den Erinnerungen, die für immer ein Teil von mir sind. Ich freue ich mich schon jetzt auf all die verrückten, lustigen und schönen Augenblicke, die noch vor uns liegen.

Auch wenn meine kleine Nichte leider nicht mehr hier bei uns ist, trage ich sie auf eine Weise in mir, wie ich es nie erwartet hätte. Sie hat einen Platz in meinem Herzen, ihre Erinnerung wird für immer ein Teil von mir sein und ihr Vermächtnis inspiriert mich, die Welt mit ihrer Liebe im Herzen zu erleben.

Gleichzeitig kommt mit dieser unermesslichen Dankbarkeit eine tiefe Entschuldigung. Ich weiß, dass mein Schicksal nicht nur mir, sondern auch euch unendlich viel abverlangt hat. Ich weiß, dass die Stunden, in denen ich litt, auch für euch eine Zeit des Schmerzes, der Angst und der Sorge waren. Es tut mir leid, dass ich euch mit meiner Not in solch eine schwere Zeit gestürzt habe. Niemals hätte ich gewollt, dass ihr so leidet, dass ihr schlaflose Nächte voller Sorge und Unsicherheit durchstehen musstet. Ich hoffe, dass ihr mir eines Tages verzeihen könnt, dass ich euch so sehr in Sorge versetzt habe. Ich weiß, wie schwer es für euch gewesen sein muss, diese Zeit durchzustehen.

Auch an dieser Stelle möchte ich meinen Freunden und Kollegen danken, die in dieser Zeit nie von meiner Seite gewichen sind. Ihr wart es, die mir immer wieder gezeigt habt, wie sehr ihr an mich glaubt. Ihr habt mir Nachrichten geschickt, in denen ihr eure Hoffnung und Liebe ausgedrückt habt, habt mich besucht, um mir Kraft zu geben, habt mich erinnert, dass ich nicht alleine bin. Es war die Gewissheit, dass ihr an mich denkt, dass ihr mir zur Seite steht, die mich immer wieder aufgerichtet hat. Ich habe nie damit gerechnet, dass mir diese Geste der Anteilnahme und Fürsorge so viel bedeuten würde. Doch sie hat mein Herz berührt und mir gezeigt, wie kostbar wahre Freundschaft und Kameradschaft sind. Ich danke euch allen aus tiefstem Herzen. Ihr seid mehr als Freunde - ihr seid ein Teil meiner Familie geworden, die mich durch diese schwere Zeit getragen hat.

Mit all dieser Dankbarkeit im Herzen, blicke ich heute in die Zukunft. Ich habe die Chance, weiterzuleben, zu lieben und das Leben zu feiern - gestärkt durch die Erfahrung, was wahre Liebe und Unterstützung bedeuten. Die Momente, die wir miteinander teilen, sind kostbarer, als wir je geahnt haben und ich werde jeden einzelnen Augenblick schätzen, den ich noch mit euch verbringen darf. Es gibt keine Selbstverständlichkeit mehr in der Art, wie wir unsere Zeit miteinander verbringen - sie ist ein Geschenk, das wir gemeinsam bewahren werden.

Lasst uns nun gemeinsam nach vorne blicken, auf all die schönen Momente, die noch vor uns liegen. Lasst uns gemeinsam weiterleben, neue Erinnerungen schaffen und das Leben in vollen Zügen genießen - dankbar für jede Sekunde, die wir miteinander verbringen dürfen.

Mit unendlich viel Liebe und Dankbarkeit,

Eure Nadine!

Prolog

Ich hätte nie gedacht, dass ich eines Tages ein Buch schreiben würde. Es fühlt sich fast surreal an, meine eigene Geschichte hier niederzuschreiben - eine Geschichte, die mich an den Abgrund führte und mir gleichzeitig eine zweite Chance schenkte.

Früher war Schreiben für mich nichts weiter als eine Aufgabe im Deutschunterricht, die ich widerwillig erledigte. Ich hatte nie das Bedürfnis, meine Gedanken in Worte zu fassen, geschweige denn, sie mit der Welt zu teilen - warum auch? Wem sollte mein Leben schon etwas bedeuten? Ich bin ein ganz normaler Mensch, kein berühmter Autor, kein prominentes Gesicht, das eine Biografie über sein Leben veröffentlichen würde. Es gab nie einen Gedanken in mir, dass meine Geschichte es wert sein könnte, erzählt zu werden. Doch das Leben hat seine eigene Art, uns zu zeigen, was wirklich wichtig ist.

Als ich begann, meine Erlebnisse aufzuschreiben, war dies nicht mit dem Gedanken, daraus ein Buch zu veröffentlichen. Es war ein Akt der Verarbeitung, ein Versuch, das Chaos in meinem Kopf zu ordnen. Anfangs hatte ich auch meine Zweifel. Ich dachte, meine Art zu schreiben sei vielleicht nicht die *„richtige"*, dass sie nicht einem typischen Schriftstellerstil entspräche und viel zu emotional oder zu emphatisch sei. Ich hatte Angst, dass meine Worte zu persönlich oder zu schwer für andere sein könnten, doch als ich dann einen Auszug aus meinem Buch in meinen WhatsApp-Status stellte, erhielt ich eine überwältigende Resonanz und die Reaktionen übermannten mich.

Freunde, Kollegen und Bekannte schrieben mir, erzählten mir von Tränen und Gänsehaut und ich wusste, meine Worte hatten sie berührt - Menschen, die meine Geschichte auszugsweise lasen, sagten mir, dass sie diese Worte tief berührten. Eine Freundin erzählte mir unter Tränen, wie sehr sie sich in meinen Worten wiederfand. Eine andere Freundin teilte mir mit, dass sie meine Geschichte unter Tränen einer Bekannten erzählt hatte, während sie zusammen eine Bergtour machten. Sie hatte den Auszug aus meinem Buch auch ihr gezeigt und diese meinte, dass sie am ganzen Körper Gänsehaut gehabt hatte. Sie sagte, dass sie das Buch unbedingt lesen müsse. Ich konnte es kaum fassen - eine mir völlig fremde Person konnte sich so emotional mit meinem Schicksal verbinden und fühlte sich durch meine Zeilen so berührt. Das war ein Moment, der mich tief ergriff. Es war wunderschön zu wissen, dass ich mit meinen Gedanken, mit meinem Erlebten, auch andere Menschen erreichen konnte und das, obwohl ich niemals darauf gehofft hatte, dass es auf diese Weise passieren würde.

Tage später sprach mich ein Kollege während eines Meetings darauf an. Zunächst war ich davon überrascht - er, der oft als unsensibel wahrgenommen wird, der durch sein Auftreten nicht unbedingt mit Empathie in Verbindung gebracht wird - ausgerechnet er sprach mich auf meine Texte an. Er gestand mir, dass er großen Respekt davor habe, dass ich diesen Weg gehe, dass er nicht wüsste, ob er selbst die Kraft hätte, sich mit einem so schweren Schicksal auseinanderzusetzen und es dann auch noch niederzuschreiben. Seine ehrlichen Worte und seine Wertschätzung haben mich beeindruckt, da ich bemerkte, dass mein Thema nicht lediglich als *„einfach"* oder *„unbedeutend"* angesehen wurde. Ich spürte, dass seine Worte nicht einfach nur daher gesagt waren, sondern aus einer echten Bewunderung kamen. Ich sah in seinen Augen, wie sehr er sich für mich freute. Wie sehr er verstand, dass dieses Buch mehr war als nur Worte auf Papier - es war ein Teil meiner Heilung, ein Teil meines neuen Lebens und in diesem Moment bestärkte er mich mit seiner Reaktion weiterzumachen, nicht aufzugeben und einfach nur weiterzumachen. Das war der Moment, in dem ich verstand, dass meine Geschichte nicht nur meine eigene ist. Dass es da draußen Menschen gibt, die ähnliche Kämpfe führen, die an den gleichen Fragen zweifeln, die vielleicht genau diese Worte brauchen, um nicht aufzugeben. Ich wusste, dass ich diesen Weg weitergehen musste - für mich, für alle, die sich in meiner Geschichte wiederfinden würden und auch für die Menschen, die vielleicht auf den ersten Blick distanziert wirken, aber tief in ihrem Inneren so viel mehr fühlen, als man es ihnen je zugetraut hätte.

Dieses Buch ist nicht nur eine Erzählung über Schmerz und Verlust. Es ist eine Geschichte über Hoffnung, über die Kraft, sich selbst neu zu erfinden, über den Mut, das Leben nicht nur zu überleben, sondern es wirklich zu leben. Schließlich wurde das Schreiben für mich zu einer Art *„Therapie"* - ein Versuch, ein Werkzeug, um das Erlebte besser zu verstehen und zu verarbeiten. Es geht mir dabei keinesfalls darum, Mitleid zu erlangen oder Aufmerksamkeit für mein Schicksal zu bekommen. Das war eine meiner größten Ängste, als ich den Status hochlud:

„Was, wenn die Leute denken, ich wolle nur auf mich aufmerksam machen?", „Was, wenn sie sagen, es sei jetzt genug, dass ich immer wieder darüber spreche?"

Diese Gedanken hatte ich, ja - sie gingen mir durch den Kopf, als ich den Auszug teilte, aber ich habe gemerkt, dass es mir eigentlich egal sein muss, was andere denken. Es ist mein Leben, meine Geschichte und ich alleine habe das Recht, sie so zu teilen, wie ich es für richtig halte. Ich habe diese Erfahrungen durchlebt - alleine, ganz alleine - und es ist meine Entscheidung, wie ich damit umgehe und mit wem ich sie teile.

Im letzten Jahr, hat sich mein Leben auf eine Weise verändert, die ich mir nie hätte vorstellen können. Ein persönliches Schicksal, das mich so tief erschütterte, dass ich merkte, wie wichtig es war, diese Erfahrung zu teilen. Es war nicht nur etwas, das mich betroffen hat, sondern etwas, das mich an einen Punkt brachte, an dem ich spürte, dass es nicht nur um mich ging. Vielleicht gibt es da draußen Menschen, die ähnliche Herausforderungen haben, die tagtäglich kämpfen, sich mit denselben Ängsten und Zweifeln auseinandersetzen, die ich erlebte. Vielleicht ist meine Geschichte ein kleiner Trostspender und Hoffnungsschimmer für diejenigen, die sich manchmal verloren fühlen und nicht wissen, wie sie weitermachen sollen.

Aber vielleicht ist meine Geschichte auch mehr als das - sie könnte ein Anstoß sein, innezuhalten, nach innen zu blicken und das eigene Leben zu reflektieren. Vielleicht kann sie Menschen dazu ermutigen, sich wieder auf das Wesentliche zu besinnen, auf die Dinge, die wirklich zählen, die Dinge, die das Leben lebenswert machen. Diese Erkenntnis, verbunden mit dem positiven Feedback, hat mir so viel Kraft gegeben. Ich habe mich bestärkt gefühlt, dieses Buch zu schreiben, auch wenn es nicht immer leicht war auch die schweren Erinnerungen niederzuschreiben. Mein Weg war nicht geradlinig, er war chaotisch, schmerzhaft und voller Zweifel. In manchen Momenten fühlte es sich mühsam an, all die Erinnerungen wieder aufleben zu lassen, aber es war der richtige Schritt.

Der Entschluss, ein Buch zu schreiben, kam somit nicht nur, um anderen eine Perspektive zu bieten. Es kam auch aus einem tiefen Bedürfnis heraus, mit meiner eigenen Geschichte abzuschließen und sie zu verstehen. Vielleicht war dieses Schreiben die Therapie, die ich brauchte, um all das, was geschehen war, in irgendeiner Form zu begreifen und zu verarbeiten. Es half mir, das Chaos in meinem Kopf zu ordnen, die vielen Emotionen und Gedanken, die mich überrollten, greifbar zu machen.

Es ist erstaunlich, wie ein solches Projekt einen selbst heilen kann, wie es einem ermöglicht, sich selbst neu zu entdecken. Und vielleicht, nur vielleicht, wird dieses Buch auch für andere eine Quelle der Kraft und des Verständnisses. Es war nie mein Ziel, ein Bestseller zu schreiben. Mein Ziel ist es, etwas zu hinterlassen - etwas, das vielleicht jemandem hilft, der sich genauso fühlt wie ich, und ihm zeigt, dass er nicht allein ist.

Diese Zeit des Schreibens ist unvergesslich, war unfassbar emotional, sehr lehrreich und wahnsinnig intensiv! So intensiv, wie wohl nie wieder eine Zeit sein wird - hoffentlich! Begleitet von Angst, Panik, Verzweiflung, Wut, Schmerz, Ungeduld und einer kleinen Anzahl an Tränen. Aber gleichzeitig auch von Hoffnung, unermüdlichem Lebenswillen und Kampfgeist, tollen Begegnungen, Liebe, Dankbarkeit, Demut, Glaube, Glück und einer unfassbaren Löwenstärke!

Und endlich ist es geschafft, ich bin zurück und trotzdem ist es nicht mehr das alte Leben... es ist mein neues, mein zweites Leben! Mit der einmaligen zweiten Chance das Leben wirklich zu leben und nicht mehr nur zu existieren! Ich stehe somit heute hier - nicht mehr als die Person, die ich einmal war, sondern als jemand, der gelernt hat, dass jeder Tag eine Wahl ist. Eine Wahl, weiterzumachen. Eine Wahl, das Leben einfach nicht nur als selbstverständlich anzunehmen.

Ich bin stolz auf mich, dass ich diese Reise angetreten habe und das Ganze durchgezogen habe. Ich habe es für mich getan, für alle, die sich mit mir verbunden fühlen und für all jene, die in ähnlichen Situationen Trost oder Verständnis finden könnten.
Es war ein langer, manchmal steiniger Weg, aber ich bin ihn gegangen - und das ist etwas, auf das ich wirklich stolz bin.

„Unser zweites Leben beginnt, wenn wir erkennen, dass wir nur eines haben!" - dieser Spruch stammt von Konfuzius und seitdem ich ihn gehört habe, lässt er mich nicht mehr los, denn dahinter steckt extrem viel Wahrheit. Richtig verstehen werden das allerdings nur jene Menschen, die glücklicherweise eine ähnliche Chance bekommen haben. Denn oft begreifen wir erst dann, was Worte wirklich bedeuten, wenn das Leben uns an einen Punkt führt, an dem sie greifbar werden, wenn sie nicht nur gelesen, sondern gefühlt werden.

Genau deshalb möchte ich euch mitnehmen auf meine Reise. Eine Reise zu einem Tag, der mehr war als nur ein Datum im Kalender. Ein Tag, der mein Leben hätte beenden können und es doch auf eine Weise neu begonnen hat. Ein schicksalhafter Moment, der mich gelehrt hat, die tiefgründige Bedeutung solcher Zitate nicht nur besser zu verstehen, sondern sie fortan täglich zu schätzen und mit ihnen zu leben.

1

Wenn das Leben selbstverständlich erscheint-
die Illusion der Sicherheit

Plötzlich drehte sich alles vor mir, ich merkte wie ich langsam die Kontrolle über meinen Körper verlor - ein dumpfer Aufprall. Dann nur noch Stille.

Als ich die Augen öffnete, sah ich verschwommene Lichter über mir tanzen. Geräusche drangen wie durch dicken Nebel an mein Ohr - aufgeregte Stimmen, ein entferntes Piepen. Mein Körper fühlte sich fremd an, als gehörte er nicht mehr mir. Ich versuchte, mich zu bewegen, doch ein stechender Schwindel riss mich zurück in die Dunkelheit.

Stunden später tauchte ich wieder auf. Die Welt um mich war in sterilem Weiss getaucht. Der Geruch von Desinfektionsmitteln brannte in meiner Nase. Ich lag in einem Krankenhausbett. Mein

Kopf pochte, mein Körper war schwer, als würde er mich an den Boden ketten und um mich herum war alles am piepsen.

Ein Arzt trat an mein Bett, sein Blick war voller Bedauern und großer Erleichterung. *„Sie hatten großes Glück, sie dürfen ab jetzt an diesem Tag ihren zweiten Geburtstag feiern.“*, sagte er. *„Aber ich muss Ihnen auch eines sagen: Ihr altes Leben wird es so nicht mehr geben, denn dieses erlebte Schicksal wird sie verändern...“*

———◆———

Wie oft nehmen wir alltägliche Dinge als gegeben hin? Viel zu oft betrachten wir Dinge in unserem Leben als selbstverständlich, ohne wirklich darüber nachzudenken - wir verlassen uns auf eine vermeintliche Sicherheit, die in Wahrheit nichts weiter als eine Illusion sein kann.

Selbstverständlichkeit - ein Begriff, der so oft im Alltag verwendet wird und doch so viel Gewicht trägt. Wir begegnen ihr ständig, ohne sie wirklich zu hinterfragen. Wir gehen davon aus, dass wir morgens aufstehen, dass wir atmen, dass unser Körper funktioniert, dass unsere Gesundheit uns erhalten bleibt, das wir die Fähigkeit besitzen uns zu bewegen, zu lachen und zu weinen. Sie ist der stille Begleiter in unserem Leben, der unaufgeregt und selbstverständlich immer da zu sein scheint. Wir nehmen sie als gegeben hin, weil sie immer da sind, weil wir uns nie wirklich bewusst machen, wie zerbrechlich und kostbar sie sind. Doch gerade, weil sie so selbstverständlich ist, verlieren wir oft den Blick für das, was sie wirklich bedeutet, bis sie uns plötzlich entzogen wird.

Doch was passiert, wenn eines dieser „*selbstverständlichsten*" Dinge plötzlich nicht mehr da ist? Wenn der Körper, der uns so treu dient, anfängt, Schwächen zu zeigen? Wenn die Gesundheit, die wir immer für selbstverständlich hielten, plötzlich durch eine Krankheit oder eine unerwartete Veränderung auf die Probe gestellt wird?

Plötzlich erkennen wir, wie sehr sich ein jeder von uns in der Selbstverständlichkeit unserer Existenz und Gesundheit eingerichtet hat. Die Klarheit, die wir in den gewöhnlichen Momenten des Lebens fanden, verblasst und wird von einer überwältigenden Unsicherheit und Angst ersetzt. Was, wenn alles, was wir als selbstverständlich erachteten, nicht mehr da ist? Was, wenn unser Körper uns in einem Moment der Schwäche oder Krankheit zeigt, wie fragil und zerbrechlich er tatsächlich ist?

Die Erfahrung, mit der eigenen Gesundheit oder dem Leben insgesamt auf eine Art und Weise konfrontiert zu werden, die uns aufrüttelt, öffnet uns die Augen für das, was wir vorher als selbstverständlich ansahen. Es ist ein schmerzhafter Moment des Erwachens, ein Rütteln an unserem Verständnis von Sicherheit und Gewohnheit. Wir erkennen, wie schnell wir Dinge, die uns selbstverständlich erschienen, als selbstverständlich abgetan haben. Doch plötzlich, wenn der Boden unter unseren Füßen zu wanken beginnt, fühlen wir uns entblößt, verletzlich, und vielleicht auch ein wenig verloren.

In solchen Momenten wird einem unweigerlich die Bedeutung von „*Selbstverständlichkeit*" klar - es ist der unsichtbare Faden, der uns durch unser Leben führt, der uns oft nicht bewusst ist, bis er reißt. Und dann erkennen wir, dass es nicht nur unsere Gesundheit ist, die wir als selbstverständlich annehmen, sondern auch die Menschen, die uns umgeben, die Momente des Glücks, die wir genießen, die Zeit, die uns gegeben wird. Wir nehmen all das als selbstverständlich hin, bis es uns vor Augen geführt wird, wie schnell und unerwartet alles anders sein kann.

Was bleibt, ist eine tiefe, fast schmerzliche Erkenntnis - dass Selbstverständlichkeit nicht das ist, was wir glauben, dass es immer bleiben wird. Sie ist ein Geschenk, das wir oft nicht würdigen, bis es uns entzogen wird. Aber gerade diese Erkenntnis kann uns auch dazu anregen, mehr im Hier und Jetzt zu leben, mehr Dankbarkeit für das zu empfinden, was wir haben - für die Dinge, die wir als selbstverständlich betrachten und die wir oft zu wenig schätzen. Vielleicht können wir durch diese Achtsamkeit den Wert der Selbstverständlichkeit wieder erkennen und lernen, unsere Gesundheit, unser Leben und die Beziehungen zu den Menschen um uns herum mit mehr Bewusstsein und Dankbarkeit zu leben.

Es ist eine Einladung, das Leben in seiner ganzen Tiefe zu schätzen, es nicht für selbstverständlich zu halten, sondern es mit offenen Augen zu erleben und zu schätzen, was uns gegeben ist - im Moment, hier und jetzt. Und vielleicht ist es gerade der Verlust der Selbstverständlichkeit, der uns lehrt, dass das Leben in all seinen Facetten so viel kostbarer und zerbrechlicher ist, als wir es uns je hätten vorstellen können.

Früher nahm auch ich all das als selbstverständlich hin - das tägliche Glück, die Gesundheit, das Vertrauen in meinen Körper. Ich dachte, es würde immer so bleiben. Ich lebte in den Tag hinein und dachte, dass ich dies bis dato auch immer durchaus bewusst getan hatte und die Dinge um mich herum wertschätzte. Doch im

Laufe meiner Reise musste ich lernen, dass nichts selbstverständlich ist. Wenn plötzlich die Dinge, die wir als fest und sicher erachteten, ins Wanken geraten, wird uns zunehmend schmerzlich bewusst, wie zerbrechlich unser Dasein tatsächlich ist. Diese Erkenntnis hat mich verändert - von jemandem, der im Strom der Gewohnheit schwebte, zu einem Menschen, der die Bedeutung jedes Augenblicks mit neuer Achtsamkeit und Dankbarkeit erlebte.

Und genau diese Veränderung, die in mir selbst begann, möchte ich mit euch in den nächsten Kapiteln teilen. Denn der Verlust dieser Selbstverständlichkeit hat mich nicht nur gelehrt, wie zerbrechlich alles ist, sondern auch, wie wertvoll der Moment, die Gesundheit und das Leben selbst sind. Ich lade euch ein, mit mir weiterzugehen und zu entdecken, wie diese Reise meine Sicht auf das Leben und auf die alltäglichen Dinge, die wir oft für selbstverständlich halten, für immer verändert hat. Ich möchte euch mitnehmen, damit ihr dies auch für euch selbst erkennen könnt, ohne dass es hierzu einen Schicksalsschlag braucht und ihr vielleicht für euch auch frühzeitig etwas in eurem bisherigen Leben und Alltag ändern könnt.

Bevor ich euch in den Ablauf meines bisher größten Wendepunkts einweihe, möchte ich einen Moment innehalten und euch einen Blick auf mich und mein bisheriges Leben gewähren. Ein Leben, das geprägt war von Höhen und Tiefen, von Träumen, die ich verfolgte und von Rückschlägen, die mich zu Boden brachten. Vielleicht fragt ihr euch, was mich dazu brachte, diesen Wendepunkt zu erreichen und warum ich heute darüber schreibe. Aber um wirklich zu verstehen, was in diesem Moment der Veränderung in mir geschah, müsst ihr wissen, wer ich war, bevor alles anders wurde. Denn jeder Schritt, den ich bis hierher gegangen bin, hat mich zu dem gemacht, was ich nun bin - und was ich bald sein werde.

———◆———

Mein Leben begann in einem liebevollen Zuhause, das mir nicht nur Sicherheit, sondern auch ein tiefes Gefühl von Geborgenheit schenkte. Ich hatte eine wundervolle Kindheit und Jugend, für die ich heute noch unendlich dankbar bin. Glücklicherweise gehöre ich zu einer Generation, die nicht mit sozialen Medien oder Smartphones aufgewachsen ist. Bei mir war es noch ganz normal, dass die Freunde an der Haustür klingelten und fragten, ob ich zum Spielen rauskomme. Ich verbrachte fast jede freie Minute draußen an der frischen Luft. Von morgens bis abends zog ich mit meinen Freunden, meist Jungs, durch das Dorf. Wir spielten Fußball, sprangen mit unseren Skateboards über selbst gebaute Rampen, bauten unsere eigenen Verstecke in den Wäldern und zockten Pokémon-Karten auf der Straße. Es war eine Zeit voller Freiheit und Abenteuer, eine Zeit, die mich prägte und die ich heute in all ihrer Unbeschwertheit in meinem Herzen trage.

In dieser Zeit wuchs auch meine Kreativität. Ich fand es schon immer faszinierend, Dinge mit eigenen Händen zu erschaffen. So bauten wir mit Leidenschaft Holzbuden, die uns Schutz vor den *„gegnerischen"* Kindern aus dem Nachbardorf boten. Diese Liebe zur Handarbeit und zur Schaffung von etwas Eigenem begleitet mich noch heute. Langeweile war für mich nie ein Thema - ich hatte immer etwas zu tun, meist kreativ und mit viel Hingabe. Es war eine Zeit, die mich geprägt hat, mich inspiriert und mir die Freude an schöpferischem Tun beigebracht hat. Alles in allem war es eine wundervolle Zeit, die mich zu dem gemacht hat, was ich heute bin.

Diese Kindheit war geprägt von Wärme, Zusammenhalt und starken Werten, die mich bis heute begleiten. Mein Vater, ein engagierter Polizist, lehrte mich von klein auf, was Gerechtigkeit, Verantwortung und Integrität bedeuten. Durch ihn habe ich verstanden, wie wichtig es ist, für das Richtige einzustehen und mit Mut und Entschlossenheit seinen Weg zu gehen. Meine Mutter, eine leidenschaftliche Unternehmerin, war für mich immer ein Vorbild in Sachen Zielstrebigkeit und Hingabe. Sie hat mir gezeigt, dass Träume nicht nur Wünsche sind, sondern dass man mit Fleiß, Leidenschaft und Ausdauer alles erreichen kann.

Eine ganz besondere Rolle in meinem Leben spielt meine liebe Oma. Sie ist nicht nur meine Vertraute, sondern auch eine Quelle unendlicher Weisheit und Herzenswärme. Mit ihrer Fürsorge und bedingungslosen Liebe hat sie mir unzählige wertvolle Lebenslektionen mitgegeben - Lektionen, die mich bis heute leiten und inspirieren. Sie ist auch eine der ersten, mit der ich über meine Sorgen und Herausforderungen spreche. Sie ist mein engster Ansprechpartner, wenn es um Probleme geht - sei es beruflich oder privat. Ihre Perspektive, ihre Ruhe und ihre Liebe sind für mich ein unschätzbares Gut. In ihren Worten finde ich nicht nur Rat, sondern auch Trost und ein tiefes Gefühl von Geborgenheit das mich schon während meiner Kindheit prägte.

Dieser viel geschätzte und unterstützende familiäre Hintergrund hat mich geprägt und mir eine starke Basis für mein eigenes Leben gegeben. Die Werte, die mir meine Familie vermittelt hat, sind tief in mir verankert und schenken mir Orientierung und Halt - in guten wie in schweren Zeiten. Für all die Liebe, Unterstützung und Geborgenheit, die ich erfahren durfte, bin ich von Herzen dankbar. Und genau diese Wärme und Kraft, die mir geschenkt wurde, wollte ich auch schon immer an andere weitergeben - in meinem Handeln, in meinen Entscheidungen und in der Art, wie ich mit den Menschen um mich herum umgehe.

Diese Werte, die mir meine Familie vorlebte, sind tief in mir verankert. Sie sind es, die mir Orientierung geben und mich auch in schwierigen Momenten nicht im Stich lassen. Sie sind der Grund, warum ich mich nicht scheue, für das einzutreten, was gerecht und richtig ist, auch wenn es bedeutet, unpopuläre Entscheidungen zu treffen. Sie haben mir gezeigt, dass wahre Stärke nicht nur darin liegt, für das eigene Wohl zu kämpfen, sondern auch in der eigenen Bereitschaft, Verantwortung zu übernehmen und für diejenigen einzutreten, die sich nicht selbst wehren können.

Und so ging ich meinen bisherigen Weg, getragen von den Werten, die mir mitgegeben wurden. Ich hoffe, dass ich diese Wärme und Kraft, die mir zuteil wurde, auch an andere weitergeben kann - in meinen Handlungen, in meinen Entscheidungen und in der Art, wie ich mit den Menschen um mich herum umgehe. Denn genau diese Prinzipien, die mir mein Leben lang Halt gaben, sind der Schlüssel für die Veränderung, die ich in der nächsten Etappe meiner Reise erlebte. Sie sind es, die mich dazu brachten, auf diesem Wendepunkt mit voller Überzeugung und Klarheit zu handeln, als ich die Gelegenheit hatte, Gerechtigkeit auf meine eigene Weise wiederherzustellen.

Das Leben ist ein unvorhersehbarer Fluss aus Höhen und Tiefen, aus Momenten des Glücks und Zeiten der Herausforderung. Oft denken wir, wir hätten alles unter Kontrolle, könnten allein durch jede Situation navigieren, bis wir erkennen, wie sehr uns die Menschen um uns herum formen, tragen und auffangen.

Für mich war die Verbindung zu meiner Familie und meinen engsten Freunden nie nur eine Selbstverständlichkeit, sondern eine bewusste Entscheidung. Ich habe schon früh in meiner Kindheit gelernt, dass nicht die Anzahl der Menschen um uns herum zählt, sondern die Tiefe der Beziehungen, die wir pflegen. Dass es nicht darauf ankommt, ob jemand immer präsent ist, sondern ob er im richtigen Moment da ist. Dass wahre Verbundenheit sich nicht in großen Gesten, sondern in kleinen, bedeutungsvollen Augenblicken zeigt.

Ich hatte nie das Bedürfnis nach einer großen, weitläufigen Bekanntschaft, sondern nach echten Verbindungen, nach Menschen, die nicht nur da sind, wenn alles gut läuft, sondern vor allem dann, wenn es darauf ankommt. Menschen, die mich verstehen, ohne dass ich viele Worte sagen muss. Die meine Stärken feiern, meine Schwächen akzeptieren und mich in den Momenten auffangen, in denen ich selbst nicht mehr weiter weiß.

Schon immer habe ich mich mit Menschen umgeben, die mir Energie gaben, anstatt sie mir zu rauben. Menschen, die mich aufbauen, inspirieren und mich mit positiver Kraft füllen. Sie waren für mich wie Akkus, bei denen ich mich ausruhen und neu aufladen konnte, ohne Angst davor, ausgebrannt oder ausgenutzt zu werden.

Echte Freunde waren für mich schon immer diejenigen, die mich nicht nur in meinen glänzenden Momenten begleiteten, sondern auch in den dunklen. Die mir nicht nur applaudierten, wenn ich strahlte, sondern mich aufrichteten, wenn ich fiel. Die nicht an mir zweifelten, wenn ich selbst wankte, sondern mir zeigten, dass sie an mich geglaubt haben.

Diese Freundschaften waren nie von Oberflächlichkeit geprägt, sondern von tiefen Gesprächen, ehrlicher Fürsorge und gegenseitiger Unterstützung. Von Respekt, Vertrauen und dem festen Willen, füreinander da zu sein - nicht nur, wenn es bequem ist, sondern auch, wenn es herausfordernd wird - und genau das waren meine Werte, die mir schon immer wichtig waren.

Ich habe nie erlebt, dass Missgunst oder Neid in meinem Freundeskreis Platz hatten. Stattdessen gab es immer ehrliche Freude über die Erfolge des anderen. Wenn jemand aus meinem Umfeld etwas erreicht hat, wurde gefeiert, nicht verglichen. Wir haben einander Mut gemacht, uns unterstützt und uns daran erinnert, dass jeder seinen eigenen Weg geht und dass Glück sich verdoppelt, wenn man es teilt.

Neben meinen Freunden war meine Familie immer der Fels in der Brandung. Die Menschen, die mich lieben, ohne Bedingungen. Die mich in- und auswendig kennen, die mich in all meinen Facetten akzeptieren und mir immer ein Zuhause geben, egal, wo ich gerade im Leben stehe. Meine Familie war immer meine Konstante. Sie hat mir jene Werte mitgegeben, die mich mein Leben lang begleiten: Respekt, Dankbarkeit, Loyalität und die Fähigkeit, für andere da zu sein. Von ihr habe ich gelernt, was es bedeutet, Verantwortung zu übernehmen - für sich selbst und für die Menschen, die einem am Herzen liegen.

Es ist ein unbeschreibliches Gefühl zu wissen, dass es einen Ort gibt, an dem man immer willkommen ist. Einen Ort, an dem man nicht funktionieren muss, sondern einfach nur sein darf. Meine Familie hat mir diese Sicherheit gegeben und dafür werde ich immer dankbar sein.

Der Wert der Verbundenheit bedeutet für mich nicht nur, Zeit miteinander zu verbringen, sondern füreinander einzustehen. Es bedeutet, sich gegenseitig zu stärken, sich Halt zu geben, sich zu unterstützen, ohne etwas zurückzuerwarten. Es sind die kleinen Gesten, die für mich am meisten zählen:

Ein Anruf, wenn man spürt, dass es dem anderen nicht gut geht, eine Nachricht, die genau im richtigen Moment kommt, ein Blick, der sagt: Ich bin hier, egal was passiert, eine Umarmung, die nicht nur tröstet, sondern Kraft gibt. Diese Form von Zusammenhalt ist für mich eines der wertvollsten Geschenke in meinem Leben. Ich weiß, dass ich ohne meine Familie und meine engsten Freunde nicht die Person wäre, die ich heute bin. Sie haben mich geformt, geprägt und mir gezeigt, wie wichtig es ist, sich mit Menschen zu umgeben, die das Beste in einem sehen und es hervorbringen. Mit diesen Werten lebte ich meinen Alltag, versuchte stets das Beste aus jedem Moment zu machen.

Wenn ich zurückblicke, spüre ich tiefe Dankbarkeit. Dankbarkeit für all die Menschen, die mich begleitet haben und heute noch begleiten, für all die Momente der Nähe, für all die Unterstützung, die ich erfahren durfte. Und ich weiß, dass ich diese Verbundenheit weitertragen will, dass ich sie pflegen, wertschätzen und nie als selbstverständlich ansehen werde. Sie ist ein weitere Wert, der mich als Mensch ausmachen soll.

Das Leben ist zu kurz für halbherzige Freundschaften, für oberflächliche Begegnungen, für Menschen, die einem Energie nehmen, anstatt sie zu schenken. Ich werde weiterhin meine Zeit mit den Menschen verbringen, die mir guttun, die mich aufbauen, die mich verstehen. Denn genau diese Beziehungen machen das Leben erst lebenswert und ich bin froh, dass ich mit jenen Werten aufgezogen wurde und meine Freunde danach ausgewählt hatte. Doch welchen unermesslichen Wert all diese Beziehungen wirklich hatten, das habe ich erst nach meinem Schicksalsschlag in seiner ganzen Tiefe begriffen.

———◆———

„Wie oft verlieren wir uns im Alltag? Wie oft lassen wir uns von Stress, Verpflichtungen und scheinbar wichtigen Dingen so vereinnahmen, dass wir die wirklich bedeutungsvollen Momente übersehen?"

Ich war nicht anders. Ich war oft gefangen in meinen eigenen Gedanken, meinen eigenen Sorgen, meinen eigenen Plänen. Und während ich meinen Weg ging, waren meine Familie und Freunde immer da, ohne, dass ich es in seiner ganzen Tragweite geschätzt habe. Nicht, weil ich sie nicht wertgeschätzt hätte, sondern weil ich nie wirklich darüber nachgedacht habe, was es bedeuten würde, wenn sie nicht mehr da wären.

Nach meinem Kampf ums Überleben wurde mir bewusst, dass es genau diese Menschen waren, die mich getragen haben. Dass ihre Liebe und ihr Zusammenhalt der Grund waren, warum ich mich nicht verloren fühlte, warum ich Hoffnung schöpfen konnte, warum ich nie ganz allein war. Ich sah plötzlich all die kleinen schönen Gesten, die früher in der Selbstverständlichkeit des Alltags untergingen: die kurzen Nachrichten, die besorgten Fragen, die

liebevollen Aufmunterungen, die ehrliche Freude über meine
Erfolge.

Heute sehe ich all das mit anderen Augen. Ich weiß jetzt, dass diese
Verbindungen nicht einfach nur *„da sind"*, sondern dass sie gepflegt
und geschätzt werden müssen - jeden einzelnen Tag. Liebe,
Freundschaft und Zusammenhalt sind keine Selbstläufer. Sie
brauchen Aufmerksamkeit, Fürsorge und Zeit.

Ich habe mir geschworen, diese wertvollen Beziehungen nie wieder
als gegeben hinzunehmen. Ich möchte nicht, dass der Alltag mich
so sehr vereinnahmt, dass ich das Wesentliche aus den Augen
verliere. Ich will bewusst Zeit mit meinen Liebsten verbringen,
ihnen zeigen, wie viel sie mir bedeuten und ihnen die gleiche
Fürsorge entgegenbringen, die sie mir immer geschenkt haben.

Diese Werte, die mir heute als Leitsterne dienen, sind jene, die mir
meine Familie schon in Kindheitstagen mit auf den Weg gab. Es
sind die Lektionen von Ehrlichkeit, Mut, und Gerechtigkeit, die
mich stets begleitet haben, die mich in schwierigen Momenten
getragen und mir immer wieder den richtigen Weg gewiesen
haben. Durch ihre Liebe und Weisheit habe ich gelernt, für das
Richtige einzustehen, Verantwortung zu übernehmen und stets mit
einem offenen Herzen auf die Welt zu blicken. Diese Erfahrungen,
die in den unaufdringlichen Momenten meiner Kindheit verwurzelt
sind, prägen mich demnach bis heute - sie sind das Fundament, auf
dem ich stehe und der Antrieb, der mich immer weiter
voranbringt.

Es gibt nichts Wichtigeres als die Menschen, die unser Herz
berühren, die uns Kraft geben, die uns in unseren dunkelsten
Momenten halten und uns in unseren schönsten begleiten. Sie

verdienen es, dass wir ihnen das immer wieder zeigen. Und genau das werde ich tun - heute, morgen und jeden Tag, den ich geschenkt bekommen habe.

<hr>

Während meiner Kindheit besuchte ich die Grundschule im Nachbardorf - eine unbeschwerte Zeit voller Abenteuer und kindlicher Neugier. Mit jedem Schultag wuchs mein Wissen, mit jedem neuen Buch eine kleine Welt, die sich mir eröffnete. Doch mit dem Wechsel auf das Gymnasium änderte sich alles.

Plötzlich wurde aus spielerischem Lernen harter Leistungsdruck, aus Leichtigkeit eine tägliche Herausforderung. Besonders in der siebten Klasse schlich sich ein Gefühl des Unbehagens ein. Eine unsichtbare Last lag auf meinen Schultern - verstärkt durch Lehrer, die mir nicht guttaten und eine Umgebung, in der ich mich zunehmend fehl am Platz fühlte. Ich verlor meine Motivation, meine Noten verschlechterten sich und irgendwann musste ich mir eingestehen: Ich konnte nicht mehr mithalten. Als ich schließlich sitzen blieb, brach für mich eine Welt zusammen. Es war eine wahre Katastrophe. Die Scham brannte tief in mir, die Enttäuschung über mich selbst war überwältigend.

Meine Eltern legten mir nahe, auf die Realschule zu wechseln, doch etwas in mir wehrte sich dagegen. Mein Stolz, mein Ehrgeiz - und vielleicht auch die leise Stimme in mir, die sagte:

„Du schaffst das!"

Also fasste ich einen Entschluss, der mein Leben für immer verändern sollte: Ich wagte einen Neuanfang an einem Gymnasium am Chiemsee. Und es war die beste Entscheidung, die ich je getroffen habe.

Dort fand ich nicht nur zurück zu meinen Stärken, sondern auch zwei der wundervollsten Menschen in meinem Leben: meine besten Freundinnen. Freundschaften, die über Jahrzehnte hinweg Bestand haben, die durch Höhen und Tiefen gehen. Ich kann heute nicht anders, als an dieses Schicksal zu glauben - daran, dass es keine Zufälle gibt, sondern Begegnungen, die zur richtigen Zeit am richtigen Ort geschehen. Dafür bin ich unendlich dankbar.

Nach meinem erfolgreichen Abitur wollte ich einen angesehenen Berufsweg einschlagen und schrieb mich für ein Jurastudium an der Universität Salzburg ein. Doch schon nach wenigen Tagen wusste ich: Das war nicht meine Welt. Die Paragraphen, die starren Strukturen, das blinde Streben nach Prestige - es fühlte sich nicht richtig an. Ich kämpfte eine Weile mit mir, ob ich wirklich aufgeben sollte, doch letztendlich war die Entscheidung klar: Ich brach das Studium bereits im ersten Semester ab.

Knapp ein halbes Jahr später folgte mein Neustart - dieses Mal in einem neuen und anspruchsvollen Themengebiet, das mich nun wirklich begeisterte: Gesundheitsmanagement. Hier spürte ich zum ersten Mal, dass ich am richtigen Platz war. Die Inhalte faszinierten mich, ich ging voller Freude in die Vorlesungen und wusste: Das ist mein Weg.

Mit meinem Abschluss in der Hand stellte sich mir die nächste große Herausforderung - der Sprung ins Berufsleben. Ich machte mich auf die Suche nach meinem ersten Job, bereit, die Welt zu erobern. Ich wusste nicht, was mich erwarten würde, aber ich war bereit, es herauszufinden. Denn wenn mich meine Reise eines gelehrt hat, dann dies: Manchmal muss man Umwege gehen, Fehler machen, stolpern - um am Ende genau dort anzukommen, wo man hingehört.

Es begann an einem unscheinbaren Sonntagvormittag im Oktober 2015. Ohne große Erwartungen, fast beiläufig, schickte ich eine salopp formulierte Initiativbewerbung an den Geschäftsführer eines Medizintechnikunternehmens in meinem Nachbardorf. Ich rechnete mit nichts - doch schon am nächsten Morgen erhielt ich eine Email. Der Personalleiter bedankte sich für meine Bewerbung, die ihn offensichtlich so überzeugt hatte, dass ich direkt zum Gespräch eingeladen wurde. Nur wenige Wochen später trat ich schlussendlich meine erste Stelle im Qualitätsmanagement an.

Mein Aufstieg in diesem Unternehmen war rasant und von vielen unterschiedlichen Verantwortungsbereichen geprägt. Nach nur eineinhalb Jahren nach meinem Berufseinstieg übernahm ich die Gesamtverantwortung als Qualitätsmanagementbeauftrage (QMB) für das Qualitätsmanagementsystem, weil mein damaliger Vorgesetzter das Unternehmen unerwartet verließ. Plötzlich war ich Führungskraft - mit 27 Jahren und gerade einmal frisch aus dem Studium heraus. Ich tauchte tief in meinen neuen Bereich ein und begann, mich mit Hingabe und Entschlossenheit in diese völlig neue Welt einzuarbeiten. Zum ersten Mal in meinem Leben stand ich vor der Aufgabe, Verantwortung für ein ganzes System zu übernehmen - eine Verantwortung, die mich herausforderte, mich selbst neu zu erfinden. Als Führungskraft spürte ich das Gewicht dieser Aufgabe, doch anstatt mich davon lähmen zu lassen, stellte ich mich mit voller Energie, Elan und einem unerschütterlichen Ehrgeiz dieser Herausforderung. Ich wusste, dass es nicht nur um meine eigenen Entscheidungen ging, sondern auch um das Wohl und die Zukunft des Teams und des gesamten Systems. Diese Reise war nicht leicht, aber sie formte mich und brachte mich immer weiter an meine Grenzen - und oft auch darüber hinaus.

Wenige Zeit später erhielt ich die Möglichkeit, im Bereich des Personalmanagements tätig zu werden - ein Aufgabenfeld, das mich bereits länger interessierte, da es mir erlaubte, Menschen im beruflichen Kontext zu begleiten und zu unterstützen. Auch in dieser Rolle verblieb ich nicht lange auf einer Ebene. Bald wurde ich leitende Angestellte im Personalmanagement und mit 32 Jahren wurde ich schließlich auch zur Prokuristin ernannt. Damit war ich die erste Frau, die jüngste Person und diejenige, die diese Funktion in der kürzesten Zeitspanne im Unternehmen erreichte. Dieser berufliche Fortschritt war ein bedeutender Meilenstein in meiner persönlichen Laufbahn.

Rückblickend, etwa zehn Jahre nach meinem Berufseinstieg, erkenne ich nun, dass jede berufliche Entwicklung auch selbstverständlich diverse Herausforderungen mit sich bringt. Erfolg ist oft mit Begleiterscheinungen verbunden, die erst im Nachhinein sichtbar werden. Während meiner Entwicklung veränderten sich auch die Reaktionen meines beruflichen Umfelds. Wo zuvor ein kollegiales Miteinander herrschte, entstand in einigen Fällen eine gewisse Distanz. Einige Kolleginnen und Kollegen begegneten mir mit Zurückhaltung, andere mit gesteigerter Vorsicht. Obwohl sich an meinem Verhalten nichts grundlegend verändert hatte, veränderte meine neue Position offenbar die Wahrnehmung. Das Gleichgewicht in der zwischenmenschlichen Beziehung verschob sich.

Es tut weh, wenn man spürt, dass sich das Umfeld wandelt, nur weil man ein paar Stufen auf der Karriereleiter erklommen hat.

„Warum sehen so viele nur die Position und nicht mehr den Menschen dahinter? Warum wird der eigene Ehrgeiz so oft mit bloßer Rücksichtslosigkeit verwechselt?"

Ich wollte nie jemand sein, der „oben" steht und von „unten" betrachtet wird. Ich bemerkte, dass die eigene Zielstrebigkeit leicht fehlinterpretiert werden konnte. Meine Intention war es stets, gestaltend zu wirken, Motivation zu fördern und auf Augenhöhe zu arbeiten.

Eine weitere zentrale Erkenntnis meiner bisherigen beruflichen Entwicklung war, dass Druck nicht ausschließlich durch externe Faktoren entsteht. Häufig ist es der eigene Anspruch, der zu einer zu hohen Belastung führen kann. Der Antrieb, ständig neue Ziele zu erreichen, besser zu werden und sich weiterzuentwickeln - das war für mich ein ständiger Begleiter. Heute bewerte ich diese Haltung differenzierter. Entwicklung bedeutet nicht nur, weiter nach oben zu streben, sondern auch, innezuhalten, eigene Leistungen zu reflektieren und anzuerkennen. Erfolg ist ein langfristiger Prozess, kein kurzfristiger Wettbewerb. Nachhaltigkeit und Selbstachtsamkeit sind dabei ebenso entscheidend.

Führung umfasst mehr als Entscheidungsverantwortung und strategische Ausrichtung. Sie erfordert ständige Positionierung, Argumentation und Durchsetzungsfähigkeit. Die Rolle wird nicht automatisch anerkannt, sondern muss aktiv gestaltet werden. In meiner Funktion als einzige Frau innerhalb der Geschäftsleitung war dies ein kontinuierlicher Prozess. Ich habe gelernt, meine Position mit Klarheit und Sicherheit zu vertreten. Dieser Weg war jedoch nicht frei von Belastungen. Zweifel, Frustration sowie unterschiedliche innere Auseinandersetzungen begleiteten mich. Ein Rückzug stand dennoch nicht zur Debatte.

Im Hinblick auf geschlechtsspezifische Rollenbilder wurde mir früh bewusst, dass ich mich mit traditionellen Zuschreibungen nicht identifizieren konnte. Die gesellschaftliche Diskussion über Geschlechterrollen, Vergütungsunterschiede oder sexuelle Belästigung am Arbeitsplatz waren für mich in der eigenen beruflichen Praxis lange Zeit nicht direkt erfahrbar. Ich erkannte jedoch, dass viele Frauen in anderen Kontexten mit diesen Herausforderungen konfrontiert sind. Ihnen gilt mein Respekt und mein Wunsch, dass sie unter fairen Bedingungen arbeiten können.

In meiner eigenen Laufbahn hatte ich das Privileg, rasch beruflich aufzusteigen und dabei Wertschätzung zu erfahren. Das Vertrauen meiner Kolleginnen und Kollegen bestätigte mir, dass meine Arbeit anerkannt wurde. Doch mit zunehmender Verantwortung und Öffentlichkeit veränderte sich auch die Wahrnehmung meiner Person. Besonders als Frau ohne Kinder in einer leitenden Funktion wurde ich zunehmend mit Stereotypen konfrontiert.

Kommentare, die meine Lebenswahl infrage stellten, empfand ich als grenzüberschreitend. Sie erzeugten den Eindruck, nicht vollständig oder weniger wert zu sein. Die Wahrnehmung weiblicher Führungskräfte unterscheidet sich nach wie vor spürbar. Gerade wenn man nicht den gesellschaftlich erwarteten Weg - wie Heirat und Kinder - eingeschlagen hat, gerät man leichter unter Rechtfertigungsdruck. Die Erwartung, jederzeit souverän und gleichzeitig erklärungsbereit zu sein, ist hoch.

Diese Erfahrung war ein Anlass zur Reflexion. Auch bei objektiv nachvollziehbaren Leistungen ist die Beurteilung nicht frei von Vorurteilen. Als Frau in leitender Position ist man häufig mit Zuschreibungen konfrontiert, die auf dem Geschlecht basieren und nicht auf den beruflichen Kompetenzen.

Trotz nachweisbarer Kompetenz bedarf es oftmals wiederholter Bestätigung. Die Wahrnehmung unterscheidet sich: Während sachliche Aussagen von Männern als entschlossen gelten, wird ähnliches Verhalten bei Frauen gelegentlich als überempfindlich oder emotional interpretiert. Kritik wird anders gewertet, je nachdem, wer sie äußert. Diese Unterschiede im Umgang verdeutlichen die durchaus komplexe Dynamik, der weibliche Führungskräfte ausgesetzt sind. Die Herausforderung besteht darin, die eigene Professionalität zu wahren und gleichzeitig mit einseitigen Erwartungshaltungen umzugehen.

Dennoch gibt es auch Erfolge, die unabhängig von Geschlecht, Erfahrung oder Lebensmodell sichtbar werden. Wenn Projekte erfolgreich umgesetzt werden und Resultate zählen, rückt die Diskussion um Rollenbilder in den Hintergrund. Solche Momente stärken das Vertrauen in die eigene Arbeit und motivieren, den eingeschlagenen Weg fortzusetzen, so auch bei mir.

Gleichzeitig kann der berufliche Alltag jedoch auch belastend sein. Besonders dann, wenn sich Frustration aufbaut, man sich unverstanden fühlt oder die eigene Rolle einseitig interpretiert wird. Begriffe wie *"unzufrieden"* oder *"demotiviert"* werden leicht verwendet, ohne die Ursachen differenziert zu betrachten.

Trotz hoher Einsatzbereitschaft entsteht bei derartigen Äußerungen mitunter das Gefühl, den Erwartungen nicht zu genügen. Dies kann zu einer dauerhaften Infragestellung der eigenen Leistung führen. Der Eindruck, dass Engagement als Belastung oder Hindernis wahrgenommen wird, ist schwer zu verarbeiten. Gerade wenn rechtliche und regulatorische Vorgaben Teil der Verantwortung sind, kann die konsequente Umsetzung als hinderlich empfunden werden. Wo manche Effizienz sehen, sehen andere Vorschriften. Dabei steht die Absicht im Vordergrund, Risiken zu vermeiden und nachhaltige Entscheidungen zu treffen. Wird genau diese Haltung nicht als verantwortungsbewusst, sondern als übertrieben interpretiert, entstehen Spannungen. Aussagen wie *"du übertreibst"* oder *"du lähmst den Ablauf"* sind Ausdruck davon. Die Intention, korrekt und vorausschauend zu handeln, trifft nicht immer auf Verständnis und mit diesen Äußerungen umzugehen ist nicht immer leicht.

Als Führungskraft ist es allerdings auch von Bedeutung, mit Widerstand umgehen zu können. Entscheidend ist, klar zu kommunizieren und nachvollziehbar zu handeln. Nicht jede Kritik ist ein Angriff; manche ist Ausdruck anderer Perspektiven.

Auch für mich als Führungskraft entstand dadurch eine anhaltende Belastung. Ich bemühte mich, sowohl den beruflichen Anforderungen als auch den eigenen Ansprüchen gerecht zu werden. Dies führte zu einer zunehmenden Erschöpfung, da die eigenen Bedürfnisse dabei in den Hintergrund gerieten.

Es gab Momente, da fühlte sich die Arbeit nicht mehr nach einem Ort der Erfüllung an, sondern wie ein ständiger Kampf. Und als einzige Frau unter Männern wird dieser Kampf oft unsichtbar geführt, weil man selbst immer wieder in eine Rolle gedrängt wird, die einem so fremd ist, dass man sie fast selbst zu glauben beginnt.

„Die Unzufriedene", „die Demotivierte", „die, die sich zurückzieht",
„die, die nicht interessiert ist" - all diese Etiketten, die einer Frau im
Laufe der Zeit immer wieder zugeschrieben werden, hinterlassen
Spuren, tief in der Seele. Und obwohl man für sich selbst genau
weiß, dass man jeden Tag mit vollem Einsatz arbeitet, dass man
Projekte umsetzt und Aufgaben erledigt, hat man dennoch das
Gefühl, nie genug zu sein.

„Was macht das also mit einem, wenn all die eigenen,
unermüdlichen Anstrengungen, um wirklich etwas zu bewegen,
nicht gesehen werden? Wenn einem ständig vorgehalten wird, dass
man anders ist, dass man schwierig ist, dass man in seiner Haltung
irgendwie falsch ist, obwohl man einfach nur den täglichen
Anforderungen gerecht wird?"

Anfangs war es nur ein leises, unterschwelliges Gefühl, dass etwas
nicht stimmte. Doch mit der Zeit wurde es immer lauter,
unüberhörbarer. Der Druck, der sich langsam aber sicher aufbaute,
war überall zu spüren. Es war ein Sturm, der sich immer weiter
zusammenbraute, ohne dass ich wusste, wie ich ihn aufhalten
konnte.

Die Ursachen für die Konflikte, die über uns hineinbrachen, waren
vielfältig, aber der Hauptfaktor war die immense Überbelastung,
die an allen Fronten herrschte. Es schien, als ob jeder Einzelne,
jede Abteilung, jeder Bereich, mit zu vielen Aufgaben gleichzeitig
jonglierte. Alle versuchten, dem ständigen Tempo gerecht zu
werden - das ständige Streben nach mehr, nach schneller, nach
besser. Es war, als ob wir uns alle in einem nie endenden Rennen
befanden, bei dem wir versuchten, mit der Zeit, mit den
Erwartungen und den Anforderungen mitzuhalten. Doch

irgendwann merkte ich, dass ich mich selbst, meine eigenen Bedürfnisse und mein eigenes Wohl dabei völlig aus den Augen verlor.

Das größte Dilemma, das ich in dieser Zeit hatte, war die schwierige Balance zwischen meinen eigenen Ansprüchen und denen der anderen. Ich wollte allen gerecht werden - meinen Kollegen, meinen Vorgesetzten, den Erwartungen des Unternehmens und vor allem mir selbst. Ich wollte beweisen, dass ich alles schaffen konnte, dass ich stark genug war, alles zu bewältigen, dass ich es allen zeigen konnte. Aber je mehr ich versuchte, allen gerecht zu werden, desto mehr merkte ich, dass ich mich selbst immer weiter aus den Augen verlor. Meine eigenen Wünsche und Bedürfnisse, meine Grenzen, meine Gesundheit - all das wurde zur Nebensache. Statt mich um mich selbst zu kümmern, versuchte ich, alles für andere zu tun.

Die ständige Überforderung führte zu einem inneren Konflikt mit mir selbst. Ich fühlte mich zerrissen zwischen dem, was von mir erwartet wurde und dem, was ich wirklich brauchte. Es war ein ständiger Kampf, der mich innerlich völlig erschöpfte. Die Momente der Ruhe, der Entspannung, wurden immer seltener und ich konnte mich immer weniger auf das Wesentliche konzentrieren.

In den Gesprächen, die ich mit meinen Kollegen hatte, merkte ich, dass ich nicht die Einzige war, die sich so fühlte. Viele von uns litten unter der gleichen Last, doch niemand sprach wirklich darüber. Wir alle versteckten unsere wahren Gefühle hinter professionellen Fassaden, versuchten, den Erwartungen gerecht zu werden, ohne wirklich innezuhalten und zu reflektieren, was wir brauchten. Dieses Verhalten ist typisch unter Führungskräften und wurde mir immer wieder in diversen Seminaren mit anderen Leuten aus unterschiedlichen Unternehmen bestätigt. Diese „zweite Seite der Medaille" als Führungskraft kennen die meisten deshalb nur zu gut.

Das Schlimmste war, dass ich mich selbst immer weiter von dem entfernte, was mir eigentlich wichtig war. Ich hatte das Gefühl, mich in einem endlosen Kreislauf aus Verpflichtungen, Erwartungen und Selbstaufopferung zu verlieren. Die Freude an der Arbeit, die mich früher angetrieben hatte, verblasste immer mehr. Stattdessen war da nur noch das ständige Gefühl, nicht genug zu tun, nicht genug zu leisten. Ich wollte perfekt sein, alles richtig machen - aber je mehr ich versuchte, desto mehr kam es mir vor, als würde ich alles falsch machen.

Es war ein ständiges Hadern, ein ständiger Versuch, den Anforderungen gerecht zu werden, ohne mich selbst zu verlieren. Ich wollte die Anerkennung meiner Kollegen, die Bestätigung meiner Vorgesetzten und gleichzeitig auch das Gefühl, in meinem eigenen Leben etwas richtig zu machen. Doch all das führte nur zu immer mehr Konflikten mit mir selbst. Ich konnte nicht mehr klar sehen, was wirklich wichtig war und der Druck nahm immer weiter zu. Ich fühlte mich leer, erschöpft und ausgebrannt.

Rückblickend erkenne, wie wichtig es an dieser Stelle gewesen wäre, einen Schritt zurückzutreten und zu reflektieren. Die Frage, die ich mir stellen sollte, war nicht, wie ich anderen gerecht werden kann, sondern wie ich zuerst mir selbst gerecht werde. Denn nur wenn ich in der Lage bin, auf mich selbst zu achten, meine eigenen Bedürfnisse und Grenzen zu respektieren, kann ich in einer gesunden und produktiven Weise für andere da sein. Doch das war mir in der Hitze des Gefechts nicht klar - ich war zu sehr damit beschäftigt, es allen recht zu machen, um zu erkennen, dass ich mir selbst am meisten weh tat.

Ich war immer ein selbstbewusster Mensch, jemand, der seinen eigenen Wert kannte und sich seiner Stärken und Schwächen bewusst war. Ich hatte gelernt, mich selbst zu schätzen, zu wissen, was ich konnte und was nicht, und vor allem, wo meine Grenzen lagen. Diese Selbstsicherheit, diese klare Haltung, die mich durch viele Herausforderungen getragen hatte, war für mich immer eine Quelle der Stärke. Sie gab mir die Kraft, in schwierigen Momenten standhaft zu bleiben und mich nicht von den Meinungen anderer verunsichern zu lassen. Ich wusste, wer ich war und das hatte mir geholfen, meinen Platz in der Welt zu finden.

Doch mit der Zeit wurde dieses Selbstwertgefühl plötzlich erschüttert. Etwas in mir brach. Es war, als würde jemand die Grundlage meines Selbstbewusstseins ins Wanken bringen. Es war, als ob meine eigene Wahrnehmung von mir selbst plötzlich infrage gestellt wurde, und das war ein Gefühl, das ich nicht kannte und das mich völlig überforderte. Ich fühlte mich nicht mehr stark, sondern verwundbar und unsicher. Die Klarheit, die ich immer hatte, war plötzlich verschwunden, und ich stand inmitten von Zweifeln und Fragen. Diese Entwicklung führte zu Unsicherheit, Schlaflosigkeit und intensiver Selbstreflexion.

Zwei Wochen später, am 09.10.2024, meinem Schicksalstag, kam völlig unerwartet dieser unausweichliche Moment, der alles verändern sollte. Ich wurde plötzlich und völlig aus dem Nichts aus meinem gewohnten Arbeitsumfeld gerissen und alles, was mich bis dahin beschäftigte und bewegte, erschien auf einen Schlag bedeutungslos. Vielleicht war es der Moment, in dem das

Universum mir sagte, dass ich einen Schritt zurücktreten musste, dass ich Abstand brauchte, um zu heilen. Ich weiß nicht, ob es wirklich so hätte sein müssen. Was ich aber ganz genau weiß, ist, dass dieser Moment für mich ein Wendepunkt war. Es war keine einfache Entscheidung und es hat mich zutiefst erschüttert. Aber es hat mir auch gezeigt, dass es manchmal eine stärkere Handlung braucht, als es Worte jemals könnten - eine Handlung, die einem den Abstand gibt, den man braucht, um die Perspektive zurückzugewinnen.

Es hätte nicht mit solch einer Wucht sein müssen, wie sie mir in diesem Moment entgegengebracht wurde. Ich bin jemand, der es nicht mag, im Mittelpunkt zu stehen, wenn ich nicht darum bitte. Die Aufmerksamkeit, die mir in diesem Schicksalsschlag plötzlich zuteilwurde, obwohl ich sie in dieser Phase meines Lebens nicht haben wollte, fühlte sich unangemessen an. Aber vielleicht war es genau das, was notwendig war, damit ich diese Situation aus einem anderen Blickwinkel sehen konnte. Vielleicht musste ich genau in diesem Moment gezwungen werden, einen Schritt zurückzutreten, um das Ganze besser zu begreifen.

Was bleibt, sind viele Fragen und noch mehr Gedanken, die mich begleiten. Aber auch die Erkenntnis, dass manchmal das, was uns am meisten schmerzt, uns gleichzeitig den Raum zum Heilen und zum Wachstum gibt - auch wenn es sich in dem Moment alles andere als gut anfühlt.

Im Nachgang wurde mir immer mehr bewusst, dass die Auswirkungen nach so einer Handlung nicht nur emotional sind, sie greifen tiefer. Es ist kein Zufall, dass diese Ereignisse mit einer Verschlechterung meiner gesundheitlichen Situation einherging.

Ein Jahr lang konnte ich kaum schlafen, höchstens 2-3 Stunden in der Nacht. Es war nicht nur die Belastung der Arbeit, es war der Druck, sich jeden Tag in einem Raum behaupten zu müssen, in dem man das Gefühl hatte, nicht wirklich gesehen zu werden. Die ständigen Spannungen, die ungelösten Konflikte und das Gefühl, ständig gegen eine Wand zu laufen, zogen die Energie aus mir heraus, jeden einzelnen Tag.

Es ist schwer, in Worte zu fassen, was es bedeutet, Nacht für Nacht wach zu liegen - während die Welt um einen herum friedlich schläft und man sich selbst nichts sehnlicher wünscht, als wenigstens ein paar Stunden echte Erholung zu finden. Der Körper ist müde, die Augen brennen, aber der Kopf? Der scheint ein Eigenleben zu führen. Gedanken drehen sich im Kreis, während die Minuten sich zu Stunden dehnen. Und so beginnt jedes Mal aufs Neue die verzweifelte Suche nach einer Lösung - nach irgendeiner Lösung - und ja, ich habe wirklich alles versucht.

Baldrian? Ja. In Tropfenform, als Kapseln, in Tees - mit der Hoffnung, dass seine beruhigende Wirkung mir endlich ein paar Stunden Schlaf schenkt. Doch mein Körper schien gegen seine sanften Kräfte immun zu sein.

Warme Milch mit Honig? Natürlich. Und in meiner Verzweiflung sogar warmes Bier - ein alter Hausfrauen-Trick, den ich mir nie hätte vorstellen können, bis die Schlaflosigkeit mich dazu brachte, ihn auszuprobieren. Das Ergebnis? Ein unangenehmes Geschmackserlebnis, aber keine erholsame Nacht und noch viel schlimmer, ein Unding für eine Bayerin für mich, dass ich das wohlgeliebte bayrische Bier für solche Versuche zweckentfremdet habe - das beschämt mich noch heute.

Ich habe mir ein Zirbenkissen gekauft, weil ihr Duft angeblich beruhigend auf Körper und Geist wirken soll. Vielleicht tat er das auch - bei anderen Menschen. Ich jedenfalls lag weiterhin wach, eingerahmt von wohlig duftendem, aber leider wirkungslosem Holzgeruch.

Unzählige Einschlafmelodien, hochfrequente und teilweise anstrengende Töne, sanfte Meeresrauschen-Aufnahmen - ich habe sie alle durchprobiert. Manchmal halfen sie für ein paar Minuten, ließen mich glauben, ich könnte endlich abschalten. Doch dann kam wieder dieses vertraute Gefühl der Unruhe, das mich zuverlässig davon abhielt, in den ersehnten Schlaf zu sinken.

Yoga? Natürlich habe ich es versucht. Atemtechniken, Dehnübungen, Meditation. Jeder Ratgeber versprach, dass man damit zur inneren Ruhe findet. Aber anstatt abzuschalten, war ich innerlich noch frustrierter, weil mein Kopf einfach nicht aufhören wollte zu arbeiten.

Melatonin-Gummibärchen - die als sanfte Lösung angepriesen wurden, um dem Körper einen Schubs in die richtige Richtung zu geben. Eine Zeit lang dachte ich, es könnte helfen, aber am Ende blieb nur das Wissen, dass es eben doch keine Wundermittel gibt.

Und dann waren da noch die Nächte, in denen ich so verzweifelt war, dass ich auf Schlaftabletten zurückgriff. Nicht regelmäßig, aber ab und zu - einfach, um wenigstens eine Nacht durchschlafen zu können und vor allem auch, wenn am nächsten Tag wichtige Besprechungen in der Firma stattgefunden haben. Ich wollte vermeiden, dass es jemanden auffällt, dass ich unausgeschlafen und unkonzentriert sein könnte. Dies war ein Kampf, den ich mittlerweile seit knapp 2 Jahren täglich mit mir selbst führte. Doch selbst die gelegentliche Einnahme von Schlaftabletten brachte keine echte Lösung. Es fühlte sich an, als würde ich meinen Körper austricksen, ohne das eigentliche Problem zu lösen.

Ich habe Schafe gezählt, Atemtechniken ausprobiert, mich mit Büchern müde gelesen. Einschlaftees mit beruhigenden Kräutern getrunken, immer mit der Hoffnung, dass diesmal vielleicht das Richtige dabei ist. Aber nichts half langfristig. Der Schlaf blieb ein flüchtiger Gast in meinem Leben - und mit jeder schlaflosen Nacht wurde die Verzweiflung größer. Schlaflose Nächte sind eine stille Last, die sich mit jeder Stunde, die man nicht schlafen kann, immer schwerer anfühlt. Der Körper ist müde, die Gedanken kreisen und trotzdem kann man nicht abschalten. Jede Nacht vergehen die Stunden, in denen ich mich sehnsüchtig nach Ruhe sehnte, doch sie blieb unerreichbar. Es ist nicht nur der Schlafmangel, der mich quälte, sondern auch das Gefühl, dass ich jeden Tag aufs Neue mein Bestes geben musste - obwohl der Tag viel mehr von mir verlangt, als ich eigentlich geben konnte.

Es gibt wohl kaum etwas, das ich nicht versucht habe. Und doch blieb am Ende nur die Erkenntnis: Man kann den Schlaf nicht erzwingen. Man kann ihn nicht erzwingen, so wie man Ruhe, Entspannung oder Gelassenheit nicht auf Knopfdruck abrufen kann. Vielleicht war genau das mein größter Fehler - der ständige Kampf gegen etwas, das sich nur dann einstellt, wenn man aufhört, es zu jagen.

Als Frau, die zugleich Führungskraft ist, wird der Druck noch größer. Es gibt Momente, in denen ich mich fragte, wie lange ich noch die Energie aufbringen könnte, im Team mit Zuversicht zu leiten, während ich innerlich von Erschöpfung geplagt war.

Niemand sollte merken, wie schwer es mir fiel, durchzuhalten. Ich wusste, dass unser Team auf mich schaute und es war für mich eine ungeschriebene Regel, dass ich Stärke und Klarheit ausstrahlen musste, egal wie dunkel es in mir aussieht. Und doch, auch wenn es manchmal überwältigend war, musste ich mich jeden Morgen wieder aufrappeln, mich zusammenreißen und weitermachen - nicht nur für mich, sondern auch für diejenigen, die auf meine Unterstützung angewiesen waren. Es war ein ständiger Balanceakt zwischen dem, was ich geben musste, und dem, was mir langsam fehlte. Aber ich konnte es nicht anders, denn ich hoffte, dass es Zeiten geben würde, in denen ich mich wieder regenerieren werde. Und solange ich durchhalte, werde ich auch für meine Kollegen da sein - mit all der Kraft, die ich noch habe - das war einer meiner häufigsten Gedanken zu jener Zeit.

Heute würde ich anders mit meiner Schlaflosigkeit umgehen. Ich lernte, sie nicht als Feind zu betrachten, sondern als Signal meines Körpers. Und auch wenn ich noch nicht am Ziel bin, weiß ich, dass der Weg zur Ruhe nicht über Mittelchen und Methoden führt und nicht Preis des eigenen Perfektionismus sein darf.

Ich war schon immer jemand, der nicht abschalten konnte - zu emphatisch, zu perfektionistisch, jemand, der sich alles zu sehr zu Herzen nahm. Mein Job verlangte mir viel ab, vielleicht zu viel. Die letzten zwei Jahre waren geprägt von großen Projekten, enormer Verantwortung und zusätzlichen Aufgaben, die ungeplant auf mich zukamen. Ein Berg an Überstunden wurde zur Norm und während ich im Berufsleben glänzte, begann mein Privatleben, leise und fast unbemerkt, zu verblassen.

Familie und Freunde warnten mich immer wieder:

„Das kann auf Dauer nicht gut für dich sein.", „Denk daran, dass Arbeit nicht alles im Leben ist."

Ich hörte ihre Worte, aber ich verstand sie nicht wirklich - oder wollte sie nicht verstehen. Erst jetzt, mit dem Abstand, den mir das Leben aufgezwungen hat, erkenne ich, wie recht sie hatten. Und es beschämt mich zutiefst, dass ich die wesentlichen Dinge im Leben immer mehr aus den Augen verloren hatte.

Ich habe unzählige schöne und wertvolle Momente verpasst. Geburtstage, spontane Abende mit Freunden, bedeutungsvolle Gespräche, kleine Augenblicke des Glücks - all das ging an mir vorbei, während ich mich in Arbeit verlor. Und das Schlimmste ist: Diese Momente kommen nicht mehr zurück! Man kann die Zeit nicht zurückspulen, man kann nur aus ihr lernen.

Es gibt Zeiten im Leben, in denen man sich selbst und seine eigenen Grenzen nicht wirklich wahrnimmt. Man lebt in einer Art Zustand der Selbstüberlistung, in dem man glaubt, den Körper und die eigenen Bedürfnisse überlisten zu können, um weiterzumachen, ohne Schwäche zu zeigen. So ging es mir - tagtäglich kämpfte ich mit meinem Schlafmangel, der mich innerlich und äußerlich immer mehr zermürbte, aber ich wollte nicht aufgeben, nicht nachgeben.

Oft musste ich mir in Gesprächen mit Freunden und Kollegen anhören, wie unvorstellbar es für sie sei, dass ich mit so wenig Schlaf auskommen konnte. Ihre staunenden Blicke, als sie mir sagten, dass man mir das ja nicht einmal ansähe, dass ich nur maximal zwei bis drei Stunden pro Nacht schlief, hatten etwas von Anerkennung, aber auch von Sorge. *"Wie schaffst du das?",* fragten sie, als ob es etwas sei, worauf man stolz sein könnte. Und tief in meinem Inneren wusste ich, dass es nicht etwas war, auf das ich stolz sein konnte, sondern etwas, das mich langsam, aber sicher aufzehrte.

In den ersten Wochen und Monaten hatte ich das Gefühl, ich könnte den Mangel an Schlaf irgendwie ausgleichen. Ich wollte nicht, dass jemand meine Erschöpfung bemerken konnte, wollte nicht, dass sich meine Arbeitsleistung oder meine Ausstrahlung durch diese Müdigkeit beeinflussen ließen. Also gab ich mein Bestes - tagtäglich, immer wieder, mit einem unermüdlichen Willen, nicht schwach zu wirken, keine Schwäche zu zeigen. Doch tief in mir drin, wusste ich, dass es ein täglicher Kampf war. Ein Kampf, den ich nicht gewinnen konnte, denn je mehr ich mich anstrengte, desto mehr erschöpfte mich der Zustand, in dem ich mich befand. Es war ein unausweichlicher Teufelskreis.

Es waren die letzten beiden Monate vor meinem Schicksalstag, die mir schließlich bewusst machten, wie sehr mich dieser Zustand zermürbte. In dieser Zeit hatte ich es nicht mehr geschafft, mein inneres Gleichgewicht zu wahren. Vereinzelt spürte ich es in den Blicken meiner Kollegen, die mich fragend ansahen und mich darauf ansprachen, dass ich nicht gut aussähe.

"Bist du sicher, dass du alles in Ordnung ist? Du siehst nicht gerade gut aus!" - hörte ich öfter und als ich in den Spiegel sah, konnte ich es selbst nicht mehr ignorieren - die Augen waren müde, der Blick leer und kraftlos. Es war, als ob mein Körper mir langsam aber sicher ein Zeichen gab, dass er die Last des Schlafmangels nicht mehr tragen konnte.

Doch was mir zu dieser Zeit nicht bewusst war, war die Tatsache, dass diese fortwährende Erschöpfung und der Schlafmangel weit mehr mit mir anstellten, als ich mir jemals hätte vorstellen können. Erst viel später, mit der Diagnose, die mein Leben auf den Kopf stellte, wurde mir klar, dass der konstante Mangel an Schlaf und die Erhöhung des Cortisolspiegels durch den Stress meinen Körper immer weiter schwächten und das Wachstum des Tumors begünstigten. Das wusste ich damals noch nicht - damals war ich nur erschöpft, ausgebrannt und kämpfte weiter, ohne zu verstehen, was hinter all dem steckte.

Ich hatte all diese Warnzeichen nicht richtig wahrgenommen, hatte mich geweigert, meine eigenen Bedürfnisse zu sehen, weil ich dachte, dass ich stark genug sei, das alles zu bewältigen. Ich wollte niemanden enttäuschen, wollte nicht, dass andere meine Schwierigkeiten merkten. Und während ich weiter versuchte, die Fassade zu wahren, war ich mir nicht bewusst, dass ich gerade dabei war, gegen meinen eigenen Körper zu kämpfen - gegen etwas, das ich nie hätte ignorieren dürfen.

Rückblickend ist mir klar, wie gefährlich es ist, den eigenen Körper zu übergehen, ihn zu ignorieren und nicht auf die Signale zu hören, die er einem gibt. Diese Erkenntnis ist schwer zu tragen, denn ich wünschte, ich hätte früher gehandelt, hätte meinen Schlaf, meine Gesundheit und mein Wohlbefinden nicht so sehr hintenangestellt. Doch manchmal braucht es einen Schlag ins Gesicht, einen Moment der Wahrheit, um zu verstehen, wie fragil unser Körper ist, wie kostbar die Dinge sind, die wir oft als selbstverständlich betrachten.

Auch wenn der Weg, den ich gegangen bin, mit vielen Fehlern und schmerzhaften Lektionen gespickt war, habe ich gelernt, mit mehr Achtsamkeit auf mich selbst zu hören. Ich habe die Wichtigkeit des Schlafes und des Selbstfürsorge begreifen müssen, um zu erkennen, dass echte Stärke nicht darin besteht, alles alleine zu bewältigen oder weiterzumachen, wenn man am Ende seiner Kräfte ist. Wahre Stärke ist die Erkenntnis, wenn es Zeit ist, innezuhalten, Hilfe anzunehmen und auf sich selbst zu achten - bevor es zu spät ist.

Und was bleibt? Ein Gefühl der Entfremdung, das immer tiefer wird. Man fühlt sich unsichtbar, als würde man in einem Raum stehen, in dem niemand wirklich auf einen hört. Die Diskrepanzen zwischen dem, wie man sich selbst sieht und dem, wie man von anderen wahrgenommen wird, werden immer größer. Und es wird zu einem täglichen Kampf, sich selbst daran zu erinnern, dass man mehr ist als diese Labels, dass man mehr ist als die negativen Urteile. Aber es wird immer schwerer, diese Erinnerung aufrechtzuerhalten, wenn sie täglich infrage gestellt wird.

Ich habe in diesem Jahr gelernt, dass dieser ständige Druck nicht ohne Folgen bleibt. Der Weg zur Heilung, zur Rückgewinnung von Selbstwert und innerer Stärke, wird nicht leicht sein. Aber ich weiß jetzt, dass dieser Prozess notwendig ist, um zu erkennen, dass ich nicht Teil der Geschichte des Scheiterns bin, sondern eine Frau, die versucht hat ihr Bestes zu geben und die zu diesem Zeitpunkt wahrscheinlich auch schon krank war und ihr Körper selbst gegen etwas sehr großes kämpfte - und das ist mehr wert als alles andere. Es wird eine Zeit kommen, in der ich den Mut finden werde, all dem die Bedeutung zu entziehen und das Vertrauen in mich selbst wieder aufzubauen. Aber dieser Weg ist lang und die Narben, die er hinterlässt, sind real.

2

Zwischen Leben und Sterben

Mein Schicksalstag 09.10.2024

Manchmal gibt es Tage, die völlig unscheinbar beginnen - Tage, die nichts Außergewöhnliches ankündigen und die doch alles verändern. Der 9. Oktober 2024 war für mich genau so ein Tag. Ein Tag, der in meinem Kalender stand wie jeder andere. Ein Tag, an dem ich aufstand, meinen Kaffee trank, mich auf die Arbeit vorbereitete - ohne zu ahnen, dass dieser Tag mein Leben für immer in ein *„Davor"* und *„Danach"* teilen würde.

Das schrille Klingeln des Weckers riss mich erneut aus einem viel zu kurzen Schlaf. Ich war müde, aber das war ich oft und ein Blick auf die Uhr bestätigte das, was ich längst wusste: Wieder einmal hatte ich kaum zwei Stunden geschlafen - unterbrochen von unruhigen Momenten des Wachliegens, in denen mein Kopf einfach nicht abschalten wollte. Es war mittlerweile seit eineinhalb Jahren mein Alltag. Der Druck bei der Arbeit, die ständigen Anforderungen und Herausforderungen, mein eigener Perfektionismus - all das ließ mich nachts wachliegen und tagsüber weiter machen, als wäre nichts gewesen.

Wie ich es geschafft habe, so lange mit so wenig Schlaf zu funktionieren - beruflich, privat, menschlich - bleibt mir bis heute ein Rätsel und ich kann bis heute die ganzen Fragen meiner Familie und Freunde dazu nicht beantworten - ich funktionierte einfach, so wie immer.

Ich stand auf, duschte mich, zog mich an, hetzte durch meinen Morgen. Ein flüchtiger Blick in den Spiegel - Augenringe, fahle Haut, ein Gesicht, das mir fremd vorkam, aber für Selbstmitleid blieb keine Zeit. Also ignorierte ich es, so wie ich es immer tat und ich lebte ein Leben, das nach außen hin vermutlich perfekt wirkte - ein gutes berufliches Standing, ein solides Umfeld, Pläne für die Zukunft.

Doch was ich damals zu diesem Zeitpunkt nicht erkannte: Ich bewegte mich auf dünnem Eis. Mein Körper sendete mir offensichtlich Signale, doch ich ignorierte sie. Müdigkeit? - normal, Kopfschmerzen? - gehören dazu. Dieser innere Druck, immer mehr zu leisten, war für mich selbstverständlich geworden. Ich war überzeugt, dass ich stark genug war, dass ich alles unter Kontrolle hatte.

Rückblickend erkenne ich, wie sehr ich zu diesem Zeitpunkt in der Illusion der Selbstverständlichkeit lebte. Ich nahm es als gegeben hin, morgens gesund aufzuwachen, zur Arbeit zu fahren, Pläne für die Zukunft zu schmieden. Ich dachte nie darüber nach, dass all das von einem Moment auf den anderen verschwinden könnte.

„Wir alle tun das, nicht war?"

Wir gehen davon aus, dass unser Körper funktioniert, dass die Menschen, die wir lieben, morgen noch da sein werden, dass wir die Dinge, die uns wichtig sind, auch in der Zukunft tun können. Bis zu dem Moment, in dem uns das Leben eines Besseren belehrt.

Ich hatte mein Leben nach den Regeln gespielt, die mir die Gesellschaft vorgab. Erfolg bedeutete für mich, hart zu arbeiten, unzählige Überstunden zu leisten, nie *„nein"* zu sagen, für andere einzuspringen, mich zu beweisen und Erwartungen zu erfüllen. Ich glaubte bis zu diesem Zeitpunkt, dass mein Wert davon abhing, wie viel ich leistete.

„Doch was ist Erfolg wert, wenn man sich selbst dabei verliert?"

All diese Fragen stellte ich mir erst, als es zu spät war. Als mein Körper mir mit aller Gewalt zeigte, dass er nicht mehr konnte. Es gibt Momente, die alles verändern. Momente, in denen das Leben dich zwingt, innezuhalten. Meiner kam plötzlich - ohne Vorbereitung und er riss mich aus einer Welt, die ich für sicher gehalten hatte, in eine Realität, in der absolut nichts mehr selbstverständlich war. Was folgte, war der schwerste Kampf meines Lebens, aber auch die größte Chance, die ich je bekam und das war mir an diesem besagten Morgen alles noch nicht bewusst.

Dabei begann der 09.10.2024 ein Mittwoch eigentlich wie jeder andere. Ich wollte den letzten Tag der Technikerschulung meines Arbeitgebers besuchen. Ein Blick aus dem Fenster zeigte mir eine Landschaft, die in goldenem Herbstlicht glänzte - die Berge des Chiemgaus leuchteten in warmen Farben, als wollten sie mich sanft daran erinnern, dass das Leben mehr ist als Meetings und To-do-Listen.

Ich beschloss, diesen Tag besonders zu machen. Ich nahm mir einen Moment für mich, einen Moment der Freude und entschied, mit meinem Porsche 911 loszufahren und meinen Firmenwagen heute in meiner Garage stehen zu lassen.

Für manche mag es oberflächlich klingen, sich zwischen zwei Autos entscheiden zu können. Doch für mich war es nie einfach nur eine Wahl zwischen Fahrzeugen. Autos sind für mich nicht nur Mittel zum Zweck - sie sind Erinnerungen, Wegbegleiter, ein Stück von mir.

Schon als Kind war ich fasziniert von ihnen und diese Leidenschaft hat mich nie losgelassen. Mein allererstes Auto, ein roter MINI One, Baujahr 2001 - liebevoll *„Leopold"* getauft - ist noch immer in meinem Besitz. Der Gedanke, ihn jemals zu verkaufen, ist für mich undenkbar. Ich habe mir immer geschworen, dass wir zusammen - er als Oldtimer, ich als Renternin - eines Tages nach Italien fahren. Noch bin ich nicht so alt, aber dieser Traum bleibt. Und als anstrebender *„Momentensammler"* werde ich ihn mir bestimmt noch erfüllen.

Mein zweites Auto, ein BMW X4, mein geliebter *„Gustl"*, ist voller Erinnerungen - an unvergessliche Reisen, spontane Roadtrips, aber auch an Herausforderungen. Als ich einmal eine

Vorfahrtsverletzung beging, musste er ordentlich einstecken. Und dann war da dieser Roadtrip nach Italien, als wir am Strand von Rom ausgeraubt wurden. Die Heimfahrt? 1000 Kilometer mit einer kaputten Seitenscheibe, provisorisch mit einem Müllbeutel abgedeckt. Der Fahrtwind war ohrenbetäubend - aber wir drehten einfach die Musik lauter und sangen kräftig mit.

Dieses Erlebnis hätte uns den ganzen Trip ruinieren können. Doch wir entschieden uns dagegen. Wir machten das Beste daraus - und genau das ist der Schlüssel im Leben. Sich nicht von negativen Momenten bestimmen zu lassen, sondern die positiven darin zu finden. Heute lachen wir über diese Geschichte und unsere Begegnung mit den italienischen Polizisten in Frascati bleibt ein Highlight. Anstatt uns einfach nur eine Anzeige auszustellen, servierten sie uns erst einmal Kaffee und Biscotti und führten tiefgehende Gespräche über Mode, Trüffel und unser Liebesleben. Wer hätte gedacht, dass eine solche Situation so viele schöne Erinnerungen mit sich bringen würde? Und genau deshalb, sind Autos mehr als Autos für mich, sie sind eine Leidenschaft fürs Leben mit denen ich viele schönen Momente verbinde.

Den Namen „Gustl" hat er bekommen, weil er für mich so viel mehr ist als nur ein Name. Sein Name verbindet eine ganz besonderen Leidenschaft: meiner Liebe zum bayrischen Bier, speziell dem Augustiner Bräu aus München. Für mich ist es nicht nur ein Getränk, sondern ein Stück Heimat, ein Symbol für Geselligkeit, Tradition und die warmen Abende, die man mit Freunden und Familie verbringt. „Gustl" - dieser Name war für mich von Anfang an der perfekte Ausdruck für unsere persönliche Verbindung miteinander.

Doch mein „*Gustl*" hatte 2024 seinen eigenen Kampf zu kämpfen. Probleme mit dem Motor und dem Antrieb machten mir klar, dass ich ihn vielleicht verkaufen müsste. Die bloße Vorstellung war für mich unerträglich. Als der Anruf kam, dass ein Käufer Interesse hätte, brach ich in Tränen aus. Im strömenden Regen lief ich um das Auto herum, streichelte die Türen, nahm die Kennzeichen ab und verabschiedete mich unter den wohl fragenden Blicken der vorbeifahrenden Menschen von meinem geliebten, langjährigen und bislang treuen Wegbegleiter „*Gustl*".

Zum Glück endete diese Geschichte anders. Mein Vater fand jemanden, der einen Austauschmotor für ihn hatte. „*Gustl*" bekam eine zweite Chance - genau wie ich und so muss ich noch heute darüber schmunzeln, wie ähnlich wir beide uns doch sind. Anfang 2025 kehrt er zurück und ich freute mich so ihn wieder zu sehen. Leider hatte er aber nach 2 Wochen wieder erste Probleme gezeigt, weshalb er nochmal in die „*Autoklinik*" musste. Es geht ihm also, ähnlich wie mir, immer noch nicht wirklich zu 100% wieder gut und auch für ihn war der Start in ein zweites Lebens etwas holprig und schwierig, doch mittlerweile hat auch er sich zum Glück wieder gefangen und befindet sich auf dem Weg der Besserung.

Und dann ist da noch mein Porsche 911 Black Edition, mein „*Herr Münchinger*" - eine Hommage an den Franz Münchinger, unser in Bayern so geliebter und geschätzter Monaco Franze - ein ernsthaft älterer Herr und der ewige Stenz! Niemals hätte ich gedacht, dass ich mir einmal diesen Traum erfüllen würde. Viel zu oft hatte ich mir eingeredet, dass es unmöglich sei, dass ich noch nicht so weit wäre. Doch manchmal passieren Dinge aus einem Impuls heraus - und genau das war der richtige Moment.

Als mein Vater ein neues Taxi brauchte, begleitete ich ihn zur Abholung. Auf dem Hof des Händlers stand ein schwarzer, makelloser Porsche 911. Mein Herz schlug schneller, als ich ihn sah. Ich ging vorsichtig näher, betrachtete jede Linie, jedes Detail ohne ich anzufassen - als hätte ich Angst, einen Traum zu berühren, der nicht für mich bestimmt war. Doch an diesem Tag entschied ich spontan, dass Träume nicht warten sollten. Man muss sie leben und so unterschrieb ich kurzerhand den Kaufvertrag.

Es gibt Entscheidungen im Leben, die sich erst im Nachhinein vollständig begreifen lassen. Manche davon erscheinen impulsiv, fast schon irrational, eine Art Kurzschlussreaktion und doch tragen sie eine tiefere Wahrheit in sich, die wir oft erst mit Abstand erkennen. Der Moment, in dem ich mir meinen Kindheitstraum erfüllte und einen Porsche 911 kaufte, war genau so eine Entscheidung. Ein Augenblick, in dem Herz und Bauchgefühl lauter sprachen als jede rationale Überlegung.

Hätte ich es geplant? Vielleicht irgendwann, wenn es besser passt, wenn der richtige Moment kommt, wenn alle Umstände perfekt sind? Wahrscheinlich. Doch genau darin liegt die größte Illusion unseres Lebens: das Warten auf den perfekten Zeitpunkt. Das ständige Verschieben auf morgen, auf *„später"*, auf einen Tag, der vielleicht niemals kommt.

„Was wäre gewesen, wenn mein Leben an jenem 09.10.2024 plötzlich geendet hätte? Wenn es an diesem Tag vorbei gewesen wäre, ohne Vorwarnung, ohne Möglichkeit, noch einmal nachzuholen, was ich immer vorhatte?"

Dann hätte ich diese Welt verlassen, ohne mir einen meiner größten Träume erfüllt zu haben. Ich hätte nie gewusst, wie es sich anfühlt, in einem Sportwagen, einem wahren Klassiker, durch imposante Alpenpässe zu heizen. Ich hätte nie das Adrenalin gespürt, das sanfte Kribbeln in den Fingern, wenn man das Lenkrad hält und die Straße sich vor einem öffnet. Nie hätte ich dieses einzigartige Zusammenspiel aus Freiheit, Geschwindigkeit und purer Lebensfreude erlebt.

Aber es geht um weit mehr als nur um das Auto. Es geht um das, was es für mich bedeutet. Denn mit diesem Traum habe ich mir nicht einfach nur einen materiellen Wunsch erfüllt - ich habe mir einen Teil meiner Seele zurückgegeben, eine Erinnerung an das Kind in mir, das einst davon geträumt hat. Und noch viel wichtiger: Ich habe mir bewiesen, dass Träume nicht nur Träume bleiben müssen, wenn man den Mut hat, sie zu leben.

Ich denke oft darüber nach, was ich verpasst hätte. Nicht nur diese Fahrten, nicht nur die unvergesslichen Erlebnisse auf der Straße, sondern vor allem die gemeinsamen Momente mit Familie und Freunden. Die leuchtenden Augen, wenn wir zusammen unterwegs sind, das Lachen, die Gespräche, die Erinnerungen, die für immer bleiben. Ich hätte nie gewusst, wie sehr es mich erfüllt, nicht nur für mich, sondern auch mit und für andere diesen Traum zu leben.

Heute weiß ich: Ich werde meine Träume nicht mehr aufschieben. Ich werde nicht mehr auf später warten, auf ein *„wenn es besser passt"*, auf den perfekten Moment, der vielleicht niemals kommt. Ich werde meine Träume leben, genau dann, wenn mein Herz mir sagt, dass es richtig ist.

Manche mögen das als oberflächlich empfinden, als egoistisch oder gar arrogant.

„Doch ist es wirklich egoistisch, das Leben in seiner vollen Intensität zu erleben? Ist es oberflächlich, sich bewusst zu machen, dass Zeit unser wertvollstes Gut ist und dass wir nie wissen, wie viel davon uns bleibt?"

Ich sehe es anders. Ich sehe es als eine Entscheidung für das Leben - für das echte, gelebte, gefühlte Leben. Ich will die Welt mit offenen Armen empfangen. Ich will nicht nur funktionieren, nicht nur überleben, sondern wirklich leben. Ich will meine Träume nicht nur im Kopf haben, sondern sie mit jeder Faser meines Seins spüren. Ich will die Sonnenaufgänge auf den schönsten Straßen dieser Welt sehen, will den Klang eines Motors hören, der meine Leidenschaft widerspiegelt, will mich an das Gefühl erinnern, als ich zum ersten Mal wusste: Das ist es. Das ist das Leben, das ich leben will.

Und am Ende, wenn meine Zeit irgendwann kommt, will ich nicht zurückblicken und mich fragen, warum ich nicht den Mut hatte, das Leben auszukosten. Ich will nicht bedauern, dass ich mich selbst immer wieder zurückgehalten habe. Ich will mit einem Lächeln gehen, mit dem Wissen, dass ich jeden Moment genutzt habe, dass ich nicht gewartet, sondern gelebt habe - mit all seinen Höhen und Tiefen, mit all seinen Facetten. Denn das ist es, was zählt. Nicht, wie lange wir leben, sondern wie sehr wir es tun und dieses Gefühl hatte ich schon immer, jedoch war es mir noch nie so bewusst wie jetzt.

◆

Es gibt Tage, die sich von anderen unterscheiden, ohne dass man es im ersten Moment wirklich begreift. Tage, an denen Begegnungen intensiver sind, Worte eine tiefere Bedeutung tragen und Gesten sich in die Seele einprägen und das dies ein solcher Tag für mich nun werden sollte, wusste ich noch nicht, als ich an diesem Morgen in meinem Porsche 911 stieg und losfuhr.

Schon auf der Fahrt zur besagten Technikerschulung war ich voller Vorfreude. Ich freute mich darauf, bekannte Gesichter wiederzusehen, alte Gespräche fortzuführen und gemeinsam zu lachen. Besonders gespannt war ich auch auf die Atmosphäre der neu gestalteten Schulung - etwas, das ich unbedingt live erleben wollte. Und so fuhr ich an diesem Morgen mit meinem Porsche 911 zum Kulturzentrum, parkte und betrat voller Erwartung die Halle.

Kaum war ich eingetreten, spürte ich eine Energie, die mich sofort einnahm. Noch bevor ich jemanden ansprach, kam mir eine warme, euphorische Begrüßung entgegen. Meine Kollegen empfingen mich mit einer Herzlichkeit, die anders war als sonst - intensiver, bewusster. Natürlich waren die Begrüßungen in der Vergangenheit immer positiv gewesen, aber an diesem Tag lag etwas Besonderes in der Luft. Es war, als würden sie sich nicht nur freuen, mich zu sehen, sondern als hätten sie wirklich auf mich gewartet. Als hätte meine Anwesenheit an diesem Tag eine tiefere Bedeutung, die ich selbst noch nicht verstand.

Ich fühlte mich geschätzt, gesehen - ja, fast schon umarmt von dieser Atmosphäre. Und genau das passierte dann auch, als die Teilnehmer der Schulung nach und nach eintrafen. Mit jedem bekannten Gesicht, das mir entgegenkam, erlebte ich Momente echter Nähe. Ich wurde herzlich empfangen, lange gedrückt, nach meinem Wohlbefinden gefragt. Es war nicht nur eine formelle Geste oder eine oberflächliche Begrüßung - es war ehrliche, aufrichtige Zuneigung. Ich spürte Wärme, Freude und das Gefühl, wirklich willkommen zu sein.

Diese Welle der Herzlichkeit tat mir so gut, dass ich meine ursprünglichen Pläne über Bord warf. Eigentlich wollte ich nur für einen kurzen Besuch bleiben, doch die Gespräche, das Lachen, die ehrlichen Begegnungen ließen mich verweilen. Ich genoss es in vollen Zügen - das Wiedersehen, den Austausch, das Gefühl, ein Teil dieser Gemeinschaft zu sein.

Doch irgendwann rückte die Mittagszeit näher und mit ihr kam auch der Moment des Abschieds. Ein Termin wartete auf mich und so musste ich mich nach und nach von allen verabschieden. Ich kann mich noch genau an die vielen freundlichen Worte erinnern, an die herzlichen Gesten - doch eine Begegnung ist mir bis heute besonders im Gedächtnis geblieben.

Einer unserer langjährigen Servicetechniker verabschiedete sich auf eine Weise, die mich im Nachhinein nachdenklich stimmte. Dreimal kam er zu mir, nahm mich fest in den Arm, drückte mich lange und wünschte mir *„Alles Gute“*. Immer wieder wiederholte er es, als wolle er sicherstellen, dass diese Worte mich wirklich erreichen.

„Alles Gute.“ Zwei einfache Worte, die an diesem Tag eine ungewöhnliche Kraft hatten.

„Warum? Wollte er mir einfach nur das Beste wünschen oder war es mehr als das? War es eine unbewusste Vorahnung? Eine stille Vorbereitung auf das, was mir bevorstand? Etwas, für das ich tatsächlich all die Kraft brauchen würde, die ich aufbringen konnte?“

Ich weiß es nicht. Ich weiß nur, dass diese Verabschiedungen an diesem Tag von einem anderen Kaliber waren. Sie waren nicht einfach Worte und Gesten, sondern fühlten sich fast an wie eine Botschaft. Eine Botschaft, die mir erst viel später bewusst wurde.

Noch heute, wenn ich daran zurückdenke, durchströmt mich ein tiefes Gefühl der Dankbarkeit. Dankbarkeit für diese ehrlichen Begegnungen, für die Menschen, die mich an diesem Tag mit so viel Herzlichkeit empfangen haben. Ich habe gelernt, dass es Momente gibt, die wir erst im Nachhinein in ihrer ganzen Bedeutung begreifen. Und dass manche Worte, die uns scheinbar beiläufig gesagt werden, eine tiefere Wahrheit tragen, als wir in dem Moment verstehen können. Hätte mein Weg an diesem Tag geendet, dann hätte ich wenigstens eines gewusst: Ich war nicht allein. Ich hätte gesehen, wie viele Menschen mich in ihren Herzen trugen, selbst jene, die ich nie wirklich kannte. Ich hätte gespürt, wie viel Liebe, Wertschätzung und ehrliche Worte mir entgegengebracht wurden - Worte, die oft erst gesprochen werden, wenn es zu spät ist. Es ist ein bittersüßer Trost, aber auch eine tiefe Erkenntnis: Man hinterlässt Spuren, selbst wenn man es nicht ahnt. Vielleicht war es einfach nur ein besonderer Tag. Vielleicht war es ein stilles Zeichen, aber eines weiß ich sicher: Diese Begegnungen, diese Wärme und diese Worte bleiben für immer in meinem Herzen.

An diesem Tag sollte um 14 Uhr ein Bewerbungsgespräch stattfinden. Ein Gespräch mit einem jungen Mädchen, das durch meine alte Fahrschullehrerin und langjährige Freundin an unser Unternehmen vermittelt wurde. Ich kann mich noch genau erinnern, wie ich mich auf dieses Gespräch vorbereitete - doch irgendwie war mir der tiefe Sinn dahinter zu dem Zeitpunkt noch nicht bewusst.

„Warum war es gerade an diesem Tag? Warum genau jetzt? Warum nicht später oder früher?"

Ich frage mich oft, was wohl passiert wäre, hätte ich an diesem Tag keinen Termin gehabt.

„Wie wäre mein Tag dann verlaufen? Wo wäre ich zu finden gewesen? Hätte man mich überhaupt gefunden? Wäre ich einfach durch den Tag gegangen, ohne dass dieses Gespräch stattgefunden hätte, ohne diese Begegnung?"

Vielleicht hätte ich mich an diesem Tag in den gewohnten, vielleicht etwas monotonen Alltag eingefügt, ohne dass etwas Besonderes passiert wäre.

„Und was, wenn dieses Gespräch tatsächlich nicht im Büro stattgefunden hätte? Wo hätte ich mich zu diesem Zeitpunkt dann aufgehalten?"

Es hätte auch im Vorbeigehen passieren können, bei einem zufälligen Treffen, in der Küche, während der Autofahrt, am Parkplatz oder in einem Café. Doch das Schicksal scheint uns oft ganz bewusst zu lenken. Ich glaube mittlerweile ganz fest daran, dass unser Leben mit diesen kleinen Wendepunkten, diesen scheinbar zufälligen Ereignissen mehr sind als nur Zufall. Sie haben Bedeutung, sie sind Teil eines viel größeren Plans.

Besonders die Tatsache, dass es meine alte Freundin war, die mir diese Bewerberin geschickt hat, hat mich nachdenklich gemacht.

„Warum gerade sie? Warum hatte sie ausgerechnet mich ausgesucht, um diese junge Frau an mich zu vermitteln?"

Diese Verbindung, die so lange bestand, lässt mich vermuten, dass eine tiefere Intuition dahinter steckt, eine liebevolle Geste, vielleicht von ihr oder von denjenigen, die mir am nächsten stehen. Vielleicht wollte jemand sicherstellen, dass es mir gut geht, dass ich nicht alleine bin an diesem außergewöhnlichen Tag. Dass dieser Gesprächsmoment nicht nur ein leeres Gespräch bleibt, sondern vielleicht ein kleiner, aber feiner Wendepunkt für mich wird.

Und dann - der eigentliche Höhepunkt dieser Geschichte: Einige Wochen später sagte uns das Mädchen ab, weil sie eine andere Möglichkeit wahrnehmen konnte. Ein Gespräch, das überspitzt gesagt eigentlich für „*die Katz*" war, entwickelte sich im Nachhinein zu einem der wichtigsten Wendepunkte, die meinen weiteren Weg an diesem Tag beeinflussten. Hätte ich diese Stunde mit ihr nicht gehabt, hätte ich diesen Tag anders erlebt. Hätte ich sie nicht getroffen, wäre meine Entscheidung vielleicht anders ausgefallen, mein Umgang mit dem Rest des Tages ein ganz anderer. Es ist seltsam, aber gleichzeitig auch faszinierend, wie solche Momente unser Leben in eine Richtung lenken können, die wir zu diesem Zeitpunkt noch gar nicht erahnen.

Vielleicht war es nicht nur das Gespräch selbst, sondern alles, was dahinterstand - die Verbindung zu meiner Freundin, die Intuition, die uns beide miteinander verbunden hat und das Gefühl, dass diese Entscheidung nicht aus dem Nichts kam, sondern aus einem tiefen, beinahe unsichtbaren Plan, der sich gerade dort und dann entfalten sollte. All das hat mich auf eine Art und Weise berührt, die ich noch immer nicht ganz begreifen kann, aber immer mehr glaube, dass es genau so hätte sein müssen. Es war kein Zufall - es war Schicksal.

Wenn ich an diesem Moment zurückdenke und mir vorstelle, was passiert wäre, wenn ich diesen Termin nicht gehabt hätte, dann wird mir klar, dass mein Leben an diesem Tag definitiv eine ganz andere Richtung genommen hätte. Hätte ich das Gespräch mit dem jungen Mädchen nicht geführt, wäre ich vermutlich direkt nach der Technikerschulung nach Hause gefahren. In aller Ruhe hätte ich mich darauf konzentriert, die Vorbereitungen für das bevorstehende Audit durch die Benannte Stelle zu treffen. Ich hätte in meinem Wohnzimmer gesessen, meine Unterlagen durchgesehen, mich selbst in den Zahlen und Berichten verloren - und das Leben wäre weitergezogen, ohne dass es für mich einen tieferen Sinn gehabt hätte.

Nachmittags, gegen 17 Uhr, wäre ich dann vermutlich zu meinen Eltern und meiner Oma aufgebrochen, wie ich es so oft tue. Oma und ich - wir haben dieses Ritual seit Jahrzehnten. Jeden Abend, seit all den Jahren, verbringen wir zusammen auf der Couch. Wir sprechen über den Tag, über meine Arbeit, über alles, was uns bewegt. Wir schauen uns zusammen die Nachrichten an und dann mache ich mich auf den Weg nach Hause, während sie sich fürs Bett fertig macht. Es ist ein ganz besonderes Ritual, das für mich mehr bedeutet, als Worte es je ausdrücken könnten. Es gibt mir Halt, es gibt mir Raum, nachzudenken und zu reflektieren. Dieser Austausch mit ihr ist der Ort, an dem ich meine Gedanken ordnen kann. Sie ist die bestinformierteste Person, wenn es um meine Familie geht, um meine Freunde, um mein Leben, meine Arbeit und die Höhen und Tiefen, die ich durchlebt habe. Sie kennt mich wie niemand sonst. Besonders an den Tagen, an denen es mir schwerfällt, hat sie mir immer wieder den Raum gegeben, mich zu öffnen, mich selbst zu hinterfragen und mit einer gewissen Selbstkritik über alles nachzudenken.

Ein weiteres Ritual, das mich fast täglich mit meiner Oma verbindet, ist unsere gemeinsame Mittagspause - und es ist eines der wertvollsten Geschenke in meinem Leben. Jeden Mittag verlasse ich das Büro, steige ins Auto und fahre zu ihr. Wenn ich bei ihr ankomme, ist es wie eine kleine Oase im oft hektischen Alltag. Eine Stunde, in der ich ganz bei ihr bin, in der wir miteinander sprechen, lachen, schweigen und einfach die gemeinsame Zeit genießen können. Es ist der Moment am Tag, auf den ich mich immer freue, der mir die nötige Ruhe und Wärme gibt, um den Rest des Arbeitstags zu meistern.

Es gibt Tage, an denen die Welt um mich herum laut und fordernd ist, aber diese Stunde mit meiner Oma ist mein Rückzugsort, mein Innehalten. Sie hat so viel Lebenserfahrung, so viel Weisheit und ich kann von ihr so viel lernen. Es sind nicht nur die Gespräche, die uns verbinden, sondern auch das Gefühl, dass wir diese Zeit miteinander teilen, dass wir uns gegenseitig ein Stück unserer Welt schenken.

Ich weiß, dass mein Mittagessen mit Oma in der Firma nicht immer gut ankommt. Oft bleibe ich dabei von meinen Kollegen und der allgemeinen Mittagspause ausgeschlossen, was zu Missverständnissen führen kann. Es wird oft erwartet, dass ich mit ihnen esse, aber für mich ist dieses Treffen mit meiner Oma einfach unersetzlich. Natürlich schätze ich die Kollegen und den Austausch mit ihnen, doch dieses tägliche Ritual, die Gespräche mit meiner Oma, die Zweisamkeit, das Wissen, dass sie in diesem Moment für mich da ist - das ist für mich von so unschätzbarem Wert, dass ich es nicht mehr missen möchte.

Ich bin mir sehr bewusst, wie privilegiert ich in dieser Hinsicht bin. In einer Welt, in der Zeit oft als Mangelware betrachtet wird, habe ich das große Glück, diese Pause in meinem Alltag mit ihr zu teilen. Ich könnte meine Mittagszeit anders verbringen, aber diese Stunde mit meiner Oma ist ein Moment des Glücks, den ich zu schätzen weiß und niemals für selbstverständlich halte. Es ist eine Zeit, die meine Seele nährt, die mir Ruhe schenkt und mich mit Liebe erfüllt.

Diese Stunde mit ihr ist mehr als nur ein einfaches Mittagessen - sie ist ein wertvoller Teil meines Lebens, den ich in vollen Zügen genieße und immer wieder bewusst danke für sie sage. Und auch wenn andere diese Entscheidung nicht immer verstehen, weiß ich tief in meinem Herzen, dass es die richtige Wahl ist. Ich werde diese Zeit weiterhin würdigen, denn sie ist für mich der wahre Luxus inmitten des schnellen, oft von Hektik bestimmten Alltags.

Ich bin unendlich dankbar für all diese Momente. Und wenn ich mir vorstelle, wie es sich anfühlen würde, wenn der Platz neben mir auf der Couch plötzlich leer ist, wenn Oma nicht mehr da wäre, dann überkommt mich eine tiefe Traurigkeit.

„Was würde aus mir werden, wenn keine Antworten mehr kämen, wenn die vertrauten Gespräche nicht mehr stattfinden könnten? Wenn ich meine Sorgen und Ängste in einem Raum teilen müsste, der nur noch leer und still wäre?"

Das kann ich mir jetzt noch gar nicht richtig vorstellen und ich möchte es auch nicht. Genauso, wie ich glaube, dass es meiner Oma nicht leicht gefallen sein muss, als sie von meinem Schicksal erfahren hatte. Ich weiß, dass sie eine unvorstellbare Angst gespürt hat. Und vielleicht hatte sie in diesem Moment ähnliche Gedanken, wie ich sie jetzt habe - Gedanken, die man sich eigentlich nicht machen will, weil sie so schmerzhaft sind.

Dennoch dürfen wir nicht nur die negativen Seiten sehen, sondern müssen auch erkennen, wie viel Glück wir in diesem Augenblick haben, in dieser Situation, in der wir uns befinden. Viele Menschen haben nicht das Privileg, solche Momente zu erleben, nicht den Raum, solche Gespräche zu führen. In einer Welt, die oft von Stress und Hektik geprägt ist, ist es ein wahres Geschenk, solche vertrauten, tiefen Verbindungen zu haben. Und genau deshalb sollte man sich bewusst sein, wie wertvoll diese Zeiten sind und sie so intensiv wie möglich genießen. Die Devise ist klar: Leben, wo es geht. Jede Sekunde schätzen.

Wenn ich ehrlich zu mir selbst bin, muss ich zugeben, dass ich an diesem Abend vermutlich nicht mehr in der Lage gewesen wäre, zu meiner Oma zu fahren. In diesem Moment wäre ich so sehr in einem kritischen Zustand gewesen, dass ich fast schon nicht mehr die Kraft gehabt hätte, den Weg anzutreten. Vielleicht wäre ich sogar schon zu diesem Zeitpunkt bereits tot gewesen. Der Gedanke daran trifft mich tief, denn es erinnert mich an die Zerbrechlichkeit des Lebens und an die Momente, in denen alles plötzlich anders sein kann. Ich frage mich jetzt:

„Was wäre gewesen, wenn der Termin nicht stattgefunden hätte? Wäre ich an diesem Tag vielleicht nicht mehr nach Hause gekommen?"

Die Gedanken, die mir durch den Kopf gehen, sind schrecklich - und doch muss ich sie zulassen. Ich habe den tiefen Verdacht, dass ich zu diesem Zeitpunkt nicht mehr lange zu leben gehabt hätte. Und in all der Verwirrung und dem Schmerz, den ich mit mir trage, sehe ich klar, wie zerbrechlich unser Leben ist. Vielleicht wäre ich einfach innerlich verblutet, ohne dass irgendjemand es bemerkt hätte, ohne dass jemand gewusst hätte, was in mir vorgeht.

Ich kann mir vorstellen, dass meine Familie an diesem Abend einfach gedacht hätte, dass ich später kommen würde, weil es bei der Arbeit länger gedauert hat. Natürlich gebe ich immer Bescheid, wenn es später wird - aber an diesem Abend hätte ich es vielleicht nicht sofort getan. In diesem Moment hätte man mich vermutlich erst gegen 19 Uhr versucht zu erreichen und wenn dann noch nichts passiert wäre, hätte man sich Sorgen gemacht und vielleicht sogar die Wohnung aufgebrochen.

„Und was dann?"

Ein leerer Raum. Keine Antwort. Keine Bewegung. Diese Vorstellung ist erschreckend und lässt mich spüren, wie isoliert man in diesem Moment sein kann, wie plötzlich und still das Ende kommen kann, ohne dass es jemand mitbekommt.

Die Realität, die ich mir da vorstelle, ist grausam, aber sie zeigt mir auch, wie sehr wir uns in unseren Alltagsabläufen verlieren - wie leicht es ist, im Strom des Lebens zu verschwinden, ohne dass es jemand merkt. Wir sind so oft gefangen in unseren Routinen, in der Arbeit, in den Verpflichtungen, dass wir vergessen, wie wichtig es ist, in diesen Momenten auch auf uns selbst zu hören, uns die Zeit zu nehmen, uns zu verbinden und zu reflektieren. Und genau deshalb weiß ich, wie wertvoll die Momente sind, in denen ich mit meiner Oma zusammen auf der Couch sitze oder wir gemeinsam meine Mittagspause oder das Wochenende verbringen - weil sie mir wirklich viel bedeutet.

Das Bewerbungsgespräch, das wir zu diesem Zeitpunkt geführt hatten, war überraschend schnell vorbei, viel früher als ursprünglich geplant. Eigentlich dachte ich, mein Kollege und ich würden wie üblich im Nachgang noch ein wenig über das Gespräch sprechen. Doch dieses Mal war es anders. Normalerweise haben wir uns immer die Zeit genommen, um uns auszutauschen und Gedanken zu sortieren. Doch er sagte plötzlich, dass wir das Gespräch einfach mal *"sacken lassen"* sollten und uns dann am nächsten Tag bei unserem gemeinsamen Personaltermin weiter austauschen könnten. Zuerst war ich ein wenig irritiert. Schließlich waren wir doch schon deutlich früher als geplant fertig und es wäre noch genügend Zeit gewesen, die letzten Eindrücke zu besprechen. Aber ich folgte ihm, ohne weiter nachzufragen und dachte mir, es sei vielleicht besser, die Dinge einfach ruhen zu lassen und so verabschiedeten wir uns.

Es ist schon eigenartig, wie wir uns täglich verabschieden, fast wie eine Selbstverständlichkeit. Ich erinnere mich noch gut an die Worte, die ich ihm sagte:

„Adios - bis morgen.“

Eine so einfache, fast beiläufige Bemerkung, die in meinem Kopf nicht viel mehr war als ein ferner Gedanke, ein Versprechen, das ich ganz selbstverständlich aussprach, ohne wirklich zu wissen, was der nächste Tag bringen würde. Ich dachte, wir würden uns am nächsten Tag wiedersehen, wie wir es immer getan hatten. Monate später musste ich jedoch daran denken, dass ich ihn mit diesen Worten beinahe ganz schön getäuscht hätte. Ich hätte ihn mit dieser Verabschiedung in dem Moment nicht die ganze Wahrheit gesagt. Denn in Wirklichkeit wusste ich nicht, ob wir uns je wiedersehen würden. Es war ein Versprechen, das ich ohne zu wissen, was morgen wirklich passieren würde, ausgesprochen hatte.

Diese Erkenntnis hat sich in meinem Herzen eingegraben. Wie oft verabschieden wir uns so, als ob es das normalste der Welt ist, Menschen morgen wiederzusehen, als wäre es eine unerschütterliche Gewissheit. Doch in Wahrheit kann keiner von uns sicher sagen, ob wir uns morgen tatsächlich wieder als gleiche Person, am gleichen Ort, zur gleichen Zeit sehen werden. Manchmal denke ich darüber nach, wie viele Male wir uns im Leben von anderen Menschen verabschieden, ohne wirklich zu begreifen, dass es vielleicht die letzte Begegnung gewesen sein könnte. Dass der Augenblick, in dem wir uns trennen, möglicherweise der letzte, der endgültige Abschied ist. Und doch verdrängen wir diesen Gedanken, weil wir es uns nicht vorstellen wollen, dass das Leben uns und anderen solche Überraschungen bereithält.

Im Nachhinein habe ich mich oft gefragt, wie oft ich mich in meinem Leben so verabschiedet habe - mit einem *„Bis morgen"* oder einem *„Bis später"*, ohne mir jemals die Frage zu stellen, was wäre, wenn *„morgen"* nicht käme. Wie oft sind diese Worte einfach nur eine Floskel, die wir wie selbstverständlich in den Raum werfen, ohne ihnen wirklich die Bedeutung zu geben, die sie verdienen? Heute, nach allem, was ich erlebt habe, weiß ich, dass Verabschiedungen weit mehr sind, als nur Worte, die aus dem Mund kommen. Sie sind ein letzter Eindruck, eine letzte Erinnerung. Sie sind ein Teil des Abschieds, der uns bleibt, wenn wir einen Moment oder eine Person hinter uns lassen.

Deshalb versuche ich mich heute anders zu verabschieden. Ich versuche, meine Worte, meine Gesten und mein Herz in diesen Moment zu legen. Wenn ich mich von jemandem verabschiede, der mir nahe steht, dann halte ich inne. Ich möchte, dass sie wissen, dass es keine Selbstverständlichkeit ist, dass wir immer wieder Zeit miteinander verbringen dürfen. Dass jede Begegnung und jeder Abschied etwas wertvolles ist. Ich nehme mir die Zeit, mich wirklich zu verabschieden - mit einer Umarmung, die länger dauert als gewöhnlich, mit einem Kuss, der von Herzen kommt, oder mit einem *„Ich liebe dich"*, das von ganzem Herzen gemeint ist. Denn ich möchte, dass der letzte Moment, den wir miteinander teilen, einer ist, an den man sich gerne und vor allem mit einem Lächeln zurückerinnert, sollte es wirklich die letzte Begegnung sein.

Es geht mir nicht darum, an das Schicksal oder an die Möglichkeit des *„Endes"* zu denken, aber vielmehr darum, die Liebe und die Bedeutung in den Momenten, die uns bleiben, zu sehen. Es ist eine Erinnerung an mich selbst, dass jeder Abschied von Bedeutung ist, jeder Augenblick zählt und dass ich für mich und für die Menschen, die ich liebe, dafür sorgen möchte, dass der letzte Eindruck - der letzte Abschied - etwas ist, das sowohl für mich als auch für sie von Wert bleibt.

Im Nachhinein war es die beste Entscheidung unser Gespräch nicht mehr direkt zu führen und unsere Wege zu trennen. Denn nur 20 Minuten später - als ich mich auf den Weg nach Hause machte, um noch ein wenig im Homeoffice an den Vorbereitungen für das bevorstehende Audit zu arbeiten - spürte ich plötzlich, wie alles in mir zusammenbrach. Es war ein Gefühl, das mich schlagartig überkam. Etwas in mir brach einfach zusammen, und ich wusste, dass ich nicht mehr viel Kontrolle über meinen Körper hatte. Ein wahnsinniger Schwindel und eine unaufhaltsame Erschöpfung überrollten mich. Mir wurde klar, dass ich zu diesem Zeitpunkt im Büro definitiv nicht mehr in der Lage gewesen wäre, einfach weiterzumachen. Ich hätte nicht vor meinen Kollegen zusammenbrechen wollen. Besonders nicht vor denen, die mir nahe standen und die mir in den vergangenen Jahren so viel Unterstützung und Vertrauen entgegengebracht hatten. Der Gedanke, sie in so eine schwierige Situation zu bringen, machte mich nur noch mehr verzweifelt.

Ich war froh, dass ich rechtzeitig beschlossen hatte, nach Hause zu fahren. Vielleicht hatte ich im letzten Moment noch ein wenig Glück, dass ich nicht mehr an meinem Arbeitsplatz war, als das Unglück mich traf. Als ich auf dem Weg nach Hause war kam mir plötzlich mein Kollege im Auto entgegen. Er war gerade von der Technikerschulung zurück, die ich am Morgen noch besucht hatte. Er fuhr in einem anderen Wagen und winkte mir, als wir uns begegneten. Ich erinnere mich noch so genau an diesen Moment.

„Wie oft grüßen wir Menschen im Vorbeifahren, ohne wirklich darüber nachzudenken? Wie oft schenkt man einem flüchtigen Moment keine Bedeutung?"

Doch dieser kleine Augenblick, dieser flüchtige Gruß, hat sich in mein und vor allem auch in sein Gedächtnis eingebrannt. Ich erinnere mich an das Lächeln auf seinem Gesicht, an seine Gestik und daran, wie wir uns einander zuwinkten, als wären es die einfachsten und bedeutungslosesten Sekunden. Doch im Nachhinein wurde mir durch seine Aussagen bewusst, wie bedeutungsvoll dieser Moment nich nur für mich, sondern auch für ihn war und wie sehr er an dieser Erinnerung festhielt. Ich weiß noch genau, wie er mir mit einem breiten Lächeln zurück gewunken hat. So leicht und unverfänglich, wie wir uns immer begegnet sind. Keiner von uns hätte geahnt, dass dies der letzte Moment war, in dem wir uns so unbeschwert gesehen haben würden.

Ich setzte meine Fahrt fort, den vertrauten Weg nach Hause, der mir mittlerweile wie ein fester Bestandteil meines Lebens erschien. Es war dieser eine Weg, den ich schon so oft gefahren war, die gleiche Straße, die gleichen Häuser, das gleiche Bild, das ich schon tausend Mal gesehen hatte. Doch an diesem Tag, aus einem Grund, den ich selbst nicht wirklich erklären kann, überkam mich plötzlich ein Impuls, etwas zu tun, was ich normalerweise erst später an diesem Tag getan hätte. Als ich durch die kleine Ortschaft fuhr, in der meine Familie lebt, fühlte ich auf einmal eine merkwürdige, unerklärliche Sehnsucht. Ein Drang, einen kurzen Abstecher zu machen. Ich wusste in diesem Moment nicht, was mich dazu trieb, aber irgendetwas in mir sagte:

„Fahr doch trotzdem noch kurz zu deiner Familie, auch wenn Du später dann eh noch vorbeikommst."

Es war kein großer Plan, keine rationale Entscheidung, einfach ein Gefühl, das mich durchströmte und mich dazu brachte, von der gewohnten Strecke abzukommen. Ich nahm die Abzweigung, parkte mein Auto schnell in die Einfahrt, ohne wirklich darüber nachzudenken. Eigentlich hatte ich gar nicht vor, lange zu bleiben. Es war nur ein kurzer Zwischenstopp. Ein paar Minuten, um mich abzulenken und dann weiterzumachen. Doch was ich damals nicht wusste war, dass dieser kurze Impuls, diese spontane

Entscheidung, sich später als eine der bedeutendsten und besten Entscheidungen meines Lebens herausstellen würde.

Als ich das Haus betrat, wurde ich von der vertrauten Wärme meiner Eltern empfangen. Meine Mutter war gerade auf dem Weg nach oben zu meiner Oma, die schon immer bei uns lebte und ich sagte ihr, dass ich nur für einen Moment bleiben würde, um ein paar Dinge für die Arbeit zu erledigen, aber dass ich dann auch gleich zu ihr und meiner Oma nach oben kommen würde. Mein Vater saß im Wohnzimmer auf der Couch und arbeitete an seinem Laptop. Es war so ein normaler Tag. Ein Tag wie jeder andere, das dachte ich zumindest.

Doch plötzlich, ohne jegliche Vorwarnung, überkam mich ein merkwürdiger, intensiver Durst. Mein Körper fühlte sich plötzlich schwer an, meine Glieder schwerer als sonst. Ein tiefes Gefühl der Schwäche nahm mich ein und ich konnte es nicht wirklich erklären. Ich ging in die Küche, um etwas zu trinken, setzte mich dann in der Stube auf die Couch und öffnete meinen Laptop, um eine E-Mail zu lesen, die auf mich wartete. Aber der Durst blieb. Und dann kam etwas anderes hinzu - eine seltsame Benommenheit. Alles schien sich zu drehen, die Welt um mich herum wurde plötzlich trüb und verschwommen. Ein unheimliches Gefühl der Müdigkeit überkam mich. Es war, als würde mein Körper gegen meinen Willen in den Ruhemodus schalten. Ich stand auf, um ins Bad zu gehen, doch als ich den Raum verließ, rief mein Vater mich noch einmal. Ich antwortete, dass ich gleich zu ihm kommen würde, aber jetzt nur noch schnell ins Bad müsse.

Und was dann geschah, weiß ich nur aus den Erzählungen meiner Eltern. Meine Mutter, die oben bei meiner Oma war, hörte plötzlich zwei dumpfe, unangenehme Geräusche. Sie dachte zuerst, es sei unser Hund Monty, der mit meinem Vater spielte. Monty war bekannt dafür, manchmal etwas über die Stränge zu schlagen, aber das war nichts Ungewöhnliches. Doch als sie dann ein weiteres, ebenso dumpfes Geräusch hörte, wurde sie misstrauisch und ging nach unten.

Im Badezimmer fand sie mich - ohnmächtig. Ich war mit dem Kopf voraus in die Badewanne gefallen, hatte mir beim Sturz den Kopf an den Kanten des Wasserhahns gestoßen. Meine Mutter rief sofort meinen Vater, der sich ohne Zögern an meine Seite begab. Sie versuchten alles um mich zu wecken - sie rüttelten an mir, schüttelten mich, kniffen mir ins Gesicht und riefen meinen Namen, aber es passierte nichts. Ich reagierte nicht. Ich war weg, wie in einem anderen Raum, der für mich unerreichbar war. Die Zeit schien stillzustehen.

Meine Mutter erzählte später, dass sie mich in ihren Armen halten musste, dass mein Körper einfach nachgab, dass ich zusammensackte und ihre Arme fühlten sich an, als würde mein ganzes Gewicht auf ihr lasten. Sie sagte, dass meine Augen verdreht waren und ich nicht mehr atmete. In diesem Moment wusste sie, dass ich in ernster Gefahr war, aber sie konnte nichts tun. Die Panik, die in ihr aufstieg, war unvorstellbar. Der Gedanke, ihr eigenes Kind so hilflos zu sehen, muss sie bis ins Mark erschüttert haben. Mein Vater hörte nur noch die eigenen, verzweifelten Schreie meiner Mutter, die verzweifelt versuchte, mich wachzurütteln, während er den Notruf wählte.

In dieser Phase, die für sie wie eine Ewigkeit gewesen sein muss, war ich bereits in meiner eigenen Welt - eine Welt der Dunkelheit und des Nichts. Ich hörte die Stimmen meiner Eltern, doch sie klangen so weit entfernt, als wäre ich in einem anderen Universum. Ich konnte die Worte nicht verstehen, aber sie waren da. Wie ein leises Murmeln aus einer anderen Dimension. In meinem Zustand fühlte es sich an, als würde ich einfach nur schlafen. Friedlich, ruhig. Gedanken an das Leben, an meine Eltern, an alles, was war, verschwammen. Ich dachte nur:

„Warum kann hier niemand leise sein, wenn ich gerade versuche, ein kleines Nickerchen zu machen?"

Es war, als ob der Raum um mich herum den gleichen Frieden suchte, den ich fühlte. Doch dann, plötzlich, wie ein Donnerschlag, kam ich wieder zu mir. Es war kein langsames, zögerliches Erwachen, kein sanftes Zurückkommen ins Leben. Es war wie das plötzliche, schockierende Öffnen einer Tür in einem völlig dunklen Raum. Ich sah meinen Vater vor mir, das Telefon in der Hand, und hörte ihn sagen:

„Jetzt ist sie wieder da."

Diese Worte hallten in meinem Kopf wider. Ich verstand gar nicht, was gerade passiert war.

„Warum war ich am Boden des Badezimmers? Warum war mein Vater am Telefon? Warum fühlte ich mich so desorientiert?"

Die Welt um mich herum war plötzlich wieder real, aber sie fühlte sich fremd an. Meine Mutter, die sich über mich beugte, war heilfroh, dass ich wieder bei Bewusstsein war. Sie sprach von der Ohnmacht, von dem Moment, als ich nicht mehr atmete. Doch in diesem Moment konnte ich keine Verbindung zu ihren Worten herstellen. Ich verstand nicht, warum sie so aufgeregt war.

Es war, als würde ich sie aus einer sehr fernen Welt hören, als könnte ich den Ernst der Situation nicht begreifen.

Doch dann öffnete sich die Wohnungstür, und mehrere Rettungskräfte, zusammen mit einer Notärztin, stürmten ins Haus. Die Realität, so schmerzhaft und unaufhaltsam, traf mich mit voller Wucht. In diesem Moment verstand ich, dass ich tatsächlich in Gefahr gewesen war. Dass dieser kurze Abstecher nach Hause zu meiner Familie, den ich an diesem Tag gemacht hatte, nicht nur ein zufälliges Ereignis war, sondern ein Wendepunkt in meinem Leben. Ein Moment, der mir das größte Geschenk gemacht hatte: die Chance, weiterzumachen, die Chance, mein Leben weiter zu leben.

Ich weiß jetzt, dass es kein Zufall war. Der Impuls, nach Hause zu fahren, der Drang, bei meiner Familie zu sein, war der Moment, der mich gerettet hat. Und auch wenn ich damals nicht verstand, was wirklich passiert war, so weiß ich heute, dass diese Entscheidung mich zu dem gemacht hat, was ich heute bin - jemand, der in der Dunkelheit des Lebens immer wieder das Licht finden kann.

Ich kann die Ängste meiner Eltern und besonders die meiner Mutter in dieser Situation mehr als nachempfinden. Der Schmerz, die Sorge und die absolute Hilflosigkeit, die sie durchlebt haben müssen, sind für mich in dieser Erinnerung sehr lebendig. 2016 haben wir durch den plötzlichen Kindstod unsere geliebte, sieben Monate alte Enkelin und Nichte verloren. Ein Moment, der alles verändert hat. Ein Moment, der mit einem Schlag die Welt aus den Angeln gehoben hat. Ein Moment, in dem das Leben, das bis dahin so sorgenfrei und leicht war, von einer Sekunde auf die andere in etwas völlig anderes verwandelt wurde.

Es war ein schrecklicher Wendepunkt, bei dem man plötzlich mit einer der tiefsten und unerträglichsten Formen des Schmerzes konfrontiert wird. Es ist, als ob die Zeit für einen selbst stehen bleibt und man in einer anderen Dimension gefangen ist. Alles verliert seine Farben, wird grau, leer und kalt. Die Welt um einen herum fühlt sich an wie ein verschwommener Film, der ohne jegliche Bedeutung abläuft. Und in diesem Moment begreift man, dass nichts mehr so sein wird, wie es einmal war. Die Vorstellung, dass etwas so unvorstellbar Tragisches plötzlich passiert, das ist fast nicht zu begreifen.

Dieser Moment hat sich tief in unsere Herzen eingebrannt. Und er hat uns alle in einer Art und Weise geprägt, die ich manchmal gar nicht in Worte fassen kann. Seitdem sind wir extrem sensibel geworden. Jeder von uns lebt mit der permanenten Angst, dass etwas Ähnliches wieder geschehen könnte. Man kann sich nicht einfach von einem solchen Verlust erholen. Es verändert die Wahrnehmung des Lebens und des Todes. Das Band zwischen uns wurde nicht nur stärker, sondern irgendwie auch zerbrechlicher - und als dieser Moment der Ohnmacht und des Schocks auch mir so unvermittelt widerfuhr, wusste ich sofort, dass dieser Schmerz, diese Angst, die meine Familie durchlebte, auf eine ganz andere Weise mit mir verbunden war.

Als ich mitbekam, wie sich meine Eltern und die anderen Familienmitglieder in dieser Situation verhielten, konnte ich mit jeder Faser meines Körpers spüren, wie sich der Schmerz, der in ihren Augen und Herzen brannte, mit meinem eigenen Schicksal verband. Meine Oma erzählte mir später, dass meine Mutter, als der Rettungsdienst eintraf, ihr auch von meinem Vorfall berichtete und sie dennoch anflehte, oben in ihrer Wohnung zu bleiben. Denn unten, im Haus, drängten sich schon die Rettungskräfte und es war zu viel Trubel. Sie sagte meiner Oma, dass sie sich nicht selbst noch zusätzlich belasten sollte, da sie zu diesem Zeitpunkt auch etwas schlechter zu Fuß war. Doch während meine Mutter verzweifelt versuchte, sich zusammenzunehmen und den Überblick zu behalten, musste meine Oma alles aus der Ferne beobachten - aus ihrem Küchenfenster.

Was für eine quälende und herzzerreißende Situation das für sie gewesen sein muss. Sie musste hilflos zusehen, wie immer mehr Menschen in unser Haus strömten, wie der Rettungswagen und der Wagen der Notärztin den Wendehammer blockierten und wie die Trage vor unserem Haus abgestellt wurde. Sie konnte nichts tun, sie konnte nur zuschauen und sich unaufhörlich Sorgen machen. Als meine Oma mir das erzählte, konnte ich förmlich die Panik, die in ihren Worten mitschwang, spüren. Noch heute steigen ihr die Tränen in die Augen, wenn sie mir davon erzählt. Es war, als würde sie in ihrer Wohnung wie eine Löwin auf und ab rennen, gefangen in ihren eigenen Ängsten, die sie nicht einmal benennen konnte. Die Vorstellung, dass sie - wie meine Eltern - hilflos zusehen musste, wie ich in einem kritischen Zustand lag, sie dabei nichts tun konnte, außer darauf zu warten, dass ich wieder zu mir komme, muss sich wie ein unüberwindbares Gefühl der Ohnmacht angefühlt haben. Ich weiß, wie viel sie sich in diesem Moment gequält haben müssen.

Und ich... ich kann die tiefe Traurigkeit nicht ablegen. Ich kann nicht aufhören daran zu denken, wie viel Schmerz und wie viel

Angst ich meiner Familie zugefügt habe. Ich habe durch meine Situation nicht nur mich selbst in Gefahr gebracht, sondern auch all die Menschen, die mich lieben, die in den schlimmsten Momenten meines Lebens mit mir gefühlt haben. Ich habe ihre Herzen erschüttert, ihre Seelen mit meiner eigenen Unsicherheit und Verletzlichkeit konfrontiert. Der Gedanke, dass ich meine Familie in eine so missliche und schmerzliche Lage versetzt habe, brennt sich immer wieder in mein Bewusstsein ein. Es ist ein Gedanke, mit dem ich mich bis heute nicht wirklich versöhnen kann.

Es gibt Momente, in denen ich mich frage, wie ich mit diesem Gefühl des Schuldgefühls leben soll.

„Wie kann ich all die Ängste, die ich bei meinen Eltern, meiner gesamten Familie und besonders meiner Oma ausgelöst habe, wieder gutmachen? Wie kann ich diesen Schmerz, den ich verursacht habe, überhaupt begreifen?“

Ich habe es nie gewollt, dass sie diese Qual durchmachen müssen, dass sie sich so hilflos fühlen müssen, mit der ständigen Ungewissheit, was mit mir geschehen wird. Aber es ist passiert. Und es ist schwer, diesen Gedanken zu akzeptieren, schwer zu wissen, dass ich in jenen Sekunden, in denen es mir so schlecht ging, auch anderen so viel Leid zugefügt habe.

Trotz allem weiß ich, dass es kein Zurück mehr gibt. Es gibt keinen Weg, die vergangenen Momente rückgängig zu machen, keinen Weg, den Schmerz aus den Herzen meiner Familie zu nehmen. Doch ich hoffe, dass ich eines Tages verstehen kann, dass ich auch in diesem Moment - in dem ich plötzlich und unerwartet in dieser Situation gefangen war - nicht nur die Angst, sondern auch die Liebe und Unterstützung meiner Familie erlebt habe. Ein unzerbrechliches Band, das selbst die schwersten Prüfungen aushält. Doch bis dahin bleibe ich in dieser Traurigkeit und in diesem Schuldgefühl, das mich immer wieder heimsucht - in der Hoffnung, irgendwann Frieden damit zu finden.

Es war ein weiterer Moment, der sich für immer in mein Gedächtnis eingebrannt hat, wie ein einschneidendes Ereignis, das ich nie wieder vergessen werde. Der Raum war ruhig, nur das leise Klicken der Türen und das gedämpfte Summen der Geräte waren zu hören. Als die Notärztin zusammen mit fünf weiteren Personen die Stube betrat, hatte ich mich bereits auf die Couch gelegt, um mich ein wenig zu schonen. Der Schmerz in meinem Kopf war zwar nicht überwältigend, aber er machte sich dennoch bemerkbar. Ich hatte in den letzten Stunden nichts davon erahnt, was mich nun erwartete.

Als die Gruppe eintrat, war mein erster Reflex, mich sofort aufzurichten. Doch ich wurde freundlich, aber bestimmt zurückgehalten. *„Leg Dich bitte einfach wieder hin, wir kümmern uns um Dich"*, sagte die Notärztin mit einer ruhigen Stimme, die zugleich Stärke und Besonnenheit ausstrahlte. Ein Gefühl der Sicherheit breitete sich in mir aus, aber auch eine gewisse Verlegenheit, weil ich wusste, dass diese Menschen extra wegen mir hier waren. Die Notärztin und die anderen Mitarbeiter machten mir keinen Vorwurf, aber ich fühlte mich dennoch irgendwie verantwortlich für den Aufwand, den sie nun betrugen.

„Es tut mir leid, dass ich Euch so viel Umstände mache", stammelte ich und versuchte, mich so wenig wie möglich im Weg zu fühlen. *„Mir ist nur etwas schwummrig geworden, aber ich dachte... es wird schon wieder."*

Die Notärztin lächelte mich mit einem beruhigenden Ausdruck an, als wollte sie mich von der Last befreien, die ich mir selbst auferlegt hatte. „*Alles gut*", sagte sie, „*wir alle sind sehr froh, dass du wieder bei uns bist. Unser Alarm war nämlich etwas ganz anderes.*" Ihre Worte, so unaufgeregt und freundlich, ließen mich für einen Moment aufatmen. „*Was meinst Du mit 'etwas anderes'?*" fragte ich etwas verwirrt. Ich hatte das Gefühl, dass mehr hinter diesen Worten steckte, aber ich konnte noch nicht greifen, was genau. „*Wir wurden zu einem Reanimationsgesuch gerufen*", erklärte sie dann mit einer gewissen Ruhe, als würde sie mir ein Rätsel aufgeben, dessen Lösung ich noch nicht kannte.

Dieser Satz traf mich wie ein Schlag. Mein Herz setzte einen Moment lang aus. „*Oh... das tut mir wirklich leid*", murmelte ich, weil mir die Bedeutung dieses Satzes plötzlich sehr klar wurde. In meinen Gedanken sah ich Bilder von Reanimationen, von den dramatischen Szenen, die ich nur aus Filmen kannte und ich konnte es kaum fassen, dass dieser Alarm wirklich wegen mir ausgelöst worden war. „*Nein, nein, alles gut*", sagte sie dann mit einer fast mütterlichen Wärme. „*Da brauchst du dir keine Sorgen machen. Wir sind froh, dich so zu sehen.*" Ihre Worte waren beruhigend, doch ich konnte die Intensität in den Augen der anderen Helfer spüren, die mit einem entschlossenen, aber auch erleichterten Blick nickten. Es war, als ob sie das Schwerste hinter sich hatten und nun den Moment des Durchatmens erreicht hatten.

Ich spürte eine Welle der Erleichterung, aber auch eine leichte Verwirrung. Wie konnte es zu so einem Alarm kommen, wenn es mir jetzt doch relativ gut ging? Ich hatte die ganze Zeit das Gefühl, dass es sich um nichts Großes handelte, und doch war es offenbar mehr gewesen. Es fühlte sich an, als ob ich auf der Grenze zwischen zwei Welten schwebte - einer Welt der Leichtigkeit und der Welt des Unbekannten, des Gefährlichen.

„Ich muss jetzt deine Vitalwerte überprüfen", sagte die Notärztin mit einer sachlichen, aber immer noch freundlichen Stimme. Ihre Professionalität half mir, mich zu beruhigen, auch wenn ich wusste, dass sie sich mit diesen Situationen bestens auskannte. Sie leuchtete mir mit einer Lampe in die Augen, und ich musste der Nasenspitze der Rettungssanitäterin folgen, die geduldig mit mir sprach und mich anleitete. Es war wie eine Art Test, bei dem ich versuchte, mich zu konzentrieren und nicht an all die Dinge zu denken, die mir durch den Kopf schossen.

Währenddessen tastete sie meinen Kopf ab, um festzustellen, ob es eine Verletzung gab, die den Schmerz verursachte. *„Wo tut es weh?"*, fragte sie, und ich zeigte auf eine Stelle an meinem Hinterkopf, wo der Schmerz am stärksten war. Es war kaum mehr als ein dumpfes Ziehen, aber ich spürte, dass es da war. Mehrfach betonte ich, dass es sich nur um minimale Schmerzen handelte und dass ich mich ansonsten relativ gut fühlte. Es war, als wollte ich ihnen versichern, dass ich kein ernsthaftes Problem hatte. Doch ich merkte, dass sie sich nicht davon täuschen ließen.

„Es ist wichtig, dass wir alles abklären", erklärte sie, als sie die Stelle in meinem Kopf abtastete, als könnte sie mehr über den Zustand meines Körpers erfahren. Dann nahm sie eine kleine Probe meines Blutes, um den Blutzuckerspiegel zu messen. Der Wert war etwas höher als üblich, was sie sofort mit einem verständnisvollen Blick aufgriff. *„Das könnte von der Limonade kommen, die du gerade noch getrunken hast. Kein Grund zur Sorge."* Aber sie schien trotzdem

vorsichtig, als würde sie sicherstellen wollen, dass nichts übersehen wurde.

Die nächste Untersuchung war das 12-Kanal-EKG. Ich wurde mit Kabeln verkabelt und während der Druck des Geräts auf meiner Körper zu spüren war, konnte ich die gespannte Atmosphäre im Raum förmlich greifen. Ich wusste, dass sie alles genau überwachen mussten und der lange Papierstreifen, der aus dem EKG ausgedruckt wurde, hatte eine gewisse Bedrohlichkeit in sich.

Als die Notärztin die Ergebnisse betrachtete, nahm sie den Ausdruck mit einer ernsten Miene in die Hand. Ich konnte sehen, wie sich ihre Mimik veränderte, als sie die Werte überprüfte. Ihre Augen verengten sich leicht, und plötzlich spürte ich, wie sich die Luft im Raum verdichtete. Ein feines Zittern ging durch die Gruppe der Rettungskräfte, das nur ich wahrnehmen konnte. Sie übergab den Ausdruck an einen der Sanitäter, der ebenfalls einen Blick darauf warf und dann sagte sie mit einer ruhigen, aber bestimmten Stimme:
„Wir müssen diese Werte sofort in die Notaufnahme zur Begutachtung durch einen Kardiologen schicken."

Der Raum war nun still, nur das leise Summen der Geräte war noch zu hören. Ich hatte das Gefühl, dass mein Herz plötzlich deutlich schneller schlug, als ich es normalerweise gewohnt war. Ein wenig panisch fragte ich:

„Was könnte das bedeuten? Was ist mit mir?"

Doch die Notärztin reagierte schnell und nahm das Telefon, um mit der Notaufnahme Kontakt aufzunehmen. Die Stimme am anderen

Ende der Leitung war laut und ich konnte die Dringlichkeit in ihrer Antwort hören. Sie sagte nur kurz und knapp, dass wir sofort in die Notaufnahme kommen sollten.

Als sie das Gespräch beendete, sagte sie mit einer Mischung aus Entschlossenheit und Fürsorglichkeit:

„Wir müssen jetzt sofort los."

Ihre Worte hallten in meinem Kopf wider und für einen Moment wusste ich nicht, wie ich darauf reagieren sollte. Ich war verwirrt, ängstlich, aber auch irgendwie erleichtert, dass sie so schnell reagierten.

„Könnte es vielleicht mit meiner Erkältung zusammenhängen?" fragte ich, da ich in den letzten Tagen an einer leichten Erkältung gelitten hatte. Vielleicht war das der Grund für die Beschwerden. Doch sie sah mich mit einem Blick an, der mir signalisierte, dass sie mir jetzt nichts Genaues sagen wollte.
„Es ist besser, wenn ich dir nichts sage", erklärte sie dann, *„sonst machst du dir vielleicht zu viele Sorgen und das ist für dein Herz gerade nicht gut."*

Ich wusste, dass sie mir nicht die ganze Wahrheit sagen wollte, aber ich konnte sehen, wie ernst sie mich ansah. Ich spürte, dass sie mir einiges vorenthalten hatte. Schließlich sagte sie mit einem leichten und aufmunternden Zwinkern, um mir meine Unsicherheit etwas nehmen zu können:

„Es könnte auch eine Myokarditis, also eine Herzmuskelentzündung sein. Wir müssen das im Herzkatheterlabor abklären. Aber es könnte auch noch etwas anderes sein, das wir jetzt herausfinden müssen."

In diesem Moment spürte ich, wie mir das Herz einen Schlag versetzte, als sich die Erkenntnis langsam in mir ausbreitete, dass es tatsächlich etwas Ernsteres war, als ich mir je hätte vorstellen können. Ich wollte keine weiteren Details hören, aber das Gefühl der Unsicherheit und der Unwissenheit lastete schwer auf mir. Ich wusste, dass sie mich jetzt in sichere Hände bringen würden - doch die Angst, was mich in der Notaufnahme erwarten könnte, ließ mich nicht los.

Es war ein seltsames Gefühl, das mich überkam, als ich die Notärztin fragte, ob ich noch etwas trinken dürfte. Ihr sanftes, aber bestimmtes Lächeln, als sie mir antwortete: *„Nein, das geht nicht, du kriegst jetzt nichts mehr"*, war zugleich beunruhigend und wie ein leiser Weckruf. Sie gab mir keine Chance zur Entgegnung, sondern ließ diese einfache Antwort in den Raum stehen, ohne sich dabei ernst oder abweisend zu zeigen. Ihre Stimme war warm und der Ton, den sie anschlug, hatte etwas fürsorglich Bestimmendes. Während sie sich mit den Rettungssanitätern abstimmte, um die Trage zu mir zu bringen, spürte ich eine gewisse Leichtigkeit. Es war fast so, als ob sie mir in diesem Moment das Gefühl gab, dass alles in Ordnung war, auch wenn ich innerlich noch längst nicht an einem sicheren Ort war.

Trotz des ernsten Moments konnte ich mir ein schiefes Lächeln nicht verkneifen, als ich spontan sagte:

„Ach Quatsch, da geh ich doch selbst einfach so zum Krankenwagen vor."

Es war ein Versuch, die Schwere der Situation ein wenig abzumildern, etwas Humor in den Raum zu bringen. Und sie reagierte genau so, wie ich es in diesem Moment gebraucht hatte. Sie schaute mich an, und mit einem leicht schalkhaften Lächeln sagte sie:

„Du sagst jetzt gar nichts mehr und hörst jetzt nur auf uns!"

In ihren Worten lag nicht nur eine gewisse Bestimmtheit, sondern auch ein humorvoller Unterton, der mich für einen Moment die Schwere der Situation vergessen ließ. Da war eine Verbindung, die sich nicht nur aus der Pflicht ihrer Rolle als Ärztin zusammensetzte, sondern auch aus einem menschlichen Miteinander, einem stillen Verständnis, das zwischen uns entstand. Wir beide sprachen denselben Dialekt, ein liebevolles Bayrisch und in diesem Moment fühlte es sich fast an, als ob wir in einer kleinen Welt zusammen waren, die nur uns beiden gehörte. Sie war nicht nur die Ärztin, die mir helfen sollte, sondern in dieser kurzen, aber eindrucksvollen Begegnung auch ein Mensch, der mich auf eine Weise verstand, die mir in diesem Moment unglaublich wichtig war.

Als die Trage schließlich vor unserem Haus stand, beschloss ich, die letzten Meter mit Unterstützung zu gehen. Ich dachte, es wäre vielleicht eine gute Idee, selbst den Weg dorthin zu schaffen - es fühlte sich für mich fast an wie eine kleine Herausforderung. Doch kaum hatte ich mich aufgerafft, um aufzustehen, überkam mich wieder diese unerklärliche, schwindelerregende Müdigkeit, die mich fast augenblicklich niederstrecken ließ. Es war wie ein leiser, aber heftiger Schlag, der mir den Boden unter den Füßen entzog. *„Legt sie gleich erst mal hin - einfach gleich hinlegen!"*, rief die Notärztin sofort. Ihre Worte waren so bestimmt, dass ich gar keine Chance hatte, mich gegen sie zu wehren. Und so fand ich mich wieder auf dem Boden, ohne mich auch nur annähernd stabil genug zu fühlen, um weiterzugehen.

Die Menschen um mich herum - die Rettungssanitäter, meine Eltern, alle - hatten sich darauf eingestellt, dass ich schwach war. Ich war nicht in der Lage, zu der Person zu werden, die ich in diesem Moment vielleicht gerne gewesen wäre. Doch es war keine Schande für mich, als ich dort lag. Es war einfach die Realität, mit der ich mich in diesem Moment konfrontieren musste. Ich fühlte mich wie in einer Art Nebel, als würde ich im Zeitlupenmodus durch diese ganze Erfahrung gehen. Doch die Notärztin hatte Schwäche bereits zuvor ganz deutlich gesehen. Sie war sachlich, aber gleichzeitig beruhigend, als sie sagte:
„Ganz ruhig, wir kümmern uns um dich."
Und dann kam dieser Moment, in dem ich mich trotz der Schwindelanfälle und der körperlichen Erschöpfung wieder aufrappelte. Mit Unterstützung stand ich schließlich auf und machte die letzten Meter, bis ich mich auf die Trage legen konnte. Jeder Schritt fühlte sich an, als müsste ich über einen riesigen Berg klettern, aber irgendwie gelang es mir, weiterzumachen. Die Nachbarn, die sich am Fenster und im Garten versammelt hatten, schauten mit einer Mischung aus Besorgnis und Ratlosigkeit auf uns. Aber ich war in einer anderen Welt, in meinem eigenen Tunnel, wo ich nur noch wenig von dem, was um mich herum geschah, wahrnahm. Ich konnte meine Eltern nicht einmal richtig ansehen, geschweige denn von ihnen Abschied nehmen. Die Worte

blieben mir im Hals stecken und ich fühlte mich wie von der Außenwelt abgeschnitten.

Im Nachgang, wenn ich auf diesen Moment zurückblicke, überkommt mich auch eine unerträgliche Schwere. Es war eine der letzten Gelegenheiten, mich von meinen Eltern und meine Oma zu verabschieden - eine Möglichkeit, die ich in diesem Moment jedoch nicht als solche wahrgenommen habe. Ich stand in der völligen Unwissenheit, wie zerbrechlich dieser Augenblick war. Hätte ich gewusst, wie nah ich dem Abschied war, hätte ich wohl jede Sekunde ausgenutzt, um ihnen noch einmal alles zu sagen, was ich vielleicht nie wirklich in Worte gefasst habe. Doch ich tat es nicht.

Es war, als hätte ich in diesem Moment nicht den Mut oder die Klarheit, mich wirklich zu verabschieden. Ich war zu sehr im Tunnel, um zu begreifen, wie viel noch unausgesprochen blieb. Und als ich mit der Trage weggefahren wurde, nahm ich keinen Blick, kein letztes Wort, kein richtiges Abschiednehmen mehr wahr. Meine Eltern, die mich so viele Jahre begleitet hatten, standen da - hilflos, besorgt und ich konnte es ihnen nicht einmal mit einem einfachen Blick zurückgeben. Es fühlt sich an, als ob ich von ihnen gegangen wäre, ohne ihnen die letzte Nähe, die ich hätte zeigen können, zu geben. Und das tut mir so unendlich leid. Lediglich mein letzter Blick auf unser Haus, dass ich bei einem kurzen Umdrehen meine Kopfes auf der Trage noch wahrgenommen hatte, blieb in meiner Erinnerung, welche meine letzte Erinnerung hätte sein können.

Es ist eine dieser Gedanken, die immer wieder in mir hochsteigen, wenn ich über diese Zeit nachdenke. Wie einfach es gewesen wäre, sich für einen Augenblick den Raum zu nehmen, um ihnen in die Augen zu sehen und zu sagen:

Stattdessen war alles so unscheinbar, so flüchtig, fast wie eine Entschuldigung, die ich nie ausgesprochen habe. Das Gefühl, dass es vielleicht das letzte Mal gewesen sein könnte, diese Menschen zu sehen, diese Nähe zu spüren, ohne es je wirklich zu realisieren - das hat eine Lücke hinterlassen, die ich nicht mehr schließen kann.

Und so bleibt es: Ein stiller Abschied, der keine Worte hatte. Ein Moment, in dem ich nicht einmal wusste, wie viel mehr ich hätte sagen sollen, wie viel mehr ich hätte tun können. Ich schäme mich dafür, dass ich nicht den Mut hatte, meine Eltern mit der Wärme und dem Vertrauen zu verlassen, das sie mir immer gegeben haben. Dass ich in diesem Moment in meiner eigenen Welt gefangen war, so dass ich den letzten Augenblick des Abschieds nicht erkannt habe. Noch heute, wenn ich darüber nachdenke, erfüllt mich eine tiefe Traurigkeit. Es ist ein schmerzlicher Gedanke, dass ich nie wirklich gesagt habe, was ich hätte sagen sollen, bevor ich weggefahren bin. Und dieser Schmerz begleitet mich, wenn ich versuche, Frieden mit der Tatsache zu finden, dass ich vielleicht noch einmal die Gelegenheit haben werde, mich auf diese Weise von ihnen zu verabschieden.

Als ich dann am Krankenwagen ankam, klingelte mein iPhone. Ich sah den Namen und das Bild einer meiner engsten Freundinnen auf dem Bildschirm und dachte für einen kurzen Moment:

Sie war eine unglaublich beschäftigte Frau, eine, die immer viel zu tun hatte und bei der es selten war, dass wir uns tagsüber gegenseitig meldeten. Normalerweise hätten wir uns abends in einem ruhigen Moment miteinander ausgetauscht. Doch in diesem Augenblick konnte ich nicht ans Telefon gehen. Ich fühlte mich hilflos, missmutig, als ich den Bildschirm betrachtete und den Anruf, den ich so gerne entgegengenommen hätte, abblitzen ließ. Ich wollte ihr schreiben, ihr mitteilen, was gerade passierte, aber mir blieb keine Zeit. Es tat mir leid, dass ich ihr nicht einmal einen kurzen Satz schreiben konnte, wie ich es sonst immer getan hätte - dass ich mich später melden würde, dass alles okay war. Stattdessen brach der Anruf einfach ab. Ich konnte ihr nicht mal eine Entschuldigung schicken.

Der Krankenwagen setzte sich in Bewegung und die Notärztin, die sich während der gesamten Fahrt immer wieder zu mir drehte, sprach ruhig mit mir, wollte, dass ich wach blieb. Als die Notärztin mir mitteilte, dass sie mir nun einen Zugang legen würde, um mir Medikamente zu verabreichen, war ich zunächst verwirrt. Ich hatte keine wirklichen Schmerzen - ein leichtes Ziehen in meinem Kopf, ja, aber nichts, was mich dazu getrieben hätte, nach Schmerzmitteln zu fragen. In meinem Kopf stellte sich die Frage, warum ich jetzt schon Medikamente benötigte, obwohl ich noch keinen akuten Schmerz verspürte. Doch ich nickte einfach, ohne weitere Fragen zu stellen.

Im Nachhinein weiß ich, dass es wohl nicht um die Schmerzmittel allein ging. Vielleicht war es eine vorsorgliche Maßnahme, um meinen Zustand zu stabilisieren, um meinem Körper zu helfen, sich besser durch das zu navigieren, was noch kommen würde. Offensichtlich wusste die Notärztin mehr als ich, ahnte, was sich in meinem Körper abspielte, ohne dass ich es vollständig begreifen konnte. Vielleicht war es auch ihre Erfahrung, die mir in dem

Moment einfach Vertrauen schenkte, ohne dass ich noch mehr nachfragte.

Und während sie mir die Medikamente verabreichte, schlich sich in mir eine seltsame, fast hilflose Erkenntnis ein - dass die Schmerzen, die ich nicht spürte, vielleicht nur die Spitze des Eisbergs waren. Dass es nicht nur mein Kopf war, der sich so leer und schwindelig anfühlte, sondern mein ganzer Körper, der mit etwas viel Größerem kämpfte, das ich noch nicht verstehen konnte. Und so ließ ich es geschehen, ohne Widerstand. Einfach weil ich keine andere Wahl hatte, als darauf zu vertrauen, dass die Notärztin genau wusste, was zu tun war.

Sie sagte mir, dass ich in der Notaufnahme nicht überrascht sein sollte, wenn viele Menschen auf mich warteten. Ein Kardiologe würde sich um mein Herz kümmern, ein Neurologe würde meinen Kopf untersuchen und es würden noch viele andere Fachabteilungen auf mich zukommen. Ich hörte ihr zu, nickte, nahm ihre Worte auf, aber irgendwie fühlte es sich an, als stünden sie nicht in Bezug zu mir. Es war, als ob ich nicht wirklich verstehen konnte, was mit mir passierte. Ich fühlte mich irgendwie distanziert von der Situation. Ich hatte keine Fragen, keine Reaktionen, die in mir aufkamen, um diesen Moment zu hinterfragen. Vielleicht war das ein Mechanismus meines Körpers, eine Art Abwehrreaktion, um sich auf das Kommende vorzubereiten. Es war wie eine Art „Ruhe vor dem Sturm“. Alle Informationen, die mir die Notärztin gab, drangen in mich ein, aber sie prallten an mir ab, als wären sie nicht wirklich für mich bestimmt. Vielleicht war es die Stille vor dem Chaos, das sich unaufhaltsam vor mir aufbaute.

Und so lag ich da, im Krankenwagen, mit den Geräuschen der Sirene, die immer schneller wurden und den Gedanken, die wild in meinem Kopf kreisten, aber gleichzeitig auch so weit entfernt schienen. Alles fühlte sich unwirklich an. Es war ein Moment, der mich ganz allein in meiner eigenen Welt zurückließ.

Als der Rettungswagen endlich zum Stehen kam, öffneten sich mit einem leisen Zischen die Hintertüren und ich wurde vorsichtig mit der Trage aus dem Wagen gehoben. Ein Teil von mir war fast wie betäubt, der andere versuchte krampfhaft, irgendwie zu begreifen, was gerade passierte. Der unaufhaltsame Fluss von Ereignissen, die sich so schnell hintereinander abspielten, ließ mir keinen Raum zum Nachdenken, keinen Moment, um zu realisieren, dass ich gerade in der Notaufnahme war und mein Zustand alles andere als unbedeutend war.

Als wir den Eingang der Notaufnahme durchquerten, konnte ich bereits eine Dame an der Anmeldung hören, die mit einer gewissen Dringlichkeit rief:

„Ist das die Frau Schott?"

Die Worte schallten irgendwie hohl in meinen Ohren. Es war nicht die Tatsache, dass sie auf mich warteten - das konnte ich irgendwie erwarten - es war der Klang ihrer Stimme, die mit einer so klaren Bestimmtheit durch den Raum hallte. Als hätten sie auf etwas gewartet, auf etwas, das jetzt dringend war. Und in diesem Moment dämmerte es mir, dass es nicht einfach ein Routinefall war, wie ich ihn mir noch vor Stunden vorgestellt hatte. Ich war nicht einfach irgendeine Nummer, die in die Notaufnahme kam, ich war jemand, auf den speziell gewartet wurde. Es war ein Gefühl von

Dringlichkeit, das mich durchzog, und das machte mich gleichzeitig klein und unglaublich verletzlich.

Früher hatte ich die Notaufnahme immer als einen Ort wahrgenommen, an dem man Zeit mitbringen musste, an dem man zuerst oft warten musste, aber hier war es anders. Plötzlich wurde ich nicht mehr zur *„Wartezeit"* verdonnert, sondern es fühlte sich an, als hätte man für mich - für mich allein - einen Platz freigeräumt. Es war, als hätten alle ihre Prioritäten neu geordnet und sich nur auf mich konzentriert. Diese ungeteilte Aufmerksamkeit, so intensiv und voller Erwartung, brachte eine Flut von widersprüchlichen Gefühlen mit sich. Einerseits fühlte es sich beruhigend an, weil ich wusste, dass ich in guten Händen war, dass sich jemand um mich kümmerte, dass sie vorbereitet waren, aber andererseits - und das war der Teil, den ich kaum begreifen konnte - war da auch ein fast überwältigendes Bedenken, eine Frage, die immer wieder in meinem Kopf auftauchte:

„Warum ich? Warum gerade jetzt?"

Ich war doch nur eine Person mit leichten Kopfschmerzen, Schwindel und einer tiefen Müdigkeit, die ich als normal abgetan hatte. Warum also all diese Hektik, diese plötzliche Welle der Aufmerksamkeit?

Es war diese Diskrepanz zwischen dem, was ich gefühlt hatte - was ich für normal gehalten hatte - und dem, was plötzlich auf mich einstürmte, die mich verwirrte. Es machte mir Sorgen.

„Warum schien alles so dringend? Hatte ich etwas übersehen? War es tatsächlich so schlimm, wie sie es dachten? War es mehr als nur eine

kleine Unpässlichkeit, mehr als nur ein banales Gefühl von Erschöpfung?"

Und mit diesem Gedanken stieg in mir das Gefühl auf, dass ich es nie wirklich wusste. Vielleicht wusste mein Körper mehr als ich. Vielleicht war das die Schutzreaktion, die mein Verstand brauchte, um mich in dieser Situation irgendwie durchzuhalten. Vielleicht versuchte mein Inneres, mich von der Realität zu distanzieren, die ich gerade nicht begreifen konnte.

Ich wurde weiter durch die Gänge der Notaufnahme geschoben, immer begleitet von fremden Gesichtern, von Ärzten und Schwestern, die alle gleichzeitig mit mir sprachen, als wären sie auf etwas vorbereitet, von dem ich nichts wusste. All diese Menschen - ihre Blicke, ihre Besorgnis, ihre Fragen - alles drehte sich um mich. Aber inmitten dieses Tumults fühlte ich mich nicht stark oder klar, sondern fast wie eine kleine, verletzliche Person, die plötzlich in den Mittelpunkt einer Situation geraten war, für die sie nicht vorbereitet war.

Irgendwie war das genau das, was mich am meisten erschütterte - dass diese unaufhörliche Aufmerksamkeit auf mich gezogen wurde, obwohl ich das Gefühl hatte, nicht wirklich wichtig zu sein. Nur ein kleines Rädchen in diesem großen, chaotischen Getriebe. Aber dennoch, die Aufmerksamkeit war da und sie war real.

Während ich in der Notaufnahme war, kam meine Mutter, die mit all ihrer Angst und Besorgnis in ihrem Inneren kämpfte, der Bitte der Notärztin nach. Sie sollte den Kontakt zu meinem Vorgesetzten aufnehmen, jemandem, der ebenfalls Zeuge meiner letzten Stunden war, um ihm mitzuteilen, was mit mir passiert war und zu erfragen, ob ihm an meinem Verhalten etwas aufgefallen war. Und auch wenn sie es in dieser Situation nicht wirklich konnte, nahm sie das Telefon in die Hand, um diesen Anruf zu tätigen, den sie so sehr fürchtete, da sie wusste, dass sie selbst gerade in keiner guten Verfassung war und ebenfalls noch total schockiert war.

Nach einem kurzen Durchläuten nahm er den Anruf dirckt entgegen. Meine Mutter begrüßte ihn kurz und fing an ihm die Situation über mich zu schildern. Als die Worte meiner Mutter zu ihm durchdrangen, dass ich umgekippt war, dass ich plötzlich nicht mehr geatmet hatte und dass die Ärztin nun befürchtete, dass ich etwas am Herzen haben könnte, wurde der Druck in meiner Mutter immer größer. Sie hatte sich unvorbereitet in eine Rolle gedrängt gefühlt, die für sie als Mutter zu schwer war. Es war nicht nur die Sorge um mich, sondern auch die Überwältigung durch die Umstände, die so unvermittelt und heftig in ihr Leben gepresst wurden. Sie musste sich in diesem Moment zusammenreißen, wie ein Fels in der Brandung, um zu verhindern, dass ihre eigene Angst sie übermannt. Aber wie sollte sie das tun? Sie war vollkommen aufgelöst, das Herz in der Brust hämmernd, ihre Gedanken ein einziges Chaos aus Sorge und Verwirrung. Und trotzdem musste sie mit einer klaren Stimme schildern, was geschehen war: Wie ich auf der Stelle zusammenbrach, nicht mehr atmete und ich so regungslos war, dass es niemanden nicht mehr nur schockierte, sondern regelrecht entsetzte.

Der Moment, in dem sie von der Notärztin erfuhr, dass etwas an meinem Herz möglicherweise nicht in Ordnung war und dringend abgeklärt werden musste, war ein Wendepunkt in diesem Albtraum, in dem sie sich plötzlich wiederfand. Sie entschuldigte sich für ihre Aufgelöstheit am Telefon und versuchte, ihm irgendwie zu erklären, wie schlimm es war, als Mutter einen eigenen, geliebten Menschen so in den Armen zusammenbrechen zu sehen. Als Mutter spürt man den Schmerz des eigenen Kindes, aber zu diesem Moment hin hatte sie nichts anderes als pure Angst, die sie regelrecht übermannt hatte. Was blieb ihr übrig, als ihre Sorge zu artikulieren, dass sie nicht wusste, ob sie ihr Kind jemals wieder gesund in den Armen halten würde?

Dieser Anruf, der für meine Mutter wie ein einziger, endloser Albtraum war, ging weiter und ich erfuhr später, dass mein Vorgesetzter zu diesem Zeitpunkt völlig unerwartet mit dieser Nachricht konfrontiert worden war. Er erzählte mir später, dass er sich gerade in einer Besprechung befunden hatte und sofort nach draußen ging, als er den Anruf entgegennahm. Wie ein Schlag traf ihn die Nachricht, dass ich plötzlich in so einem ernsten Zustand war und dennoch war er bis zu diesem Zeitpunkt, bis das Gespräch wirklich vorbei war, fast wie betäubt. Erst als er nach Hause fuhr und die Tür hinter sich schloss, konnte er in sich gehen und das Ausmaß der Situation begreifen. Erst dann, als der gesamte, furchtbare Gedanke, was mit mir passiert sein könnte, in seinen Kopf eindrang, kam alles bei ihm an.

Im Nachgang erfuhr ich, dass er sich während des Gesprächs mit meiner Mutter zu diesem Zeitpunkt noch nicht so richtig in die Situation einfinden konnte. Der Schock war so groß, dass er fast nichts sagen konnte. Meine Mutter erzählte mir, dass es so schien, als hätte er das Gespräch fast nicht weiterführen können, als hätte er Schwierigkeiten, Worte zu finden. Die Stille zwischen ihnen war schwer und sie konnte es kaum glauben, als er sich schließlich entschuldigte für die lange Pause am Telefon, um ihr zu sagen, dass er das erstmal sacken lassen müsse und momentan nicht mehr dazu sagen könne. Sie konnte verstehen, wie sehr ihn die Nachricht mitgenommen hatte. Es war eine Stille der Überwältigung, ein Moment, in dem er nicht wusste, wie er reagieren sollte. Meine Mutter fragte dann nicht mehr weiter nach. Sie ließ das Gespräch einfach in dieser weiten Leere stehen und vereinbarte mit ihm, dass sie ihn erneut anrufen würde, sobald sie mehr wüsste.

Als meine Mutter mit dem Gespräch fertig war, zögerte sie keinen Moment und rief sofort meinen Bruder an. Er war gerade mit seiner Frau, den Kindern und seinem Schwiegervater unterwegs zu einem Restaurant. Sie wollten gemeinsam Mittagessen gehen, um den Geburtstag seiner Frau zu feiern. Ein schöner Anlass, der in diesem Moment jedoch von einer Nachricht überschattet wurde, die unser aller Leben in dieser Sekunde veränderte.

Meine Mutter erreichte ihn, als sie noch am Kinderspielplatz waren, gerade dabei, sich auf den Weg zum Restaurant zu machen. Es war eine lustige, fröhliche, alltägliche Situation, bis das Telefonat kam. Als meine Mutter ihm erzählte, was passiert war - dass ich gerade im Rettungswagen lag, auf dem Weg in die Klinik - war die Reaktion meines Bruders eine Mischung aus Schock und völliger Verwirrung. Er konnte die Informationen, die ihm gerade mitgeteilt wurden, kaum fassen. Die Worte schienen in diesem Moment keinen Raum für Verständnis zu bieten. Ich konnte mir vorstellen, wie er innerlich einen Moment lang erstarrte, während er versuchte, all das, was er gerade hörte, zu begreifen.

„Was?", sagte er wahrscheinlich mehr zu sich selbst als zu meiner Mutter, als er die Worte hörte. Alles, was er wusste, war, dass ich plötzlich daheim umgekippt war, man vermutet hatte, dass etwas mit meinem Herzen nicht stimmte und ich in einem Rettungswagen auf dem Weg ins Krankenhaus war. Nichts davon hatte sich

angekündigt, nichts hatte darauf hingedeutet, dass ein solcher Notfall bevorstand.

„Wie sollte er all das sofort verarbeiten können?"

Er bat meine Mutter, ihn umgehend zu informieren, sobald sie etwas Neues von mir wisse, und legte dann auf. In diesem Moment blieb er mit all seinen Gedanken allein, während seine Familie um ihn herum vielleicht gar nicht genau wusste, was gerade geschah. Die fröhliche Atmosphäre, die er für den Tag geplant hatte, war von einem dunklen Schatten überlagert, der sich nun über uns alle legte. Ich kann mir vorstellen, dass er sich in diesem Moment hilflos fühlte, die Kinder um sich, die Unwissenheit über meinen Zustand und die Frage, was als Nächstes passieren würde.

Es war ein Moment, der uns alle aufrüttelte, uns mit einer Wucht traf, die in diesem Augenblick nicht einzuordnen war. Der Tag, der eigentlich ein Tag der Freude und des Feierns sein sollte, wurde plötzlich überschattet von einem unvorhersehbaren Schicksalsschlag. In dieser Ungewissheit waren wir alle gefangen - und die Welt, die sich noch so normal anfühlte, begann sich plötzlich auf eine Art und Weise zu drehen, die wir uns nie hätten vorstellen können.

Für meine Mutter war dieser Moment ein Zeichen der Ohnmacht. Sie konnte nicht mehr tun, als zu warten. Und doch, als sie mir davon erzählte, wurde mir klar, wie unglaublich stark sie war, in dieser Situation zu stehen und zu wissen, dass sie nicht nur als Mutter um mich kämpfte, sondern auch als Mensch in einem Zustand der tiefen Unsicherheit, der sich an nichts festklammern konnte. Es war ein Moment der Stärke, der in seiner eigenen Trauer und Angst versteckt war und ich wusste, dass diese Anrufe für sie genauso schwer gewesen war, wie alles andere, was sie gerade durchmachte.

Der Raum, in den sie mich brachten, war dunkel, nur spärlich erleuchtet durch das schwache Licht, das durch die heruntergelassenen Rollos drang und die eindringende Sonne des späten Nachmittags abhielt. Die Szenerie war von einem merkwürdigen Halbdunkel durchzogen, das mich in eine Art Dämmerzustand versetzte. Der Raum war von einem stetigen, rhythmischen Piepsen der Medizingeräte erfüllt, das mich mehr und mehr in den Bann zog - als würde jedes einzelne Geräusch eine bedrohliche Bedeutung haben.

Die Ärztin, die sofort zu mir trat, legte mir ein weiteres EKG an, während ein anderer Arzt gleichzeitig mit gezielten Handgriffen einen Ultraschall von meinem Bauch machte. Es fühlte sich an, als würde alles zu schnell gehen. Die Ereignisse überschlugen sich, doch ich konnte nicht wirklich begreifen, was gerade mit mir geschah. Die Minuten zogen sich, doch gleichzeitig schien die Zeit immer schneller zu vergehen, als ob sie sich in eine unbekannte Dimension verzerrte. Dann hörte ich es - ein leises *„Oh...“*, fast beiläufig, aus dem Mund des Arztes, als er den Ultraschallkopf nur wenige Sekunden später wieder von meinem Bauch absetzte. Es war nur ein leises Geräusch, aber es hallte in mir nach, wie ein dumpfer Schlag. In diesem Moment blieb die Luft stehen, alles um mich herum erstarrte. Ich drehte meinen Kopf zu ihm und fragte sofort, was los sei.

„Was hatte er gesehen? Was war mit mir?“

„Ich muss schnell telefonieren", sagte der Arzt und verließ das Zimmer, ohne mich anzusehen. Dieser Satz, so knapp und unscheinbar, riss mich noch weiter in einen Strudel der Ungewissheit.

„Was war passiert? Warum war er plötzlich so abrupt verschwunden? Warum hörte ich nicht die Antwort auf meine drängenden Fragen? Was hatte er gesehen, dass er sofort handeln musste?"

Der Blick, den er mir noch zuwarf, bevor er die Tür hinter sich schloss, war so ernst, so angespannt, dass mir eine unangenehme Kälte durch den Körper fuhr.

Die Krankenschwester, die sich nun an meine Seite stellte, versuchte, ruhig zu wirken, doch ich konnte die Nervosität in ihrer Miene sehen. Sie nickte mir nur zu und sagte, ich müsse jetzt schnell das Krankenhaushemd anziehen. Sie schickte mich nicht mit Worten, sondern mit einer unmissverständlichen Geste. Ich wusste es - etwas war nicht in Ordnung. Etwas war sehr, sehr falsch. Das Piepsen der Monitore wurde lauter, wilder, als ob sie die Dringlichkeit widerspiegelten, die in der Luft lag. Ich spürte den Anstieg der Panik in meinem Körper, aber irgendwie war es, als ob mein Geist sich versuchte, zu schützen, als ob er sich von den realen Eindrücken entkoppeln wollte, um nicht sofort zusammenzubrechen.

Als der Arzt zurückkam, war er ein anderer Mensch. Seine Miene war versteinert, völlig ausdruckslos. Er schaute mich nicht an, sondern murmelte nur, dass wir schnell zu einer weiteren Untersuchung müssten. *„Eile"*, sagte er. *„Es geht um Ihre Gesundheit. Wir müssen uns beeilen."* Ich verstand nicht, was er meinte, aber er schob mich mit einer solchen Dringlichkeit in den Aufzug, dass ich keinen Raum mehr für Fragen hatte.

„Was passiert hier gerade? Warum bin ich so schnell unterwegs? Warum habe ich das Gefühl, als würde man mir die Luft zum Atmen rauben?"

Aber meine Fragen wurden nur in den stillen, endlosen Gängen des Krankenhauses verschluckt und es blieb keine Zeit für Antworten.

Der Aufzug hielt und wir wurden in ein anderes Stockwerk gebracht. An diesem Punkt war mir alles so fremd, so verzerrt, dass ich kaum noch ein Gefühl für Zeit oder Raum hatte. Alles, was mir blieb, war der stetige Rhythmus des Piepsens der Geräte und die unverständlichen Worte der Ärzte. Ein weiterer Ultraschall wurde gemacht und diesmal waren es zwei Ärztinnen, die hinzukamen. Ich sah die Besorgnis in ihren Gesichtern, aber keine von ihnen sagte etwas, das mich beruhigen konnte. Die Atmosphäre war bedrohlich und angespannt und ich spürte die Unsicherheit in der Luft. Es war ein Moment, in dem ich mich wie eine entkörperlichte Seele fühlte, die einfach nur beobachtete, was mit ihr geschah, aber nichts tun konnte, um es zu ändern.

Und dann, aus dem Nichts, brach eine der Ärztinnen mit einer Frage hervor, die mich wie ein Schlag ins Gesicht traf.

„Haben Sie noch einen Kinderwunsch?", fragte sie mit einem Ton, der mir absolut fremd und unerklärlich vorkam. Ich starrte sie an, unfähig, Worte zu finden.

„Was hatte das mit mir zu tun? Was sollte diese Frage in diesem Moment? Was hatte das mit der Situation zu tun?"

Aber sie sprach weiter, als wäre es das Selbstverständlichste auf der Welt:

„Wir haben eine sehr große, kugelige Raumforderung in Ihrem Bauch entdeckt. Es könnte sein, dass sie mit Ihrer Gebärmutter verwachsen ist. Es könnte auch sein, dass es etwas Bösartiges ist."

Sie sagte es mit einer unglaublichen Direktheit, ohne ein Zögern.

„Es muss sofort raus, sonst werden Sie es nicht überleben."

Ihre Worte hingen schwer in der Luft, wie ein Fallstrick, der mich in eine Falle zog, aus der es kein Entkommen gab.

Ich konnte nicht mehr atmen. Mein Herz raste, mein Kopf schien sich zu drehen.

„Was bedeutete das? Was sollte ich jetzt tun? Was sollte ich in dieser Situation fühlen? Hatte ich eine Wahl?"

Die Ärztin fragte nach meinem Kinderwunsch, doch sie sagte mir gleichzeitig, dass ich keine Wahl hätte. Alles, was sie sagte, war wie eine Kettenreaktion, die in meinem Inneren ausbrach und sich nicht stoppen ließ. Ich starrte sie an, ohne etwas zu verstehen, ohne zu wissen, was gerade mit mir geschah. Ihre Kollegen, die die Szene mitverfolgten, erkannten sofort meine Starre. Sie warfen sich einen Blick zu, der deutlich machte, dass etwas in dieser Situation nicht richtig war. Eine der Ärztinnen, die mit mir zusammen war, versuchte, die Situation zu entschärfen und mir ein wenig mehr Hoffnung zu geben. Sie erklärte, dass die Raumforderung zwar groß sei, aber auf den ersten Blick gut abgrenzbar, was ein positives

Zeichen sein könnte. Doch ihre Worte, so freundlich sie auch gemeint waren, drangen nicht mehr zu mir durch. Ich war in einem Zustand völliger Leere. Meine Gedanken fuhren Karussell, aber sie konnten keinen Halt finden. Alles, was ich spürte, war eine unaufhaltsame Kälte in meinem Inneren.

Es wurde beschlossen, dass ich für weitere Untersuchung ins CT geschickt werden musste. Als der Notarzt mich wieder in den Aufzug schob, entschuldigte er sich für die knappen und harten Informationen. Er erklärte mir, dass ich bereits innere Blutungen hatte und mein Bauchraum bedrohlich mit viel Blut gefüllt war. Die Eile, die in seiner Stimme lag, war unüberhörbar. Ich spürte, wie sich die Dringlichkeit in mir festsetzte, aber trotzdem konnte ich keine Angst empfinden. Es war, als sei ich von allem distanziert, als würde mein Körper weiter funktionieren, aber mein Geist blieb leer. Das einzige, was mir durch den Kopf ging, war die merkwürdige Vorstellung, als Frau plötzlich Teile von mir selbst aufgeben zu müssen. Es war, als würde man mir von meinem eigenen Körper Dinge wegnehmen, die ich nie für verhandelbar gehalten hatte. Ich fühlte mich wie ein Objekt, wie etwas, das neu konzipiert werden muss, ohne dass mir eine Wahl bleibt, denn in meinem Fall war es keine Entscheidung. Es war einfach nur eine bittere, schmerzliche Realität. Und doch nahm ich all dies nur mit einem leisen „*Okay*" auf, als ob ich in einem Albtraum gefangen war, aus dem es kein Erwachen gab.

Es war ein weiterer Moment, den ich nie vergessen werde, dieser Übergang von der relativen Stille des Krankenhauses zu der kühlen, fast klinischen Atmosphäre des CT-Raums. Ich wurde unter ärztlicher Begleitung dorthin gebracht und bereits als ich den Raum betrat, hörte ich erneut diese Worte, die mich so entsetzten:

Es war, als würde man nicht mit mir, sondern über mich sprechen. Als ob ich nur eine Nummer wäre, als ob ich gar nicht wirklich da war, sondern nur ein Körper, den man bearbeitet und untersucht. Ich hatte das Gefühl, dass ich in diesem Moment nur noch eine Beobachterin meines eigenen Lebens war. Die Welt um mich herum verschwamm, und ich konnte kaum noch fassen, was geschah. Es war, als stünde ich an einem Ort, an dem ich einfach nur durchkommen wollte, an dem ich darauf wartete, wieder ins Licht zu kommen - aber das Licht schien unerreichbar.

Ich lag auf der Liege, fast wie gefangen in meinem eigenen Körper, der sich so schwer anfühlte. Bewegung war ein Fremdwort für mich. Ich konnte nicht mehr alleine aufstehen, konnte nichts mehr tun, außer zu atmen und zu hoffen, dass es irgendwie weiterging. Jeder Atemzug schien mich mehr zu erschöpfen, als mich zu befreien. Es war, als hätte mein Körper die Kontrolle über mich übernommen und mich in einen Zustand der völligen Lähmung versetzt, sowohl körperlich als auch geistig. Ich wollte raus, wollte diesen Tunnel hinter mir lassen, aber irgendetwas hielt mich zurück.

Dann, mit einer schnellen Bewegung, hob man mich vom Bett auf die Liege des CTs. Es war ein mechanischer Akt, fast so, als wäre ich nicht mehr als ein Objekt, das bewegt wird. Zwei Krankenschwestern kamen sofort auf mich zu, spritzten mir eine weitere milchige Flüssigkeit in die Vene. Ich wusste, dass sie mich auf das CT vorbereiten sollten und mir ein Gefühl der Geborgenheit vermitteln wollten, doch meine Gefühle waren zu diesem Zeitpunkt ganz anders.

Ich hatte das Empfinden, als würde mein Körper nicht mehr wirklich zu mir gehören. Eine Ärztin kam zu mir, ihre Worte drangen in mein Bewusstsein, als sie mir erklärte, dass mir gleich warm werden würde und sich das in meinem Körper vielleicht komisch anfühlen würde. Sie versicherte mir, dass das völlig normal sei. Doch diese Worte, diese Erklärung, hatten keinen Halt. Sie konnten mir keine Sicherheit geben. In diesem Moment wollte ich nur wissen, was mit mir geschah, aber es war wie ein Schleier, der sich um meinen Verstand legte. Als sie den Raum verließ, hörte ich noch, wie der Notarzt zu ihr sagte, dass er draußen warten würde, dass er jederzeit auf Abruf sei. Diese Worte ließen eine Kälte in mir aufsteigen, eine Ahnung, dass etwas mehr im Spiel war, dass es nicht nur um eine einfache Untersuchung ging.

Ich spürte nicht die Wärme, von der sie gesprochen hatte. Stattdessen wurde ich von einer beunruhigenden Leere in meinem Körper übermannt. Diese fehlende Wärme ließ mein Misstrauen wachsen. Etwas in mir sagte mir, dass etwas nicht stimmte, aber ich konnte es nicht greifen. Ich war wie betäubt, aber trotzdem nicht in der Lage, den Gedankenschleifen zu entkommen, die sich immer wieder drehten. Ich fühlte mich wie ein Außenstehender in meinem eigenen Körper, als würde alles an mir vorbeigehen, ohne dass ich wirklich Einfluss darauf hatte.

Als das CT endlich zu Ende war, hörte ich die Stimme über den Lautsprecher, die mir sagte, dass es gleich geschafft sei. Doch statt Erleichterung spürte ich plötzlich, wie mein Körper zu zittern begann. Es war nicht nur ein leichtes Frösteln - es war ein Schüttelfrost, der mich von den Zehen bis zum Kopf durchzog. Die Kälte, die ich fühlte, war nicht nur äußerlich, sondern auch innerlich. Mein Körper schien sich selbst zu entgleiten. Alles, was ich spürte, war das Zittern, das ich nicht mehr selbst kontrollieren konnte, das mich lähmte und in einem Zustand der Ohnmacht hielt. Es war, als würde sich mein Körper von mir entfernen, als ob er seine Kontrolle über mich verloren hätte und ich ihm hilflos hinterhersehen musste.

Die Ärzte kamen sofort auf mich zu, versuchten, etwas gegen den Schüttelfrost zu tun und spritzten mir erneut etwas in den Körper, um den Zustand zu lindern. Es war ein schneller, effektiver Akt, der den Schüttelfrost fast sofort stoppte. Aber was mich am meisten erschütterte, war die Erkenntnis, dass all dies einfach weiterging. Es war noch nicht vorbei, auch wenn ich es so sehr wollte. Und mit jeder dieser Erfahrungen, mit jedem kleinen Puzzleteil, das ich in dieser Situation zusammensetzte, wurde mir klarer, dass ich nicht mehr die Kontrolle hatte. Ich war nur noch ein Beobachter, ein Passagier auf diesem seltsamen, beängstigenden Weg, dessen Ende ich nicht kannte.

„Was war der nächste Schritt? Was kam als Nächstes?"

Ich wusste es nicht. Und es war diese Unsicherheit, die mich noch tiefer in einen Zustand der Verwirrung stürzte. Aber in all der Dunkelheit, in all dem Nebel, gab es noch einen kleinen Funken. Der Gedanke, dass es vielleicht doch noch eine Chance gab, aus diesem Tunnel herauszukommen. Es war nicht vorbei. Noch nicht. Aber der Weg, den ich gerade ging, war nicht der, den ich mir gewünscht hatte.

Der Moment, in dem ich nach dem CT zurück in die Notaufnahme gebracht wurde, war wie ein völliger Bruch. Alles um mich herum wirkte plötzlich so schwer und leer und ich konnte es kaum fassen, dass ich hier war, dass dies gerade alles mit mir geschah. Ich wurde in einen neuen Raum geschoben, und in diesem Raum war es wie in einer anderen Welt, einem Zwischenraum. Alles war plötzlich so unwirklich, als ob ich mich in einem Art Vakuum befand, in dem ich gefangen war, aber doch nicht wirklich dazugehörte.

Während meine Eltern zu diesem Zeitpunkt gerade meine Oma über die Situation aufklärten, ging plötzlich die Haustür auf, und mein Bruder trat ein. Alle blickten verdutzt auf, überrascht von seinem plötzlichen Erscheinen. Doch bevor jemand etwas sagen konnte, brach er das Schweigen und erklärte:

„Ich musste einfach heimkommen. Ich kann doch nicht einfach so essen gehen, als wäre nichts passiert. Nein, das geht nicht. Meine Gedanken sind nun ganz woanders."

Es war, als ob in diesem Moment alle Stille und Anspannung, die zuvor in der Luft gehangen hatten, in seinen Worten ihren Ausdruck fanden.

Mit dieser Aussage war er da, inmitten von ihnen, um gemeinsam auf Neuigkeiten zu warten. Ohne zu zögern setzte er sich zu den anderen und sie warteten gemeinsam, jeder von ihnen in der gleichen Hoffnung, dass das nächste Klingeln des Telefons die ersehnte Nachricht bringen würde. Die Minuten schienen sich zu dehnen, während die Ungewissheit in der Luft lag wie ein schwerer Schleier. Niemand wusste, was die nächsten Stunden bringen würden, niemand wusste, was als Nächstes auf sie zukam. Doch eines war sicher: Diese Ungewissheit war für alle nahezu unerträglich.

Es muss eine unbeschreibliche Anspannung in diesem Moment gewesen sein - die Vorstellung, in einer Welt zu leben, in der jeder Blick auf die Uhr, jedes Klingeln des Telefons, jedes noch so kleine Geräusch in der Hoffnung auf eine Nachricht, die alles verändern könnte, von Bedeutung war. Jeder von ihnen wartete auf einen Moment, der ihnen endlich Gewissheit geben sollte. Aber in diesem Raum, mit dieser stillen Erwartung, waren sie gefangen in einer unaufhörlichen Welle der Unsicherheit.

„Wie hätte man in diesem Moment wissen können, dass die Minuten, die sich so quälend langsam dehnten, letztlich nicht ausreichten, um alle Ängste zu lindern? Dass diese Zeit zwischen dem, was war und dem, was kommen würde, ihnen mehr Kraft abverlangte, als sie sich jemals hätten vorstellen können?"

Doch sie saßen zusammen, zusammen in dieser schier unerträglichen Stille und versuchten, sich gegenseitig in dieser ungewissen Zeit zu stützen. Der Schmerz lag nicht nur in der Warterei, sondern auch in der Hoffnung, die sie antrieb - eine Hoffnung, die sie am Leben hielt, obwohl sie gleichzeitig alle mit einer tiefen Angst vor dem Unbekannten kämpften.

Kurz nachdem ich mich im Raum wiedergefunden hatte, trat die Notärztin ein, die mich bereits zuhause behandelt hatte. Als sie mich ansah, bemerkte ich sofort die Mischung aus Besorgnis und Einfühlungsvermögen in ihrem Blick. Es war, als wüsste sie, wie schwer dieser Moment für mich war und doch war da diese beruhigende Wärme, die sie ausstrahlte. Ihr Blick sagte mir, dass sie wusste, wie chaotisch und beängstigend diese Situation für mich war, aber dass sie da war, um mir zu helfen. Sie setzte sich neben mich, nahm meine Hand - ein fast unmerklicher, aber sehr einfühlsamer Akt - und begann, mir in ruhigem, aber entschlossenem Ton alles zu erklären.

„Es ist gut, dass Du mit uns mitgefahren bist", sagte sie, doch ihre Stimme klang irgendwie anders, als ob sie nicht wirklich wollte, dass ich diese Worte hörte, als ob sie wusste, wie schlimm es um mich stand. Dann kam der Satz, der mein Herz aufschlug, der mich mit einem Schlag aus allen meinen Gedanken riss:

„Du musst dringend operiert werden. Wir müssen eine Not-OP ansetzen."
Sie erklärte mir, dass der OP-Saal noch voll sei, aber dass ich, sobald ein Raum frei wird, sofort dran käme. Es fühlte sich an, als würden die Wände um mich herum immer enger werden, als würde ich von der Realität erdrückt.

„In Deinem Bauch wurde ein etwa 12 cm großer Tumor gefunden", sagte sie. *„Der muss unbedingt raus. Du hast bereits innere Blutungen und Du hast dadurch schon einiges an Blut verloren."* Als sie mir das erklärte, konnte ich die Worte kaum fassen. Es war, als würde ein Teil von mir in diesem Moment stillstehen. Ich hatte das Gefühl, dass mein Körper in irgendeiner Weise nicht mehr zu mir gehörte, dass ich nicht mehr der Mensch war, der ich vorher war. Der Tumor, die Aussage *„inneren Blutungen"* - es war, als ob diese Worte mir eine fremde, grausame Welt eröffneten, in die ich nun geworfen wurde.

Sie ging mit mir den Aufklärungsbogen für vier geplante Bluttransfusionen durch und ich merkte, wie die Bürokratie in diesem Moment irgendwie nebensächlich wurde. Sie fragte mich, ob ich aus religiösen Gründen der Transfusion nicht zustimme.

„Nein", antwortete ich leise und sie lächelte mich erleichtert an. In diesem Augenblick versuchte sie, etwas Leichtigkeit in das Gespräch zu bringen, was mich irgendwie beruhigte, aber auch gleichzeitig verstörte. Es war fast, als wären wir uns schon ewig vertraut, als ob wir eine Verbindung teilten, die es uns ermöglichte, trotz der Schwere der Situation eine Art Lockerheit in der Kommunikation zu finden. Und doch, hinter diesem Lächeln, war die tiefe Sorge, die sich in ihren Augen spiegelte. Es war, als würde sie sich bewusst machen, wie stark sie mir gerade etwas beibringen musste, von dem sie wusste, dass es mich zutiefst erschüttern würde.

Dann verließ sie den Raum, um die Unterlagen irgendwohin zu bringen und eine junge Krankenschwester trat ein. Sie bat mich, meinen Schmuck abzulegen. Eigentlich kein Problem, dachte ich mir. Doch als sie mir auch mein Armband abnahm, spürte ich einen Stich tief in meinem Inneren. Das Armband war nicht nur ein Schmuckstück - es war ein Teil von mir. Es war das Armband, das ich seit knapp 8 Jahren trug, das Armband, das ich damals für meine kleine Nichte anfertigte, als sie viel zu früh von uns gegangen war. Es war ein symbolisches Band, das mich mit ihr verband.

„Für immer Dein" stand auf dem Armband, das ich ihr bei ihrer Beisetzung in die Hände legen lies, und das andere, das ich nie ablegte, trägt die Worte *„Für immer mein"*. Diese beiden Armbänder sind mehr als nur Schmuck; sie sind ein Teil meines Herzens, ein stiller Begleiter, der mich an das erinnert, was ich verloren hatte. An diesem Armband zu spielen, es zu berühren, war für mich ein ständiger Trost. Es war mein Talisman, mein Schutzengel, der mich durch so viele schwere Momente begleitete.

Es fühlte sich schrecklich an, es jetzt abzugeben. Ich wollte es nicht loslassen. Es war, als würde ich ein Stück meiner Verbindung zu meiner Nichte verlieren, als ob ich mich von dem letzten Teil unserer gemeinsamen Geschichte trennen müsste. Diese Angst, dieses Gefühl der Verlustangst war überwältigend.

„Wie konnte ich nur mein Armband abgeben? Was, wenn es verloren ging? Was, wenn es nie mehr zurückkam und ich diese letzte Verbindung zu meiner Nichte nicht mehr halten konnte?"

Es mag für einen Außenstehenden unverständlich erscheinen, aber in diesem Moment war es der schlimmste Teil dieser ganzen Situation. Es war das Gefühl, etwas von mir selbst zu verlieren, während ich mich ohnehin schon von so viel trennen musste.
Trotz all dieser inneren Konflikte legte ich schließlich meinen Schmuck ab und die Krankenschwester legte alles in eine weiße Plastikdose mit der Aufschrift *„Patienteneigentum"*. Diese Dose, diese kleine, weiße Plastikdose - sie fühlte sich so bezeichnend an. Sie symbolisierte alles, was ich gerade verlor, was mir genommen wurde. All das, was mir wichtig war, wurde einfach in eine Dose gelegt, als wäre es bedeutungslos, als könnte es so leicht ersetzt werden. Aber es war nicht nur Schmuck. Es war Teil meines Herzens, Teil meiner Erinnerung und in diesem Moment fühlte sich alles nur noch schwer und schmerzhaft an.

Es war eine der vielen kleinen, aber tief emotionalen Trennungen, die ich in dieser Situation erleben musste. Und trotzdem, trotz all dieser Ängste und Schmerzen, wusste ich, dass ich in den kommenden Stunden eine Entscheidung treffen musste, die über Leben und Tod entscheiden konnte. Aber zu diesem Zeitpunkt war ich noch weit davon entfernt, die volle Schwere dessen zu begreifen. Alles, was ich wusste, war, dass ich mich in diesem Moment vollkommen allein fühlte, als ob der letzte Teil von mir selbst gerade von mir genommen wurde.

Gerade als ich diesen Gedanken beiseite schob, trat der Anästhesist in den Raum. Ein Mann mittleren Alters, der eine ruhige, beruhigende Ausstrahlung hatte. Er setzte sich neben mich, seine Bewegungen waren bedacht und freundlich, seine Worte sorgfältig gewählt. Es war sofort spürbar, dass er nicht nur ein Fachmann war, sondern auch ein Mensch, der sich für die Person vor ihm interessierte. Als er mir erklärte, was nun als Nächstes auf mich zukommen würde und dass die Operation so schnell wie möglich durchgeführt werden müsse, war seine Art ruhig und seelig - fast wie ein Anker in einem stürmischen Meer.

„Wir sind alle auf Abruf", sagte er, *„sobald der nächste OP-Raum frei wird, müssen wir sofort beginnen. Aber keine Sorge, wir sind für Sie da."* Diese Worte hatten etwas Verbindendes, etwas, das mir das Gefühl gab, in guten Händen zu sein, auch wenn der Rest der Situation in meinen Augen nur ein großes, dunkles Fragezeichen war.

Dann begannen wir gemeinsam den Aufklärungsbogen für die Anästhesie durchzugehen. Während er mir die verschiedenen Fragen stellte, fragte er auch nach meinem Beruf und meinem Privatleben. Es war eine Frage, die mir zunächst fast trivial vorkam, aber in diesem Moment, in dem sich alles um mich drehte, war sie wie ein Anker. Er wollte wissen, ob mein Leben aktuell von viel Stress geprägt war. Ich antwortete ihm, dass ich als Prokuristin in der Geschäftsleitung eines mittelständischen Unternehmens tätig sei. Bevor ich weiterreden konnte, unterbrach er mich freundlich mit einem Lächeln. *„Oh, ok, dann erübrigt sich meine Frage nach* *dem Stress"*, sagte er und fügte hinzu: *„Das kann ich mir gut vorstellen, dass Sie dort einiges zu tun haben und dass es sicher nicht immer leicht ist."* Diese Worte trafen mich stärker, als ich es erwartet hatte. Da war ein Verständnis in seiner Stimme, das mir das Gefühl gab, dass er wirklich zuhört. Es war ein kleiner Moment des Verstehens und irgendwie fühltc cs sich an, als würde er die Schwere meines Lebens, die ich oft zu verbergen versuchte, in diesem Moment aufgreifen.

Der Anästhesist fragte mich auch nach meinem Schlafverhalten, was ich ihm mit einem Seufzer erzählte:

„Ich habe seit anderthalb Jahren erhebliche Schlafprobleme. Ich habe schon so viele Methoden ausprobiert, aber die Nächte sind meistens eine einzige Enttäuschung. Höchstens 2-3 Stunden Schlaf pro Nacht."

Als er das hörte, war er regelrecht schockiert. *„Das erklärt vieles"*, sagte er und nickte nachdenklich. *„Das gibt uns ein klareres Bild und hilft uns, Ihre aktuelle Situation und vor allem Ihre Diagnose besser zu verstehen."* Er war so verständnisvoll, dass es mir fast leichter fiel, meine Sorgen mit ihm zu teilen. Es war, als ob er nicht nur die medizinische Situation verstand, sondern auch die menschliche Seite der Geschichte.

Während wir weiterhin sprachen, bemerkte er, dass mein iPhone ständig vibrierte und immer wieder Nachrichten und Anrufe von meinen Chef anzeigt wurden. Ich entschuldigte mich schnell für die Störung und stellte mein iPhone auf lautlos, aber das Display hörte nicht auf, aufzuleuchten. Es waren Nachrichten von Kollegen, dringende Anfragen und zwei Anrufe von meinen Vorgesetzten, die mich mit wichtigen Fragen bedrängten. Ich drehte mein iPhone einfach um, um mich besser auf das Gespräch konzentrieren zu können.

„Es ist in Ordnung, sie können auch gerne rangehen", sagte der Anästhesist, als er den ständigen Austausch sah, aber ich konzentrierte mich jetzt auf das, was hier und jetzt passierte. *„Wir werden unser Bestes tun, um Ihnen zu helfen. Die OP wird wahrscheinlich nicht einfach, aber Sie müssen sich keine Sorgen machen. Wir werden alles tun und gut auf Sie aufzupassen."* Es waren nicht nur Worte der Beruhigung, sondern auch eine Versicherung, dass er alles tun würde, um mich sicher durch das, was vor mir lag, zu führen.

Als wir endlich den Aufklärungsbogen durchgegangen waren, bat er mich, ihn zu unterschreiben. Mit einem leichten Schmunzeln sagte er:

„Sie sind Prokuristin, also ist das sicher ein Klacks für Sie."

Es war eine kleine, humorvolle Bemerkung, die uns beide für einen Moment aus der Schwere der Situation herausnahm. *„Ja, das stimmt"*, erwiderte ich und fügte mit einem verschmitzten Lächeln hinzu, *„aber hier muss ich wenigstens nicht mit ppa unterschreiben."* Der Anästhesist lachte, und auch die Notärztin, die zu diesem Zeitpunkt den Raum betrat, konnte sich das Lachen nicht verkneifen. Es war ein kleiner Moment des menschlichen Miteinanders inmitten einer so belastenden Situation.

Doch das iPhone hörte nicht auf zu vibrieren und ich drehte es erneut um. Als ich einen Blick auf das Display warf, sah ich die Vielzahl von Nachrichten, die von meinen Kollegen und

Vorgesetzten aus der Arbeit stammten - Rückmeldungen zu Freigaben, notwendige Entscheidungen, die in meiner Abwesenheit getroffen werden mussten. Ich konnte einfach nicht darauf antworten, nicht in diesem Moment. Es fiel mir schwer, mich auf die „Alltagsprobleme" in der Arbeit einzulassen, aber alles, was mich hier und jetzt beschäftigte, war, was mit mir selbst geschah. In diesem Augenblick konnte ich nicht mehr zwischen den beiden Welten vermitteln, zwischen dem, was außerhalb meines Körpers und dem, was in mir selbst vorging.

Mit einem leisen Seufzen griff ich schließlich zum Telefon und rief meine Mutter an. Ich hatte sie gebeten meinen Vorgesetzten zu kontaktieren und ihm mitzuteilen, dass jeglicher arbeitsbedingter Kontakt zu mir in dieser Zeit unterbrochen werden musste. Ich bat sie, ihm die ganze Situation zu schildern und darum zu bitten, dass meine Kollegen bis auf Weiteres keine Rückmeldungen von mir erwarten können. Es war schwer, das loszulassen, aber ich wusste, dass ich diese Verantwortung im Moment nicht tragen konnte. Das war eine der ersten Entscheidungen, bei denen ich mir selbst erlaubte, nicht perfekt zu sein.

Als ich meiner Mutter am Telefon die Situation schilderte, hatte ich das Gefühl, als ob sich der Boden unter mir weiter zu öffnen begann. Es war, als ob sich alles, was ich gerade erlebte, zu einer einzigen, schwer fassbaren Wahrheit zusammenschnürte. Die Worte, die ich ihr sagte, klangen fast fremd in meinen eigenen Ohren, als wären sie von jemand anderem gesprochen worden. Ich erzählte ihr von dem Tumor, der in meinem Bauch gefunden worden war und dass es durchaus sein könnte, dass auch meine Gebärmutter entfernt werden müsse, falls der Tumor daran verwachsen sei. Die Tatsache über die Information, dass der Tumor auch bösartig sein könnte, konnte ich ihr leider nicht ersparen. Es musste jetzt einfach schnell gehen, weil die inneren Blutungen, die ich hatte, immer stärker wurden und ich bereits viel Blut verloren hatte.

Es fühlte sich an, als ob die Worte, die ich sprach, zu schwer waren, um sie wirklich auszusprechen. Trotz meiner ganzen Fassung und der Ruhe, mit der ich die Situation bisher getragen hatte, kam in diesem Moment der Kloß in meinem Hals, der mir die Luft zum Atmen nahm. Die Tränen stiegen in meine Augen, und ich konnte sie nicht mehr zurückhalten. *„Mama"*, sagte ich mit brüchiger Stimme, *„ich glaube, ich werde euch nie den Wunsch erfüllen können, dass ihr irgendwann Großeltern meiner eigenen Kinder werdet."* Diese Worte trafen mich so hart wie ein Schlag. Es tat mir so unendlich leid, dass ich meiner Mutter diesen Schmerz antun musste und dass ich ihr in einer so unerträglichen Situation auch noch diese unvorstellbare Last auferlegte. Ich fühlte mich so hilflos und klein, dass ich nicht mehr in der Lage war, das zu ändern.

Die Reaktion meiner Mutter war mehr, als ich in diesem Moment je erwartet hätte. Sie weinte und ich konnte das Zittern ihrer Stimme spüren, selbst über das Telefon. Doch anstatt sich in die Angst oder Trauer zu stürzen, antwortete sie mir mit einer Fürsorglichkeit, die mich vollkommen überwältigte. *„Mach dir darüber keine Gedanken"*, sagte sie. *„Es ist viel wichtiger, dass du überlebst, dass du gesund wirst. Du bist unsere Tochter und das ist jetzt das Einzige, was zählt. Ich will dich einfach bei mir haben."* Ihre Worte waren wie eine sanfte Umarmung, die mich in dieser schwersten Stunde auffing und tröstete. Sie sagte mir, dass wir gemeinsam durch diese Zeit kommen würden und dass ich das alles schaffen würde, solange ich am Leben blieb.

Wir tauschten noch ein paar kurze Worte aus, versuchten, uns gegenseitig Mut zu machen, doch dann wurde unser Gespräch unterbrochen, als eine Krankenschwester ins Zimmer trat. Ich verabschiedete mich von meiner Mutter und versprach ihr, mich noch einmal zu melden, bevor es losging. Als ich auflegte, setzte mir die Schwester meinen vierten Zugang. Schon wieder eine Nadel, schon wieder ein neuer Schlauch, der sich mit den anderen an meinem Körper verband. Es war erschreckend zu sehen, wie mein Körper sich immer mehr in eine Sammlung von medizinischen Geräten verwandelte, wie ich immer mehr zum „Fall" wurde, als zu der Frau, die ich noch vor wenigen Stunden gewesen war.

Kurz darauf trat wieder die freundliche Notärztin ein. Sie war so ruhig und einfühlsam, als sie an meinen Monitor trat und die Werte überprüfte. Sie nahm sich Zeit, kontrollierte, ob ich Fieber hatte und setzte sich dann einen Moment zu mir. *„Du machst das wirklich gut"*, sagte sie mir mit einem Lächeln. *„Es ist gut, dass du ruhig bleibst. Das hilft deinem Herz und es ist wichtig, dass du jetzt keine Aufregung zeigst."* Ihre Worte klangen so ehrlich und ich fühlte mich wirklich gesehen. Sie erklärte mir in aller Ruhe, was nun als Nächstes passieren würde und wie der OP-Prozess weiterging.

Doch während sie dort saß, piepste plötzlich ihr Alarm - ein neuer Notfall kündigte sich plötzlich an. Ihre Kollegen riefen sie, aber sie antwortete ruhig:

„Ich bleibe hier, bei meiner Patientin. Holt euch bitte einen anderen Kollegen dazu, ich bin aktuell für sie gebunden."

Es war mir unangenehm, sie in diesem Moment von ihrer Arbeit abzuhalten, vor allem, weil da dort draußen wahrscheinlich jemand auf ihre Hilfe angewiesen war. Ich dachte mir, wie gut es der anderen Person wohl gehen würde, wenn sie ebenfalls von dieser freundlichen und einfühlsamen Ärztin betreut worden wäre. Doch die Notärztin winkte ab. *„Das ist kein Problem"*, sagte sie, *„ich bleibe bei dir."* Ich konnte nicht anders, als von dieser Geste wirklich tief berührt zu sein. In einer solchen Situation ist es nicht selbstverständlich, dass jemand so viel Zeit und Aufmerksamkeit für einen Menschen aufbringt und ich wusste, dass es wahrscheinlich nicht die Regel war. Aber sie hatte entschieden, bei mir zu bleiben und das gab mir ein Gefühl von Sicherheit und Geborgenheit, das ich wirklich brauchte.

Während sie weiterhin meine Werte kontrollierte, fragte sie mich, ob sie etwas für mich tun könne. Für einen Moment war ich wirklich überfragt, bis ich nach einer Weile sagte:

„Eigentlich hätte ich jetzt echt Lust auf ein Getränk - etwas, das ich schon lange nicht mehr hatte."

Ich konnte nicht sagen, warum, aber in diesem Moment hatte ich plötzlich Heißhunger auf eine FANTA. Es war eine Marke, die ich schon als Kind geliebt hatte und ich hatte so das Gefühl, dass genau diese Limonade mir helfen würde, mich ein kleines bisschen mehr in Kontrolle zu fühlen.

Die Ärztin sah mich mit einem Lächeln an und sagte dann:

„Du darfst jetzt nichts mehr trinken, du weißt schon so, kurz vor der OP."

Und ich erwiderte mit einem schiefen Grinsen:
„Oiso ned oda?"

Sie brach in herzliches Lachen aus und es war ein so befreiender
Moment für mich, dass ich für einen kurzen Augenblick all die
Angst und die Dunkelheit um mich herum vergessen konnte. Es
war ein kleiner, aber schöner Moment, der uns beide wieder ein
Stück näher brachte. Sie fragte mich dann konkret, was ich wirklich
trinken wollen würde und ich war verdutzt als sie mich wirklich
dann doch noch nach meinen Wünschen fragte. „Eine eiskalte
FANTA", sagte ich mit einem fast kindlichen Lächeln. Es fühlte sich
fast wie ein kleines, unschuldiges Bedürfnis an, das nicht in dieser
Situation zu existieren schien. Doch als sie mir ein verschmitztes
Lächeln schenkte und mir sanft durchs Haar wuschelte, fühlte ich
mich für einen Moment wieder wie ein Mensch, nicht nur wie eine
Patientin.

Meine Mutter kam währenddessen meiner Bitte nach und nahm
erneut das Telefon in die Hand, um meinen Vorgesetzten
anzurufen. Er hatte relativ schnell abgenommen, als ob er schon
gewusst hatte, dass dieser Anruf irgendwann kommen musste und
er auch bereits sehnsüchtig auf eine Nachricht gewartet hatte. Es
war, als ob er in diesem Moment spürte, dass etwas nicht stimmte.

Meine Mutter erklärte ihm kurz und knapp, was zu tun war, sie
erklärte ihm, dass ich sie gebeten hatte, ihm Bescheid zu geben -
dass ich in den kommenden Stunden nicht zu erreichen sein
würde, dass ich keine Kapazität für die geschäftlichen Dinge hatte
und sie ihn darum bat, die anderen Kollegen in der
Geschäftsleitung zu informieren, dass ich gerade deren dringenden
Anrufen und Anfragen nicht nachkommen kann. Die Worte fielen

ruhig, doch die Schwere in ihrer Stimme ließ keinen Zweifel daran, wie schwierig diese Nachricht für sie war, da sie gedanklich gerade ganz wo anders war.

Er wollte sofort mehr wissen, er wollte wissen, ob sie etwas Neues über meinen Zustand wusste. Also erzählte meine Mutter ihm von dem, was zu diesem Zeitpunkt kaum jemand wusste - dass ich auf eine Not-Operation wartete. *„Es kann jederzeit losgehen"*, sagte sie, als sie ihm von dem Tumor erzählte, der in meinem Bauchraum entdeckt worden war und den massiven inneren Blutungen, die die Ärzte in höchster Alarmbereitschaft versetzten. Sie sagte ihm auch, dass niemand mit Sicherheit sagen konnte, ob dieser Tumor nicht auch bösartig sei.

In diesem Moment konnte sie förmlich spüren, wie er durch diese Worte erschüttert wurde. Es gab Pausen im Gespräch, Momente, in denen er offenbar versuchte, all das, was er hörte, zu verarbeiten. Ich hatte ihn aus dieser Erzählung heraus auch selbst noch nie in einer solchen Verfassung erlebt. Vielleicht ging es ihm genauso wie mir - mit einem gewissen Gefühl der Hilflosigkeit. Er fragte, ob ich jemals vorher irgendwelche Beschwerden gehabt hätte, ob ich etwas bemerkt hätte, was auf diesen Tumor hinweisen könnte. Meine Mutter erzählte ihm von den Rückenschmerzen, die ich in den letzten Tagen geäußert hatte, aber dass ich das für unbedeutend hielt, für die typischen Beschwerden nach einem langen Arbeitstag.

Das Gespräch endete schließlich mit einem vorsichtigen, aber freundlichen Abschied. Er bat meine Mutter, sich zu melden, sobald es Neuigkeiten gab oder wenn irgendetwas war, was er noch tun konnte. Seine Frau erzählte mir dann zwei Monate später, als ich sie persönlich traf, dass auch sie von diesem Moment völlig überrascht und erschüttert gewesen war. Sie berichtete mir, wie ihr Mann zu Hause, nachdem er das Telefonat mit meiner Mutter geführt hatte, kreidebleich und völlig neben sich auf der Couch gesessen hatte. Er hatte nicht gewusst, wie er mit dieser Nachricht umgehen sollte. Er hatte mir dies selbst nie erzählt. Ich war zu diesem Zeitpunkt so tief in meiner eigenen Welt gefangen, dass mir nie bewusst war, welch unvorstellbaren Schrecken ich ihm und seiner Frau damit zugefügt hatte.

Es tat mir unendlich leid. Es war nie meine Absicht, irgendjemandem Angst zu machen. Doch in diesem Moment, während ich da in der Notaufnahme auf den Anruf wartete, dass es endlich losgehen würde, hatte ich keine Zeit für solche Gedanken. Ich wusste, dass die Zeit knapp war und dass ich jeden Moment aufgerufen werden konnte. Der Raum, in dem ich lag, war seltsam still. Ich war ruhig, gefasst, fast seltsam unberührt von der ganzen Situation. Es war mir fast egal, dass dies die erste Operation meines Lebens war, dass ich in den Händen von Ärzten lag, die versuchten, mich zu retten.

Niemand hatte mir Beruhigungsmittel gegeben und ich hatte auch nie danach gefragt. Die Ärzte sagten mir, dass das aufgrund meines körperlichen Zustands nicht möglich sei. Ich war nicht einmal sicher, ob ich das wirklich gebraucht hätte. Es war, als ob die Situation für mich bereits entschieden war. Ich war zu schwach, um zu kämpfen, aber auch zu erschöpft, um noch Angst zu haben. Die Notärztin kam wieder herein, um mir zu sagen, dass es wirklich langsam kritisch wurde. Mein Hb-Wert lag schon deutlich unter 6,5 g/dl und das war ein Wert, der mir viel mehr Angst machen sollte, als er es tat. Sie sprach in Zahlen, die für mich irgendwie abstrakt waren, als ob diese Zahlen nicht für mich, sondern für irgendetwas anderes, Irreales standen. Ich hörte sie, aber es war nicht wirklich bei mir angekommen.

Trotz ihrer Besorgnis konnte ich keinen Widerstand leisten. Ich hatte mich meinem Schicksal überlassen. Ich konnte nicht mehr aus der Situation heraus, es gab keinen Ausweg. Was immer kommen würde, es war mir fast gleichgültig. Die Operation würde kommen, wann sie wollte und ich würde einfach mit ihr gehen, so wie das Leben mit mir verfahren würde.

Dann kam der Moment, in dem alles begann, als der Anästhesist plötzlich in den Raum kam und mit einer ruhigen, aber entschlossenen Stimme sagte:

„Es geht los, wir können sofort los!"

In diesem Moment fühlte ich, wie der Raum sich veränderte, wie alles plötzlich schneller, dringlicher wurde. Zwei Krankenschwestern und ein Notarzt kamen zügig dazu und in wenigen Sekunden war mein Bett bereits auf dem Weg zum Aufzug. Die Notärztin, die mich während der letzten Stunden begleitet hatte, blieb bei mir und führte mich bis zur Aufzugstür. Ihre Hand strich sanft über meine Backe, ein kleiner, aber bedeutungsvoller Trost, der mir das Gefühl von Menschlichkeit und Wärme inmitten dieser kalten, ungewissen Situation gab. Als wir am Aufzug ankamen, spürte ich, dass dieser Moment schwerer wog als gedacht. Ihr Atem stockte, ihre Augen füllten sich mit Tränen und doch versuchte sie, stark zu bleiben. Sie sagte nichts - als hätte sie Angst, dass ihre Stimme brechen könnte. Stattdessen flüsterte sie leise:

„Ich wünsche dir alles, alles Gute und drücke dir die Daumen - du schaffst das!"

Ihre Worte waren kaum mehr als ein Hauch, doch sie trafen mich mitten ins Herz. Ein zartes Lächeln huschte über ihr Gesicht, voller Wärme und unausgesprochener Emotionen. Dann sah sie mich ein letztes Mal an, innig, fast so, als wolle sie mir all ihre Hoffnung und Zuversicht mit auf den Weg geben. Ohne ein weiteres Wort trat sie zur Seite - und ließ mich zurück mit einem Gefühl, das sich nicht in Worte fassen ließ.

Als die Aufzugtüren sich öffneten, trat sie einen Schritt zurück, winkte mir mit einem einfühlsamen Blick zu und drückte symbolisch die Daumen - ein letzter, stiller Moment der Verbindung zwischen uns, der in mir nachhallte. Dann schob man mich in den Aufzug, und die Türen schlossen sich hinter uns.

Im Aufzug war es still - eine komische, fast erdrückende Stille. Die Fahrt schien unendlich lang, als ob der Raum und die Zeit sich auflösten und ich in einem Vakuum schwebte. Ich wusste nicht, in welches Stockwerk ich gebracht wurde und es schien mir auch nicht wichtig zu sein. Schließlich hielt der Aufzug und die Türen öffneten sich. Ich wurde schnell zu einer Tür mit der Aufschrift *„OP-Bereich - Zutritt verboten"* geschoben. Ein Arzt drückte den Schalter und die Türen öffneten sich rasch. Ich trat in den Bereich ein, der mir bis dahin nur aus Berichten und Erzählungen bekannt war.

Dort standen bereits drei Personen in grüner OP-Kleidung und empfingen mich herzlich. Der Anästhesist, der mich eben noch begleitet hatte, kam zu mir, sagte, dass er sich schnell umziehen müsse und dann würde es direkt losgehen. In diesem Moment, als ich auf den Beginn der Operation wartete, rief ich noch einmal meine Eltern an. Meine Mutter ging sofort ran. Ich sagte ihr, dass es jetzt gleich losgehen würde und dass ich mein iPhone ablegen müsse. Es war eine kühle, fast nüchterne Ansage, als würde ich einen kurzen Termin durchgeben. In diesem Moment war mir nicht bewusst, dass dies möglicherweise die letzten Worte an meine Eltern sein könnten. Sie wussten von meiner kritischen Lage, aber ich hatte das Gefühl, dass mir die Dringlichkeit und Schwere dieses Abschieds nicht wirklich klar war. Ich war einfach zu ruhig, zu gefasst und hatte den Gedanken, dass es sowieso keine andere Wahl gab, als zu akzeptieren, was nun kam.

Wenn ich jetzt darüber nachdenke, tut mir das unendlich leid. Ich hätte diesen Moment intensiver, herzlicher nutzen sollen, um mich von ihnen zu verabschieden, um ihnen zu danken für all die Liebe und Unterstützung, die sie mir immer gegeben hatten und für die Werte die sie mir in meinem Leben vermittelt hatten. Doch in dieser Situation war es mir nicht bewusst. Ich hatte nun schon zum zweiten Mal den Moment verpasst, mich von meinen Eltern zu verabschieden - die letzte Gelegenheit, ihnen für alles zu danken, was sie mir ermöglicht haben. Es war ein schmerzlicher Augenblick, der mir das Herz zerriss. Die Worte, die ich nie sagte, die Dankbarkeit, die ich nie aussprach - sie blieben unausgesprochen und hinterließen eine Leere, die mich lange begleiten sollte.

Heute weiß ich, wie wichtig solche Momente sind, wie wichtig es ist, sich von den Menschen, die einem am meisten bedeuten, auf die richtige Weise zu verabschieden. Es sind die letzten Worte, die man spricht, die Erinnerung, die bleibt. Und ich hoffe, dass ich bei einer nächsten solchen Gelegenheit, falls es sie je wieder gibt, diese Chance nicht mehr erneut verpassen werde.

Als ich das Gespräch beendete, hörte ich noch, wie meine Mutter mir sagte, dass ich die Ohren steif halten soll, dass sie an mich denken und hoffen, dass alles gut wird. Ihre letzten Worte waren: *„Ich hab dich lieb."* und wir legten auf. Nachdem ich mein iPhone nach dem Gespräch mit meiner Mutter weglegen wollte, nahm ich noch eine eingehende Nachricht meines Vaters wahr. Sie kam unerwartet und traf mich in diesem Moment auf eine Weise, wie keine andere Nachricht von ihm es je getan hatte. Er schrieb mir:

„Nadine, wir warten auf dich. Hab dich lieb."

Zwischen den ersten Satz setzte er vier Herzen, und nach dem letzten Satz fügte er ein Kuss-Emoji hinzu. Solch eine Nachricht, geschweige denn diese direkte Aussage, hatte ich bisher noch nie von meinem Vater erhalten und gerade in dieser Situation war diese Nachricht für mich unglaublich berührend und emotional.

Mein Vater ist nicht der Mensch, der gut mit seinen Gefühlen umgehen kann. Er ist eher derjenige, der es vermeidet, seine Emotionen offen zu zeigen und vieles lieber mit sich selbst ausmacht. Vermutlich aus Selbstschutz aber auch um uns als Familie zu schützen. Es ist mir bewusst, dass er meinen Bruder und mich liebt und auch stolz auf uns ist, doch solche Worte wie diese hatte ich von ihm bisher nie in dieser Direktheit gehört. Gerade in diesem Moment, als ich mich mit einer so großen Unsicherheit konfrontiert sah, in diesem Moment der Angst und der Ungewissheit, bedeuteten diese Zeilen mehr als alles andere. Vielleicht hatte auch er ein ungutes Gefühl bei der ganzen

Situation, vielleicht war ihm bewusst, wie ernst es war und er wollte mir unbedingt noch einmal spüren lassen, wie viel ich ihm bedeute.

Es war ein Moment, in dem ich all die ungesagten Dinge, all die unausgesprochenen Gefühle, die zwischen uns standen, plötzlich ganz klar spürte. Es war eine Nachricht, die ich niemals vergessen werde. Ich weiß, dass er sich in dieser Situation nicht leicht getan hat, diese Worte zu finden und ich bin ihm dafür heute noch unendlich dankbar, dass er mir genau in diesem Moment, als ich mich von der Welt abgekoppelt fühlte und der Eingriff bevorstand, seine Liebe und Unterstützung so klar und direkt zeigte, denn das war etwas, was mich tief berührte.

Ich habe diese Nachricht abgespeichert und in den Momenten, in denen ich wieder vor Herausforderungen stehe, in denen ich an meinen eigenen Kräften zweifle, lese ich sie mir immer wieder durch. Sie ist eine Nachricht der Unterstützung, der Liebe und der Vertrautheit. In diesen Zeilen spüre ich, dass ich nicht allein bin, dass jemand auf mich wartet, dass jemand mich liebt, auch wenn es vielleicht nicht immer in den Worten ausgesprochen wird. Sie erinnert mich daran, dass ich immer eine Stütze in meinem Leben habe, dass ich niemals wirklich alleine bin, egal wie schwierig der Weg auch sein mag.

Papa, an dieser Stelle möchte ich dir einfach von Herzen danken. Danke, dass du mir diese Worte geschickt hast, dass du mir in diesem Moment das Gefühl gegeben hast, dass ich wertvoll bin, dass ich nicht alleine durch diese schwierige Zeit gehen muss. Du hast mir mit diesen wenigen, aber so bedeutungsvollen Worten so viel Trost geschenkt. Ich hoffe, du weißt, was diese Worte für mich bedeuten und wie sehr sie mich in den Momenten des Zweifels und der Angst gestärkt haben. Es sind diese kleinen Gesten, die so viel bewegen können und ich werde diese Nachricht für immer in meinem Herzen tragen.

Anschließend gab ich mein iPhone einer Krankenschwester mit der Bitte, es sicher aufzubewahren. Währenddessen hörte ich noch, wie zwei Ärzte ein Gespräch über mich führten, etwas weiter entfernt. Sie sprachen über Probleme bei der Bestimmung meiner Blutgruppe und wie dringend es war, mit der Operation zu beginnen. Der Satz, den ich hörte, ließ mein Herz für einen Moment stocken:

„Wenn wir jetzt nicht anfangen, dann bleibt sie uns auf dem Tisch."

Ich wusste, dass sie von mir sprachen und dennoch war es nicht dieser Satz, der mich erschütterte. In diesem Moment war ich eher ein stiller Beobachter meiner eigenen Situation. Ich hatte mich längst ergeben, hatte keine Angst mehr vor dem, was kam. Ich hörte es, nahm es wahr, aber es berührte mich nicht in dem Maße, dass ich in Panik verfiel. Es war, als ob ich mich in einen Zustand der Akzeptanz begeben hatte, als ob ich die Kontrolle abgegeben und mich einfach dem Verlauf der Dinge überlassen hatte.

Ein paar Sekunden später wurde ich in die OP-Schleuse geschoben und auf den OP-Tisch umgelagert. Eine warme Decke wurde über meinen Körper gelegt, was sich angenehm und beruhigend anfühlte. Eine zweite Anästhesistin stellte sich mir vor und begann, mit mir zu sprechen. Sie erklärte, was nun geschehen würde, wie kalt der OP-Saal sein würde und warum - alles, um eine sterile Umgebung zu gewährleisten. Ich erinnerte mich daran, dass ich während meiner Zeit als Studentin im Qualitätsmanagement in diesem Krankenhaus gearbeitet hatte und schon einmal in einer OP dabei gewesen war.

Ich sagte ihr das und sie lächelte. *„Na dann kennst du ja schon alles"*, sagte sie.

Dann kam der Anästhesist von vorhin zurück und ich bat ihn darum, nach der OP meine Eltern anzurufen und ihnen zu sagen, was herausgekommen war. Er versicherte mir, dass er das tun würde und notierte sich ihre Nummer. Ich fühlte mich in diesem Moment gut aufgehoben und verstanden. Anschließend setzte mir die Anästhesistin noch eine Haube auf mit den Worten, *„So damit Du auch optisch nun zu uns gehörst."* Ich musste kurz lächeln und sie erwiderte dies ebenfalls mit einem Lächeln.

Der OP-Saal selbst war ein kühler, greller Raum, in dem gefühlt schon acht weitere Personen auf mich warteten. Ich wurde in die Mitte des Raumes geschoben, meine Arme wurden fixiert und die Zugänge nochmals kontrolliert. Mein Blick wanderte zu den Milchglasfenstern des OPs. Draußen war es bereits dunkel und ich dachte daran, dass andere Menschen gerade zu Hause saßen, den Feierabend genossen. Es war ein surreales Gefühl, dass ich gerade hier war, dass mein Leben in den Händen dieser Menschen lag, während das Leben der anderen einfach weiterging.

Ich hörte, wie die beiden Ärztinnen, die mir vor einer knappen Stunde noch völlig aufgelöst die Nachricht über den Tumor und die mögliche bösartige Veränderung überbracht hatten, sich nun leise miteinander unterhielten. Sie sprachen über etwas völlig Alltägliches - den bevorstehenden Geburtstag einer der beiden und den Kuchen, der vorbereitet werden sollte. Ihre Worte schienen in dem Moment so weit entfernt von der Dramatik und Schwere, die mich umhüllte. Ich konnte nicht anders, als kurz zu denken, wie surreal es war, dass inmitten dieser beängstigenden Situation sie sich über so banale Dinge unterhielten. Ich fragte mich, ob sie sich je vorstellen könnten, dass ich, während sie von Geburtstagskuchen sprachen, vielleicht nicht einmal mehr hier sein würde, um den nächsten Tag zu erleben.

In diesem Moment, in dem ich mich in Gedanken verloren hatte, spürte ich plötzlich eine feine Veränderung in der Atmosphäre. Eine der Ärztinnen, die bis eben noch ganz in ihr Gespräch vertieft war, merkte nun, dass ich ihre Worte gehört hatte. Sie trat ein Stück näher und schien plötzlich von einer Mischung aus Bedauern und Entschuldigung erfasst zu sein. Ohne ein Wort zu sagen, legte sie ganz vorsichtig ihre Hand auf meine. Ihr Blick war sanft, fast entschuldigend, als wollte sie mir sagen, dass sie niemals die Absicht hatte, mich in diesem Moment noch mehr zu belasten. Ihre Geste war eine stille Entschuldigung und eine Anerkennung dafür, dass ich mich dieser Situation mit einer Fassung begegnete, die sie vielleicht überrascht hatte.

Die andere Ärztin, die ebenfalls in der Nähe stand, blickte in diesem Moment zu mir, als hätte sie erkannt, wie sehr ihre Worte mich erreicht hatten. Sie sagte nichts, doch ich konnte das Verständnis und vielleicht auch das Mitgefühl in ihrem Blick erkennen. Sie hatten mich beobachtet - wie ich trotz allem so ruhig und gefasst blieb. Plötzlich wurde mir klar, wie sehr sie mich vielleicht bemitleideten, aber auch, wie sehr sie sich um mich sorgten. Es war ein Moment, in dem wir alle, inmitten der klinischen Kälte und der anstehenden Gefahr, für einen Augenblick auf einer menschlichen Ebene miteinander verbunden waren.

Ich dachte wieder an diesen Moment und fragte mich, ob ich morgen überhaupt noch da sein würde.
„Würde ich überhaupt noch leben?"

Plötzlich kam dieser Gedanke aus dem Nichts, ein blitzartiger, klarer Gedanke. Als er in mir aufkam, schloss ich innerlich mit mir ab, dass das Leben zu Ende sein könnte. Ich fühlte eine seltsame Zufriedenheit, als ob ich mit meinem bisherigen Leben im Reinen war. Ich hatte kein Bedauern, keine Angst. Wenn es das war, was mein Schicksal für mich bereithielt, dann würde ich es annehmen.

Als der Gedanke in mir aufkam, dass es vielleicht tatsächlich zu Ende gehen könnte, überkam mich eine unerklärliche Ruhe. Plötzlich dachte ich an all die Menschen, die mir im Leben am meisten bedeutet hatten. Ganz besonders an meinen Opa, der mir so viel beigebracht hatte, an seine sanfte, weise Art, die ich immer bewundert hatte. Ich erinnerte mich daran, wie er mich oft in den Arm genommen und mir gesagt hatte, wie stolz er auf mich war. In diesem Moment fühlte ich eine tiefe Verbindung zu ihm, als ob er mich an diesem Punkt meines Lebens auf eine gewisse Weise begleiten würde. Wenn es mein Schicksal war, jetzt zu gehen, dann würde ich ihn bald wiedersehen - und mit diesem Gedanken verspürte ich eine seltsame, friedliche Vorfreude auf diesen Moment, auch wenn er mit Abschied verbunden war.

Dann dachte ich auch an meine kleine Nichte, die viel zu früh von uns gegangen war. Sie war so jung, voller Leben und Freude und es brach mir das Herz, dass sie ihre ganze Zukunft nicht mehr vor sich hatte. Doch jetzt, in diesem Moment, wusste ich, dass sie irgendwo dort oben auf mich warten würde, mit ihren strahlenden Augen und ihrem unbeschwerten Lächeln, das immer noch in meinem

Herzen weiterlebte. Ich konnte es förmlich sehen, wie sie mich erwartungsvoll anlächelte, mit offenen Armen, als wollte sie mir sagen:

„Es ist alles gut, du musst nicht mehr ängstlich sein, ich bin hier."

Wie wunderschön wäre unser Wiedersehen gewesen! Ich hätte sie in die Arme geschlossen, all die Liebe, die ich für sie empfand, an sie weitergegeben. Ich hätte ihr von all den Momenten erzählt, die sie verpasst hat und wie sehr ich sie in meinem Leben vermisst habe. Doch jetzt, in diesem Augenblick, wusste ich, dass unser Wiedersehen auf eine Weise stattfinden würde, die jenseits der Worte lag - in einer Welt, in der der Schmerz und die Trennung keine Bedeutung mehr hatten.

Die Vorstellung, sie beide nach all der Zeit wiederzusehen, gab mir Frieden. Ich hatte mich mit der Idee abgefunden, dass unser Abschied aus dieser Welt nur ein Übergang war. Vielleicht war es egoistisch, aber in diesem Moment war ich bereit, zu gehen, wenn es der Moment war. Ich wusste, dass meine Nichte und mein Opa, zusammen mit all den anderen geliebten Menschen, die mir schon vorausgegangen waren, mich in dieser anderen Welt erwarten würden. Das gab mir Trost - einen Trost, der so tief und rein war, dass ich mich in diesem Moment vollkommen sicher und friedlich fühlte.

Es war ein Moment der stillen Akzeptanz, als ich spürte, dass ich ihnen in irgendeiner Form nahe sein würde - in der Erinnerung, in den Momenten, die wir geteilt hatten und in der Liebe, die niemals verblasst. Es war, als ob ich von ihnen noch einmal umarmt wurde, auch wenn ich sie physisch nicht mehr erreichen konnte.

Die Anästhesistin bemerkte meine Ruhe und sagte mir, dass sie bewunderte, wie gefasst ich war. Ich antwortete ihr, dass ich keine andere Wahl hatte und ich ja auch nicht mehr weglaufen konnte. Sie streichelte mir über die Backe und ihre Augen schenkten mir ein mitfühlendes Lächeln. In diesem Moment war ich umhüllt von einer seltsamen, aber tiefen Ruhe.

Der Chefarzt kam in den Raum, stellte sich mir vor und fragte, ob ich vorher Beschwerden bemerkt hatte. Er sagte mir, dass es wirklich kritisch sei, aber dass sie alles tun werden was in ihrer Macht steht. Als diese Worte fielen, dachte ich mir nur, dass wenn es wirklich so sein sollte, dass es jetzt gleich vorbei sein könnte, dann war es in Ordnung für mich. Ich war bereit. Ich war mit meinem bisherigen Leben zufrieden und wusste, dass ich eines Tages wieder mit meinen Liebsten, die ich verlassen würde, zusammen sein würde. *„Wenn es jetzt so sein soll, dann soll es so sein, dann ist das für mich OK."* Das waren die letzten Gedanken, an die ich mich noch heute konkret erinnern kann.

Dann, als alles sich in diesem Moment um mich herum zu einem Punkt verdichtete, spürte ich, wie die Anästhesistin mir die Beatmungsmaske aufsetzte. Sie erklärte mir noch, dass sie mich intubieren würden und dass ich mir einen schönen Traum aussuchen solle. Sie legte die Maske auf mein Gesicht und der erste Gedanke, der durch meinen Kopf schoss, war, dass ich nun wirklich müde war. Langsam wurde alles dunkler, das grelle OP-Licht verblasste, bis ich einschlief.

Als ich nach der Notoperation langsam wieder zu mir kam, lag ich bereits nicht mehr auf der Intensivstation, sondern auf dem Gang. Ich war gerade dabei in ein normales Zimmer verlegt zu werden, wo auch dort eine Intensivschwester noch engmaschig über mich wachte.

„Du bist ja wach, ist alles in Ordnung mit dir?" hörte ich eine Stimme aus weiter Ferne sagen. Es dauerte einen Moment, bis ich realisierte, dass diese Worte mir galten. Ich drehte mühsam den Kopf und erkannte das Gesicht einer Krankenschwester. Ihre Augen waren gerötet, doch auf ihren Lippen lag ein zittriges Lächeln. *„Alles gut soweit- hast Du starke Schmerzen?",* flüsterte sie und nahm vorsichtig meine Hand. Ihre Berührung war warm, vertraut - und doch fühlte sich alles anders an. Ich versuchte zu nicken, zu lächeln - so, wie ich es immer tat, wenn ich meine Erschöpfung verbergen wollte. Doch mein Körper verweigerte mir den Dienst. Ich wollte etwas sagen, wollte verstehen, doch meine Kehle war trocken, meine Gedanken noch wirr.

Alles um mich herum war von gleißendem Licht durchflutet und meine Wahrnehmung war noch sehr verschwommen. Stimmen drangen wie durch dicken Nebel an meine Ohren. Ein gleichmäßiges Piepsen im Hintergrund. Der einzige Fixpunkt, den meine Augen erfassen konnten, war eine digitale Uhr an der Decke des Flurs, doch selbst diese erschien mir unscharf und weit entfernt.

Plötzlich näherte sich eine ältere Frau in einem weißem Bademantel. Mit sanfter Geste strich sie mir über die Wange und fragte leise, ob es mir gut ginge. Ihre Stimme war voller Wärme und Fürsorge, doch so sehr ich mich bemühte sie zu erkennen, ihr

Gesicht blieb für mich im Nebel verborgen. In diesem Moment war ich mir nicht sicher, ob ich noch in dieser Welt war oder ob ich bereits den Himmel betreten hatte.

In diesem surrealen Moment, irgendwo zwischen Bewusstsein und Traum, fragte ich die ältere Dame noch nach der Uhrzeit - fast so, als wollte ich mich insgeheim vergewissern, ob es im Himmel überhaupt Zeitangaben gibt. Das klingt jetzt vielleicht merkwürdig, aber genau das ging mir in diesem Augenblick durch den Kopf. Ob sie mir geantwortet hat oder nicht, weiß ich leider nicht mehr. Plötzlich war sie verschwunden, als wäre sie nie da gewesen.

Es fühlte sich an, als wäre mitten in der Nacht plötzlich jemand da gewesen - jemand, der mit unglaublicher Feinfühligkeit und Wärme spüren wollte, ob es mir gut geht und dann, ganz leise und unerklärlich, war diese Person wieder verschwunden.

„Man kann denken, dass die Narkosemittel noch ihre Wirkung hatten und meine Wahrnehmung trübten, aber ist es nicht ein wunderschöner Gedanke, dass vielleicht ein verstorbenes Familienmitglied in diesem Moment bei mir war? Dass jemand, den ich geliebt und verloren habe, noch einmal ganz nah bei mir sein wollte - vielleicht, um zu sehen, ob er als mein Schutzengel seine Aufgabe erfüllt hat?"

Ich zumindest glaube daran. Für mich war es mehr als nur eine flüchtige Begegnung. Vielleicht war es mein geliebter Opa oder meine unendlich vermisste Nichte Elena, die kurz nach mir schauen wollten, um sicherzugehen, dass ich nicht alleine bin. Dieser Moment hat mich etwas Wichtiges gelehrt: das Positive zu erkennen, selbst in den unerwartetsten Situationen.

Es sind oft die kleinen, vermeintlich unscheinbaren Erlebnisse, die uns Freude schenken und Staunen lassen. Selbst wenn es nur die Begegnung mit einer fremden älteren Dame auf dem Krankenhausflur ist - ein Moment, so flüchtig und doch so bedeutungsvoll und doch frage ich mich:

„Warum wollte ich ausgerechnet als Erstes nach dem Aufwachen die Uhrzeit wissen?"

Als ob ich in dieser Nacht noch etwas vorgehabt hätte oder einen Zug erwischen müsste. Ein völlig absurder Gedanke und doch vielleicht genau das, was mich in diesem Augenblick wieder ins Leben zurückgeführt hat.

Ich versuchte, mich zu bewegen - ein stechender Schmerz schoss durch meinen Körper und dieser fühlte sich fremd an, als gehöre er nicht mehr mir. Dieser stechende, aber auch dumpfe Schmerz zog durch meine Glieder, mein Kopf pochte und jeder Atemzug schien eine Anstrengung zu sein. Jedes kleinste Zucken meines Körpers fühlte sich an, als würde es mich in Stücke reißen.

Dann spürte ich, wie mir die Intensivschwester behutsam das Telefon ans Ohr hielt. Meine Eltern hatten bereits angerufen, um sich nach meinem Zustand zu erkundigen. An dieses Gespräch erinnere ich mich nur noch bruchstückhaft, doch ich weiß, dass ich ihnen sagte, es sei alles gut verlaufen. Nur die eine, große Frage stand noch im Raum:

„War der Tumor gutartig oder bösartig?"

Doch erstaunlicherweise war mir das in diesem Moment völlig egal. Ich hatte eine fast absurde Gewissheit in mir, dass alles gut sein würde. Rückblickend kommt es mir fast unverschämt vor, wie gleichgültig ich diesem Gedanken begegnete, als wäre ich mir einfach sicher, dass mir nichts Schlimmes passieren konnte und doch glaube ich heute, dass genau in diesem Moment etwas in mir umgeschaltet hat. Vielleicht war es der Augenblick, in dem ich lernte, mich nicht in negativen Gedanken zu verlieren. In dem ich verstand, dass es manchmal gesünder ist, das Gedankenkarussell anzuhalten, an das Positive zu glauben und darauf zu vertrauen, dass das Leben seinen Weg findet.

Als ich schließlich in mein Zimmer gebracht wurde, war es schon sehr spät. Ein Einzelzimmer war nicht mehr verfügbar, also wurde ich zu einer anderen Patientin gelegt. Ich fühlte mich sofort unwohl bei dem Gedanken, sie aus dem Schlaf gerissen zu haben und entschuldigte mich leise bei ihr. Doch sie winkte ab, als wäre es das Selbstverständlichste auf der Welt. Viel wichtiger war ihr, dass es mir gut ging. Mehrmals versicherte sie mir, dass ich jederzeit Bescheid geben solle, falls ich etwas brauche. Ihre Fürsorglichkeit rührte mich - ich war in diesem Moment völlig erschöpft, aber dennoch getragen von dem Gefühl, nicht allein zu sein.

Die Intensivschwester legte mir mein iPhone ans Kopfende, platzierte den Notknopf in Reichweite und flüsterte mir sanft zu, dass ich nun versuchen solle, etwas zu schlafen. Ich schloss die Augen und driftete für eine kurze Zeit in einen leichten Schlaf, bis mich das Vibrieren meines iPhones wieder aufweckte. Mit verschwommenem Blick erkannte ich die ersten Nachrichten. Sie kamen von Kollegen, die mir Kraft wünschten, mir Zeit für mich selbst gönnten und mir mit ehrlichen Worten ans Herz legten, jetzt ausschließlich an meine Genesung zu denken.

Diese Nachrichten fühlten sich für mich seltsam unwirklich an. Ich war mir selbst noch nicht wirklich bewusst, in welcher Situation ich mich eigentlich befand. Es war, als würde ich von außen auf mich selbst blicken, ohne wirklich zu begreifen, was passiert war. Erst viel später, als ich diese Worte noch einmal las, spürte ich ihre Tiefe und es ließ mich erschaudern. Denn heute weiß ich: Es war alles andere als selbstverständlich, dass ich zu diesem Zeitpunkt überhaupt noch am Leben war, geschweige denn diese Nachrichten lesen konnte. Was für ein unfassbares Glück ich doch hatte!

Trotz der Erschöpfung war mir eines in dieser Nacht noch unglaublich wichtig: Ich musste einer meiner engsten Freundinnen schreiben. Sie hatte mich angerufen, als ich in den Rettungswagen verladen wurde und sie wusste genau, dass ich mich immer zurückmelde, wenn ich nicht direkt ans Telefon gehen kann. Der Gedanke, dass sie sich Sorgen machte, ließ mich offenbar nicht los. Also schrieb ich ihr eine kurze Nachricht, einfach um sie wissen zu lassen, dass ich da war und weshalb ich ihren Anruf nicht entgegennehmen konnte.

Noch heute erzählt sie mir, wie sie diesen Moment erlebt hat. Sie erinnert sich genau daran, wie sie mich anrief, weil ihr eigener Tag nicht gut lief und wir uns in solchen Momenten immer gegenseitig stützen. Doch an diesem Tag war es anders. Sie sagte, sie habe ein tiefes Bedürfnis verspürt, meine Stimme zu hören - stärker als sonst. Eine ganze Woche hatten wir uns nicht gehört, und doch war da dieses unbestimmte Gefühl, dass mit mir etwas nicht stimmte.

Wenn sie mir heute davon erzählt, läuft es mir eiskalt den Rücken hinunter. Vielleicht war es Intuition, vielleicht eine unsichtbare Verbindung zwischen Menschen, die sich auf einer tieferen Ebene verstehen. Ich weiß nur eines: Ich bin unendlich dankbar, so einen wertvollen Menschen an meiner Seite zu haben. Jemanden, auf den ich mich in jeder Lebenslage bedingungslos verlassen kann und das Wunderbare ist - sie ist dabei nicht die Einzige um mich herum, die mir ein solches Glücksgefühl vermittelt, denn ich habe viele solcher wertvollen Menschen.

Es sind genau solche Erfahrungen, die einem bewusst machen, was wirklich zählt. Im Alltag verliert man sich oft zwischen Arbeit, Verpflichtungen und all den scheinbar notwendigen Dingen. Man hetzt von Aufgabe zu Aufgabe, ohne innezuhalten. Doch manchmal braucht es einen Moment, der uns aufrüttelt, der uns zeigt, wie kostbar das Leben ist und wie wichtig es ist, die Menschen um uns herum bewusst wahrzunehmen. Heute weiß ich, dass Dankbarkeit und Demut nicht nur Worte sind. Sie sind eine Haltung, mit der wir das Leben in seiner Tiefe begreifen können. Und genau das ist es, was ich aus dieser Erfahrung mitnehme.

Als meine Freundin am nächsten Morgen aufwachte und ihr Smartphone aus dem Flugmodus nahm, las sie als Erstes meine Nachricht. Sie war wie vor den Kopf gestoßen, völlig überrumpelt von dem, was sie dort las. Noch heute erzählt sie mir, wie sie in diesem Moment einfach nur erstarrte, nicht wusste, was sie tun oder denken sollte. Ihre Antwort darauf bewegt mich bis heute, weil sie mir zeigt, wie viel Schmerz, Unruhe und Angst ich ungewollt bei den Menschen ausgelöst habe, die mir am nächsten stehen.

Es tut mir unendlich leid. Denn ich weiß selbst, wie es sich anfühlt, um einen geliebten Menschen zu bangen und nichts tun zu können.

Dieses Gefühl der Hilflosigkeit zerreißt einen innerlich und lässt alles andere in den Hintergrund treten.

Dass meine Freundin so empfand, erfuhr ich schnell. Doch nach und nach erfuhr ich auch, wie andere Menschen in meinem Umfeld diese Situation erlebt haben - Menschen, die mir nahestehen und die plötzlich mit dieser schockierenden Nachricht konfrontiert wurden. Einer von ihnen war einer meiner Kollegen. Er war der letzte, mit dem ich an diesem Tag gesprochen hatte. Wir hatten noch gemeinsam dieses besagte Bewerbungsgespräch und als ich das Büro verließ, verabschiedete ich mich mit einem ganz normalen *„Adios, bis morgen.“* Eineinhalb Stunden später klingelte sein Telefon. Für ihn war der Anruf meiner Mutter ebenfalls wie ein Schlag aus dem Nichts.

Wenn ich so etwas höre, zerreißt es mir das Herz. Ich wollte nie, dass jemand meinetwegen solche Sorgen durchleben muss. Ich bin ein Mensch, der Aufmerksamkeit eher meidet, der nicht gerne im Mittelpunkt steht und doch gab es in dieser Nacht eine ungeteilte Aufmerksamkeit - eine, die ich nicht einmal mitbekam, weil sie sich in den Gedanken und Herzen der Menschen abspielte, die mir nahestehen. Es ist ein seltsames Gefühl, mit dem ich mich nie wirklich anfreunden konnte. Aber es zeigt mir eines: Ich bin nicht allein. Ich habe Menschen in meinem Leben, denen ich wirklich etwas bedeute. Auch wenn es mir leid tut, dass ich sie in solche Ängste gestürzt habe, erfüllt es mich gleichzeitig mit tiefer Dankbarkeit, so wertvolle Menschen an meiner Seite zu wissen -ich bin froh Euch zu haben!

3

Der Weg der Genesung -
Körper und Geist im Ausnahmezustand

Als der Morgen langsam hereinbrach und das erste Tageslicht den Raum erfüllte, begann ich, meine Umgebung bewusster wahrzunehmen. Mein Körper fühlte sich schwer an, noch benommen von der Narkose und den Ereignissen der vergangenen Stunden. Als ich meinen Blick über mich selbst schweifen ließ, wurde mir erst richtig bewusst, was mein Körper gerade durchmachte.

Meine Arme waren von mehreren Zugängen gezeichnet, durch die mein Körper mit wichtigen Medikamenten versorgt wurde. Eine Drainage auf meiner rechten Seite erinnerte mich daran, dass der Eingriff noch nicht ganz hinter mir lag. Zahlreiche Kabel vom EKG klebten an meinem Oberkörper, während verschiedene Monitore meine Werte überwachten - ein ständiges Piepen, das mir zeigte, dass ich in sicheren Händeren war.

Mein Bett, hochgestellt auf etwa 1,50 Meter, wirkte fast fremd. Die Seitengitter erinnerten mich an ein Kinderbett, doch sie waren da, um mich zu schützen - um sicherzustellen, dass ich mich in meinen ersten, noch wackeligen Momenten nicht unbedacht bewegte. Wahrscheinlich hatten die Pflegekräfte es so hoch eingestellt, um besser an mich heranzukommen, um schneller eingreifen zu können, falls es nötig war.

Ich spürte, dass ich in einem fragilen Zustand war, aber gleichzeitig wurde mir bewusst, wie sehr hier auf mich geachtet wurde. Es war ein merkwürdiges Gefühl - zwischen Erschöpfung und Erleichterung, zwischen Hilflosigkeit und Geborgenheit. Der erste Tag nach der OP hatte begonnen.

Als ich langsam immer wacher wurde und mich weiter an meine Umgebung gewöhnte, konnte ich nun auch meine Zimmernachbarin erkennen, die ich in der Nacht zuvor nur durch ihre sanfte, fürsorgliche Stimme wahrgenommen hatte. Jetzt konnte ich ihr Gesicht sehen - freundlich, aber auch erschöpft. Sie befand sich in einer Risikoschwangerschaft und lag bereits seit zwei Monaten hier im Krankenhaus. Zwei Monate, in denen sie sich kaum bewegen durfte, in denen jeder Tag von Warten und Ausharren geprägt war.

Als sie mir davon erzählte, spürte ich sofort tiefes Mitgefühl. Wie belastend musste es sein, so lange auf engstem Raum zu verbringen, den Sommer draußen nur durch das Fenster zu erleben und so viele alltägliche Dinge nicht selbst tun zu können? Trotz all dessen war sie unglaublich herzlich, nahm mich sofort unter ihre Fittiche und erklärte mir geduldig, wie der Krankenhausalltag hier ablief - welche Routinen es gab, worauf ich mich einstellen konnte. Es war tröstlich, jemanden an meiner Seite zu wissen, der diese Welt schon kannte und mir half, mich darin zurechtzufinden.

Noch bevor das Frühstück kam, wurde mir meine tägliche Ration an Medikamenten gebracht. 13 Stück! Ich starrte die kleinen Tabletten in meiner Hand an und spürte, wie sich ein Knoten in meinem Magen bildete. Ich war noch nie ein Fan von Tabletten - allein das Schlucken fiel mir schwer und die Vorstellung, so viele einnehmen zu müssen, löste Unbehagen in mir aus. Doch die Schwester bestand darauf und mir es blieb keine Wahl. Ich sollte jederzeit Bescheid geben, wenn ich trotz allem noch Schmerzen hätte.

Zunächst haderte ich mit mir, doch als ich versuchte, nur meine Bettdecke ein kleines Stückchen höher zu ziehen und dabei spürte, wie mein Körper mit stechendem Schmerz reagierte, wurde mir endgültig klar, dass ich keine Widerrede einlegen konnte. Ich war auf Hilfe angewiesen, mein Körper brauchte diese Medikamente. Also fügte ich mich - mit einem mulmigen Gefühl, aber auch mit der Einsicht, dass ich mich darauf einlassen musste, um wirklich heilen zu können.

Es gibt Momente im Leben, die einem das Gefühl geben, dass die Zeit stillsteht und man nur noch wie in einem Nebel durch den Tag schleicht. Nachdem die Operation hinter mir lag, war es für mich eigentlich das Wichtigste, Ruhe zu finden, um meinen Körper zu erholen und zu heilen. Doch wer schon mal im Krankenhaus war, weiß, dass dieser Ort eher weniger mit Ruhe und Erholung assoziiert wird. Der Gedankenkreis, der sich in meinem Kopf immer weiter drehte, wollte einfach nicht aufhören, sich zu drehen. Aber auch mein Körper schrie nach Ruhe, nach einem Moment der Entspannung, um sich von der anstrengenden Zeit zu erholen.

Die ständigen Unterbrechungen, die einen kaum zur Ruhe kommen liesen, machten es mir fast unmöglich, wirklich zu schlafen. Nachdem das Frühstück abgeräumt wurde, hörte ich schon das Rumpeln der Reinigungsdamen, die mit ihren Wischmops immer wieder an meinem Bett und dem Tisch vorbeizogen. Ihr Lärm ließ mir keine Chance, ein Auge zu schließen. Es fühlte sich an, als würde sich die Welt um mich herum einfach weiterdrehen, ohne Rücksicht auf den Menschen, der dort im Bett lag und versuchte, sich zu sammeln.

Und als ob das nicht genug gewesen wäre, kam dann auch noch die Dame von der Küche, um die Essensbestellung für die kommende Woche abzuklären. In diesem Zustand war ich kaum in der Lage, zu begreifen, was genau ich da eigentlich bestellte. Ich stammelte ein *"Ja"* nach dem anderen und ließ mich von der Situation einfach treiben, ohne wirklich zu wissen, was da auf mich zukommen würde. Die Essenswahl war mir in diesem Moment völlig egal - mein Appetit war genauso weit weg wie der Wunsch, wirklich zu schlafen.

Doch es war nicht nur das, was mich beschäftigte. Mein Körper meldete sich ständig, die Infusionen und Zugänge in meinen Armen schmerzten, als ob jedes Mal ein Stück mehr von mir abgezwackt würde. Aber was sollte ich tun? Was sein muss, muss eben sein. Irgendwann wurde mir dann wieder eine neue Infusion verabreicht, was zu einem weiteren Zugang führte. Ein weiterer Schmerz, der sich hinzufügte, aber ich versuchte, ihn zu ignorieren. Es ging mir nicht darum, in diesem Moment Schmerz zu empfinden, sondern nur darum, irgendwie durchzukommen und zu überstehen.

Als ich so in meinem Bett lag öffnete sich plötzlich unserer Zimmertüre und eine Krankenschwester betrat unser Zimmer. Sie bat meine Zimmernachbarin, mit der ich diesen Tag bis dato verbracht hatte, ihre Sachen zu packen, da sie das Zimmer räumen musste um auf eine andere Station verlegt zu werden. Es war ein harter Schnitt für sie - ein unerwarteter, abrupt erfolgter Verlust ihres bisherigen Umfelds. Die Situation machte sie vollkommen fassungslos. Sie hatte sich so sehr an diese Station gewöhnt, an das Pflegepersonal, an ihre Mitpatienten. Sie hatte mir immer wieder gesagt, wie froh sie gewesen war, dass ich zu ihr kam, dass sie meine Gesellschaft geschätzt hatte und ich konnte das nur zurückgeben. Sie war mir in dieser kurzen Zeit eine gute Vertraute geworden.

Sie brach in Tränen aus, als man ihr mitteilte, dass sie gehen müsse. Die Vorstellung, dass sie jetzt von der vertrauten Umgebung fortgerissen wurde, überforderte sie. Ich konnte ihre Verzweiflung fühlen und sofort kam der Gedanke in mir auf, ihr zu helfen. Ich bat die Schwestern, mich stattdessen zu verlegen, damit sie bleiben konnte, weil ich wusste, wie sehr ihr das in dieser schwierigen Zeit geholfen hätte. Sie war so gerührt von meiner Geste, dass sie in Tränen ausbrach und mir dankte. Doch sie wollte nicht, dass ich mich selbst so aufopferte und fühlte, dass es für mich in der aktuellen Situation, nur wenige Stunden nach meiner Not-OP, zu viel wäre. Es war eine sehr bewegende und für uns beide intensive Situation. Leider wurde auch mein Versuch von den Schwestern abgelehnt, da ich in einem Intensivbett lag, das einer speziellen

Intensivpflege zugeordnet war und dies nur auf dieser Station sichergestellt werden konnte.

Es war ein Moment der Hilflosigkeit und des Mitgefühls. Der Moment, in dem du einfach für jemanden da sein möchtest, aber es scheint, als wären die Umstände zu stark und du kannst wenig ausrichten. Doch die Geste, der Versuch, ihr zu helfen, war für uns beide von Bedeutung. Es war ein Zeichen der menschlichen Verbindung und Anteilnahme, das über den Krankenhausalltag hinausging. Tage später, bei meiner Entlassung, traf ich meine Zimmernachbarin wieder und sie bedankte sich nochmals herzlich bei mir für meinen Versuch, ihr zu helfen und sie konnte es kaum fassen, dass ich das für sie so knapp nach meiner OP gemacht hätte, obwohl ich selbst noch nicht mal in der Lage war, mich einigermaßen zu bewegen. Wir sind auch nach der Entlassung noch in Kontakt geblieben und ich bin froh, sie getroffen zu haben. Inmitten von Schmerzen, Sorgen und Schwierigkeiten entstanden so kleine, unscheinbare Momente der Menschlichkeit und Freundschaft, die ich niemals vergessen werde.

Dieser Augenblick hat mir gezeigt, wie wichtig es ist, füreinander da zu sein, selbst in den schwächsten Momenten, egal ob man sich bereits kennt oder eben nicht. Es ist leicht, im hektischen Krankenhausalltag den Blick für die Menschen um einen herum zu verlieren, aber genau diese menschlichen Begegnungen und Gesten haben mir gezeigt, wie wertvoll es ist, für einander da zu sein - und wie viel Kraft ein einfaches Mitgefühl in einer schwierigen Zeit geben kann.

Während sie also langsam ihre Sachen zusammenpackte, betraten einige Ärzte und Schwestern unser Zimmer für die anstehende

Visite an diesem Morgen. Dieser Moment war für mich ein weiterer Wendepunkt, den ich nie vergessen werde. Als der Arzt mir mit ruhiger, aber bestimmter Stimme erklärte, dass alles gut verlaufen war, dass die Operation erfolgreich war und es mir den Umständen nach zum Glück gut geht, konnte ich nicht anders, als eine Welle der Erleichterung und Dankbarkeit zu spüren, die mich von Kopf bis Fuß durchflutete. In diesem Moment spürte ich das Leben in seiner reinsten Form - das Leben, das ich so plötzlich beinahe verloren hätte, das Leben, das mir mit jeder Stunde, die verstrich, immer wertvoller erschien.

„Es ist alles gut verlaufen, Sie hatten ein riesiges Glück", sagte der Arzt. Diese Worte hingen für einen Augenblick in der Luft und ich wusste, dass er nicht nur vom chirurgischen Eingriff sprach. Es war mehr als das. Es war die Erinnerung daran, wie zerbrechlich das Leben ist, wie alles in einem einzigen Moment kippen kann. Ich hatte Glück - unbeschreiblich viel Glück. Dieser Moment fühlte sich an wie ein zweiter Geburtstag. Ein neuer Anfang. Ich hatte die Chance auf ein zweites Leben bekommen. Ein Leben, das ich in der Vergangenheit vielleicht für selbstverständlich gehalten hatte, aber das plötzlich in seiner ganzen Tiefe und Bedeutung zu mir durchdrang.

Natürlich blieb die Ungewissheit. Der Tumor, der entfernt worden war, konnte immer noch bösartig sein. Diese Möglichkeit war noch nicht ausgeschlossen und der Arzt sprach es vorsichtig an. Doch er sagte auch, dass wir nicht gleich davon ausgehen sollten. Es war ein kleiner Hoffnungsschimmer, den er mir an diesem Tag schenkte. Die endgültigen Ergebnisse würden in den nächsten Tagen kommen, doch in diesem Moment konnte ich mich nicht von der Angst erdrücken lassen. Ich wollte nicht an das Unbekannte denken, nicht an das, was möglicherweise noch auf mich zukommen könnte. Stattdessen konzentrierte ich mich auf das, was ich gerade in diesem Moment hatte: die Tatsache, dass ich hier war, dass ich die Chance auf ein weiteres Kapitel meines Lebens bekommen hatte.

Der Gedanke, dass alles noch so viel mehr für mich bereithalten könnte, ließ mein Herz ein wenig schneller schlagen und gleichzeitig war da diese tiefe, beinahe unerträgliche Dankbarkeit. Dankbarkeit für all das, was ich bisher erleben durfte. Für all die Menschen, die mich begleitet haben, die mich stützten, die mich in meinen dunkelsten Momenten nicht allein ließen. Ich wusste, dass ich nicht nur für mich selbst, sondern auch für sie weiterkämpfen musste.

Es war nicht nur ein *„zweiter Geburtstag"*, sondern auch ein Moment der Erkenntnis, wie schnell sich das Leben wenden kann. Wie wenig wir manchmal verstehen, wie zerbrechlich alles um uns herum ist. Doch dieser Tag erinnerte mich daran, dass es nie zu spät ist, zu kämpfen, zu leben und die Momente zu schätzen, die uns bleiben.

Ich erinnerte mich noch genau daran, wie ich drei Tage auf das Ergebnis der histologischen Untersuchung des Tumors gewartet habe. Drei ganze Tage, in denen ich versuchte, alles andere zu tun - mich abzulenken, das Leben irgendwie weiterzuleben, aber tief in mir wusste ich, dass diese Tage alles andere als *„normal"* waren. Noch heute beschämt es mich, dass ich in dieser Zeit mit einer solchen Selbstverständlichkeit davon ausgegangen bin, dass alles gut werden würde. Dass das Ergebnis positiv ausfallen würde. Diese Annahme kam mir so natürlich vor, als ob ich fest davon überzeugt war, dass es kein anderes Szenario geben konnte und heute frage ich mich, wie ich nur so arrogant sein konnte, so sicher in meiner Vorstellung von der Zukunft.

Viellcicht war das mein eigener Schutzmechanismus, der in diesem Moment die einzig logische Erklärung war. Vielleicht wollte mein Körper einfach nicht noch zusätzlich die Last des Ungewissen tragen. Ich erinnerte mich an einen kurzen Gedanken, der in meinem Kopf aufblitzte. Ein Gedanke, der so plötzlich und verstörend war, dass ich ihn gleich wieder beiseite schob.

„Was würde passieren, wenn der Verdacht auf eine Bösartigkeit bestätigt werden würde? Wenn ich an Krebs erkrankt wäre? Wie würde ich reagieren? Wie würde ich das Leben, wie würde ich den Job, den ich so lange hatte, hinter mir lassen?"

Der Gedanke, meinem Vorgesetzten von meiner Krankheit zu erzählen und zu erklären, dass ich nicht mehr zur Arbeit kommen würde, dass unser Arbeitsverhältnis nun zu Ende ist - dieser Gedanke kam mir als erstes. Einfach so. So bescheuert, wie das auch klingen mag.

„Warum war der erste Impuls, mich um meine Arbeit zu kümmern, statt um meine Gesundheit, statt um das, was ich wirklich fühlte? Warum war meine erste Sorge, wie ich den saubersten Ausstieg aus dem Unternehmen gestalten könnte, statt mich darauf zu konzentrieren, was wirklich wichtig war - wie es mir ging, wie es mir emotional und körperlich erging?"

Ich glaube, es war meine tief verwurzelte Angst, anderen zur Last zu fallen. Immer schon war ich der Typ Mensch, der sich lieber selbst überfordert hat, als anderen zur Last zu fallen. Ich wollte nie

Schwäche zeigen, nie das Gefühl haben, dass jemand anderes für mich einspringen muss, wenn er ohnehin schon genug zu tun hat.

Aber dieser Gedanke, diese tiefe Verunsicherung, die ich da spürte, war nicht wirklich derjenige, der mich durch diese Zeit getragen hat. Irgendwann, als ich dann daran dachte, was mir vielleicht bevorstehen könnte - die Möglichkeit einer Chemotherapie sowie den Verlust meiner Haare - wurde dieser Gedanke für mich wie eine Wand, die ich nicht durchdringen wollte. Ich wollte nicht daran denken. Ich wollte mich nicht mit etwas auseinandersetzen, von dem ich zu diesem Zeitpunkt noch nicht einmal wusste, ob es jemals für mich relevant werden würde. Ich merkte, wie sehr ich mich damals verändert hatte. Wie viel stärker ich geworden war. Denn in diesem Moment wusste ich: Meine Gedanken mussten eine neue Richtung bekommen und ich habe dies auch aktiv hinbekommen.

Früher, das weiß ich noch genau, hätte ich in dieser Situation fast verrückt werden können. Ich hätte mir jede Nacht lang in schlaflosen Stunden die schlimmsten Szenarien ausgemalt, hätte mir jede Einzelheit so real vorgestellt, dass sie mir den Atem geraubt hätte, aber diesmal war es anders. Diesmal wusste ich, dass es wichtiger war, meine Gedanken auf das zu richten, was in meiner Kontrolle lag: meine Genesung, meine Erholung, mein positiver Fokus. Diesmal war ich in der Lage, mich nicht in negativen Gedanken zu verlieren, sondern wirklich bewusst nach vorne zu schauen. Ich wusste, dass ich mich auf das konzentrieren musste, was mir gut tat und mir dabei half, den Tag zu überstehen. Positive Gedanken. Heilung. Selbstfürsorge.

Es ist wirklich unglaublich, wie solch ein Schicksalsschlag einen Menschen verändern kann. Wie man sich selbst, fast schon wie von außen, beobachten kann, wie man sich anpasst und auf einmal in der Lage ist, Dinge zu tun, an die man zuvor nie geglaubt hätte. Man entwickelt eine unglaubliche innere Stärke, die man sich nie hätte vorstellen können und doch fühle ich, dass ich heute nicht nur ein anderer Mensch bin, sondern dass ich auch ein viel bewussterer Mensch geworden bin. Ein Mensch, der weiß, dass er in schwierigen Zeiten in der Lage ist, sich neu zu definieren, sich selbst besser zu verstehen und dem Leben mit einer ganz neuen Perspektive zu begegnen.

Dieser Prozess, dieses *"neue Leben"*, das ich begonnen habe, war nicht einfach, aber es war notwendig. Mit jedem Tag, den ich in dieser Zeit überstand, wusste ich, dass ich mich Schritt für Schritt in eine Richtung bewegte, die mir selbst und meinem Körper gut tat. Der Schicksalsschlag, der so unerwartet und beängstigend kam, hat mir geholfen, eine neue Ebene des Selbstbewusstseins zu erreichen und das ist etwas, das mir niemand mehr nehmen kann.

Nachdem die ganze Zimmerräumerei und Visite endlich abgeschlossen war und ein Moment der Ruhe einzutreten schien, fühlte ich in mir das Bedürfnis, jemandem Bescheid zu geben. Es war ein sehr intensiver Moment, in dem ich mit mir selbst ringte, zwischen Müdigkeit und dem Drang, etwas zu tun. Ich wusste, dass es jetzt an der Zeit war, meinen Vorgesetzten anzurufen, ihm mitzuteilen, dass ich eine Weile ausfallen werde. Es war keine einfache Entscheidung, aber sie lag mir auf der Seele. Der Gedanke, es ihm nicht persönlich zu sagen, sondern einfach eine WhatsApp zu schicken, fühlte sich nicht richtig an. Also drückte ich schließlich die „*Wählen*"-Taste und hörte, wie das Signal durch die Leitung ging. Doch er hob nicht ab. Ein Moment des Wartens, des Zögerns und dann entschied ich mich, es ein zweites Mal zu versuchen und diesmal ging er sofort ran.

„Hi", sagte ich, ziemlich verdutzt und von der Situation überfordert. Auch er schien einen Moment zu brauchen, um in das Gespräch zu finden. „Hi", kam es dann, seine Stimme war gedämpft, vorsichtig. Ein stilles Schweigen breitete sich zwischen uns aus, bis er plötzlich, fast ungläubig, sagte:

„Oh Mann, was bin ich froh, Deine Stimme zu hören."

Diese Worte trafen mich tief und ich konnte nicht anders, als direkt zu antworten:

„Ich auch."

Dann erzählte ich ihm, was passiert war. Wie plötzlich alles aus dem Ruder gelaufen war, wie ich mich in einer Situation wiederfand, die mich zu Boden zog, aber auch, wie viel Glück ich in diesem Moment hatte, dass noch alles rechtzeitig erkannt wurde.

Er atmete hörbar ein, seine Stimme schwankte immer wieder. „Das ist wirklich eine glückliche Fügung", sagte er. „Hätte sich die Situation anders entwickelt, das hätte man sich nicht ausdenken wollen. Du hattest eine Armee an Schutzengeln um dich."

„Was bin ich froh, deine Stimme zu hören."

Er wiederholte es. Einmal, zweimal, mehrfach - als müsste er sich selbst vergewissern, dass es wahr war. Dass ich wirklich da war.

Dass dieses Gespräch nicht nur eine Erinnerung oder ein Wunsch war, sondern Realität.

Zwischen seinen Worten waren lange Pausen. Stille, in der ich spüren konnte, wie er kämpfte, wie er nach den richtigen Worten suchte, wie er versuchte, sich zusammenzureißen und doch immer wieder stockte. Ich merkte, dass er zwischendurch immer wieder tief durchatmete und schniefte, als ob er versuchte, seine Emotionen zu fassen. Ich wusste, dass er mit den Tränen kämpfte und auch ich spürte, wie der Kloß in meinem Hals wuchs. Dann hörte ich es. Dieses leise Schniefen, das er nicht ganz unterdrücken konnte. Dieses tiefe Einatmen, als wolle er seine Emotionen zurückhalten und doch waren sie da. Ich konnte sein leises Weinen nicht nur hören, ich konnte es fühlen - durchs Telefon hindurch, über jede noch so kleine Pause hinweg.

Ich wusste: Er hatte Angst gehabt. Wirkliche, tiefe Angst. Angst, dass es diese Gelegenheit nicht mehr geben würde. Angst, dass wir nicht mehr so wie früher miteinander sprechen könnten. Angst, dass er mich verlieren könnte. Ich versuchte, beruhigende Worte zu finden, ihm irgendwie diese Schwere zu nehmen. Doch er unterbrach mich, sanft, aber bestimmt:

„Ich kann es nicht oft genug sagen: Ich bin so froh, dass du da bist und ich Deine Stimme hören kann.“

Ich konnte nichts anderes tun, als zu schlucken, zu atmen und zu spüren, wie sehr mich diese Worte trafen. Wie viel sie bedeuteten, weil sie nicht einfach nur daher gesagt waren, sondern aus tiefstem Herzen kamen. Es war nicht nur das, was mir widerfahren war, sondern auch die tiefe Verbundenheit, die wir in diesem Moment miteinander teilten. Unsere Gespräche, die immer von Vertrauen und Empathie geprägt waren, hatten in diesem Moment eine ganz neue Tiefe erreicht.

Dieses Gespräch werde ich nie vergessen. Nicht, weil wir große Dinge gesagt haben, sondern weil wir nichts sagen mussten, um alles zu fühlen. Weil jede Pause, jedes Zittern, jedes Schniefen mehr sagte als tausend Worte. Und als wir auflegten, wusste ich: Ich bin nicht nur dankbar, am Leben zu sein. Ich bin auch dankbar, einen Menschen wie ihn in meinem Leben zu haben und das zeigte er mir auch im Nachgang immer wieder.

In diesem Moment wurde mir erneut klar: Mein Überleben war nicht nur mein eigenes Glück. Es war auch das Glück der Menschen, die mich lieben, die mich schätzen, die mich vermisst hätten, wenn es anders gekommen wäre.

Plötzlich wurde unser Gespräch unterbrochen - der Anästhesist betrat das Zimmer. Er entschuldigte sich höflich, dass er uns störte. Ich hatte gar nicht groß nachgedacht, als ich sagte, dass ich das Gespräch kurz beenden würde. Er fragte mich, wie ich die Narkose vertragen hatte und wie es mir ging. Seine Sorge war ehrlich und spürbar. *„Das ist wirklich ein zweiter Geburtstag für dich“*, sagte er und fügte hinzu, dass ich diesen Tag jedes Jahr ordentlich feiern sollte. In seinem Gesicht konnte ich eine Wärme und Freude spüren, die mich tief berührte. Es war ein Blick, der mir Geborgenheit gab und mich in diesem Moment auf eine Weise beruhigte, die ich kaum in Worte fassen konnte. *„Danke“*, sagte ich ihm und er schloss das Gespräch mit einem Lächeln, das mir Mut zusprach.

Nachdem ich wieder mit meinem Kollegen am Telefon verbunden war, erzählte ich ihm von diesem kurzen Austausch mit dem

Anästhesisten. Es war für ihn ein weiterer Beweis, wie gut und schnell man mir geholfen hatte, wie gut ich betreut wurde. *„Du hattest wirklich unglaubliches Glück"*, sagte er. Aber es war nicht nur das. Es war auch der Gedanke, dass jemand wie er sich wirklich um mich sorgte, dass ich ihm wichtig war und das fühlte sich in diesem Moment wie ein großer Trost an.

Schließlich sagte ich ihm, dass ich eine Weile ausfallen werde und mich nicht mehr um alles kümmern könne - auch nicht um das anstehende Audit. Doch seine Reaktion überraschte mich ehrlich gesagt auch nicht wirklich. *„Das ist doch jetzt völlig egal"*, sagte er. *„Jetzt musst du nur an dich denken. Dein Körper braucht Ruhe, damit du wieder gesund wirst."* Ich wusste, dass er es ehrlich meinte. *„Melde dich jederzeit, wenn du etwas brauchst"*, fügte er hinzu. *„Halt die Ohren steif, ich denk an Dich und drück Dich ganz fest."* Mit diesen Worten legten wir schließlich auf.

Ich konnte nicht anders, als mich dankbar zu fühlen. Nicht nur für seine Worte, sondern für das, was sie symbolisierten: Eine tiefe, vertraute Verbindung, die sich in diesem Moment auf eine Weise wieder zeigte, wie ich es mir gewünscht hatte. Es war, als ob all die Unstimmigkeiten, die uns vorher belastet hatten, für einen Moment verblassten. Wir fanden wieder zueinander - auf dieser Ebene der Empathie, des gegenseitigen Verständnisses, der Unterstützung. Es war wie früher. Und das war genau das, was ich brauchte.

Als ich das Telefonat beendet hatte, kam plötzlich eine nette Dame in mein Zimmer. Sie stellte sich als Physiotherapeutin vor und meinte:

„Wir müssen nun langsam mal anfangen. Du musst versuchen mal aufzustehen."

Sie war freundlich, doch ihre Augen ließen keinen Zweifel daran, dass mich ein harter Weg erwartete. Mein Körper war schwach, selbst das Aufrichten sowie das aufrechte Sitzen im Bett ließ meinen Kreislauf schwanken und meine Muskeln fühlten sich wie Blei an. Ich war gefangen in einem Körper, der mir nicht mehr gehorchte, mich schmerzte und das machte mit Angst.

„Langsam" - ein Wort, das ich hasste. Ich war es gewohnt, zu funktionieren, zu leisten, zu rennen - und nun konnte ich nicht einmal allein aufstehen. Der erste Versuch, meine Beine über die Bettkante zu schwingen, endete mit starken Schmerzen und kaltem Schweiß auf meiner Stirn. Meine Finger krallten sich ins Laken, mein Atem ging stoßweise.

„Ganz ruhig, mach ruhig langsam, du hast alle Zeit der Welt." - aber hatte ich das wirklich? Und so fing ich an, mir auf die Zähne zu beißen und mich dieser Herausforderung zu stellen. Es waren nur ein paar wackelige Meter über den Krankenhausflur. Mein Herz pochte, meine schwachen Beine zitterten - aber ich tat es. Die Physiotherapeutin lächelte mich an und sagte:

„Siehst du, du kommst wieder zurück zu dir."

Und plötzlich war es da. Dieses unbändige Gefühl, dass ich es wieder schaffen kann. Dass mein Körper sich erholen kann. Dass ich nicht nur überleben, sondern wieder leben kann. Ich begann meine Fortschritte anders zu sehen. Nicht als Qual, sondern als Chance. Jeder kleine Erfolg - ein Sieg. Jeder Schritt ein Beweis dafür, dass mein Körper mich nicht im Stich ließ.

Es war kein leichter Weg, aber ich ging ihn - Schritt für Schritt. Jeder kleinste Fortschritt fühlte sich wie ein Marathon an. Ein paar

Minuten sitzen - ein Sieg. Ein paar Schritte mit Unterstützung - eine Herausforderung. Doch mit jedem Versuch wurde mir bewusster, dass mein größter Kampf nicht der körperliche war. Ich wusste, dass ich nicht mehr dieselbe sein werde wie vorher - aber vielleicht werde ich einen bessere Version von mir selbst. Es war der Kampf in meinem Kopf und mit dieser Erkenntnis legte ich mich völlig erschöpft nach der physiotherapeutischen Maßnahme in mein Bett und verlor mich in meinen Gedanken.

◆

Es gibt Menschen, mit denen versteht man sich einfach auf eine ganz besondere Art und Weise. Es sind keine großen Worte oder laute Gesten nötig, um die Verbundenheit zu spüren. Es ist diese leise, tiefgründige Harmonie, die sich langsam entwickelt, wenn zwei Menschen sich im gegenseitigen Respekt und in einem natürlichen Einklang begegnen. So eine Verbindung erlebte ich in der Zeit, als mir meine neue Zimmernachbarin ins Zimmer gebrachte wurde. Ich lag noch völlig erschöpft von meiner körperlichen Betätigung mit der Physiotherapeutin in meinem Bett und versuchte mich auszuruhen, als sich die Zimmertüre öffnete und mir die Krankenschwester mitteilte, dass ich wieder eine Zimmernachbarin bekommen würde.

Die ältere Dame, die gerade erst aus dem Aufwachraum gekommen war, hatte eine große Operation hinter sich - und trotzdem, als die Krankenschwester ihr mit sanfter Stimme sagte, sie solle sich ausruhen und ruhig im Bett bleiben, weigerte sie sich auf eine Art, die mich gleichermaßen erstaunte und berührte. *"Ach geh, so ein Schmarren"*, sagte sie mit einem leicht schmunzelnden

167

Gesichtsausdruck, *"Mir geht's gut. Ich steh jetzt einfach gleich mal auf und mach meine Übungen."*

Bevor ich auch nur die Gelegenheit hatte, darauf zu reagieren, stand sie schon neben ihrem Bett - eine 83-jährige Frau, die nach einer Operation gleich mit voller Energie und Entschlossenheit Kniebeugen machte. Ich konnte kaum glauben, was ich sah. Mein erster Gedanke war:

„Oh Gott, was, wenn sie jetzt umkippt?"

Ich hatte so viele Fragen, doch die Antwort auf meine Besorgnis kam in Form eines strahlenden Lächelns und einer unerschütterlichen Überzeugung in ihren Augen. Sie schien nichts anderes zu brauchen, als ihre eigenen Kräfte und ein unerschütterliches Vertrauen in ihren Körper.

"Na, da schauen Sie, was?", sagte sie, nachdem sie ihre letzte Kniebeuge gemacht hatte. Ihre Stimme war dabei so klar und voller Stolz.

"Ich bin 83 Jahre alt und das war jetzt schon meine 15te OP. Ich weiß, was meinem Körper gut tut und was nicht. Das müssen mir die Schwestern hier drinnen nicht erzählen."

Diese Worte, die in einem wunderschönen Münchner Dialekt geflüstert wurden - *"Na, na, des passt scho. Des is scho alles gut so."* - klangen für mich wie eine kleine Hymne des Lebens, wie eine Erinnerung daran, wie viel Kraft im menschlichen Willen steckt, wie viel Power in einem Körper, der scheinbar an den Rand des Zerbrechens gekommen ist.

Ich lächelte sie an und sagte, dass man vor ihr wirklich den Hut ziehen könne. Es war eine kleine, ehrliche Anerkennung ihrer Stärke und ihrer Lebenslust, die sie in diesem Moment förmlich ausstrahlte. Ich spürte, wie sehr ihr meine Worte gut taten - ihr Lächeln wurde noch breiter und in ihren Augen blitzten etwas auf, das viel mehr war als nur eine Antwort auf ein Kompliment. Es war das Gefühl, gesehen und verstanden zu werden.

Doch je mehr ich sie beobachtete, desto mehr wurde mir klar, dass hinter diesem unglaublichen Auftritt noch eine tiefere Botschaft steckte. Sie wollte mir nicht nur zeigen, wie fit sie war - sie wollte mir etwas beweisen, aber nicht in der Art, wie ich es vielleicht erwartet hatte. Es war nicht das Bedürfnis, sich zu beweisen, sondern das Bedürfnis, sich selbst in ihrer vollen Stärke zu zeigen, ohne den Stempel der Hilflosigkeit, ohne das Bild einer älteren, vielleicht schwächeren Frau, das oft mit dem Älterwerden einhergeht. Sie wollte nicht als jemand wahrgenommen werden, der sich aufgeben muss, der sich in die Hände der anderen begibt. Nein, sie war klar in dem, was sie konnte - und das tat sie mit einer solchen Selbstverständlichkeit, dass ich kaum glauben konnte, wie viel Energie sie ausstrahlte.

In ihrer Präsenz fühlte ich mich auf seltsame Weise aufgehoben. Es war, als ob sie mir eine Lektion in Lebensfreude und Selbstbestimmung erteilte, die ich so nie erwartet hatte. Obwohl wir uns erst seit einer Stunde kannten, hatte sie mich in ihren Bann gezogen. Sie strahlte eine Energie aus, die den Raum füllte - und in diesem Moment wusste ich, dass es mit ihr noch etwas Großartiges werden würde und doch musste ich schmunzeln, als ich merkte, dass sie mir nicht nur ihre Stärke zeigen wollte. Es war auch eine kleine Herausforderung, eine kleine Erinnerung, dass man nie aufhören sollte, sich selbst zu behaupten, egal, wie alt oder schwach man sich manchmal fühlen mag.

Es war, als würde sie mir sagen:

"Schau, was noch alles in mir steckt."

Und ich konnte nicht anders, als zu schätzen, wie sehr sie mich mit dieser Haltung beeindruckte. In ihrer Verspieltheit und ihrem humorvollen Auftreten steckte eine tiefe Weisheit - eine Weisheit, die sich nicht auf das Erlebte oder die Jahre der Erfahrung stützte, sondern auf das, was der Mensch in jedem Moment noch erreichen kann, wenn er den Mut hat, sich selbst treu zu bleiben.

Ihre Energie, ihre Stärke, ihr Wille - das alles spürte ich in diesem Moment und konnte nicht anders, als mich von dieser kraftvollen Frau anstecken zu lassen. Sie hatte nicht nur ein Ziel erreicht, sondern mir eine Lektion erteilt, die ich nie vergessen werde.

Nachdem die ältere Dame ihre Übungen abgeschlossen hatte, räumte sie ihren Schrank eigenständig ein - mit einer Selbstverständlichkeit, die mich beinahe sprachlos machte. Ich beobachtete sie, wie sie mit einer Energie und einem Elan hantierte, die einem Menschen ihrer Altersklasse nach einer Operation wohl kaum zuzutrauen gewesen wären. Voller Respekt fragte ich sie, ob sie Hilfe bräuchte. Doch sie lächelte mich nur an, ein Lächeln, das so viel sagte:

"Ach, Kindchen, Ihnen geht's doch selbst nicht so gut. Machen Sie sich wegen mir mal keinen Kopf. I schaff des scho!"

Diese Worte, die sie mit so viel Zuversicht und Charme sprach, rührten mich zutiefst. Sie stand da, stolz und unerschütterlich, und zeigte mir, dass sie sich selbst treu blieb, egal was ihr der Körper an Herausforderungen stellte. Sie war so lebendig, dass es mir fast unangemessen erschien, ihr Hilfe anzubieten - als ob ich ihr auf eine Weise den Glauben an ihre eigene Kraft absprechen würde.

Während sie weiter ihren Schrank einräumte und sich mühelos durch die Kleiderstücke bewegte, kamen wir weiter ins Gespräch. Sie wollte wissen, warum ich hier war, was mir fehlte. Als ich ihr erzählte, was ich durchgemacht hatte, war sie regelrecht entsetzt - nicht nur von der Schwere meiner Situation, sondern vor allem davon, wie gut ich bereits wieder beinand war, trotz der Dramatik, die hinter allem stand. *„Sie sind eine wahre Kämpferin"*, sagte sie mit einer Mischung aus Bewunderung und Freude. *„Sie sind zäh. Das sieht man Ihnen an."*

Ich nahm dieses Lob mit einem Schmunzeln entgegen, weil ich in diesem Moment gar nicht realisierte, was sie in mir sah. Ich hatte gerade erst meine OP hinter mir, war mit Schmerzen und Ängsten konfrontiert und wusste selbst noch nicht, wie ich all das einordnen sollte. Zehn Stunden waren gerade einmal vergangen, kaum eine Zeitspanne, um zu begreifen, was gerade mit mir passiert war. Aber ihre Worte berührten mich, gaben mir das Gefühl, etwas Größeres in mir zu tragen. Es war, als ob sie mir half, die Perspektive zu wechseln.

Dann erzählte sie mir von ihrer eigenen Geschichte. Ihrer Brustkrebsdiagnose und der Operation, die sie gerade hinter sich gebracht hatte. Ich hatte nie zuvor einen Menschen so über eine so ernste Krankheit sprechen hören wie sie. Ihre Haltung war eine

Mischung aus Mut und Gelassenheit. Es war, als ob sie ihre Krankheit gar nicht als Bedrohung wahrnahm, sondern als eine Herausforderung, die sie meistern würde. *„Des krieg ma schon hin, des bisserl Krebs, des ist doch ned schlimm, da hab ich scho ganz anderes erlebt"*, sagte sie mit einem Ton, als würde sie von einer kleinen Unannehmlichkeit sprechen. Ihre Worte, ihre Unerschütterlichkeit, die Art, wie sie sich dieser Situation stellte - ich war tief beeindruckt. Sie nahm die Krankheit nicht als einen finalen Schlag, sondern als eine Etappe auf dem Weg, die sie mit einem Lächeln und einer soliden Portion Humor meisterte.

„Mei, was bleibt mir denn anderes übrig? Soll ich mich deswegen verrückt machen? Na ned wirklich", sagte sie dann. *„Da gibt es wichtigere Sachen, und vor allem mag ich das Leben ja noch genießen. Das Leben ist schön, finden Sie nicht auch?"*

Ich nickte sofort und stimmte ihr zu, denn ihre Worte trafen mich ins Mark. Ja, das Leben ist schön und es war ein Geschenk, dass ich noch hier war, dass ich die Chance hatte, weiter an diesem Leben teilzunehmen, aber in diesem Moment verstand ich, was sie mir eigentlich sagen wollte. Es ging nicht nur um die Schönheit des Lebens im Allgemeinen, sondern darum, wie man es lebt, mit welchem Blick man es sieht - mit Hoffnung, mit Freude und mit der Bereitschaft, auch das Schwerste zu tragen.

Ihre Haltung, ihre Weisheiten, die sie mir auf so unaufdringliche Weise weitergab, ohne ein einziges Wort zu viel zu sagen, war für mich wie eine Offenbarung. Sie gab mir einen klaren Blick auf den Wert des Lebens und darauf, wie wichtig es ist, sich von nichts und niemandem die Freude daran nehmen zu lassen. Es war eine

Begegnung auf Augenhöhe, ein Austausch von Gedanken und Erfahrungen, die uns unmerklich näherbrachte.

An diesem Abend zeigte ich ihr, wie sie auf ihrem Smartphone die Tagesschau *"on demand"* ansehen konnte. Ihre schnelle Auffassungsgabe erstaunte mich, sie schnappte es im Handumdrehen auf und beherrschte die Technik wie eine junge Frau. In den kommenden Tagen war sie in der Lage, selbständig ihr TV-Programm zu steuern, jederzeit die Nachrichten zu schauen - und jedes Mal, wenn sie mir davon erzählte, war ihre Freude unübersehbar. Diese kleinen Dinge, die wir oft als selbstverständlich ansehen, gaben ihr so viel Freude und auch ich freute mich mit ihr. Es war ein weiteres Zeichen unserer wachsenden Verbindung, ein weiterer Moment, der uns näher zusammenbrachte.

Ihre Offenheit gegenüber der modernen Technik, ihre Begeisterung für neue Dinge und ihr Wille, immer weiter zu lernen - das war für mich ein weiteres Zeugnis ihrer unglaublichen Lebenskraft. Sie ließ mich staunen und ich konnte nicht anders, als mit jeder Begegnung mehr und mehr von ihr zu lernen. Sie zeigte mir, dass es nie zu spät ist, neue Wege zu gehen und dass das Leben, egal wie alt man ist, voller Entdeckungen und Möglichkeiten steckt. In ihrer Gegenwart fühlte ich mich inspiriert und erfüllt und ich wusste, dass ich mich an ihre Stärke ein Leben lang erinnern würde.

Nachdem sie die Tagesschau zu Ende gesehen hatte, griff sie zu einem dicken Buch, einem Thriller, der mit seinen knapp 600 Seiten eine wahre „Wucht" war. Ich hatte sie gefragt, was sie da las und sie strahlte mich an, als würde sie mir ein Geheimnis verraten. *"Ach, das ist ein wirklich spannendes Buch"*, sagte sie und begann sofort, mir davon zu erzählen, mit einer Begeisterung, die mich sofort in ihren Bann zog.

Es war ein richtig dicker „*Schinken*" und in diesem Moment wurde mir klar, dass sie eine wahre Leserin war. Ich muss zugeben, dass ich nicht die große Leserin bin - das dickste Buch, das ich je gelesen hatte, war noch immer aus meiner Kindheit „*Harry Potter*", was für mich in dieser Situation als eher „*peinlich*" galt, aber so war es nun einmal. Für mich waren Biografien die einzige Art von Büchern, die mich vorzugsweise wirklich fesselten. Romane, Liebesgeschichten - damit konnte man mich jagen. Ich weiß, es mag merkwürdig klingen, das zu sagen, besonders wenn ich darüber nachdenke, wie viel Arbeit und Herzblut Autoren in ihre Geschichten stecken. Jetzt, da ich mich selbst mit dem Schreiben eines Buches auseinander gesetzt hatte, konnte ich das alles viel besser nachvollziehen.

Doch sie, mit ihrer unerschütterlichen Begeisterung für das Buch, das sie gerade las, weckte in mir eine Neugier, die ich längst verloren geglaubt hatte. Sie sprach regelrecht von der Handlung, als wäre sie ein Teil der Geschichte. „*Es geht um Korruption in amerikanischen Gerichten*", sagte sie, „*und um die Befangenheit von Geschworenen. Das ist wirklich spannend!*" Sie erzählte mir mehr und mehr, und ich spürte, wie sich in mir etwas regte - das Interesse an der Geschichte war geweckt. Da war es wieder, das Gefühl, etwas Neues zu entdecken, etwas, das mir bisher entgangen war.

Ich wusste sofort, dass ich dieses Buch auch lesen wollte - sobald ich entlassen wurde und ich hielt mein Wort. Nach meiner Entlassung besorgte ich mir den sechsten Teil dieser Thriller-Reihe und verschlang ihn förmlich in wenigen Tagen. Die Geschichte hatte mich gepackt und nach und nach las ich auch die anderen Teile. In gewisser Weise war ich dieser älteren Dame, dieser unglaublich starken Frau, auch dankbar. Sie hatte mir nicht nur einen neuen Blick auf die Welt der Bücher eröffnet, sondern auch ein kleines Stück dazu beigetragen, dass ich heute selbst ein Buch schreibe. Ich bin mir sicher, dass sie, wenn sie davon wüsste, auch mein Werk mit einer ähnlichen Begeisterung lesen würde, wie sie mir von ihrem Thriller erzählt hatte.

Nachdem sie das Buch weggelegt hatte, fragte sie mich, ob wir nun schlafen wollten. Ich nickte ihr zu und sie machte das Licht aus. Vorsichtig stellte sie eine Frage, die mich erneut zum Lächeln brachte:

„Ist es okay, wenn wir die Vorhänge offen lassen? Ich liebe es, den Sternenhimmel anzusehen."

In diesem Moment dachte ich, dass ich sie kaum besser verstehen könnte. Ich lachte und erzählte ihr von meiner kleinen Blockhütte, in der ich extra große Fenster hatte anbringen lassen, um genau das zu tun - den Sternenhimmel zu bewundern. Es war wieder eine dieser kleinen Gemeinsamkeiten, die uns näherbrachten und ich erzählte ihr von den vielen schlaflosen Nächten, in denen ich die Augen zum Himmel gerichtet hatte und die Sterne beobachtete, als würde ich nach einer Antwort suchen. Auch jetzt, in dieser Nacht, war ich bereit, erneut zum Himmel zu blicken.

„Ja, natürlich", sagte ich, *„ich verstehe das völlig."* Wir wünschten uns eine gute Nacht und ich legte mich auf mein Kissen. Es war eine dieser Nächte, in denen mein Körper völlig erschöpft war, nach den intensiven Stunden an diesem Tag. Ich blickte in den Himmel und fühlte mich - trotz allem - irgendwie friedlich und

geborgen. Dann schlief ich ein, völlig ausgepowert und von den Ereignissen der letzten Stunden durchdrungen.

Doch die Nacht hatte leider andere Pläne für mich. Etwa eine Stunde später riss mich ein Piepen aus dem Schlaf. Es war Zeit für eine neue Infusion. In dieser Nacht war es nicht das erste Mal und auch nicht das letzte Mal. Immer wieder musste ich mitten im Schlaf geweckt werden, um die Infusionen zu bekommen. Es war eine weitere dieser Etappen-Nächte, in denen der Schlaf ständig unterbrochen wurde, aber was blieb mir anderes übrig? Ich wusste, dass es Teil des Prozesses war und so ging es mir auch in den anderen Nächten bis zu meiner Entlassung. Immer wieder wurde ich aus dem Schlaf gerissen, doch ich wusste auch, dass diese Phasen vorübergehen würden. Was mich jedoch durchhielt, war der Gedanke an die Gespräche, die ich mit dieser bemerkenswerten Frau geführt hatte und an das Gefühl, dass ich in ihrer Nähe etwas Neues über mich und das Leben selbst gelernt hatte. Das machte all die nächtlichen Unterbrechungen irgendwie erträglicher.

Und doch waren die Nächte im Krankenhaus zudem die schlimmsten. Tagsüber war ich von Stimmen umgeben, von Menschen, die mir Mut machten. Doch nachts war ich allein mit meinen Gedanken und sie waren laut.

„Wie konnte es soweit kommen?", „Werde ich jemals wieder die Alte sein?", „Werde ich jemals zu meiner alten Stärke und Leistungsfähigkeit zurückkommen?", „Was, wenn mein Körper nie mehr so funktioniert wie vorher?", „Was, wenn die Ängste nach einem weiteren plötzlichen Schicksalsschlag bleiben?", „Was, wenn mein Körper nicht mehr so funktioniert wie vorher?".

Ich wollte nicht weinen und doch liefen mir vereinzelt die Tränen aus den Augen, jedoch war ich sehr still und leise dabei, damit niemand es merkte. Ich wollte stark sein, wollte nicht, dass meine Familie sich noch mehr Sorgen machte. Doch in mir tobte ein Sturm, gegen den ich nicht ankam.

Ich kann mich noch gut an diese Nacht erinnern, in der mich diese Gedanken übermannten. Plötzlich und völlig unerwartet erhielt ich Mitten in dieser Nacht eine Nachricht einer Freundin. Ich lag wach, starrte die Decke an, als mein iPhone aufleuchtete.

„Ich weiß, es fühlt sich gerade so an, als würde die Welt ohne dich weitermachen - aber du wirst zurückkommen. Und wenn du das tust, wirst du stärker sein als je zuvor.“

Ich las diese Worte immer und immer wieder. Und zum ersten Mal fühlte ich etwas, das mehr war als Schmerz - es war die Hoffnung die ich wieder in mir spürte. Diese Nachricht kam genau zum richtigen Zeitpunkt, als hätte sie es gewusst.

———◆———

Es war gegen 5 Uhr, als ich plötzlich das Geräusch von leisen Schritten hörte und dann die ältere Dame aus ihrem Bett steigen sah. Sie bewegte sich mit einer überraschenden Energie, die mich fast verblüffte. Ohne mich zu wecken, kam sie langsam näher und fragte mich mit einem Lächeln:

„Sind Sie schon wach?“

Ich blinzelte in das sanfte Licht des Morgens und flüsterte ein leises *„Ja“*. Doch kaum hatte ich das gesagt, sprühte sie förmlich vor

Freude und Euphorie. Ihre Ausstrahlung war ansteckend und ich konnte nicht anders, als ein wenig zu lächeln.

Mit einem schnellen Schritt ging sie zum Fenster, stellte sich davor und blickte hinaus auf das morgendliche, atemberaubende Bergpanorama.

„Mei, is des ned a scheene Gegend, wo wir leben? Bei uns is scho schee, oda?"

Ihre Worte waren voller Begeisterung und Heimatliebe und auch ich konnte nur nicken und mit einem Lächeln bestätigen: *„Ja, es ist wirklich wunderschön hier. Der Chiemgau ist für mich eine ganz besondere Region."* Ich hatte nicht einmal das Bedürfnis, weiter darüber nachzudenken, warum ich diesen Moment so sehr schätzte - vielleicht, weil wir beide die gleiche tiefe Verbindung zur Natur und zur Heimat teilten. In diesem Augenblick war es einfach vollkommen klar: Wir verstanden uns.

Unser Gespräch endete gerade, als auch schon das Frühstück hereingebracht wurde. Ich hatte keinen Hunger, aber ich nahm die Mahlzeit dennoch dankend entgegen. Die ältere Dame hingegen begann sofort zu essen und ermunterte mich, es ihr gleichzutun. *„Komm, essen Sie ein wenig. Es tut gut, wenn man zusammen isst"*, sagte sie mit einem freundlichen Lächeln. Diese Einladung erinnerte mich an die gemeinsamen Mittagessen mit meiner Oma, die immer Wert auf das gemeinsame Essen legte, ganz gleich, wie klein oder groß der Anlass war. Es war dieser kleine Moment, in dem ich wieder spürte, wie wertvoll solche einfachen Gesten sind. Ich nahm also einen Bissen, obwohl ich nicht wirklich hungrig war, aber der Gedanke, das Frühstück in Gesellschaft zu teilen, tat mir gut und vor allem auch ihr.

Kaum hatten wir das Frühstück beendet, kündigte sich die Visite an. Zwei Ärztinnen traten ein, mit einem breiten Grinsen auf ihren Gesichtern. *„Na, wie geht's dir? Hast du Schmerzen?"*, fragte eine von ihnen freundlich. Ich antwortete, dass es mir gut gehe, obwohl die körperlichen Einschränkungen noch präsent waren. Doch die eine Ärztin schmunzelte und sagte:

„Du darfst ruhig sagen, wenn du noch Schmerzen hast. Nach so einem Bauchschnitt ist das völlig normal. Und bitte nimm wirklich alle Schmerztabletten - das ist wichtig!"

Ich nickte und sah auf die Tabletten, die mir nun bevorstanden - heute sogar ganze 14 Stück! Der bloße Anblick ließ mich fast schon übel werden, aber ich wusste, dass ich der Aufforderung der Ärztin nachkommen musste.

Nachdem sie sich meine Narbe angesehen hatten, erklärte mir die eine Ärztin, dass sie nun die Drainage ziehen würden. Zuerst war ich etwas irritiert, hatte mich doch noch nicht wirklich auf diesen Schritt vorbereitet. Doch das war irgendwie typisch für diese Zeit im Krankenhaus - vieles geschah einfach, ohne dass ich es groß hinterfragte. *„Atme tief ein"*, sagte die Ärztin, *„und ich ziehe jetzt den Schlauch."* Es war ein kurzer, heftiger Schmerz, den ich versuchte, mit Fassung zu tragen. Die Ärztin lobte mich fast kindlich mit einem breiten Lächeln, als hätte ich einen besonders schwierigen Test bestanden und das sogar ohne Gummibärchen als Belohnung, was ich fast komisch fand. Sie klebte ein Pflaster auf das kleine Loch, erklärte, dass es von selbst heilen würde, wünschte mir weiter alles Gute und ging weiter zu meiner Zimmernachbarin.

Doch plötzlich öffnete sich die Tür erneut und eine weitere Person trat ein. Blau gekleidet, mit einem vertrauten Lächeln auf dem

Gesicht. Es war die Dame von gestern - die, die mir so viel Mut und Wärme geschenkt hatte. Sie strahlte mich an und fragte, wie es mir gehe. Ihre Freude war ehrlich und sie freute sich darüber, wie fit ich trotz der Schmerzen und der schwierigen Zeit wirkte. *„Du hast wirklich Glück gehabt"*, sagte sie. *„Es ist gut, dass du mitgefahren bist. Du kannst jetzt deinen zweiten Geburtstag feiern!"* Sie schien die Bedeutung dieses Moments zu verstehen, auch wenn ich mich noch nicht wirklich mit dem Gedanken anfreunden konnte.

Dann, mit einem schelmischen Blick, zog sie eine Flasche FANTA hinter ihrem Rücken hervor und hielt sie mir mit einem Lächeln entgegen. *„So, und jetzt darfst du endlich deine FANTA trinken"*, sagte sie und wir mussten beide lachen. Es war eine so kleine, aber so bedeutsame Geste - sie hatte es wirklich nicht vergessen und mir dieses Versprechen gehalten. Ihre einfühlsame Art hinterließ einen starken Eindruck bei mir. Sie hatte einfach das richtige Gespür dafür, was einen Moment besonders macht. Sie machte ihren Job wirklich mit Hingabe und Herz und ich war ihr für diese Aufmerksamkeit unendlich dankbar.

Wir tauschten anschließend noch ein paar Worte aus, und dann verabschiedeten wir uns - herzlich und innig. Sie verließ den Raum und ich blieb zurück, erfüllt von einem Gefühl der Dankbarkeit. Diese Begegnung, ihre Freundlichkeit und Fürsorge, hallten noch Stunden in mir nach. Inmitten des ganzen Schmerzes, der Ungewissheit und der Anstrengung, war es genau diese Art von Mitmenschlichkeit, die mir half, den Tag zu überstehen. Sie hatte mir nicht nur eine FANTA gebracht - sie hatte mir ein kleines Stück Lebensfreude geschenkt, das ich so dringend gebraucht hatte und dafür werde ich ihr immer dankbar sein.

Der Tag verging in einem Nebel aus Besuchen, Nachrichten und Gedanken. Immer wieder erhielt ich liebevolle Nachrichten von meiner Familie, Freunden und Kollegen, in denen sie mir Genesungswünsche und Worte der Unterstützung schickten. Einige meiner engsten Freunde fragten an, ob sie mich besuchen dürften, doch ich verneinte jedes Mal. Nicht, weil ich es nicht wollte - ganz im Gegenteil. Ihre Nähe hätte mich ungemein gefreut und mir sicherlich gut getan. Aber ich wollte nicht, dass sie mich so sehen, in dieser verletzlichen, schwachen Verfassung. Es war ein seltsames Zusammenspiel aus Selbstschutz und auch der Versuch, sie vor meiner Situation zu bewahren. Ich wollte nicht, dass sie in diesem sterilen Krankenhauszimmer mit den piepsenden Monitoren, den Infusionen, Kabeln und Schläuchen in meinem Körper ein Bild von mir erhielten, das nicht zu dem passte, was sie von mir kannten. Ich wollte, dass sie mich in der Erinnerung als die starke Person behalten, die ich vielleicht immer gewesen war. So sagte ich ihnen, dass sie mich gerne besuchen könnten, sobald ich wieder draußen wäre und so taten sie es auch - nach meiner Entlassung, als ich wieder in der Lage war, ihnen mein altes Selbst zu zeigen.

Anschließend klingelte mein iPhone und ein Kollege rief mich an. Er erzählte mir, was sich hinter den Kulissen in der Arbeit abgespielt hatte, als ich nicht mehr da war. Aufgeregt schilderte er mir, wie einer unser Geschäftsführer, sichtlich nervös, in sein Büro gegangen war und um ein kurzes Gespräch gebeten hatte. Er hatte sich mit ernster Miene und zittriger Stimme mit den Kollegen im Showroom versammelt, um ihnen von meinem Vorfall zu berichten. Jener Geschäftsführer, den ich eigentlich überwiegend als ruhig und kontrolliert kannte, hatte diesen Moment offensichtlich nur sehr schwer verarbeitet. Er sagte den Kollegen, dass mein Zustand sehr kritisch gewesen war. Sie hatten geglaubt, dass sie es vielleicht nicht rechtzeitig geschafft hätten, mir zu helfen. Die Not-OP war eine dramatische Wendung in der ganzen Situation, aber zu diesem Zeitpunkt wusste noch niemand, wie ernst es wirklich war. Als er die Nachricht überbrachte, war er so aufgewühlt, dass er kaum die richtigen Worte fand. Es war für ihn schwer, sie alle mit dieser Schwere zu konfrontieren, vor allem als er realisierte, wie nah ich dem Tod bereits gewesen war.

Für meinen Kollegen war das ein Moment, der sich tief in sein Gedächtnis eingebrannt hatte. Als er die Nachricht hörte, dass es so knapp um mich gestanden hatte, war er wie gelähmt. Er erinnerte sich noch gut an unser letztes Zusammentreffen, an unser kleines *„Winken"* im Vorbeifahren und an das Lächeln, das wir uns damals geschenkt hatten.

„Wie oft hatten wir uns vorher noch in diesen flüchtigen Momenten begrüßt?"

Und doch war genau dieser Moment für ihn der letzte, in dem er mich so unbeschwert erlebt hatte. Der Gedanke, dass er mich vielleicht nicht mehr gesehen hätte, wenn die Situation sich anders entwickelt hätte, machte ihn sehr nachdenklich und erschütterte ihn. In seiner Nachricht, die er mir später geschickt hatte, erzählte er mir, wie sehr ihn dieser Gedanke verfolgt hatte. Dass er uns manchmal gar nicht bewusst ist, wie wertvoll diese kleinen Momente im Leben sind, in denen wir miteinander sprechen oder einfach nur vorbeigehen und uns kurz ansehen. Er schrieb mir, dass er sich oft fragte, was passiert wäre, wenn er an diesem Tag einen anderen Weg genommen hätte. Er fragte sich, ob das unsere letzte Begegnung gewesen wäre.

In dieser Nachricht kamen mir die Tränen. Es war so berührend, wie sehr ihn dieser Augenblick, der für mich so unscheinbar schien, beeinflusst hatte. Wir hatten uns einfach nur kurz gewunken, ohne zu wissen, dass dieser flüchtige Moment eine so tiefe Bedeutung für den anderen hatte. Die Erkenntnis, wie sehr solche kleinen Momente im Leben, die wir für selbstverständlich halten, eine große Bedeutung bekommen können, kam mir in diesem Moment sehr schmerzhaft und zugleich sehr wertvoll vor.

In der Zwischenzeit erfuhr ich, wie der Geschäftsführer selbst noch lange an diesem Moment zu knabbern hatte. Alle sagten mir, dass es ihm unglaublich schwergefallen war, ihnen die Nachricht zu überbringen, dass es so knapp war, dass er selbst nicht wusste, wie er es richtig sagen sollte. Auch wenn ich im Nachhinein verstehe, dass er diese Nachricht weitergeben musste, tat es mir leid, dass er sich in dieser schwierigen Situation wiederfand. Ich hätte nie gewollt, dass er oder irgendjemand anders diese Last tragen muss. Der Gedanke, meine Kollegen, die so viele Jahre lang meine Partner im Team waren, in eine solche Position zu bringen, erfüllte mich mit einer tiefen Traurigkeit.

Ich teilte ihm mit, dass ich das alles nicht wollte und es mir sehr leid tat, dass ich ihn und meine Kollegen in eine solche Angst versetzt hatte. Er schrieb mir zurück, dass ich doch dafür nichts könne und bewunderte meine Sichtweise.

„Taff wie immer - erst einmal an die anderen denken. Schön, dass Du bei uns bist!"

Seine Nachricht lies mich schmunzeln, denn ich erkannte, wie sehr ihm meine eigenen Werte hinsichtlich der Nächstenliebe und Fürsorge gegenüber meinen Mitmenschen bewusst war. Ich fühlte mich in diesem Moment nicht nur geschmeichelt, sondern vor allem auch gesehen - in meiner Person und meinen Überzeugungen.

Doch in diesem ganzen Schmerz und in all den vielen Gesprächen, die ich mit meinen Kollegen geführt habe, wurde mir auch eines immer wieder klar: Es sind diese kleinen Momente, die unser Leben ausmachen. Diese flüchtigen Begegnungen, in denen wir uns zueinander verhalten, als ob der Moment nicht mehr bedeuten würde. Doch genau in solchen Momenten finden sich die wertvollsten Erinnerungen. Es sind die Blickkontakte, die Gesten und die Worte, die uns oft viel mehr berühren, als wir je begreifen werden.

Ich war völlig baff über die Schwere dieses Themas, die plötzlich so drückend nicht nur auf mir selbst, sondern offensichtlich auch auf uns gemeinsam lastete. Doch was mich noch mehr erschütterte, war die Reaktion, mit der mein Kollege mir dieses Thema mitteilte. In seinen Worten konnte ich die Unsicherheit und die Angst förmlich spüren. Es war, als ob er sich selbst in diesem Moment nicht mehr sicher war, wie er mit der Situation umgehen sollte und diese Unsicherheit übertrug sich auf mich. Wir redeten noch ein wenig miteinander, versuchten, die Spannung zu lösen und ein Stück weit Klarheit zu gewinnen. Auch er schien nach dieser kurzen Unterhaltung ein wenig mehr Ruhe zu bekommen. Als wir schließlich auflegten, war es, als hätten wir gemeinsam einen Schritt aufeinander zu gemacht - aber das Thema blieb immer noch wie ein Schatten in der Luft, der uns beide nicht ganz losließ.

Beim Abendessen saßen die ältere Dame und ich wieder zusammen und unterhielten uns - über Politik und die aktuellen Geschehnisse in der Welt. Wir sprachen über Trump und die besorgniserregende Möglichkeit, dass er erneut Präsident der Vereinigten Staaten werden könnte. Sie erzählte mir von ihren gemeinsamen Reisen mit ihrem Mann durch die USA und von einer Geschichte, die sich während eines Auslandsaufenthaltes ihres Mannes ereignet hatte. Ein Pfarrer hatte ihren Mann damals in seiner Jugendzeit bei sich aufgenommen. Jahre später wollten sie ihn besuchen, aber leider war er inzwischen verstorben, was sie sehr bedauerte. Ihre Erzählung berührte mich, denn sie zeigte mir einmal mehr, wie wertvoll die Begegnungen im Leben sind und wie vergänglich die Zeit ist.

Wir sprachen dann weiter über die Wahlen in den USA und die enorme Bedeutung des Geldes, das in den Wahlkampf gesteckt wird. Ihre Worte über das Vermögen, das die Politik beeinflusst, ließen mich nachdenklich werden. Sie hatte ein sehr scharfes Verständnis für die Mechanismen der Welt und erzählte mir, wie ihr damaliger Bekannter - der Pfarrer - die Wahlen und das politische System in den USA betrachtete. In diesem Moment spürte ich, wie viel Lebenserfahrung in ihr steckte.

Später kamen wir auf die Arbeit zu sprechen. Sie hatte bemerkt, dass ich am Nachmittag ein paar Telefonate mit meinen Kollegen geführt hatte und fragte mich, was ich beruflich mache. Ich erzählte ihr von meiner Position und den Aufgaben, die damit verbunden waren. Sie freute sich für mich und sagte mit einem Lächeln, dass wir uns sehr ähnlich seien. Auch sie hatte in ihrem Leben tragende Positionen innegehabt, Verantwortung für viele Menschen übernommen, war ständig im Stress und hat unter Zeitdruck gestanden. Ihre weitläufigen Erzählungen von den Herausforderungen in ihrer Arbeit und den Schlafproblemen, die sie durch den Stress hatte, erinnerten mich an die eigenen Probleme, die ich mit dem Schlafen hatte. Sie erzählte mir, wie die „Arbeit" nachts bei ihr immer auf der Bettkante saß - wie ein ungebetener Gast, den sie immer wieder im Kopf wälzte, obwohl sie längst im Bett lag. Ihre Worte hallen noch immer in meinem Kopf nach.

„Sie müssen unbedingt darauf achten, genug Schlaf zu bekommen", sagte sie mit Nachdruck. *„Ich kenne das von einer Freundin, sie hatte das selbe wie Sie und das ist kein Spaß. Schlaf ist so wichtig, vor allem für die Gesundheit."* In diesem Moment hatte ich den festen Entschluss gefasst, dass ich lernen wollte, die Themen aus der Arbeit sogar noch vor meiner Haustüre zu lassen. Wenn ich eines aus unserem Gespräch mitnahm, dann war es genau dieser Gedanke. In den folgenden Wochen und Monaten merkte ich, wie sehr mir diese Erkenntnis half. Es gelang mir tatsächlich, die Arbeit draußen zu lassen und wenn Themen dennoch versuchten, in mein Leben einzutreten, dachte ich immer wieder an ihre Erzählung von der *„Arbeit auf der Bettkante"* und sagte mir:

„Nein, jetzt nicht."

Und tatsächlich - es funktionierte. Ich konnte meine Arbeit von meinem Privatleben trennen und es ging mir besser.

Unsere Gespräche und unser Austausch in den gemeinsamen Tagen öffneten mir die Augen. Sie sagte oft, dass unsere Begegnung Schicksal war. *„Es hat so sein sollen, dass wir uns begegnen"*, sagte sie immer wieder. Sie sah in mir ihr jüngeres Ich, und das faszinierte sie. Ich verstand, was sie meinte, denn wir hatten nicht nur ähnliche Werte und Vorlieben, sondern durchlebten auch ähnliche Herausforderungen in unserem Berufsleben. Als Frauen in

Führungspositionen waren wir ständig gefordert, mussten uns beweisen und hatten oft das Gefühl, mehr leisten zu müssen als andere.

Dieser Austausch tat mir gut. Wenn sie in mir ihr jüngeres Ich sah, dann war sie für mich der Blick in meine Zukunft. Sie war für mich ein leuchtendes Beispiel dafür, wie man das Leben mit Energie und Euphorie annehmen kann - auch in schwierigen Zeiten. Ihre Sicht auf das Leben, ihre Weisheiten und ihre unerschütterliche Haltung gegenüber den Herausforderungen des Lebens machten mich nachdenklich. Ich dachte mir, wenn ich nur ein bisschen so werde wie sie, mit der gleichen Freude und Begeisterung für die kleinen Dinge des Lebens, dann kann ich wirklich zufrieden sein. Mehr würde ich mir für mich selbst nicht wünschen.

Und so schmunzelte ich immer, wenn sie diesen Vergleich zog. Es war ein Lächeln voller Dankbarkeit und auch ein bisschen Ehrfurcht, denn ich wusste, dass ihre Erfahrungen und ihre Lebensweise mir helfen würden, meinen eigenen Weg besser zu gehen. Ihre Worte waren wie ein Geschenk, das mich in meinem Leben begleiten würde.

Mir tat ihre Gesellschaft wirklich gut. Es war eine Ruhe in ihr, eine Gelassenheit, die mich sofort einhüllte. Wir ergänzten uns nicht nur in dem, was wir miteinander teilten, sondern wir achteten auch aufeinander, auf das, was der andere brauchte, ohne dass es Worte dafür brauchte. Es war ein Gefühl, das sich mit jeder Begegnung vertiefte und immer stärker wurde. Wir fanden schnell unseren eigenen gemeinsamen Rhythmus - einen Rhythmus, der für uns beide stimmte und den wir ohne viel nachzudenken lebten. In der Stille saßen wir oft nebeneinander und doch war diese Zeit niemals leer. Sie war erfüllt von einer gegenseitigen Achtung und einem stillen Verstehen, das nur wenige Menschen miteinander teilen.

Vielleicht liegt es auch daran, dass ich schon immer eine besondere Verbindung zu älteren Menschen hatte. Ich fühlte mich schon in meiner Kindheit zu ihnen hingezogen. Es war, als ob sie mir etwas beibringen konnten, das in der Hektik des Alltags oft verloren ging – Weisheit, Geduld und eine Art von Gelassenheit, die mich oft fasziniert hat. Ich liebte es, ihre Geschichten zu hören, ihre Erfahrungen zu erfahren und in ihre Welt einzutauchen. In dieser Welt schien alles etwas langsamer und zugleich tiefer, intensiver und ehrlicher. Oft waren es die leisen Momente, in denen ich mich am meisten verstanden fühlte.

Mit ihr war es ähnlich. Es gab diese stillen Gespräche, in denen sich unsere Blicke trafen und wir einander verstanden. Es war keine Notwendigkeit, ständig zu reden, um Nähe zu schaffen. Es war mehr ein Gefühl, ein gegenseitiges In-sich-Aufnehmen der Gegenwart des anderen. Wir wussten, wie wir uns gegenseitig stärken konnten, ohne dass es laut oder offensichtlich sein musste. Es war ein einfaches Dasein nebeneinander, das für mich unglaublich viel Bedeutung hatte.

Ich glaube, diese Zeit mit ihr hat mir geholfen, ein tieferes Verständnis für mich selbst zu entwickeln. In ihrer Gesellschaft fühlte ich mich nicht nur als die Person, die ich zu diesem Zeitpunkt war, sondern auch als jemand, der durch ihre Erfahrungen, ihre Geschichten und ihre Sichtweise auf das Leben etwas weiter wurde. Ich lernte, den Moment mehr zu schätzen, das langsame Atmen des Lebens, das in der Geschwindigkeit unserer Zeit so oft verloren geht.

Es war eine Zeit, die mich gelehrt hat, mit mir selbst im Einklang zu sein und mich in der Gesellschaft anderer Menschen wirklich wohlfühlen. In ihr fand ich eine Verbundenheit, die nicht durch Worte erklärt werden musste, sondern einfach da war. Es war eine stille Übereinstimmung in den kleinen Dingen des Lebens, die uns beide näherbrachten und die mir das Gefühl gaben, dass ich nicht nur gehört, sondern auch wirklich verstanden wurde.

Und genau das ist es, was mir ihre Gesellschaft so wertvoll gemacht hat - das Wissen, dass wir uns gegenseitig unterstützen, dass wir uns nicht in den großen Gesten der Aufmerksamkeit verlieren müssen, sondern in den kleinen, feinen Momenten der Nähe. Diese Erfahrung werde ich nie vergessen, denn sie hat mich daran erinnert, dass wahre Verbundenheit nicht immer laut sein muss, sondern oft in den leisen, doch tiefgründigen Momenten zu finden ist.

Es gibt Begegnungen im Leben, die nicht nur den Alltag bereichern, sondern das Leben selbst auf eine tiefere, bedeutungsvollere Weise verändern. Die Zeit mit Joseph und seiner Frau war genau so eine Begegnung - ein wahrer Höhepunkt in meinem Leben, der mich bis heute begleitet. Es war eine Zeit der Bescheidenheit, des Austauschs und des Lernens, die mir half, zu der Person zu werden, die ich heute bin. Diese Momente, die wir miteinander teilten, waren weit mehr als nur alltägliche Gespräche oder Handlungen. Sie waren ein Geschenk.

Als ich Joseph und seine Frau kennenlernte, hatte ich keine Ahnung, wie sehr diese Begegnung mein zukünftiges Leben prägen würde. Es war während meines Studiums, als ich im

Taxiunternehmen meiner Mutter arbeitete und durch eine Freundin von einem älteren Ehepaar erfuhr, das Hilfe bei Fahrten zu Arztterminen und Einkäufen brauchte. Zu dieser Zeit suchte ich nach einer Möglichkeit, meine Zeit sinnvoll zu nutzen - eine Tätigkeit, die mehr war als nur Arbeit, die mich mit etwas und vor allem mit Menschen erfüllte. So kam es, dass ich mich entschloss, regelmäßig für Joseph und seine Frau da zu sein, sie zu den Arztterminen zu fahren und für sie einzukaufen. Schnell merkte ich, dass es nicht nur um Hilfe ging - es ging um so viel mehr. Die Gespräche, die wir führten, die gemeinsamen Augenblicke, die wir teilten, gaben mir eine völlig neue Perspektive auf das Leben.

Mit Joseph hatte ich einen Gesprächspartner, der das Leben auf eine Art und Weise verstand, die ich damals noch nicht kannte. Er war ein erfolgreicher Geschäftsmann, der seine Karriere hinter sich hatte und sich in den Ruhestand verabschiedet hatte, als er einen Schlaganfall erlitt. Dieser Schlaganfall fesselte ihn fortan an den Rollstuhl, doch er nahm es mit einer solchen Stärke und einem solch bemerkenswerten Optimismus, dass er mich damit in seinen Bann zog. Trotz seiner bestehenden körperlichen Einschränkungen war er immer noch geistig lebendig, voller Geschichten, voller Erfahrungen, voller Gedanken, die er mit mir teilte und das tat gut. So viel von dem, was er mir erzählte, war mehr als nur Anekdoten - es waren Lebensweisheiten, die er über Jahre hinweg gesammelt hatte und die nun in mir nachhallten.

Besonders beeindruckend war seine unerschütterliche Stärke und seine Bereitschaft, alles zu akzeptieren, was ihm das Leben brachte. Diese Einstellung hat bei mir einen bleibenden Eindruck hinterlassen. Ich sah, wie er, obwohl seine Frau an Parkinson litt und sie immer mehr an ihr Bett gefesselt war, sich nie von der

Trauer und den Schwierigkeiten erdrücken ließ. Er half ihr, wo er konnte und schien nie zu verzweifeln. Ich erinnere mich noch gut an die Momente, in denen er mir von seiner Frau erzählte, die, obwohl sie den Tag größtenteils im Bett verbrachte, alles mit einer unbeschreiblichen Fassung trug. Ihre Ruhe, ihr Umgang mit den Herausforderungen, die das Leben ihr stellte, beeindruckte mich zutiefst und gab mir eine ganz neue Perspektive auf das Alter und die Herausforderungen, die es mit sich bringen kann.

Unsere Gespräche über das Leben, über die Vergangenheit, über die Dinge, die uns prägten, waren für mich immer von unschätzbarem Wert. Joseph hatte so viel Lebenserfahrung, so viele Geschichten, die er mit mir teilte und ich lernte, wie man Verantwortung übernimmt, wie man auch in schwierigen Zeiten nicht den Kopf verliert, sondern ruhig bleibt und nach Lösungen sucht. Diese Gespräche halfen mir nicht nur, mehr über das Leben zu verstehen, sondern sie gaben mir auch Kraft, meine eigenen Ängste und Unsicherheiten zu überwinden. Ich erinnere mich noch gut an die Zeiten, in denen ich mich in meinem Studium verloren fühlte. Ich hatte gerade mein erstes Studium abgebrochen - Jura, das ich nach einem Semester beendete - und war zu der Zeit voller Selbstzweifel, aber Joseph war immer da, mit seinen ermutigenden Worten. Er sagte mir, dass ich alles richtig machen würde und dass ich ein großes Potenzial habe. Diese Worte taten mir gut, sodass ich sie nie vergessen habe. Sie halfen mir, die *"Beschämtheit"* über meinen Studienabbruch zu überwinden und zu verstehen, dass es keinen Grund gab, mich zu schämen, wenn ich merkte, dass etwas nicht mein Weg war. Ich musste nicht den Erwartungen anderer entsprechen, sondern meinem eigenen Herzen folgen.

Das war eine wertvolle Lektion, die mir nicht nur half, mich selbst zu akzeptieren, sondern auch meine Stärken zu erkennen. In dieser Zeit, in der ich oft mit meinen eigenen Unsicherheiten kämpfte, war Joseph ein Fels in der Brandung. Er zeigte mir, dass es wichtig ist, auf sich selbst zu vertrauen und zu wissen, dass jeder seinen eigenen Weg findet - auch wenn er mal Umwege gehen muss.

Er war stolz auf mich, als ich schließlich mein Studium abschloss und meine ersten Schritte in die Arbeitswelt setzte. Als ich ihm von meiner ersten Jobzusage erzählte, war seine Freude so ehrlich und so herzlich, dass es mich überwältigte. Ich wusste, dass er sich wirklich von Herzen freute. Es war, als ob er sich genauso auf meine Zukunft freute wie ich. Als ich nach der bestandenen Probezeit mein erstes Auto kaufte, einen schwarzen BMW X4, von dem ich ihm immer vorschwärmte, war er nicht weniger begeistert. Noch begeisterter war er, als ich ihn zu einer Spritztour einlud und er mich im Auto begleitete. In diesem Moment spürte ich, wie viel er für mich bedeutete. Es war nicht nur die Freude über meinen Erfolg, sondern auch die Bestätigung, dass er immer an mich geglaubt hatte. Diese Momente waren für mich wie kleine Siegesfeiern, in denen ich wusste, dass ich mit ihm nicht nur einen Begleiter, sondern einen echten Freund gewonnen hatte.

Und so verbrachten wir unzählige wertvolle Momente - Momente voller Lachen, voller Vertrautheit, voller tiefer Gespräche. Es waren Augenblicke, die uns stützten, in denen wir uns gegenseitig Halt gaben, ohne dass viele Worte nötig waren. In diesen Momenten durfte ich so viel lernen. Nicht nur über das Leben, sondern auch über mich selbst. Sie zeigten mir, was wahre Freundschaft bedeutet, was es heißt, füreinander da zu sein - bedingungslos, ohne Erwartungen. Sie stärkten die Werte, die mir meine Familie mitgegeben hatte und öffneten mir zugleich die Augen für neue. Ich erkannte, dass das Leben nicht nur aus Prinzipien besteht, sondern aus gelebten Erfahrungen, die uns wachsen lassen.

Diese Zeit war mehr als nur gemeinsame Erinnerungen - sie war ein Geschenk. Ein Geschenk, das mich geprägt hat und das ich für immer in meinem Herzen tragen werde.

Leider kam dann jedoch auch der Tag, an dem ich die Nachricht von seinem Tod erhielt. Es war ein Moment, der mich tief erschütterte. Joseph, dieser Mensch, der so viel Lebensweisheit, so viel Wärme und so viel Unterstützung in mein Leben gebracht hatte, war nun nicht mehr da. Doch die Erinnerung an ihn lebt weiter. Besonders eine Begegnung bleibt mir für immer im Gedächtnis: Unsere letzte Begegnung, als er, obwohl er bereits leichte Anzeichen von Demenz zeigte, mich nach ein paar Minuten doch noch erkannte. Dieser Moment, als er mich anschaute und sagte:

"Mei, Nadine, Du bist es!", bleibt mir unvergessen.

Es war, als ob wir uns in diesem Moment wiedergefunden hatten, als ob alle Zeit und alle Schwierigkeiten des Lebens uns in diesem Augenblick nichts anhaben konnten. Dieser Moment, dieser Augenblick, in dem er mir erneut sein Lächeln schenkte, ist das, was mich in der Erinnerung an ihn weiter begleitet.

Es ist schmerzlich, dass ich ihm nicht mehr von meinen jüngsten Erfolgen erzählen konnte. Besonders nicht von der Beförderung zur Prokuristin, die ich kurz nachdem erhalten hatte, als er von uns ging. Ich bin mir jedoch sicher, dass er von oben zusieht und sich mit mir freut. Ich weiß, dass er immer noch stolz auf mich ist und dass er mich immer begleitet - in Gedanken und in der Erinnerung an all die wertvollen Momente, die wir miteinander teilen durften.

Joseph hat mich gelehrt, was es bedeutet, stark zu sein, was es bedeutet, sich selbst treu zu bleiben und Verantwortung zu übernehmen. Für all das werde ich ihm immer dankbar sein. Und auch wenn er nicht mehr unter uns weilt, wird er immer einen besonderen Platz in meinem Herzen haben.

Ich glaube, dass meine Erfahrungen mit älteren Menschen wie Joseph und der enge Umgang mit meiner Oma ausschlaggebend dafür waren, dass ich mich auch im Krankenhaus so gut mit dieser älteren Dame verstand. Ich schätze es, von den älteren Generationen zu lernen, ihre Geschichten zu hören und die Weisheiten des Lebens mitzubekommen. Diese Gespräche bereichern mich auf eine Weise, die ich nicht in Worte fassen kann und lassen mich die Welt aus einer anderen Perspektive sehen.

◄─────►

Der vierten Tag meines Krankenhausaufenthalts änderte alles. Ich erinnere mich noch ganz genau an den Moment, als die Visite am Morgen begann und der Arzt auf mich zu trat, mit einem beruhigenden Lächeln, das etwas in sich hatte, das meine Anspannung ein wenig löste. Er begann damit, mir die Ergebnisse der Pathologie mitzuteilen - und dann kam der Satz, der für mich alles veränderte:

„Es ist kein Krebs."

Es gibt Momente im Leben, die uns so tief erschüttern, dass sie unser gesamtes Weltbild auf den Kopf stellen. Eine Krebsdiagnose ist zweifellos einer dieser Momente. Wenn man mit einem derartigen Urteil konfrontiert wird, fühlt es sich an, als würde der Boden unter den Füßen weggezogen. Es ist, als ob die Zeit für einen Moment stillsteht, während der Körper und der Geist in eine Art Schockzustand verfallen. Es sind nicht nur die Worte, die der Arzt spricht, die wie ein Schlag ins Gesicht wirken. Es sind die unaufhörlichen Gedanken, die sich ungebremst in einem auftürmen:

„Warum ich? Was bedeutet das für mein Leben? Wie lange habe ich noch?"

Angst ist wohl das erste Gefühl, das sich breitmacht. Die Vorstellung, dass der Körper von etwas so Unvorstellbarem befallen ist, löst Panik und Hilflosigkeit aus. Man fragt sich, wie es weitergehen wird, welche Veränderungen der eigene Körper durchmachen wird, ob es Schmerzen geben wird, ob es jemals wieder Normalität geben wird. Es ist eine Achterbahnfahrt der Gefühle, die von der Hoffnung, wieder gesund zu werden, bis hin zu tiefen Zweifeln reicht, ob man jemals wieder der Mensch sein wird, der man vorher war.

Die eigene Zerbrechlichkeit wird auf einmal so real, so spürbar. Man ist plötzlich nicht mehr der unverwundbare Mensch, der alles im Griff hat, sondern ein verletzliches Wesen, das dem Schicksal ausgeliefert ist. Dabei kommen nicht nur körperliche Ängste auf, sondern auch emotionale und psychische Belastungen.

„Wie werden die anderen reagieren? Werden sie Mitleid haben, oder werden sie versuchen, einem Mut zuzusprechen, obwohl sie in Wirklichkeit keine Ahnung haben, wie es sich anfühlt? Wird man von

Und so verbrachte ich unzählige Nächte mit Gedanken, die wie
Schatten über mich krochen - leise, beharrlich, unaufhaltsam. Ich
versuchte, sie abzuschütteln, sie durch positive Bilder zu ersetzen,
mir einzureden, dass alles gut werden würde. Doch tief in mir
wusste ich, dass mein Körper anders dachte. Vielleicht wollte er
mich warnen, mich schützen, mich vorbereiten auf etwas, das ich
noch nicht sehen konnte, aber vielleicht bereits spürte. Es war, als
würde mein Innerstes eine Rüstung schmieden, leise und
unaufdringlich, damit ich nicht unvorbereitet wäre, falls das
Unvermeidliche eintreten sollte. Ich sollte gewappnet sein - für das,
was kommen könnte, für das, was ich hoffte, niemals durchstehen
zu müssen.

Als ich selbst dann die Nachricht erhielt, dass bei mir zum Glück
nichts Bösartiges gefunden wurde, war es eine Mischung aus tiefem
Erleichterung und einem weiteren Sturm von Gefühlen, der durch
mich hindurch brach. In diesem Moment, als der Arzt mir sagte,
dass die Ergebnisse negativ waren, fühlte ich einen Schwall von
Emotionen, die durch meinen Körper schossen: Erleichterung,
Freude, Dankbarkeit - weil ich in all diesen Tagen zuvor mit so viel
Angst und Unsicherheit gekämpft hatte, die ich aber nie zeigte und
selbst auch immer versuchte mich mit positiven Gedanken davon
abzulenken. Die Stunden, die Tage und die Nächte des indirekten
Bangens, der Zweifel, der Sorgen, die ich so zu verstecken
versuchte - sie verschwanden nicht einfach, nur weil der Arzt diese
positive Nachricht verkündete.

Ich wusste, dass ich erneut Glück hatte. Doch in diesem Moment,
als ich die positive Nachricht hörte, konnte ich mich nicht wirklich

vollkommen freuen. Es fühlte sich fast an, als würde ich mich selbst schuldig machen, zu froh zu sein. Ich dachte an all die Menschen, die diese Nachricht niemals hören werden, an all diejenigen, die kämpfen müssen, deren Diagnose bösartig war. Ich wusste, dass ich Glück hatte, aber das bedeutete nicht, dass ich in irgendeiner Weise über den Schmerz und die Angst derer hinwegsehen konnte, die mit einer ganz anderen Realität konfrontiert wurden.

In dem Moment, als ich die Nachricht hörte, fühlte ich mich von der Welt anders wahrgenommen. Vielleicht, weil ich selbst nie so recht wusste, was ich fühlen sollte. Einerseits war da diese riesige Erleichterung, aber andererseits war ich auch von einer tieferen Schicht des Mitgefühls durchzogen.

„Was wäre, wenn jemand anderes die gleiche Diagnose gehabt hätte und die Nachricht nicht das gleiche Ergebnis gebracht hätte? Hätte ich das Recht, so viel Erleichterung zu empfinden?"

Es ist dieser schmale Grat zwischen der Freude, gesund zu sein und dem Wissen, dass andere es vielleicht nicht sind, der einem das Gefühl gibt, unentschlossen zu sein.

„Wie sollte ich mich nach dieser Nachricht verhalten?"

Es war eine Art innerer Konflikt, in dem sich die Frage, wie ich von den anderen gesehen werde, mit den eigenen Gefühlen vermischte. Ich fühlte mich fast *„unehrlich"* in meinem Glück, als ob ich es nicht wirklich ausdrücken konnte, ohne dabei ein schlechtes Gewissen zu haben. Diese Freude über diese positive Nachricht brachte in mir auch eine tiefe Demut hervor, weil ich wusste, dass ich in der

Zukunft eine geschenkte Zeit erhalten würde und das fühlte sich sowohl schön als auch traurig an.

Ich wusste, dass ich in gewisser Weise ein anderes Leben führen würde, als das, was ich vor dieser Erfahrung hatte. Vielleicht war es eine Lehre für mich, wie zerbrechlich alles sein kann, wie schnell sich das Leben verändern kann und wie kostbar jeder Moment ist. Vielleicht war es aber auch eine Erinnerung daran, dass jeder Mensch seinen eigenen Weg geht, dass nicht alle so viel Glück haben und dass wir alle miteinander verbunden sind - durch unsere Ängste, unsere Hoffnung, unser Mitgefühl und unser Leben.

Es war ein Tag voller gemischter Gefühle, der mich in dieser intensiven Zeit im Krankenhaus zurückließ, in der ich versuchte, sowohl körperlich als auch emotional wieder zu Kräften zu kommen. Als ich gerade in Gedanken verloren von meinem Intensivbett aus das Bergpanorama betrachtete, klopfte es plötzlich an der Türe und der liebenswerte Ehemann meiner Zimmernachbarin trat herein. Er begrüßte mich sehr herzlich und küsste und umarmte anschließend seine Frau sehr liebevoll. Er kam gerade rechtzeitig vorbei, um seine Frau aus dem Krankenhaus abzuholen, da sie bereits am Morgen während der Visite überraschenderweise erfahren hatte, dass sie heute noch entlassen werden konnte. Eifrig packte sie ihre Taschen, nachdem ihr die frohe Botschaft übermittelt wurde. Sie wollte zusehen, dass sie bei der Abholung so schnell wie möglich das Krankenhaus verlassen konnte.

Als sich die ältere Dame dann gegen Mittag von mir verabschiedete, konnte ich nicht anders, als mich wirklich für sie zu freuen. Sie war nun endlich in der Lage, das Krankenhaus zu verlassen - sie war stärker als sie selbst vielleicht dachte. Ich hatte ihre Reise über die letzten Tage miterlebt und sie hatte mich mit ihrer positiven Einstellung und ihrem Mut tief berührt. Doch, während ich sie voller Freude und mit besten Wünschen verabschiedete, kehrte auch ein Gefühl von Sehnsucht und Unverständnis in mir zurück. Warum durfte sie schon nach Hause gehen, während ich, obwohl ich mich innerlich danach sehnte, noch bleiben musste? Ich hatte die ganze Zeit gehofft, es könnte ein wenig schneller gehen. Doch so sehr ich es mir wünschte, die Tage zogen sich weiter und die Stunden schlichen dahin.

„Das Leben ist kurz", hatte sie gesagt. *„Genießen Sie es und achten Sie darauf, was wirklich wichtig ist."* Sie waren ein älteres, wunderschönes Ehepaar, das sich gegenseitig so viel Liebe schenkte, dass es einem selbst fast schon ein wenig den Atem nahm. Sie hatte ihrem Mann erzählt, dass ich für sie wie ihr jüngeres Ich sei und dass ich mir ein Beispiel an ihr nehmen sollte, wie man die schönen Dinge im Leben wertschätzt. Diese Worte hatten sich tief in mein Herz eingeprägt und in meinem Inneren versprach ich mir, sie ernst zu nehmen. Ich war gerade an einem weiteren Wendepunkt in meinem Leben angekommen, einem, der die weiteren Weichen für meinen neuen Weg stellte und der mich dazu zwang, über meine eigenen Prioritäten nachzudenken. Ich war von Herzen froh, dass sie sich auf den Weg der Besserung machte, aber ich war auch traurig dass sie nun ging und ich ohne sie zurückblieb. Ich hätte es schön gefunden, wenn wir beide hätten zusammen gehen dürfen.

Als ich mich dann von ihr verabschiedete, war ich für einen Moment alleine mit meinen Gedanken. Der Krankenhausalltag nahm seinen gewohnten Lauf - das Krankenhausessen, die Infusionen, die Schwestern, die regelmäßig eintraten, um sicherzustellen, dass alles in Ordnung war. Ich konnte mich nicht von dem Gedanken lösen, dass ich an diesem Tag eigentlich auch nach Hause wollte. Es war einfach eine innere Sehnsucht, die mich fast übermannt hatte. Ich hatte langsam genug von den Krankenhauswänden, den ständigen Geräuschen der Infusionen, dem ständigen Kommen und Gehen der Ärzte. Ich wollte endlich wieder in mein gewohntes Leben zurück.

Gegen 20 Uhr, als ich dachte, endlich etwas Ruhe zu finden und vielleicht ein wenig Schlaf zu bekommen, wurde plötzlich die Tür meines Zimmers aufgerissen. Zwei Schwestern kamen hektisch herein und schoben schnell ein zusätzliches Bett in den Raum. Die junge Frau, die sie hereinführten, wirkte völlig überfordert und gleichzeitig sehr genervt. Ihre Haare waren noch nass, sie trug einen Bademantel und sie begrüßte mich kaum, nur mit einem kurzen *„Hallo"*, das in der Luft hängen blieb. Ihr Gesicht war von einer Kälte durchzogen, die mich plötzlich erstarren ließ. Es war, als würde sie sich bewusst von allem und jedem distanzieren. Die Schwestern richteten schnell das Bett ein und verließen dann abrupt den Raum. Was mir als Nächstes durch den Kopf ging, kann ich kaum in Worte fassen. Es war die absolute Kälte, die mich überkam. Nie zuvor hatte ich es erlebt, dass jemand in einem Raum, in dem wir uns so nahe waren, ohne ein einziges Wort der Kommunikation einfach so eine Wand aufbaute.

Diese kalte Abweisung traf mich tief, viel tiefer, als ich es je erwartet hätte. Ich war völlig überwältigt von der Stille, die sich zwischen uns ausbreitete. Es fühlte sich an, als würde sie mich mit ihrer ganzen Mauer aus Gefühllosigkeit verurteilen. Es war mehr als nur ein unbeholfener Zimmerwechsel. Ihre Abweisung traf mich sehr, obwohl ich sie ja eigentlich gar nicht kannte. Ein Gefühl der

Unsicherheit überkam mich, welches ich lange nicht mehr gekannt hatte. Ich war plötzlich nicht mehr sicher, wie ich mich in dieser Welt bewegte.

„Warum hatte sie sich so verhalten? Was hatte ich getan, dass sie sich so kühl und verschlossen zeigte?"

Die Tatsache, dass wir uns in einem Raum befanden, in dem wir uns eigentlich aufeinander verlassen sollten, machte es nur noch schmerzhafter.

In der Nacht war es alles andere als ruhig. Sie drehte sich immer wieder in ihrem Bett und das Rascheln der Decke hallte in meinen Ohren. Sie ging mehrfach zur Toilette, was mich jedes Mal aufschreckte und meine eigenen Infusionen taten ihr Übriges, aber es war nicht nur das. Es war der ständige Gedanke, dass diese Frau es so entschieden hatte, sich von der Welt und von mir zu distanzieren. So viel Unnahbarkeit - so viel Kälte. Ich wollte verstehen, warum sie sich so verhielt, aber die Gedanken ließen mich nicht los.

„Hatte sie die gleiche Einsamkeit wie ich empfunden? Oder war ich in diesem Moment einfach zu empfindlich?"

Am Morgen darauf, als ich wieder halb im Schlaf war, öffnete sich plötzlich die Zimmertür. Eine Frau stand da. Zögernd trat sie ein und sah mich vorsichtig an. In diesem Moment brauchte es eine kurze Zeit, bis mein Verstand eine Verbindung zog - es war die Mutter einer früheren Freundin. Sie arbeitete im Krankenhaus und hatte von meiner Not-OP erfahren und war hier, um nach mir zu sehen. Ihre Worte erinnerten mich daran, dass ich wirklich ein großes Glück gehabt hatte. Sie bestätigte, dass ich mit meiner

Rettung und der Tatsache, dass mein Tumor gutartig war, einen zweiten Lebensabschnitt geschenkt bekommen hatte.

„Ich konnte es immer noch nicht ganz begreifen. Wie konnte so etwas passieren? Wie konnte ich in dieser Situation so viel Glück haben, während so viele andere Menschen für ihre Gesundheit kämpfen müssen?"

Es fühlte sich für mich zu diesem Zeitpunkt immer noch sehr befremdlich an, wenn andere Leute mir von außen mein Glück immer wieder bestätigten.

Nach diesem Gespräch wurde die Visite abgehalten und der Arzt teilte mir die erfreuliche Nachricht mit, dass ich nach Hause durfte. Ich konnte mein Glück kaum fassen, aber es war auch ein merkwürdiger Moment. Als er zu meiner neuen Zimmernachbarin ging und ihr mitteilte, dass bei ihr Krebs diagnostiziert worden war, trübte sich die Stimmung im Raum. Ich fühlte mich plötzlich wie ein Eindringling, der etwas Unvorstellbares erlebt hatte. Die Ärzte versuchten, ihr zu erklären, wie wichtig es sei, dass sie sich operieren ließ, doch sie weigerte sich, die Realität anzunehmen. Sie wollte es nicht hören, aber ihre Worte verfolgten auch mich.

„Ich wusste es, irgendwie hatte ich es im Gefühl, dass mich mal so etwas trifft", sagte sie mit einem Ton, der sich in mein Herz brannte. Ich musste weinen, aber ich hielt es zurück. Ich konnte die Situation einfach nicht ertragen. Als die Ärzte sich wieder von ihr verabschiedeten, musste ich den Raum verlassen. Ich konnte nicht mehr an diesem Ort bleiben, wo ich so viel Glück erfahren hatte, während eine andere Person neben mir lag, deren Welt gerade auseinanderbrach.Diese Worte ließen mich erschüttert zurück.

„Warum war ich begünstigt worden, während sie in diesem Moment von diesem Schicksalsschlag getroffen wurde? In dieser Sekunde fühlte ich mich unglaublich schuldig. Warum sollte ich dieses Glück erleben, wenn jemand anderes mit solch einer Last konfrontiert wurde?"

Die Frage nagte an mir, aber ich konnte keine Antwort finden. Ich musste das Zimmer verlassen. Ich konnte nicht länger an diesem Ort bleiben, an dem mein eigenes Glück so offensichtlich wurde, während sie mit einer der schlimmsten Nachrichten konfrontiert wurde. Doch als ich den Flur betrat und eine Schwester bat, mir zu helfen, die Zugänge zu entfernen, fühlte ich mich wie auf einem anderen Planeten. Ich fühlte mich verloren, ohne Orientierung und doch wusste ich, dass ich auf irgendeine Weise meinen Weg wieder finden musste. Es war der Moment, an dem mir klar wurde: Das Leben war ein unberechenbarer Fluss. Ich hatte gerade das Gefühl, auf einer Welle des Glücks davon zu schwimmen, aber gleichzeitig war ich so nah an den Schmerzen und Ängsten der Menschen um mich herum, dass ich mich nicht länger als Teil von etwas *„Glücklichem"* fühlen konnte.

Ich versuchte, mich auf das zu konzentrieren, was nun vor mir lag. Die Angst, wieder bleiben zu müssen, kam in mir hoch, als eine Ärztin kam, um noch eine Untersuchung durchzuführen. Doch nach einer weiteren Nierenuntersuchung und Blutabnahme konnte ich schließlich doch noch nach Hause gehen.
Als ich schließlich das Untersuchungszimmer verließ, wusste ich, dass der Abschied von meiner Zimmernachbarin nicht leicht werden würde. Sie war eine der ersten Menschen, mit denen ich in dieser schwierigen Zeit keine tiefere Verbindung aufgebaut hatte, da unser Verhältnis von Anfang an von einer gewissen Kühle geprägt war. Es fiel mir unglaublich schwer, mich von ihr zu

verabschieden. Es war ein Abschied, der sich anders anfühlte als alle anderen. Während ich mich in den Tagen zuvor mit den anderen Zimmernachbarn verbunden gefühlt hatte, war sie immer distanziert geblieben. Ihre Kühlheit hatte sich wie eine unsichtbare Mauer zwischen uns aufgetürmt. Sie war nie wirklich offen gewesen, nie hatte sie sich wirklich auf Gespräche eingelassen.

Der Moment des Abschieds war für mich so seltsam und schmerzhaft. Die Worte, die ich an sie richten wollte, wollten mir nicht über die Lippen kommen.

„Was sollte man auch sagen, wenn einem das Herz schwer ist und man sich bewusst wird, dass dieser Mensch gerade eine so andere Realität erlebte als ich? Dass sie mit einer dunklen, beängstigenden Diagnose konfrontiert war, während mir gerade das größte Geschenk zuteil wurde, das man sich vorstellen kann - ein zweites Leben. Was sagt man in einem Moment wie diesem, wenn die Welt scheinbar auf zwei völlig unterschiedliche Arten weitergeht?"

„Ich wünsche dir alles Gute", hörte ich mich sagen. Es klang so leer und falsch in meinen Ohren. Es war nicht das, was ich ihr wirklich mitgeben wollte.

„Was konnte man in so einem Moment schon sagen, wenn einem die Worte fehlten und man gleichzeitig wusste, wie sehr sie von den eigenen Glücksmomenten verletzt werden musste?"

Während sie mit der schlimmsten Nachricht ihres Lebens konfrontiert wurde, war ich auf dem Weg, das Krankenhaus zu verlassen - mit einer guten Prognose und einem Tumor, der zum Glück gutartig war.

„Wie konnte ich mir da nicht wie ein Verlierer fühlen? Wie konnte ich in diesem Moment das Glück, das mir zuteilwurde, mit ihr teilen, ohne dass sich alles in mir dagegen sträubte?"

Ich hatte das Gefühl, dass ich ihr irgendwie mehr bieten sollte - mehr Trost, mehr Verständnis.

„Aber was konnte ich tun? Was konnte ich ihr sagen, wenn das Leben sie so grausam gezeichnet hatte und ich selbst gerade nichts weiter als die glücklichste Person im Raum war?"

„Es wird alles gut", sagte ich, obwohl mir klar war, dass ich das nicht wusste. Ich konnte nur hoffen, dass sie diese Worte irgendwie aufnahm und sie nicht als die leeren Floskeln empfand, die sie in diesem Moment einfach sein mussten. Ich fühlte mich schrecklich dabei, dass es mir im Moment so gut ging, während sie gerade vor einer ungewissen Zukunft stand. Ich hatte das Gefühl, dass das Leben mich übermäßig begünstigte und sie dafür in diesem Moment bestraft wurde.

„Wie sollte man in einem solchen Moment die richtigen Worte finden, wenn man sich selbst wie ein Betrüger fühlte?"

Als ich mich dann endgültig von ihr verabschiedete und den Raum verließ, konnte ich den Kloß in meinem Hals kaum herunterbekommen. Ich fühlte mich schuldig und schwankte zwischen dem Bedürfnis, zu fliehen und dem Wunsch, einfach mehr für sie zu tun, mehr zu sagen, als es mir überhaupt möglich war.

„Doch was hätte das gebracht? Was konnte ich tun?"

Es war, als stünde ich mit einem Fuß in einer anderen Welt, in einer anderen Realität - und alles, was ich tun konnte, war, diese zu verlassen und mich dem nächsten Schritt in meinem eigenen Leben zu stellen, während sie in der Dunkelheit ihrer eigenen Zukunft zurückblieb.

Es war schwer, sehr schwer, mit diesem Gefühl von Unrecht und Ungleichheit umzugehen und während ich mich von ihr verabschiedete, wusste ich, dass ich diesen Moment nie ganz aus meinen Gedanken vertreiben würde. Denn wie kann man mit so viel Glück dastehen und gleichzeitig wissen, dass es jemanden gibt, der dieses Glück gerade in diesem Moment mehr als verdient hätte. Ich schloss die Türe hinter mir und schenkte ihr noch einen letzten aufmunternden Blick.

Am Flur der Station traf ich dann nochmal auf meine erste Zimmernachbarin. Sie hatte mich freudig begrüßt und bedankte sich nochmal bei mir, dass ich für sie einen Bettenwechsel in Kauf genommen hätte, obwohl ich zu diesem Zeitpunkt frisch operiert war und noch unter intensiver Betreuung stand. Es war eine Geste der Fürsorge, die sie sehr berührt hatte. Sie bedankte sich für das, was ich für sie getan hatte und das tat gut. Ihre Worte kamen von Herzen und ich konnte die Dankbarkeit in ihren Augen sehen. Es war, als hätten wir uns in diesem kurzen, aber intensiven Zeitraum miteinander verbunden, obwohl wir uns vorher nie gekannt hatten. Wir verabschiedeten uns herzlich und ich spürte, dass auch sie mit einem etwas leichteren Herzen von mir ging. Wir tauschten noch unsere Handynummern aus, ein kleines Versprechen, dass diese Begegnung nicht nur auf den Krankenhausfluren enden würde. Wir wollten in Kontakt bleiben, einander Mut zusprechen, falls sich unsere Wege im Leben noch einmal kreuzen sollten. Das fühlte sich wie ein kostbarer Moment an, ein winziger Funke von Menschlichkeit und Freundschaft, der in dieser sterilen Krankenhauswelt geboren wurde. Wir versprachen uns, uns hin und wieder zu melden, zu hören, wie es dem anderen ging. Die kleine Geste, die inmitten von Krankheit und Sorgen entstand, fühlte sich wie ein Hoffnungsschimmer an, als hätten wir uns in diesem riesigen, unpersönlichen Krankenhaus zu einer Art Familie zusammengeschweißt.

Als ich dann den Flur entlangging, konnte ich die emotionale Schwere des Abschieds noch lange in mir spüren. Ich versuchte, mich auf das Kommende zu konzentrieren, auf den Moment, in dem ich endlich nach Hause durfte. In diesem Moment war ich erfüllt von einem Gefühl der Erleichterung.

Als ich endlich die Station verließ und mich mit meinem Entlassbrief aus dem Aufzug bewegte, setzte ich mich noch für einen Moment in die Eingangshalle. Einerseits, um mich kurz auszuruhen, andererseits, um meine Mutter anzurufen und sie zu bitten, mich abzuholen. Es war ein Moment der Stille, der irgendwie surreal wirkte und ich brauchte diesen Augenblick, um all das zu verarbeiten, was gerade passiert war.

Während ich dort saß, öffnete ich den Entlassbrief, hielt ihn in den Händen, als wäre er etwas Unberührbares und dann begann ich ihn zu lesen. Schon die ersten Zeilen ließen mir Tränen in die Augen steigen und ein mulmiges Gefühl machte sich in meinem Körper breit. Diese Worte, die so sachlich und nüchtern waren, öffneten Türen zu Erinnerungen, die ich verdrängt hatte - Erinnerungen an den Moment, als ich zu Hause zusammenbrach und der Rettungsdienst kam. Die Berichte über meine Ankunft in der

Notaufnahme, über die unendliche Sorge, die in den Gesichtern der Ärzte und Schwestern lag, ließen all das noch einmal lebendig werden und je weiter ich las, desto mehr wurde mir bewusst, wie nahe ich an der Kippe gestanden hatte.

Im Brief wurden Diagnosen aufgelistet, die mir bis zu diesem Moment nicht wirklich bewusst waren. Dinge, die ich in der Hektik der Situation als nebensächlich wahrgenommen hatte, als nicht wirklich relevant für mich. Aber jetzt, als ich die Worte las, wurde mir erst das volle Ausmaß der Situation klar. *„Ruhepuls von 135"*, stand dort, *„Herztöne rhythmisch und tachykard"*. Ich spürte einen kalten Schauer über meinen Rücken laufen. Tachykardie.

„Was hatte das für Auswirkungen auf mich? War das wirklich so ernst, wie es klang?"

Und dann folgten noch die weiteren Begriffe *„Sinustachykardie"* sowie *„ST-Hebungen"*, medizinische Fachbegriffe, die wie eine Wand aus Informationen auf mich einprasselten. Ich hatte durch mein Studium teilweise Berührung mit diesen Begriffen gehabt und hatte demnach auch verstanden, was sie bedeuteten und doch fühlte ich instinktiv, dass sie alles andere als harmlos waren. Weiter stand dort der Verdacht auf eine mögliche *„Myokarditis"* - eine Herzmuskelentzündung, die auf einmal so real und so beängstigend erschien. Als wäre das noch nicht genug, las ich auch noch, dass ein *„Schädelhirntrauma"* festgestellt worden war. Ich konnte kaum glauben, was ich las.

„War das wirklich ich? Hatte ich all das durchlebt, ohne es richtig zu begreifen?"

Es fühlte sich an, als würde ein riesiges Loch in meinem Magen klaffen, während ich weiterlas. Als ich die letzten Seiten des Briefs umblätterte, stieß ich auf den Abschnitt über den Tumor. Mein Herz setzte einen Schlag aus. Zuerst war er 12 cm groß gewesen, hieß es, aber jetzt, laut dem Pathologiebericht, hatte er einen Durchmesser von 17 cm. 17 cm! *„Wie konnte ich all das in mir tragen, ohne es zu merken? Wie hatte ich all das ignoriert, das so offensichtlich in meinem Körper wuchs?"*

Es war, als würde mein Verstand einen Moment lang nicht in der Lage sein, diese Information zu verarbeiten. 17 cm - das war so unglaublich groß, so erschreckend und doch hatte ich keine Ahnung davon. Es war ein Moment der völligen Unverständlichkeit.

„Wie konnte das sein?"

Als ich weiterlas, las ich auch die Worte, die mir irgendwie in dieser Situation die größte Erleichterung brachten:

„Kein Anzeichen auf Malignität".

Kein Hinweis auf Bösartigkeit. Diese Worte brachten in mir eine Mischung aus Erleichterung und unendlicher Dankbarkeit hervor, die mich förmlich überwältigte. Es war ein kleines Licht in diesem dunklen Tunnel, der mich so lange begleitet hatte. Während ich diese Zeilen las, tropfte eine Träne auf das Blatt Papier. Es war nicht nur eine Träne der Erleichterung, es war auch eine Träne der Dankbarkeit - dankbar, dass ich noch hier war, dass ich die Chance hatte, all das zu überstehen und auch eine Träne der Traurigkeit, weil ich wusste, wie knapp es gewesen war, wie zerbrechlich alles ist und wie schnell sich das Leben verändern kann.

Es war ein weiterer Moment, der mich völlig erschöpfte, aber auch unglaublich stark machte. Ich saß dort, mit diesem Entlassbrief in der Hand und merkte erst jetzt, wie viel ich wirklich durchgemacht hatte, wie viele Ängste und Fragen ich mir selbst beantwortet hatte, ohne sie je wirklich stellen zu können. Als ich die Träne abwischte, fühlte ich mich plötzlich unendlich dankbar für das Leben, das mir geschenkt wurde - für all das, was ich überlebt hatte und für all das, was noch kommen würde. Ich faltete den Brief wieder zusammen, steckte ihn in den Umschlag, stand vorsichtig und unter Schmerzen auf und verließ den Eingangsbereich.

Das Gefühl, das mich ergriff, als ich die Krankenhauspforte hinter mir schloss und den Vorplatz betrat, war schwer zu fassen. Es war ein Gefühl der Überwältigung, des Neuanfangs und doch auch des Schmerzes. Alles um mich herum schien plötzlich so viel intensiver, als ob das Leben selbst mir eine zweite Chance gegeben hatte. Doch gleichzeitig hatte ich das Gefühl, dass diese Chance auch mit einer enormen Verantwortung einherging.

„Was würde ich jetzt tun? Wie sollte ich das Geschenk, das mir gemacht wurde, nutzen?"

Es fühlte es sich an, als würde ich durch die Realität zurück in die Welt treten, als wäre ich in einem Film. Der Trubel um mich herum - der Verkehr, das Stimmengewirr, die geschäftigen Menschen - all das war plötzlich so laut, so intensiv, dass ich es kaum ertragen konnte. Ich hatte das Gefühl, dass mich jemand am Kragen gepackt und zurück in die Realität geworfen hatte. In meinem Kopf hallte nur ein Gedanke:

„So und jetzt nochmal von vorne - mach jetzt etwas aus diesem zweiten Leben, mach es richtig!"

4

Die ersten Schritte ins Ungewisse -

Identitätskrise zwischen altem und neuen Ich

Nach meiner Entlassung aus dem Krankenhaus begann ein neuer, unerwarteter Kampf. Es war nicht mehr der gegen die Krankheit oder gegen die Schmerzen - sondern gegen das, was mir als sichtbares Zeichen meiner Geschichte geblieben war: meine Narbe. Es klingt seltsam, aber ich hatte mir insgeheim gewünscht, dass mit dem Verlassen des Krankenhauses auch meine Narbe verschwinden würde. Sie schien mich an all das zu erinnern, was ich durchgemacht hatte: an die Not-OP, die Fahrt im Rettungswagen mit Blaulicht und Sirene, an die panischen Momente, als das Leben so nah am Abgrund war.

Doch diese Narbe blieb - und sie blieb nicht nur äußerlich. Sie hinterließ auch einen tiefen Einschnitt in der Akzeptanz meines Körpers und in meinem Selbstwertgefühl. Es mag überheblich oder gar falsch klingen, angesichts der Tatsache, dass ich dem Tod so knapp entkommen war, sich nun ausgerechnet mit einer Narbe auseinanderzusetzen, die ich nun als mein *„wichtigstes Problem"* empfand. Jedoch bin ich auch eine Frau und als Frau gibt es Dinge, an die man glaubt - vielleicht auch Dinge, die von der Gesellschaft und den Medien vorgegeben werden. Diese Erwartung, makellos zu sein, diesen Idealbildern zu entsprechen, die uns täglich eingeredet werden. Ich glaube die meisten Frauen verstehen, was ich damit meine. Da fühlt sich eine 13 cm lange Narbe längs entlang des Bauches einfach nicht besonders schön an.

Ich erinnere mich noch genau an den Moment, als ich mir Gedanken darüber machte, wie es wohl sein würde, wenn ich das erste Mal wieder im Bikini unterwegs bin.

„Wie würden die Menschen reagieren? Was würden Kinder mit ihrer offenen und ehrlichen Art dazu sagen? Vor allem, wie würde ich damit umgehen? Könnte ich mich noch so zeigen wie vorher oder würde diese Narbe für die anderen ein zu starkes Symbol für meine Vergangenheit sein?"

Das waren Fragen, die mich unaufhörlich beschäftigten - aber die Wahrheit ist, ich machte mir viel zu viele Gedanken darüber, denn meine Narbe ist keine Makel, kein Fehler. Sie ist Teil meiner Geschichte - meiner ganz persönlichen Geschichte. Sie erzählt von dem Überlebenskampf, den ich geführt habe und sie zeigt die Stärke, die in mir steckt. Irgendwann wurde mir klar, dass diese Narbe nicht etwas ist, wovor ich mich schämen muss. Sie ist ein

Zeichen dafür, dass ich überlebt habe, dass ich gekämpft habe und dass ich noch hier bin. Sie ist mein ganz eigenes Symbol für Mut und Durchhaltevermögen.

Wahren Kämpfern steht es zu, Narben zu tragen. Sie sind der Schmuck derer, die sich durch schwierige Zeiten gekämpft haben, die nicht aufgegeben haben, auch wenn der Weg hart war. Diese Narben erzählen Geschichten von Überwindung, von Stärke und von Wachstum. Also, warum sollte ich mich dann davor scheuen? Jetzt gehört sie zu mir, meine eigene Trophäe, die mich daran erinnert, wie weit ich gekommen bin und was ich schon alles überstanden habe.

Ich erinnere mich in diesem Zusammenhang noch gut an eine WhatsApp-Nachricht von einem guten Kollegen, der mich als *„Kämpferin"* bezeichnete. Diese Worte haben mich tief berührt, weil sie mir die Augen öffneten, wie ich in dieser Situation wirklich wahrgenommen wurde - und vor allem in einer Art und Weise wie ich mich selbst nie wirklich gesehen hatte. Heute weiß ich umso besser, dass es einer Kämpferin auch zusteht, Narben zu haben - ob sichtbar oder unsichtbar. Sie sind Zeugnisse des Lebens, des Überlebens und des inneren Kämpfens.

Ein Gespräch mit zwei meiner Kollegen im Büro bestärkte mich ebenfalls Wochen später in dieser Erkenntnis. Ich hatte ihnen ehrlich meine Bedenken hinsichtlich der ästhetischen Seite meiner Narbe anvertraut, in der Hoffnung, dass sie verstehen würden, wie schwer mir der Umgang damit fiel. Ihre Reaktionen waren überwältigend und berührend. Sie sagten mir, dass es völlig irrelevant sei, wie meine Narbe aussähe, dass sie einfach froh wären, dass ich überhaupt noch hier bin. *„Die Narbe ist dein* *täglicher Begleiter"*, sagte einer von ihnen, *„sie erinnert dich immer wieder an deine Stärke und Zähigkeit - und das ist gut so."* Diese Worte machten mich so dankbar, dass mir die Tränen in die Augen stiegen. Nie hätte ich von Männern eine so tiefgehende, herzliche und einfühlsame Reaktion erwartet, aber in diesem Moment wurde mir klar, dass sie nicht nur das Äußere sahen, sondern die Stärke, die hinter allem stand.

Meine beiden Neffen haben ebenfalls ihre eigene, kindliche Weise, mit meiner Narbe umzugehen, die mich mittlerweile zum Schmunzeln bringt und mich immer wieder berührt. Für sie ist meine Narbe die Erinnerung an einen Kampf mit einem Löwen. Ihre Fantasie kennt keine Grenzen und während sie *„König der Löwen"* spielen, finden sie es einfach großartig, dass ihre Tante eine Narbe von einem *„Löwenkampf"* hat. Mein jüngerer Neffe prüft in regelmäßigen Abständen, ob die Narbe noch da ist, indem er mein T-Shirt ein kleines Stück hochzieht, nach ihr schaut und mit einem Grinsen das T-Shirt wieder zurechtrückt. Es ist eine liebevolle, zärtliche Geste, die mich tief bewegt, weil sie mir zeigt, wie konträr wir selbst die Dinge wahrnehmen, je nachdem, wie wir sie betrachten.

Durch diese Erlebnisse habe ich gelernt, mit meiner Narbe zu leben. Sie gehört zu mir, sie ist ein Teil von mir und sie erinnert mich an die Kämpfe, die ich bereits gewonnen habe. Wenn andere mich anschauen, wenn Blicke oder neugierige Fragen auf mich zukommen, dann werde ich nicht mehr in der Unsicherheit verharren. Ich habe gelernt, damit umzugehen, mit einer Haltung, die sich für mich richtig anfühlt, nicht für das, was andere erwarten. Meine Narbe ist kein Makel, sie ist ein Zeichen meiner Stärke und ich trage sie mit Stolz. Sie erinnert mich daran, wie weit

ich gekommen bin und dass es in Ordnung ist, Narben zu haben -
sowohl die sichtbaren als auch die unsichtbaren, denn sie sind das,
was uns zu dem macht, was wir sind: Kämpfer, Überlebende,
Menschen mit einer Geschichte, die es wert ist, erzählt zu werden.

Nach einem solchen Schicksalsschlag bleibt aber vor allem nicht
nur eine Narbe zurück, sondern eines: Angst. Eine Angst, die nicht
laut und offensichtlich ist, sondern sich langsam in dein Innerstes
gräbt. Eine Angst, die sich in Gedanken äußert, die man vorher nie
hatte. Gedanken, die einen nachts wachhalten, die einem das
Gefühl geben, sich selbst nicht mehr zu kennen. Plötzlich ist alles
anders.

*„Aber wer bist du jetzt? Und wirst du jemals wieder die Person sein, die
du einmal warst? Bin ich noch die, die ich einmal war?"*

Das ist wahrscheinlich die quälendste Frage von allen. Man fühlt
sich verändert, vielleicht sogar fremd in seiner eigenen Haut. Es ist,
als hättest man einen Teil von sich auf diesem Weg verloren, als
hätte einen dieses Ereignis auf eine Weise gezeichnet, die man nicht
mehr rückgängig machen kann. Vor dem Schicksalsschlag hatte
man eine Identität, ein Selbstbild, eine Vorstellung davon, wer man
ist. Doch jetzt steht man da und erkennt sich selbst nicht mehr.
Plötzlich ist man nicht mehr die Person, die voller Energie und
Leichtigkeit war. Vielleicht fällt einem das Lachen schwerer.
Vielleicht empfindet man Dinge, die einem früher Freude bereitet
haben, als bedeutungslos. Vielleicht fühlt man sich, als würde man
nur noch funktionieren, als hätte man seine Lebendigkeit irgendwo
unterwegs verloren. Und dann ist da diese die Angst:

„Was, wenn ich nie wieder die Alte werde? Was, wenn dieser Schmerz, diese Leere, diese Unsicherheit für immer bleiben? Was, wenn ich für andere nur noch diejenige bin, die das durchgemacht hat und nie wieder einfach ich selbst sein kann?"

Es ist ein beängstigender Gedanke, denn wir alle wollen in unserer Identität gefestigt sein. Wir wollen uns sicher fühlen in dem, was wir sind, doch ein Schicksalsschlag kann alles ins Wanken bringen. Plötzlich ist man nicht mehr die, die man war, aber man weiß auch nicht, wer man jetzt ist - und dann fragt man sich:

„Wer bin ich jetzt? Kann ich mit dieser neuen Version von mir selbst leben? Wie sehen mich die anderen?"

Fast genauso belastend wie die eigene Veränderung ist die Angst davor, wie andere einen nun wahrnehmen.

„Wie werden sie dich anschauen? Mit Mitgefühl? Mit Unsicherheit? Werden sie dich meiden, weil sie nicht wissen, was sie sagen sollen? Halten sie dich für die leidig. Darfst du überhaupt noch nach einer gewissen Zeit darüber sprechen wie es dir geht und was dir alles widerfahren ist?"

Die Welt um eine herum läuft weiter, aber für eine selbst ist nichts mehr wie zuvor. Man fühlt sich isoliert, selbst wenn du von Menschen umgeben bist. Man hat Angst, dass niemand wirklich versteht, was in einem vorgeht. Dass sie Worte sagen, die gut gemeint sind, aber nicht die richtigen sind. Oder dass sie sich irgendwann abwenden, weil sie glauben, man sollte längst *„darüber hinweg sein"*.

Manchmal hast man das Gefühl, dass einen alle beobachten, dass sie in einem nicht mehr dich selbst sehen, sondern nur noch das, was dir passiert ist - und das tut weh, weil man nicht möchte, dass dieses eine Ereignis das ganze Sein bestimmt. Man möchtest nicht nur auf das reduziert werden, was man erlebt hat, aber genau das passiert oft. Und genau dann kommt die Angst:

„Was, wenn mich niemand mehr so sieht, wie ich wirklich bin? Was, wenn ich für immer die mit dem Schicksalsschlag bleibe? Wie gehe ich mit all dem um?"

Es gibt Tage, an denen man sich ablenken kann. An denen man sich in Arbeit stürzt, versucht, sich mit anderen Dingen zu beschäftigen, die Gedanken wegzuschieben. An denen man lächelt, obwohl man innerlich zerbrochen bist. Und genau dann sagt man zu sich selbst:

„Ich schaffe das. Es wird schon wieder. Ich muss einfach weitermachen."

Aber dann gibt es die anderen Tage. Die, an denen man das Gefühl hat, den Halt zu verlieren. An denen man im eigenen Kopf gefangen ist, in Gedanken, die man nicht abschalten kann. Die Tage, an denen man sich fragt:

„Wie soll ich jemals wieder normal leben? Wann hört dieser Schmerz auf? Wann hört diese Angst auf? Und vor allem: Kann ich das allein durchstehen?"

An diesem Punkt angekommen, gibt es kein Zurück mehr. Die Gedanken kreisen, werden lauter, fordern Antworten.

„Wie komme ich da wieder heraus? Kann ich das alleine schaffen? Brauche ich Hilfe - professionelle Hilfe? Oder ist das alles nur eine Phase, die ich einfach irgendwie durchstehen muss?"

Die Zweifel kämpfen mit der Hoffnung. Ein Teil von mir will stark sein, will es allein schaffen, weil es doch *„mein"* Kampf ist.

„Doch was, wenn ich mich irre? Was, wenn ich mich verliere, während ich versuche, mich selbst zu retten?"

Die Vorstellung, Hilfe zu brauchen, fühlt sich ungewohnt an. Fast wie ein Eingeständnis des Scheiterns. Aber ist es das wirklich? Oder ist es vielleicht sogar der mutigste Schritt überhaupt - sich einzugestehen, dass man nicht alles allein bewältigen muss? Es waren Fragen ohne klare Antworten. Doch eines wusste ich: Ich wollte hier raus - wie auch immer dieser Weg aussehen mag - ob allein oder mit Hilfe - ich wollte ihn gehen.

Der Gedanke an eine Therapie fühlte sich wie eine Niederlage an. Wie ein Eingeständnis, dass man es nicht allein schafft. Dass man nicht stark genug ist, doch dann kommt vielleicht die Erkenntnis: Es geht nicht um Stärke. Es geht darum, weiterzumachen, auf welche Weise auch immer.

Ich wurde oft gefragt, wie ich mit diesem Schicksalsschlag umgehe und ob ich in psychologischer Behandlung sei, wie ich es schaffe, nach diesem Schicksalsschlag weiterzumachen, meinen Alltag zu bestreiten, zu funktionieren - und doch kam immer wieder dieselbe Frage:

„Hast du dir schon überlegt, in Therapie zu gehen?"

Anfangs konnte ich mit diesen Fragen überhaupt nichts anfangen und diese Frage fühlte sich skurril für mich an. Ich war noch nicht einmal in diesem Gedanken angekommen.

„Wie soll man mit etwas umgehen, das man selbst noch nicht wirklich begriffen hat? Und war es vielleicht genau diese Unklarheit, die mich in eine innere Zerrissenheit stürzte? Wie sollte ich mich verhalten, wenn das, was mir zugestoßen war, immer noch so fremd und unrealistisch in meinem Kopf herumspukte?"

Ich hatte doch gar keine Antwort auf diese Fragen. Und vielleicht war genau das das Problem: Die Tatsache, dass ich immer noch keine Antwort gefunden hatte, dass ich immer noch versuchte, es zu begreifen, aber es einfach nicht konnte.

Es gab eine Zeit, in der ich dachte, ich könne das alles einfach mit mir selbst ausmachen, so wie ich es schon früher bei schweren Verlusten tat, zum Beispiel beim Tod meiner kleinen Nichte Elena. Ich hatte früh gelernt, das Leben so zu nehmen, wie es kam, mit all seinen Höhen und Tiefen. Es war nie wirklich mein Stil, Schwäche zu zeigen und deshalb war mir der Gedanke, professionelle Hilfe anzunehmen, immer irgendwie suspekt.

„Würde ich dadurch nicht mein Gesicht verlieren? Würde man sehen, dass auch ich zu den Menschen gehörte, die mit ihren eigenen Schwächen und Ängsten nicht umgehen konnten, obwohl dies ja eigentlich überhaupt nichts schlimmes ist und sogar eher von Größe und Stärke zeugt?"

Der Gedanke, mich jemandem zu öffnen, fühlte sich an wie ein Versagen, als würde der Vorhang fallen und ich mich als weniger stark, weniger unbesiegbar zeigen und ich konnte das nicht zulassen. Nicht in meiner Vorstellung von mir selbst.

Ich versuchte, irgendwie weiterzumachen, versuchte, nicht zu viel darüber nachzudenken, versuchte, einfach durch den Tag zu kommen. Aber offenbar sahen die Menschen um mich herum etwas, das ich selbst (noch) nicht sehen wollte oder konnte.

„Erkannten sie von außen, dass mich das alles noch viel länger beschäftigen würde? Dass ich vielleicht Schwierigkeiten haben werde, mit all dem klarzukommen? Sahen sie an mir etwas, das ich selbst zu verdrängen versuchte? Oder war es einfach nur ihre Sorge, ihr Wunsch, mich irgendwie aufzufangen, bevor ich fallen sollte?“

Ich wusste es nicht, aber was ich wusste war, dass mich diese Fragen immer wieder aus meiner eigenen Gedankenwelt rissen. Sie zwangen mich dazu, einen Moment innezuhalten und mich selbst zu hinterfragen:

„Geht es mir wirklich gut? Oder täusche ich mich nur selbst?“

Besonders in den ersten Tagen und Wochen haben mich einige Kollegen darauf angesprochen. Nicht aufdringlich, nicht unangenehm, sondern mit einer vorsichtigen, aber bestimmten Sorge in ihrer Stimme. Sie haben gefragt, ob ich jemanden habe, mit dem ich reden kann. Ob ich schon mit dem Gedanken gespielt habe, professionelle Hilfe in Anspruch zu nehmen. Auch vereinzelte Freunde haben mich das gefragt. Menschen, mit denen ich vielleicht nicht jeden Tag in engem Kontakt stehe, aber die mir doch nahestehen. Ihre Fragen waren oft ähnlich:

Aber je länger ich darüber nachdachte und mir die Aussagen meiner Mitmenschen zu Herzen nahm, desto mehr musste ich feststellen, dass ich doch nicht so stark war, wie ich immer geglaubt hatte. Ich hatte mir immer eingeredet, ich könnte alles alleine durchstehen, ohne Hilfe, ohne Unterstützung. Es war das Bewusstsein, das mir wirklich vor Augen führte, dass ich nicht unverwundbar war, dass all die Dinge, die ich so lange verdrängt hatte, irgendwann doch ihren Platz in meinem Leben forderten.

Es begann mit kleinen Momenten. Zum Beispiel, als ich zum ersten Mal nach dem Krankenhausaufenthalt an dem Gebäude vorbeifuhr, in dem ich so viele Nächte verbracht hatte. Es fühlte sich plötzlich seltsam an, einfach so daran vorbeizufahren, als wäre nichts gewesen. Ich versuchte so oft es ging, diesen Ort zu umgehen, wenn ich es konnte. Das Fenster, durch das ich stundenlang hinausblickte, es erinnerte mich an all das, was ich erlebt hatte, an die Tage, an denen ich mich verloren fühlte, an die Nächte voller Angst und Ungewissheit. Jedes Mal, wenn ich in die Richtung des Krankenhauses fuhr, spürte ich, wie sich in mir ein unangenehmes, mulmiges Gefühl breit machte. Es war, als würde ich einen Teil von mir selbst wieder erkennen, den ich gerne vergessen würde.

Zudem gab es einen weiteren Moment der mich plötzlich, wie aus dem Nichts, unsicher machte. Es war als ich einen Rettungswagen mit Blaulicht und Sirene vor mir fahren sah. Es war wie ein plötzliches Aufblitzen von Erinnerungen. Ich wusste nicht, wer gerade Hilfe brauchte und doch fühlte ich mich von diesem Moment so tief berührt, dass mir die Tränen in die Augen stiegen.

Warum? Ich weiß es nicht. Ich weinte einfach, weil etwas in mir plötzlich wieder aufbrach, weil diese Sirene und das Blaulicht mich an all die ungewissen Stunden erinnerten, an all das, was ich selbst durchgemacht hatte. Der Gedanke, dass da jemand war, der jetzt in dieser Moment die gleiche Unsicherheit und Angst verspürte wie ich damals, traf mich wie ein Schlag. In diesem Moment, ganz allein im Auto, brachen all die verdrängten Gefühle wieder aus mir heraus. Ich wusste nicht, ob ich diesen Moment hätte durchstehen können, wenn noch jemand bei mir gewesen wäre. Vielleicht war es besser, dass es nur ich war. Vielleicht war es genau das, was ich brauchte, um mir selbst zu zeigen, dass ich noch immer an dieser Erfahrung zu knabbern hatte, dass ich es nicht einfach so abschütteln konnte, dass es immer noch Teil von mir war.

Eine weitere Situationen, die mich dies auf deutliche Art und Weise ebenfalls spüren lies, mich tief bewegte und mein Denken verändert hat, ereignete sich in einem völlig alltäglichen Augenblick. Ohne Vorwarnung, ohne ersichtlichen Anlass sprach mein kleiner Neffe eine einfache, aber kraftvolle Aussage aus. Ein Satz, der mich mitten ins Herz traf, weil er mir nicht nur zeigte, wie er mich wahrnahm, sondern auch, wie ich mich selbst sehen könnte - oder vielleicht sogar sollte.

Es war dieser eine Moment, der mich innehalten ließ. Der mir bewusst machte, wie weit ich bereits auf meinem Weg der emotionalen Heilung gekommen war und wie sehr die Wahrnehmung anderer uns manchmal den Spiegel vorhält, den wir selbst nicht zu sehen wagen. Und so wurde aus einer beiläufigen Bemerkung eine tiefgehende Erkenntnis - eine, die mich noch lange begleiten würde.

Mein kleiner Neffe blickte während eines gemeinsamen Spiels auf ein Foto von uns beiden, dass er gerade entdeckt hatte. Er zeigte auf das Bild und sagte mit seiner kindlichen Unschuld:

„Da warst du noch gesund.“

Es war eine so einfache, aber unglaublich tiefgründige Bemerkung, die mich im Moment vollkommen überwältigte. Da war dieses Bild von uns beiden - ein Moment des Glücks, des Lachens und des unbeschwerten Zusammenseins. Ein Bild, das für mich plötzlich so viel mehr war, als nur ein Erinnerungsstück. Ich war erstaunt über seine Reaktion und hatte absolut keine Ahnung, dass in seinem kleinen Kopf so viele Gedanken und Fragen auf einmal auftauchen würden.

Er, mit seinen jungen Augen, die noch so viel sehen und doch so wenig verstehen können, nahm diesen Unterschied wahr, ohne wirklich zu begreifen, was es bedeutet. Er sah in mir die Veränderung, die so tief in mir selbst verborgen war. Für ihn war es nur ein Bild - ein Bild von *„damals“* und ein Bild von *„jetzt“* - und doch, in diesen wenigen Worten - *„Da warst du noch gesund“* - spiegelte sich der Schmerz und das Unverständnis wieder, das auch ich oft empfand, wenn ich auf mein Leben vor der Krankheit zurückschaute.

Es traf mich so tief, als er das sagte. Ich konnte nicht anders, als an all die Momente zu denken, in denen ich mich selbst nicht mehr als die gleiche Person fühlte wie auf diesem Foto. Die Krankheit, der Kampf, die Veränderung - sie hatten so viel von dem verändert, was ich einmal war und manchmal fühlte es sich an, als hätte ich das alles verloren, aber in seinen Worten hörte ich die reine, einfache Wahrheit eines Kindes: Einmal war alles einfach. Einmal war alles gut. Einmal war ich gesund, obwohl ich das doch jetzt eigentlich auch wieder bin.

Was für eine berührende Erinnerung, die er mir in diesem Moment gab. Es war, als hätte er mir auf seine Weise gesagt, dass ich mir selbst erlauben sollte, wieder an den Punkt zu kommen, an dem ich mich selbst als *„gesund"* und *„unbeschwert"* betrachten konnte. Seine Worte erinnerten mich daran, dass es so wichtig ist, die Momente des Lebens zu schätzen und zu wissen, dass ich die Chance habe, mich wieder zu finden, wieder zu heilen und zu wachsen, auch wenn der Weg lang und steinig ist, auch wenn ich nicht immer weiß, wie sich mein Leben weiterentwickeln wird - ich habe die Möglichkeit, in meine eigene Kraft zurückzukehren.

Es war aber auch ein Moment der Trauer, denn er sah mich, und in seinem kleinen Kopf war ich vielleicht einfach nur *„nicht mehr gesund"*. Er konnte nicht wissen, was diese Worte für mich bedeuteten, dass sie mich nicht nur an meine körperlichen Veränderungen erinnerten, sondern auch an die Ängste, die ich in den stillen Momenten meines Lebens fühlte.

„Was bedeutet es, sich nach einer Krankheit selbst neu zu definieren? Wie kann man sich selbst wieder finden, wenn einem das, was einen einst ausmachte, so sehr entzogen wurde?"

Doch in seiner Unschuld und Reinheit brachte er mich auch dazu, die Dinge anders zu sehen. Vielleicht liegt die wahre Heilung nicht nur im Rückblick auf das, was war, sondern im Blick auf das, was noch kommen kann. Ich musste lernen, mich nicht nur an das Bild der *„gesunden Tante"* zu klammern, sondern auch den Menschen zu sehen, der ich heute bin - mit all den Erfahrungen, den Kämpfen, aber auch der Stärke und der Hoffnung, die ich aus dieser Zeit schöpfe.

Es tat weh, aber es war auch eine Ermutigung. Ein kleiner Junge, der in seiner Welt so viel mehr sah, als ich es je geahnt hätte. In seinen Worten spürte ich die Erinnerung an das, was einmal war - und die Möglichkeit, das Beste aus dem zu machen, was noch vor mir liegt.

Irgendwann, kam ich dadurch an den Punkt, an dem ich merkte, dass ich mit diesen Gedanken nicht alleine bleiben konnte. Das Schreiben dieses Buches war für mich eine Art Wendepunkt. Es war nicht einfach, meine Gefühle und Erfahrungen in Worte zu fassen, sie so öffentlich zu machen, aber als mir der Seminarleiter die Idee gab, ein Buch zu schreiben, öffnete sich für mich eine neue Tür. Vielleicht war es nicht der Weg, den ich mir ausgesucht hätte, aber es war der Weg, der mir half, mit der Geschichte besser umzugehen. Hätte er mir nicht diesen Impuls gegeben, hätte ich meine Gedanken wohl für mich behalten und sie wie so oft in der Vergangenheit einfach in mir vergraben. Ich war es gewohnt, alles mit mir selbst auszumachen, aber als ich begann, dieses Buch zu verfassen, wurde mir klar, dass es nicht immer der richtige Weg ist, alles zu verbergen. Vielleicht war es auch ein Schritt in Richtung Akzeptanz, in Richtung eines besseren Umgangs mit dem, was passiert war.

Je mehr Zeit verging, desto deutlicher spürte ich, dass dieser Schicksalsschlag in mir arbeitete. Er war nicht einfach ein einzelnes Ereignis, das man hinter sich lässt - er lebte in meinen Gedanken weiter, zeigte sich in Ängsten, die ich zuvor nicht kannte, und stellte mich immer wieder vor neue innere Kämpfe.

Doch all die Sorgen, all die Unsicherheiten, die in mir aufstiegen, sollten nicht nur Gedanken bleiben. Bei meiner ersten Kontrolluntersuchung nach gerade ein mal drei Wochen, wurde meine größte Befürchtung bittere Realität: Es wurden erneut zwei Muskeltumore gefunden. In diesem Moment fühlte es sich an, als würde mir der Boden unter den Füßen weggezogen. Ich hatte gehofft, dass es vorbei sei, dass ich durchatmen könnte - doch stattdessen stand ich wieder an der Schwelle zur Angst, erneut vor einer Herausforderung, die ich eigentlich hinter mir lassen wollte.

Ich erinnere mich noch ganz genau an den Tag - an die Nervosität, die in mir aufstieg und an die vielen Gedanken, die mich umhüllten.

„Wie würde es mir gehen? Würde ich endlich die Bestätigung bekommen, dass alles gut ist? Dass die Heilung weiter fortschreitet und ich wieder zurück ins Leben finden kann?"

Diese Fragen quälten mich, während ich in der Praxis wartete und in meinem Herzen war die Hoffnung sehr groß, dass ich nach all den Strapazen endlich etwas Positives hören würde.

Doch leider kam alles anders, als ich es mir gewünscht hatte. Während des Ultraschalls stellte die Ärztin fest, dass sich noch zwei weitere Muskelknoten in meinem Bauch gebildet hatten. Dieser Moment fühlte sich an, als würde der Boden unter mir weggezogen werden. Mein Herz setzte einen Schlag aus und eine erdrückende Kälte durchzog meinen Körper.

„Wie konnte das sein? Warum gerade ich?"

Ich fragte sie sofort, wie das möglich war und ob auch diese Knoten wieder entarten könnten - die Worte, die ich nie wieder hören wollte, zogen erneut durch meinen Kopf. Ihre Antwort war, dass sie natürlich nicht hoffe, dass es so käme, aber wir müssten die Situation im Auge behalten. Sie sagte mir, ich müsse auf meinen Körper achten, Stress vermeiden und vor allem auch mein Herz schützen, das durch den Vorfall ebenfalls in Mitleidenschaft gezogen worden war.

Wie gelähmt saß ich dort und hörte weiter zu, während meine Gedanken kreisten. Es fühlte sich an, als würde ich wieder in die gleiche, schmerzhafte Spirale geraten.

„Was, wenn ich das Ganze nochmal durchmachen muss? Was, wenn es wieder genauso dramatisch wird, wenn der Schmerz, die Angst und die Unsicherheit erneut auf mich einprasseln? Werde ich wieder so viel Glück haben wie damals?"

Diese Fragen ließen mich nicht mehr los und auch jetzt noch, kann ich nicht ganz verhindern, dass sie mir immer wieder durch den Kopf gehen.

Mit all diesen Ängsten verließ ich die Praxis. Das Gefühl der Hilflosigkeit und der Sorgen übermannten mich und in meinem Kopf war nur noch ein lautes, verzweifeltes Rufen nach Sicherheit. Ich wollte so sehr, dass endlich mal etwas Gutes und Beständiges in meinem Leben zurückkehrt. Doch die Realität war eine andere.

Mit jeder neuen Erkenntnis und Angst wuchs in mir das leise Eingeständnis, dass vielleicht doch ein therapeutischer Ansatz hilfreich für mich sein könnte. Ich begann zu verstehen, dass es nicht nur darum ging, stark zu sein, sondern auch darum, mir selbst einzugestehen, dass ich Unterstützung annehmen durfte, um die bestehenden Unsicherheiten klären zu können und die neue Diagnose verarbeiten zu können.

Und doch war da immer meine Familie und meine Freunde - Menschen, die mich nicht drängten, die mir keine Vorgaben machten, sondern einfach *„da waren"*. Sie gaben mir Raum, meine eigenen Entscheidungen zu treffen, hielten mich, wenn ich Halt brauchte, und ließen mich fühlen, dass ich auch ohne Worte verstanden wurde. Ihre bedingungslose Präsenz zeigte mir, dass Heilung nicht nur in professioneller Hilfe lag, sondern auch in den stillen, liebevollen Gesten der Menschen, die mich wirklich kannten.

Sie haben mir keine Ratschläge gegeben. Sie haben mir keine Therapie empfohlen oder vorgeschrieben. Sie haben mir keine Worte entgegengebracht, die mich in eine Richtung lenken sollten. Sie sind einfach nur da gewesen.

Ich glaube, für sie war es nicht wichtig, mir einen vermeintlich *„richtigen"* Weg zu zeigen. Für sie war es wichtiger, mich in dem Moment aufzufangen, in dem ich war. Vielleicht wussten sie, dass es nicht um schnelle Lösungen geht. Dass kein Ratschlag der Welt die richtigen Worte für das finden kann, was passiert ist. Vielleicht wussten sie, dass ich gerade nicht nach Antworten suche, sondern einfach nur nach Nähe, nach Halt, nach Menschen, die mich fühlen lassen, dass ich nicht allein bin. So wurden sie, ohne es auszusprechen, zu meinem *„Schutzraum"* - zu meinen eigenen *„Therapeuten"*, ohne jemals gefragt zu haben, ob ich Hilfe brauche.

Es gibt viele Definitionen von Freundschaft, aber wenn ich eine für mich als absolut zutreffend festhalten müsste, dann wäre es diese:

„Freundschaft ist, wenn jemand ohne Erwartungen für dich da ist.“

Meine engsten Freunde und meine Familie haben mir nicht gesagt, was ich tun soll. Sie haben mir nicht vorgeschrieben, wie ich mit all dem umgehen soll. Sie haben mir nicht das Gefühl gegeben, dass ich erst *„heilen“* muss, um wieder ich selbst sein zu dürfen. Sie haben mich einfach in meinen Gefühlen sein lassen - ohne Druck, ohne Erwartungen, ohne *„Tipps“*. Sie haben mir zugehört, wenn ich reden wollte. Sie haben geschwiegen, wenn Worte fehlten. Sie haben mich zum Lachen gebracht, ohne dass es sich gezwungen anfühlte. Sie haben mir gezeigt, dass das Leben trotz allem weitergeht, aber dass ich mir Zeit nehmen darf, wenn ich sie brauche.

Ich weiß nicht, ob sie das bewusst getan haben oder ob es einfach in ihnen lag, aber ich weiß, dass es eine der wärmsten, aufopferndsten und bedingungslosesten Gesten ist, die es gibt. Nicht jeder kann das. Nicht jeder hält diese Stille aus, in der kein Ratschlag, keine Lösung und kein kluger Spruch hilft, aber die, die es können, sind die Menschen, die dich wirklich halten, ohne dass du darum bitten musst.

Und ich? Ich weiß nicht, ob ich noch eine richtige Therapie brauche. Vielleicht ja. Vielleicht nein. Dieses Buch zu schreiben war *„meine Therapie“* - mein Weg, all die Gefühle, Ängste und Gedanken zu verarbeiten, die mich innerlich zerrissen haben. Es half mir, meinen Schicksalsschlag anzunehmen, mich mit allem auseinanderzusetzen was er mit sich brachte und Schritt für Schritt Frieden mit meiner Geschichte zu schließen. Rückblickend war es die beste Entscheidung, die ich für mich selbst treffen konnte.

Ob ich noch professionelle Unterstützung in dieser Hinsicht brauche, kann ich noch nicht sagen. Vielleicht ist es zu früh, um das zu wissen. Vielleicht ist es nicht an der Zeit, diese Entscheidung zu treffen. Aber was ich weiß, ist: Ich habe Menschen um mich, die mich tragen, selbst wenn ich mich selbst noch nicht halten kann und vielleicht ist das gerade das Einzige, was zählt, denn manchmal braucht es Hilfe - und das ist okay. Es ist okay, nicht sofort wieder „*funktionieren*" zu können. Es ist okay, Zeit zu brauchen. Es ist okay, nicht alles allein tragen zu können.

Und doch gab es immer wieder ein leises „*Schaffe ich das?*" - diese Frage war vielleicht die schwierigste von allen, denn es gibt keine Garantie, dass es schnell besser wird, keine Anleitung, wie man mit einem solchen Einschnitt im Leben umgehen soll. Es gibt keine Formel, die dir sagt, wann du dich wieder ganz fühlen wirst, aber eines gibt es: Hoffnung.

Vielleicht wird man nie wieder genau die Person sein, die man vorher war. Man trägt Narben - sichtbare oder unsichtbare. Man wird sich auch manchmal immer noch verloren fühlen, aber das bedeutet nicht, dass man nicht weiterleben kann. Es bedeutet nicht, dass man nicht irgendwann wieder Freude empfinden kann. Vielleicht besteht der Weg nach so einem Schicksalsschlag nicht darin, einfach dorthin zurückzukehren, wo man vorher war. Vielleicht besteht er darin, einen neuen Weg zu finden. Einen, auf dem man mit dem Erlebten leben kann, ohne dass es einen für immer bestimmt. Einen, auf dem man sich selbst nicht fremd bleibt, sondern man sich auf eine neue Weise kennenlernt.

Ganz langsam, erkennt man - man ist nicht allein. Es gibt Menschen, die für einen da sind. Es gibt Möglichkeiten, wieder zu sich selbst zu finden. Es gibt Wege, mit der Angst umzugehen. Selbst wenn ich das jetzt noch nicht sehen kann, es wird ein Tag kommen, an dem ich zurückblicke und erkenne: Ich bin stärker, als ich dachte. Ich habe das überlebt und ich werde weitergehen, denn auch wenn sich jetzt alles anders anfühlt: Das Leben hat immer noch einen Platz für mich und du werde meinen Weg darin finden. Schritt für Schritt - und diese Erkenntnis ist für einen selbst extrem wichtig, denn sie hat mir gezeigt, wie ich für mich am besten mit diesem Thema umgehen kann.

Es tut mir leid, wenn ich euch mit meiner Geschichte belastet habe, aber vielleicht ist das genau der Preis, den ihr zahlen müsst, um meine Reise ein Stück weit zu verstehen. Falls es zu viel für euch ist, habt ihr jederzeit die Möglichkeit, dieses Buch einfach zur Seite zu legen. Ihr seid nicht gezwungen darin weiterzulesen, aber für mich gibt es keinen anderen Ausweg. Ich kann meine Geschichte nicht einfach in einem Regal verstauen. Ich kann sie nicht einfach vergessen oder ignorieren. Sie ist ein Teil von mir geworden, ein Kapitel meines Lebens, das ich nun akzeptieren muss.

In meinem Kopf gibt es bildlich gesprochen ein Regal über mein Leben und darin steht nun fortan auch dieses Buch. Wenn ich bereit bin, kann ich es jederzeit herausnehmen, durchblättern und nachsehen, was ich darin gefunden habe, aber ich muss mich nicht ständig damit befassen. Ich kann es jederzeit zurückstellen und warten, bis ich bereit bin, wieder einen Blick darauf zu werfen. Vielleicht ist das der Weg, den ich in Zukunft auf meiner Reise zu meinem *„neuen Ich"* gehen werde. Schritt für Schritt, ohne mich selbst zu überfordern, aber auch ohne die Erinnerungen zu verdrängen, die mich geprägt haben.

5

SECOND Life - neue Perspektiven

Schmerz, Hoffnung, Zweifel

Da bin ich wieder! Noch nicht ganz bei 100 Prozent, aber ich bin auf dem Weg dorthin - Schritt für Schritt. Und genau das ist es, worauf es ankommt: sich selbst die Zeit zu geben, die man wirklich braucht.

Als ich das Krankenhaus verlies fühlte sich die erste Zeit nach meiner Rückkehr ins Leben unwirklich an. Alles um mich herum war vertraut, die Welt war dieselbe geblieben und doch hatte sich alles verändert und nichts mehr war, wie es vorher war. Ich war immer noch ich, aber gleichzeitig nicht mehr derselbe Mensch. Jeder Atemzug fühlte sich anders an, als würde er mehr Bedeutung tragen als zuvor. Jeder Sonnenaufgang erinnerte mich daran, dass ich noch hier war, dass mir Zeit geschenkt wurde, die anderen vielleicht verwehrt blieb. Es fühlte sich an, als Fremde in ein eigenes Leben zurückzukehren. Ich hatte eine Woche in einer Umgebung verbracht, in der sich alles um Heilung drehte - und nun erwartete die Welt das draußen, dass ich einfach weitermachte wie gewohnt.

„Doch wie macht man weiter, wenn man nicht mehr dieselbe Person ist?"

In den ersten Tagen nach meiner Rückkehr wurde mir klar, wie sehr sich meine Perspektive verändert hatte. Ich hatte mein Leben immer in vollen Zügen gelebt - dachte ich zumindest. Doch nun erkannte ich, dass ich oft nur funktioniert hatte. Mein Alltag war geprägt gewesen von To-Do-Listen, Verpflichtungen und dem ständigen Streben nach Erfolg.

„Ich hatte funktioniert, aber hatte ich wirklich gelebt?"

Früher war ich ständig in Bewegung, immer auf der Suche nach dem nächsten Ziel. Doch jetzt war mir bewusst, dass ich meine Grenzen ernst nehmen musste.

Plötzlich erschienen mir viele Dinge, die mich früher belastet hatten, als unwichtig.

„Hatte es wirklich eine Rolle gespielt, ob ich jede E-Mail sofort beantwortete? War der Druck, den ich mir selbst machte, es allen recht zu machen, das wert gewesen?"

Ich begann mein Leben mit anderen Augen zu sehen. Ich wollte dankbar sein.

„Ich war dankbar, aber in dieser Dankbarkeit lag auch eine tiefe Überforderung. Wie sollte ich dieses zweite Leben führen? Sollte ich jetzt ständig glücklich sein, weil ich eine neue Chance bekommen hatte? Sollte ich mein Leben radikal umkrempeln, als Beweis dafür, dass ich diese Chance verdiente?"

Trotz all dieser Erkenntnisse war der Übergang in mein *„normales"* Leben nicht einfach. Ich hatte Angst. Angst, dass mein Körper mich wieder im Stich lassen könnte. Angst, dass ich die Lektionen aus dieser Erfahrung wieder vergessen würde. Angst, dass mich der Alltag erneut verschlingen könnte.

Ich spürte, dass ich Erwartungen an mich selbst stellte, die ich nicht erfüllen konnte. Ich dachte, ich müsste von jetzt an alles richtig machen, jeden Moment auskosten, jede Entscheidung bewusster treffen, immer ein Lächeln auf den Lippen tragen, aber so funktionierte es nicht. Denn mit der Freude, die ich empfand, kamen auch Ängste.

„Was, wenn es wieder passiert? Was, wenn ich diese Chance nicht richtig nutze?"

Doch mit der Zeit begann ich zu verstehen: Persönliches Wachstum bedeutet nicht, sofort alle Antworten zu haben. Es bedeutet nicht, dass man von einem Tag auf den anderen ein völlig neuer Mensch wird. Es bedeutet, sich selbst mit all diesen Gefühlen anzunehmen - mit der Dankbarkeit genauso wie mit der Angst, mit der Stärke genauso wie mit der Zerbrechlichkeit und der Unsicherheit darüber, ob meine Genesung so verlief wie es sein sollte. Und mit all den Zweifeln die mich immer wieder lähmten und die mich selbst fragen ließen, ob ich jemals wieder die Person sein könnte die ich einmal war, wurde mir klar, dass ich das gar nicht musste.

Ich musste nicht zurück zu der alten Version von mir - ich durfte eine neue, bewusstere, stärkere Version von mir werden.

Mir wurde klar, dass ich eine Wahl hatte. Ich konnte mich von der Angst bestimmen lassen oder ich konnte sie als Erinnerung daran nutzen, wie wertvoll das Leben ist. Ich begann mein Leben bewusster zu gestalten. Ich setzte klare Grenzen, lernte, „Nein" zu sagen, wenn etwas nicht gut für mich war. Ich nahm mir Zeit für die Dinge, die mir wirklich wichtig waren - Zeit mit meiner Familie, mit meinen Freunden, mit mir selbst.

Es war ein Prozess und es war nicht immer einfach, aber mit jedem Tag an dem ich bewusst entschied, mein Leben nicht mehr als selbstverständlich zu nehmen, wurde ich stärker. Ich hatte eine zweite Chance bekommen - und diesmal würde ich sie nutzen.

Mit dieser neuen Erkenntnis lief mein Prozess an - ein Prozess, der mich immer mehr zu mir selbst führte und der mich immer mehr in meinen Gedanken und Handlungen festigte. Ich lernte mir Pausen zu erlauben - nicht als Zeichen von Schwächen, sondern als Akt der Selbstfürsorge. Ich begann, bewusster darauf zu achten, was mir gut tat und was nicht und doch gab es auch Momente, in denen mich alte Muster einholten. Der Drang, perfekt sein zu müssen. Die Angst nicht genug zu leisten. Doch ich erinnere mich noch heute in solchen Momenten immer wieder daran, was ich durchgemacht hatte - und das ich nie dorthin zurück will.

Diese innerlichen Gespräche und Ermahnungen an mich selbst führten mich dazu, dass ich seitdem im Alltag viele Dinge hinterfrage. Besonders in der Arbeit habe ich mir oft die Frage gestellt:

„Hätte ich manches besser machen können? - wahrscheinlich. Hätte das die Situation grundlegend verändert? - vielleicht. Aber bringt es mir heute noch etwas, darüber nachzudenken? - nein."

Ich habe gelernt, im Hier und Jetzt zu leben. Das bedeutet nicht, Vergangenes zu verdrängen - aber es heißt, nicht in endlosen Gedankenschleifen darüber zu grübeln, was hätte sein können. Manchmal braucht es einen Perspektivenwechsel, um zu erkennen, dass gerade das Unvorhersehbare uns die wertvollsten Lektionen lehrt.

Diese unfreiwillige *„Ruhepause"* oder wie ein Kollege es nannte, *„meine Auszeit"*, fiel mir alles andere als leicht. Wer mich kennt, weiß: Stillstand ist nicht meine Stärke. Und doch habe ich mich bewusst darauf eingelassen. Einfach, weil ich musste.

Ich wurde liebevoll umsorgt, mir wurde jeder Wunsch von den Lippen abgelesen und trotzdem fühlte sich das *„Nichtstun"* für mich an wie eine Strafe. Ich habe es immer mit *„Nicht-Können"* verbunden, denn mein Kopf wollte weiter, mein Körper aber setzte klare Grenzen und das war frustrierend. Die Schmerzen, die körperliche Erschöpfung, der enorme Blutverlust während der OP - all das zwang mich dazu, Dinge zu akzeptieren, die ich bisher immer abgelehnt hatte: Ruhe. Geduld. Loslassen.

Menschen in meinem Umfeld sagten mir immer wieder:

„Tritt kürzer.", „Erhol dich.", „Mach mal piano.", „Du musst gar nichts, außer gesund werden."

Und trotzdem fiel es mir schwer, mich einfach fallen zu lassen, denn tief in mir sträubte sich alles dagegen, auf andere angewiesen zu sein. Ich wollte nie Schwäche zeigen, nie auch nur irgendjemanden *„zur Last fallen"*. Meine Eigenständigkeit war immer meine größte Stärke und gleichzeitig meine größte Hürde.

Vermutlich sind genau diese Eigenschaften jene, welche mich in eine Führungsposition gebracht haben. Ich wollte nie Aufgaben abgeben, nie das Gefühl haben, dass andere wegen mir mehr leisten müssen, aber genau das hat mich auch an meine Grenzen gebracht und diese Erkenntnis tat weh. Denn sie bedeutete, dass ich lernen musste, Kontrolle abzugeben - etwas, das mir immer unendlich schwerfiel.

Mein Kopf verband *„Nichtstun"* mit *„Nicht-Können"*, aber wenn mein Körper mich schon zwang, zur Ruhe zu kommen, dann wollte ich diese Zeit zumindest sinnvoll nutzen. Also bin ich gereist - nicht in ferne Länder, sondern in mich selbst. Ich habe versucht, das *„Nichtstun"* nicht als Mangel, sondern als Möglichkeit zu sehen. Statt Frustration mit Passivität zu verbinden, habe ich angefangen, mir schöne Erinnerungen zu schaffen und so komisch es klingen mag: Ich bin stolz darauf, dass ich mich darauf eingelassen habe, denn ich habe in dieser Zeit so viel über mich selbst gelernt.

Mittlerweile vertraue ich darauf, dass alles irgendwann seinen Platz findet - auch wenn es sich im Moment noch nicht so anfühlt. Manchmal hilft es, die Perspektive zu ändern und Dinge einfach anzunehmen, wie sie kommen. Überall steckt etwas Schönes - auch in den täglichen Herausforderungen die uns gegeben werden.

„Das klingt vielleicht klischeehaft, aber ist es nicht ein wundervoller Gedanke für die eigene Gesundheit, wenn man sich bewusst auf die guten Dinge konzentriert?"

Ich weiß, wer mich kennt, wird jetzt wahrscheinlich schmunzeln.

„Ich, die sich früher in jede Kleinigkeit vollends hineinsteigern konnte, die in unzähligen und endlosen Gedankenkarussellen gefangen war - spricht jetzt davon, sich auf das Positive zu fokussieren?"

Ja, ich weiß, das klingt ungewohnt und auch für mich ist das auch noch etwas befremdlich, jedoch auch durchaus gut und richtig so und nein, ich habe meine Auszeit nicht mit berauschenden Mitteln verbracht, die mir diese neuen Gedanken brachten. Es sind einfach neue Erkenntnisse, neue Blickwinkel, neue Gedanken, die mich in dieser Zeit begleitet haben und für die ich zutiefst dankbar bin.

Ich habe gelernt, selbst in den kleinsten Momenten etwas Wundervolles zu sehen. Als ich nach meiner OP oft liegen musste und draußen die vermutlich letzten goldenen Herbsttage anstanden, hätte ich mich darüber ärgern können, dass ich nicht am See spazieren gehen oder mit unserem Hund in der Sonne toben kann. Stattdessen habe ich mich mit aller Kraft nach draußen gesetzt - wenn auch nur für ein paar Minuten. Ich habe die warmen Sonnenstrahlen auf meiner Haut gespürt, die bunten Blätter beobachtet, den Duft des Herbstes eingeatmet und das fröhliche Lachen der Kinder aus der Nachbarschaft genossen - und das war genug. Das war schön!

Solche kleinen Momente, die im Alltag oft übersehen werden, sind für mich heute von unschätzbarem Wert. Ein freundliches Lächeln auf der Straße von fremden Menschen, ältere Menschen, die sich gegenseitig liebevoll unterstützen, ein Blumenstrauß, den ich mir selbst schenke oder mein erster Kaffee am Morgen auf der Terrasse, wenn die Sonne langsam aufgeht - all das sind für mich keine Selbstverständlichkeiten mehr - sie sind Kraftquellen. Sie sind

Erinnerungen daran, dass das Leben nicht nur aus großen Meilensteinen besteht, sondern aus den vielen kleinen Wundern, die wir oft übersehen.

Einige meiner Freunde nannten das, was mir passiert ist, einen *„Schicksalsschlag"*, aber ich empfinde es nicht so, wenngleich die Bezeichnung dafür natürlich angemessen ist. Es war eine Lektion. Eine Erinnerung daran, dass das Leben nicht darauf wartet, dass man es irgendwann richtig lebt. Es passiert jetzt - in jedem einzelnen Moment und es liegt an uns, diese Momente bewusst wahrzunehmen, denn am Ende ist es nicht das, was wir leisten, das uns erfüllt, sondern das, was wir erleben.

Es gibt demnach jene Momente im Leben, die alles auf den Kopf stellen. Die mit einer solchen Wucht über einen hereinbrechen, dass man sie weder kommen sieht noch in ihrer vollen Tragweite begreifen kann. Mein *„Schicksalsschlag"* war so ein Moment - ein abruptes Herausreißen aus meinem gewohnten Alltag, ein plötzlicher Bruch zwischen einem *„Davor"* und *„Danach"*. Doch das Paradoxe daran ist: Am Anfang konnte ich die Worte *„Schicksalsschlag, lebensbedrohlich, zweite Chance"* überhaupt nicht mit mir in Verbindung bringen.

Ich erinnere mich noch genau an die ersten Stunden nach meiner Not-OP. Ich lag in meinem Krankenhausbett, körperlich erschöpft, aber gedanklich noch nicht wirklich angekommen. Alles fühlte sich surreal an, als hätte sich mein Leben für einen Moment in einen Film verwandelt, in dem ich bloß Zuschauer war. Die Ärzte sprachen von immensen Glück, davon, dass es nur wenige Minuten später vielleicht zu spät gewesen wäre. Familie und Freunde waren geschockt, viele mit Tränen in den Augen, voller Erleichterung, mich noch hier zu wissen.

„Doch ich selbst?"

Ich verstand es zu diesem Zeitpunkt nicht oder besser gesagt, ich konnte es nicht verstehen.

In den ersten Tagen nach dem Eingriff fühlte sich alles an wie ein vorübergehender Zustand. Ich war erschöpft, aber ich sagte mir, dass das normal sei. Mein Körper musste sich erholen und bald würde ich wieder in meinen Alltag zurückkehren. Ich wollte keine große Sache daraus machen. Schließlich war ich doch einfach nur ins Krankenhaus gekommen und würde wieder ganz normal herausgekommen. Oder?

Ich wollte nicht, dass dieser Vorfall mein Leben definierte. Ich wollte keine Sonderbehandlung, keine besorgten Blicke, keine gut gemeinten Ratschläge darüber, wie ich mein Leben jetzt anders gestalten sollte. Ich wollte nicht als *„diejenige, die so viel Glück hatte und überlebt hatte"* gesehen werden. Ich wollte einfach nur weitermachen, als wäre nichts gewesen.

Doch dann kamen die ersten Momente, in denen mir langsam bewusst wurde, dass eben nicht einfach nur *„nichts gewesen"* war. Es begann mit den Gesprächen mit der Notärztin, die mich behandelt hatte und deren Worte nun immer wieder in mir aufstiegen. Ihre Worte waren ruhig, fast sachlich, und doch schwang darin etwas mit, das mich aufhorchen ließ - eine Ernsthaftigkeit, die mir bis dahin nicht aufgefallen war. Dann war da der Blick meiner Eltern, voller Dankbarkeit, aber auch einer unterschwelligen Angst, die ich vorher übersehen hatte. Sie lachten mit mir, versuchten, es mir leicht zu machen, aber in ihren Augen lag etwas, das ich nicht einordnen konnte.

Zusätzlich waren da all die Nachrichten von Freunden. Manche fragten direkt:

„Weißt du eigentlich, wie knapp das war?".

Andere umkreisten das Thema vorsichtiger, schrieben, wie sehr sie sich erschrocken hatten, wie froh sie seien, dass alles gut ausgegangen war. Ich las ihre Worte und verstand sie und doch verstand ich sie nicht.

Der Moment, in dem mir das alles mit voller Wucht bewusst wurde, kam erst später, als ich einen Moment erlebte, in dem sich etwas in meinem Bewusstsein im Umgang mit diesem Thema in Bewegung setzte. Es war eine zufällige Begegnung mit einer Ärztin, die mich nach Wochen wieder sah.

Ihr Gesicht erhellte sich, als sie mich plötzlich erkannte und ihre Freude war so echt, so überwältigend, dass es mich irritierte. Sie drückte meine Hand fester, als es nötig gewesen wäre und sagte nur:

„Es ist so schön, Dich zu sehen."

Etwas in mir zog sich zusammen.

„Warum diese tiefe Erleichterung in ihrer Stimme? Warum dieser Ausdruck in ihren Augen, als wäre es nicht selbstverständlich, dass ich noch vor ihr stand?"

Plötzlich begann sich alles zusammenzufügen. Diese kleinen Puzzlestücke in meinen Gedanken - die Worte der Ärztin, der Blick meiner Eltern, die Nachrichten meiner Freunde ergaben auf einmal ein klares Bild. Ich hatte nicht einfach nur einen medizinischen Eingriff überstanden. Ich war nicht einfach nur krank gewesen. Nein. Ich war an einem Punkt gewesen, an dem es buchstäblich um Leben und Tod ging - und ich hatte es überlebt.

Diese Erkenntnis traf mich innerlich mit voller Wucht. Ich lag auf der Couch, starrte an die Decke und spürte, wie mir Tränen in die Augen stiegen. Nicht, weil ich traurig war. Nicht einmal, weil ich Angst hatte, sondern weil ich begriff, dass nichts von alledem selbstverständlich gewesen war.

Bis zu diesem Moment hatte ich geglaubt, ich hätte die Kontrolle. Ich hatte gedacht, mein Körper würde funktionieren, wie er immer funktioniert hatte. Dass er sich erholen würde, weil das doch das war, was Körper tun. Aber jetzt wurde mir klar: Mein Körper hatte gekämpft. Die Ärzte hatten gekämpft. Das Schicksal hatte mitgespielt. Doch es hätte genauso gut anders ausgehen können. Mit dieser Erkenntnis kam eine Flut von Emotionen, die mich unvorbereitet traf. Dankbarkeit, Demut, aber auch Angst.

„Was, wenn es wieder passiert? Was, wenn mein Körper mich erneut im Stich lässt? Was, wenn ich irgendwann nicht mehr so viel Glück habe?"

Man sagt, solche Erfahrungen würden einen stark machen. Vielleicht, aber zuerst machen sie einen zerbrechlich. Sie reißen einen aus der Illusion der Unverwundbarkeit, die so viele von uns stillschweigend in sich tragen. Sie zwingen uns, uns mit unserer Endlichkeit auseinanderzusetzen. Genau in diesem Moment, wenn wir begreifen, dass wir um unser Leben gekämpft haben oder besser gesagt, dass unser Körper für uns gekämpft hat, beginnt die wahre Heilung - nicht nur körperlich, sondern auch seelisch.

Es geht nicht nur darum, wieder gesund zu werden. Es geht darum, mit diesem Wissen weiterzuleben. Damit, dass man dem Tod einmal näher war, als man es je für möglich gehalten hätte. Damit, dass man vom Leben eine zweite Chance bekommen hat, ob man es wollte oder nicht. Irgendwann, wenn der Schock nachlässt, wenn die Angst ein wenig weicht, beginnt man vielleicht, das zu erkennen, was man vorher nicht sehen konnte:

Dass jeder Atemzug ein Geschenk ist. Dass jeder neue Tag überhaupt nicht selbstverständlich ist und dass man, auch wenn man es sich nicht ausgesucht hat, nun ein Leben führen darf, das umso wertvoller ist, weil man weiß, wie fragil es sein kann.

Ich habe lange mit diesem Wort gerungen. *„Schicksalsschlag"* das klang so endgültig, so dramatisch, als würde eine unsichtbare Kraft mit voller Wucht zuschlagen und das eigene Leben unwiderruflich verändern. Solche Dinge passierten doch anderen Menschen. Menschen, von denen man in Geschichten hörte, die man aus sicherer Distanz bedauerte. Aber nicht mir, nicht in meinem Leben.

Und doch musste ich mir irgendwann eingestehen: Das hier war mein Schicksalsschlag. Mein persönlicher Wendepunkt. Es war der Moment, in dem mir bewusst wurde, dass ich ein zweites Leben geschenkt bekommen hatte - ein Gedanke, der gleichzeitig tröstend und beängstigend war. Denn mit dieser Erkenntnis kam auch eine Welle von Gefühlen, die ich so nicht erwartet hatte: Dankbarkeit, ja, aber auch Schuldgefühle, Zweifel und Angst.

„Warum hatte ich so viel Glück gehabt, während andere es nicht hatten? Warum durfte ich weiterleben? Warum fühlte ich mich nicht so erleuchtet und verändert, wie man es aus Geschichten über Nahtoderfahrungen kennt?"

Ich hatte erwartet, dass so ein Erlebnis mich sofort in einen anderen Menschen verwandeln würde. Dass ich aufwachen und plötzlich mit neuer Klarheit durchs Leben gehen würde. Dass ich ab sofort jeden Moment bewusster genieße, meine Prioritäten wie von selbst neu ordnen würde.

Doch stattdessen fühlte ich mich oft einfach nur überfordert. Mein Körper musste sich erholen, mein Geist musste begreifen und irgendwo dazwischen versuchte ich, meinen Platz in einem Leben zu finden, das sich auf einmal fremd anfühlte. Die Welt um mich herum war dieselbe geblieben, doch ich hatte mich verändert, ohne genau zu wissen, wie. Ich spürte, dass ich nicht mehr dieselbe war wie vorher, aber ich konnte nicht greifen, was das bedeutete.

Manche Tage waren erfüllt von tiefer Dankbarkeit. Ich konnte die Sonne auf meiner Haut spüren und denken: Ich bin noch hier. Ich konnte die Stimmen meiner Liebsten hören und mir ins Gedächtnis rufen, dass nichts von alldem selbstverständlich war. Doch dann gab es andere Tage, an denen ich mich von dieser Dankbarkeit entfernt fühlte. An denen ich nicht verstand, warum ich mich nicht einfach glücklich schätzen konnte. An denen sich die Angst in mein Bewusstsein schlich, die Angst, dass mein Körper mich erneut im Stich lassen könnte, dass das Glück, das mich gerettet hatte, nicht von Dauer sein würde.

Zudem waren da Schuldgefühle. Ich dachte an die Menschen, die nicht so viel Glück gehabt hatten. An jene, deren Geschichten ein anderes Ende genommen hatten.

„Warum hatte das Leben mich verschont? Warum hatte ich überlebt, während andere es nicht taten?"

Diese Fragen fraßen an mir, selbst wenn ich wusste, dass ich keine Antworten hatte.

Vielleicht ist das aber auch die eigentliche Bedeutung eines Schicksalsschlags: Nicht, dass er uns verändert, indem er uns sofort mit neuer Weisheit erfüllt, sondern dass er uns zwingt, mit all diesen widersprüchlichen Gefühlen zu leben. Dass er uns herausfordert, nicht in die eine oder andere Richtung zu kippen, nicht nur in die Dankbarkeit, aber auch nicht nur in die Angst. Dass wir lernen müssen, beides auszuhalten.

Mit der Zeit begann ich zu verstehen, dass es nicht darum geht, einen Schicksalsschlag als nur eine Last oder nur eine Erkenntnis zu sehen. Es ist beides. Eine Last, weil er das Leben von Grund auf erschüttert und nichts mehr so sein lässt, wie es war. Eine Erkenntnis, weil er uns zwingt, über Dinge nachzudenken, die wir vorher vielleicht verdrängt haben. Und vielleicht geht es gar nicht darum, sich durch so eine Erfahrung sofort verändert zu fühlen. Vielleicht besteht die Veränderung gerade darin, sich selbst Zeit zu geben. Zu akzeptieren, dass man nicht von heute auf morgen ein neuer Mensch wird. Dass es okay ist, nicht alle Antworten sofort zu haben. Dass es in Ordnung ist, an manchen Tagen einfach nur zu existieren, ohne jede Sekunde mit Bedeutung aufzuladen.

Ein Schicksalsschlag ist nicht der Moment, in dem man plötzlich versteht, was das Leben bedeutet. Er ist der Beginn eines Prozesses, in dem man sich selbst neu kennenlernen muss. Und dieser Prozess ist nicht linear. Er ist chaotisch, schmerzhaft, wunderschön und vor allem eines: menschlich.

—◆—

Es braucht Zeit, um zu verstehen, was einem das Leben da gerade aufgezeigt hat. Es braucht Zeit, um sich nicht nur intellektuell, sondern vor allem auch emotional mit der eigenen Verletzlichkeit auseinanderzusetzen. Es braucht Zeit, um zu akzeptieren, dass man aus so einer Situation nicht einfach in sein *„altes Leben"* zurückkehren kann, weil dieses alte Leben in gewisser Weise nicht mehr existiert.

Mit der Zeit habe ich erkannt, dass ich meinen Schicksalsschlag nicht als Last betrachten muss, sondern als eine Lektion, die mich näher zu mir selbst geführt hat. Ich habe gelernt, dass es okay ist, nicht sofort eine tiefere Bedeutung in allem zu sehen, sondern einfach erst einmal anzunehmen, dass ich hier bin und dass das allein schon ein Geschenk ist.

Ich habe aufgehört, mich dagegen zu wehren, dass dieses Erlebnis ein Teil meiner Geschichte ist. Es definiert mich nicht, aber es gehört zu mir. Anstatt Angst davor zu haben, dass ich *„anders"* geworden bin, habe ich begonnen, die positiven Veränderungen zuzulassen. Ich habe gelernt, bewusster zu leben, mehr auf meine eigenen Bedürfnisse zu hören, meine Zeit mit den Menschen zu verbringen, die mir wirklich guttun. Heute, mit etwas Abstand, kann ich sagen: Ja, es war ein Schicksalsschlag, aber es war nicht mein Ende - es war mein neuer Anfang.

Als ich aus dem Krankenhaus entlassen wurde und die ersten Schritte in mein neues Leben zurück ins Alltägliche wagte, war da zusätzlich jemand, dessen Unterstützung mir immer wieder die Kraft gab, weiterzumachen. Er trat in dieser Zeit immer wieder an mich heran und es war mehr als nur eine geschäftliche Nachfrage. Es war eine echte, aufrichtige Sorge um mich als Mensch, nicht nur als Mitarbeiterin.

Fast täglich erreichten mich Nachrichten von ihm. Er fragte stets nach meinem Befinden, wie es mir ging, ob ich Fortschritte machte und wie ich mit der neuen Situation zurechtkam. Diese kleinen Nachrichten waren mehr als bloße Höflichkeitsfloskeln - sie waren voller Wärme und aufrichtiger Fürsorge, die mir erst in dieser Zeit wirklich bewusst wurden. Immer wieder schrieb er, dass er an mich denke, mich in Gedanken ganz fest drückte und dass er sich wünsche, dass ich bald wieder ganz gesund werden würde. Diese Worte, die er mir schickte, hatten eine tiefgehende Wirkung auf mich. Sie gaben mir nicht nur Trost, sondern auch eine unerschütterliche Sicherheit und das Gefühl, wirklich gesehen zu werden. Er wusste, was ich durchmachte. Er verstand, dass es nicht nur um die körperliche Genesung ging, sondern auch um das mentale und emotionale Überstehen einer solch tiefgreifenden Herausforderung.

In einer Zeit, die von Unsicherheit und Ängsten geprägt war, gab er mir etwas, das so kostbar war: das Gefühl der Wertschätzung. Es war für mich persönlich nie selbstverständlich, dass er sich so intensiv und regelmäßig bei mir meldete. Es war eine Geste, die weit über das hinausging, was man von einem *„normalen"* Vorgesetzten erwarten könnte. Für mich war es ein Zeichen von Menschlichkeit und Empathie, dass er an mich dachte und mir immer wieder versicherte, dass er hinter mir stand, egal wie lange meine Erholung dauern würde.

Ich erinnere mich noch genau an die Momente, in denen ich seine Nachrichten las, wenn ich mich besonders schwach oder entmutigt fühlte. Es war, als ob seine Worte eine Art Licht in die Dunkelheit brachten, die mich manchmal umhüllte. Sie gaben mir die nötige Stärke, um nicht aufzugeben, sondern nach vorne zu blicken. Diese regelmäßigen Rückmeldungen waren wie ein unsichtbares Band, das uns miteinander verband, selbst wenn wir physisch entfernt waren.

Noch heute, wenn ich zurückblicke, bin ich ihm sehr dankbar für diese Unterstützung. In einer Zeit, in der alles fremd und überwältigend wirkte, war er für mich da - nicht nur als Vorgesetzter sondern auch als Mensch, als jemand, der mich wertschätzte und der an mich glaubte. Diese Form der Verbundenheit war etwas, das mir immens geholfen hat, den Weg aus meiner damaligen gesundheitlichen Situation und den Rückschlägen zu finden. Sie hat mir gezeigt, dass wir in den schwierigsten Momenten des Lebens nicht allein sind, dass es Menschen gibt, die an uns glauben und uns begleiten, auch wenn sie uns nicht direkt gegenüberstehen.

Ich bin ihm dankbar, dass er in dieser Zeit nicht nur durch seine Rolle als Vorgesetzter, sondern auch durch seine Menschlichkeit und Empathie zu einer Stütze für mich wurde. Solche Momente der Fürsorge und Anteilnahme sind selten und besonders. Sie bleiben für immer im Herzen und geben einem das Gefühl, dass man wirklich gesehen wird, dass man mehr ist als nur eine Arbeitskraft.

Die letzten Wochen und Monate waren für mich eine Zeit voller unerwarteter Überraschungen, die mich immer wieder zum Nachdenken brachten. Es war faszinierend zu sehen, wie sich all die Nachrichten über mein Schicksal verbreiteten. Zunächst war ich zurückhaltend, als ich lediglich meine Familie, meinem Vorgesetzten und meine engsten Freunde informierte. Ich hatte keinen Wunsch, dass die Geschichte von mir und meinem Erlebnis zum Gesprächsthema wurde und doch merkte ich schnell, wie sich die Informationen ihren eigenen Weg suchten.

Über die Zeit bekam ich immer häufiger Nachrichten von meinen Kollegen. Zuerst kam es mir vielleicht noch seltsam vor, als sie fragten, wie es mir gehe und sie mir alles Gute wünschten. Es war auffällig, dass meine Abwesenheit von gerade einmal knapp zwei Wochen, die für mich vermutlich als *„untypisch"* galt, bei meinen Mitmenschen Fragen aufwarf. Manchmal merkt man erst dann, welchen Platz man in einer Gemeinschaft einnimmt, wenn man plötzlich nicht mehr da ist. Ich hätte nie erwartet, dass mein Ausfall große Wellen schlägt. Ich war immer die, die trotz allem weitermachte. Die mit einer Grippe ins Büro kommt, die nach einem Sturz von einem Hüttendach einfach weitermacht, als wäre nichts gewesen. Ich war die, die funktionierte - egal, was passiert. Doch diesmal war es anders. Ich war weg und es fiel auf.

Als ich eine Nachricht von einem Kollegen bekam, von dem ich gar nicht wusste, dass er überhaupt von meiner Abwesenheit wusste, war ich überrascht. Seine Unsicherheit und aufrichtige Besorgnis haben bei mir einen starken Eindruck hinterlassen.

„Hallo Nadine, alles gut bei dir oder muss ich mir Sorgen machen? Hab nur gesehen, dass du krankgeschrieben bist."

Es war eine einfache Nachricht, doch zwischen den Zeilen konnte ich spüren, dass etwas für ihn nicht stimmte - dass er es irritierend fand, dass ich auf einmal ausfiel. Dass selbst er, der mit eigenen gesundheitlichen Einschränkungen kämpfte, bemerkte, dass etwas nicht in Ordnung war. Ich erinnerte mich an unsere letzten Begegnungen. Daran, wie er mir immer wieder sagte, dass ich nicht gut aussehe, dass ich auf mich achten soll. Wichtige Ratschläge, lieb gemeint, ehrlich, voller Fürsorge - und was hatte ich getan? Ich hatte sie nicht gehört. Oder besser gesagt: Ich hatte sie gehört, aber nicht wahrhaben wollen.

Als ich ihm schließlich erzählte, was passiert war, spürte ich seine Erschütterung förmlich durch das Display.

„Oh mein Gott, das schockt mich wirklich."

Es war keine Floskel, kein daher gesagter Satz. Es war echtes Entsetzen, echtes Mitgefühl.

„Wenn ich was für dich tun kann, dann sag bitte Bescheid. Gute Besserung, liebste Nadine."

Er hätte gar nichts sagen müssen. Er hätte einfach zur Tagesordnung übergehen können. Doch er tat es nicht. Er blieb. Immer wieder meldete er sich, fragte nach, wollte wissen, wie es mir geht.

„Ich hoffe ganz doll, dass du bald wieder richtig gesund wirst und wir dich bald wieder haben."

Diese Worte trafen mich mitten ins Herz, denn sie sagten nicht nur, dass ich gefehlt hatte, sie sagten, dass es Menschen gibt, für die mein Dasein nicht selbstverständlich ist. Die sich ernsthaft um mich sorgten. Dann kam das, womit ich am allerwenigsten gerechnet hatte: Er besuchte mich - nicht, weil er musste, nicht aus Höflichkeit, sondern weil es ihm einfach nur wichtig war, mich zu sehen. Er wollte sich ein eigenes Bild von mir machen.

Es ist ein unbeschreibliches Gefühl, zu wissen, dass man nicht nur ein Name auf einer Abwesenheitsliste ist, sondern ein Mensch, der geschätzt wird. Ein Mensch, der fehlt, wenn er nicht da ist und genau diese Erkenntnis war eines der größten Geschenke, die mir mein zweites Leben gemacht hat. Es war mir nie unangenehm, über meine Situation zu sprechen, aber das Gefühl, dass sich mein privates Leben plötzlich in den Köpfen anderer weiter verbreitete, war für mich auch irgendwie befremdlich und mit jeder weiteren Nachricht meiner Kollegen wurde ich tiefer berührt und spürte, wie viel mir diese Worte bedeuteten.

Es gibt Menschen, die strahlen eine unglaubliche Stärke aus. Sie tragen ihre Lasten mit Würde, ohne zu klagen, ohne sie zur Schau zu stellen. Ihre Präsenz ist geprägt von Respekt, Autorität und einer starken inneren Kraft, die fast unerschütterlich wirkt.

Genau so eine Person ist eine meiner Kolleginnen. Eine Frau, die schon so einiges durchgemacht hat und trotzdem immer wieder aufsteht. Die andere unterstützt, die klare Worte findet, die man bewundert und die man niemals unterschätzen würde. Besonders von ihr hätte ich eine solche Reaktion, wie sie mir zu Teil wurde, nicht erwartet.

Ich hatte mich einen Tag nach ihrem Geburtstag bei ihr gemeldet. Natürlich entschuldigte ich mich sofort, dass ich ihn vergessen hatte - ausgerechnet ich, die sonst immer an solche Dinge denkt. Doch ihre Antwort traf mich unerwartet tief:

„Hallo Nadine, danke für deine lieben Glückwünsche. Du hast zurzeit andere Sorgen, als an meinen Geburtstag zu denken. Ich hoffe, du bist auf dem besten Weg zur Genesung und nimmst dir auch die Zeit und Ruhe dafür. Ich wünsche dir von Herzen alles Gute und bis bald."

Es war nicht nur eine Antwort, es war eine Umarmung in Worten. Sie erwartete nichts von mir. Kein schlechtes Gewissen, keine Erklärungen. Nur, dass ich mich um mich selbst kümmere. Nachdem ich ihr kurz erzählt hatte, was passiert war, ohne in jedes Detail zu gehen, antwortet sie mir direkt:

„Ich würde dir gerne was dazu schreiben, aber die richtigen Worte zu finden... Du weißt, was ich meine..."

Ja, ich wusste es. Ich spürte es zwischen den Zeilen. Manchmal gibt es einfach keine Worte, die dem, was passiert ist, gerecht werden. Manchmal sind es nicht die Sätze, sondern das unausgesprochene Verständnis, das zählt. Dann schrieb sie weiter und ihre Worte gingen mir direkt ins Herz:

„Wir haben nur ein Leben. Und dies soll man erleben, in jeder Minute bewusst und nur für sich selbst!"

Diese Worte stammten von einer Frau, die selbst schon so viel durchgemacht hatte. Einer Frau, die das Leben kannte , mit all seinen Höhen und Tiefen - und gerade weil sie so viel erlebt hatte, wusste sie genau, wovon sie sprach. Abgeschlossen hatte sie ihre Nachricht mit zwei kleinen Emojis - eines, das eine Umarmung und einen Kuss gibt. Ein kleines Symbol, das so viel ausdrückte: Zuneigung, Mitgefühl, ehrliche Herzenswärme.

Ich legte das iPhone zur Seite und atmete tief durch. Dieser Moment ließ mich innehalten. Mir wurde bewusst, dass es nicht nur um das Überleben ging, sondern um das Erleben. Um jede einzelne Minute, die wir haben. Um das Bewusstsein, dass wir uns selbst nicht vergessen dürfen, egal, wie sehr wir für andere da sind, wie viel wir leisten oder wie oft wir glauben, dass wir noch funktionieren müssen. Ihr Respekt, ihre Stärke, ihre Erfahrung - all das steckte in diesen wenigen, aber kraftvollen Worten und genau diese Worte werde ich nie vergessen.

Ich habe daraus gelernt, dass Zusammenhalt nicht immer von den Menschen kommen muss, von denen man es erwartet. Manchmal sind es diejenigen, die am Rande unseres Lebens stehen, die in schweren Zeiten ein Stück näher rücken. Genau das hat mir Hoffnung gegeben: Dass Menschlichkeit überall existiert, man muss nur offen dafür sein, sie zu erkennen.

Eine weitere, besonders einprägsame Nachricht eines Kollegen und guten Freundes ist mir ebenfalls im Gedächtnis geblieben und bestätigte erneut diesen spürbaren Zusammenhalt. Als ich seine plötzliche Nachricht las, blieb ich für einen Moment einfach nur still. Ich las sie einmal, dann noch einmal, als müsste ich die Worte wirklich greifen, um ihre Bedeutung zu begreifen.

„Liebe Nadine, der Schock in mir sitzt immer noch tief. Wir wünschen dir die beste Genesung und hoffen, dass du dich wieder gut erholst.“

Ich konnte förmlich spüren, wie erschüttert er war. Wie sehr ihn die Nachricht getroffen hatte und dabei hatte ich nie erwartet, dass mein Schicksal auch in seinem Leben solche Wellen schlagen würde. Ich wusste, dass Kollegen füreinander da sein können, dass man sich schätzt, sich unterstützt, aber in diesem Moment wurde mir bewusst, dass es mehr war als das. Es war echtes Mitgefühl, ehrliche Sorge, aufrichtige Anteilnahme.

Er hätte mir einfach nur kurze Genesungswünsche schicken können, eine höfliche Floskel, wie man es oft tut, aber das hier war mehr. Es war keine Pflicht, keine bloße Nettigkeit, es war eine Nachricht, die aus dem Herzen kam. Ich konnte die Unsicherheit zwischen den Zeilen lesen, die Hilflosigkeit, die viele spüren, wenn sie nicht wissen, was sie sagen sollen. Aber gleichzeitig war da so viel Wärme.

Es waren einfache Worte, aber sie bedeuteten mir so viel, weil sie zeigten, dass ich nicht nur ein Name auf einer Liste bin, nicht nur eine Kollegin, sondern ein Mensch, der vermisst würde, wenn er nicht mehr da wäre.

„Melde dich gerne, wenn es dir besser geht. Wir denken an dich.“

So unscheinbar er klingen mag - für mich war er wie eine ausgestreckte Hand, die er mir in diesem Satz reichte. Ein Zeichen, dass ich nicht vergessen werde. Dass irgendwo da draußen Menschen waren, die an mich dachten, die hofften, dass es mir besser ging, die mir Raum ließen, aber auch eine Tür offenhielten.

Ich war gerührt, mehr als ich es in Worte fassen konnte. Vielleicht, weil ich in diesem Moment erkannte, dass man nicht nur im engsten Kreis geliebt und geschätzt wird, sondern dass manchmal gerade diejenigen, von denen man es nicht erwartet, einem zeigen, wie wertvoll das eigene Dasein wirklich ist.

Ich habe mich nicht sofort gemeldet. Ich musste erst selbst begreifen, was mit mir geschehen war, aber als ich es tat, wusste ich, dass es nicht nur eine Pflicht war. Es war der Wunsch, diese Verbindung zu halten, diese Menschlichkeit, die ich in seinem Mitgefühl gespürt hatte, nicht einfach wieder im Alltag versinken zu lassen.

Man sagt, Kollegen sind nicht unbedingt automatisch Freunde, aber in Momenten wie diesen verschwimmen die Grenzen und dann wird einem klar, dass es nicht nur darauf ankommt, mit wem man arbeitet, sondern mit wem man Mensch sein kann.

So erlebte ich das auch bei einer weiteren Nachricht von einem anderen Kollegen, von dem ich mir eine solch emphatische Floskeln nie hätte vorstellen können. Zu der Zeit als ich seine Nachricht bekam, war ich immer noch inmitten der Erholung von diesem dramatischen Ereignis, das mein Leben erschüttert hatte und ich wusste noch nicht wirklich, wie ich all das, was passiert war, verarbeiten sollte. Ich war von einer Mischung aus Schock, Angst und Erleichterung erfasst und in vielen Momenten überkamen mich die Gedanken an die Ereignisse, die ich so schwer begreifen konnte. Ich hatte das Gefühl, dass meine Welt nicht mehr dieselbe war und inmitten all dieser Gedanken war da plötzlich seine Nachricht, die er mir einfach nur schreiben wollte, um mir mitzuteilen, dass er an mich denkt.

„Hallo Nadine, ich hoffe du konntest den ersten Schock schon verdauen. Dir passieren schon auch krasse Sachen. Ich bin wirklich froh, dass es noch so ausgegangen ist. Erhol dich gut. Ich wünsche dir alles Gute und einen guten Heilungsverlauf. Hoffentlich bis bald wieder."

Diese Worte, so einfach sie auch erscheinen mögen, trafen mich viel tiefer, als ich erwartet hätte. In einem Moment, in dem ich mich innerlich völlig zerrissen fühlte, in dem ich mit meinen eigenen Gefühlen kämpfte und versuchte, wieder etwas Normalität in mein Leben zu bringen, war es diese Nachricht, die mich für einen Moment innehalten ließ. Da war jemand, der sich einfach nur sorgte, der inmitten seiner eigenen täglichen Herausforderungen kurz anhielt, um mir Mut zuzusprechen und mir einen positiven Heilungswunsch zu senden.

Ich erzählte ihm, wie es mir ging und wie ich mich fühlte. Wie ich langsam realisierte, was wirklich passiert war und wie ich versuchte, mich mit all den Eindrücken und Ängsten auseinanderzusetzen, die in mir aufstiegen. Es war eine Art der Selbstverständlichkeit für mich, ihm diese Gedanken zu offenbaren, weil er sich mit einer solchen Zuwendung gemeldet hatte. Es fühlte sich einfach richtig an.

„Auf alle Fälle kann man sagen, dass Dein Schutzengel einen wirklich verdammt guten Job macht!"

Seine Worte, so einfach und doch so kraftvoll, ließen mich innehalten. Der Zusatz von ihm, dass mein *„Schutzengel einen verdammt guten Job macht"* war so voller Wärme und Fürsorge, dass es mir fast die Tränen in die Augen trieb. Ich hatte nicht erwartet, dass ein Kollege auf diese Weise mit mir sprechen würde, dass er diese ehrliche, liebevolle Anteilnahme in seine Worte legen würde. Ein Schutzengel - eine so einfache, aber tiefgründige Metapher, die in diesem Moment so perfekt zu mir passte. Ich wusste, dass er mir mit dieser Nachricht nicht nur einen Moment der Aufmunterung bieten wollte, sondern mir etwas viel Tieferes und Bedeutenderes schenkte: das Gefühl, nicht alleine zu sein.

Es berührte mich, weil es zeigte, dass er nicht nur an meine körperliche Heilung dachte, sondern auch an das emotionale Wohl, das so oft übersehen wird, wenn es um schwere Krankheiten und Schicksalsschläge geht. Die Nachricht erinnerte mich daran, dass es in diesem Leben immer Menschen gibt, die für uns da sind, die uns aufrichten können, auch wenn wir uns selbst in den tiefsten Momenten unseres Lebens verloren fühlen. Menschen, die in einem Moment der Dunkelheit das Licht auf uns richten.

Ich hätte nie gedacht, dass ein Kollege, mit dem ich täglich zusammenarbeite, eine solche Nachricht für mich haben könnte. Besonders die natürliche und herzliche Art seiner Nachricht hat einen bleibenden Eindruck bei mir hinterlassen. In einem Leben, das oft von Hektik und Arbeit geprägt ist, von all den täglichen Aufgaben und Herausforderungen, ist es einfach wunderbar zu wissen, dass es immer noch die Menschen gibt, die aufrichtig an einen denken und einen auch in schwierigen Zeiten nicht vergessen lassen.

Diese Kommunikation hat mir nicht nur Kraft gegeben, sondern mir auch geholfen, das Leben in einem anderen Licht zu sehen - ein Leben, das immer noch voller Mitgefühl und Wärme ist. Vielleicht ist genau das, was wir manchmal am meisten brauchen: Diese einfachen, liebevollen Gesten, die uns zeigen, dass wir nicht alleine sind- dass jemand an uns denkt, dass jemand sich um uns sorgt. Dass es für jede Herausforderung in unserem Leben immer jemanden gibt, der uns einen kleinen Schritt weiterträgt - auch wenn wir den Weg selbst manchmal nicht mehr erkennen können.

In der Zeit meiner Genesung wurde ich mit einer Vielzahl von Nachrichten meiner Kollegen bedacht. Ebenfalls besonders beeindruckt hat mich die Reaktion eines weiteren Kollegen, von dem ich zudem nie gedacht hätte, dass er sich in dieser Weise um mich kümmern würde. Als er von meiner Abwesenheit erfuhr, teilte er mir mit, dass er immer wieder an meinem leeren Büro vorbeiging und es einfach nicht fassen konnte, dass ich nicht da war. Dass er das so offen und ehrlich ansprach, rührte mich sehr. Ich hatte nicht erwartet, dass er sich Sorgen machen würde oder gar meine Abwesenheit so sehr spürte. Für ihn war es kein bloßes Vorübergehen an einem leeren Büro, sondern er nahm es als Zeichen dafür, dass etwas nicht stimmte. Die Tatsache, dass er mich direkt aufsuchte, um sich zu erkundigen, wie es mir geht, zeigte mir, wie viel ihm unsere gemeinsame Zeit im Büro bedeutete.

Ich erzählte ihm nur kurz, dass es mir momentan besser ging und ich langsam Fortschritte machte, aber seine Antwort war wie eine kleine Umarmung in Worten. Er ermahnte mich, nichts zu überstürzen und mir wirklich die Zeit zu nehmen, die ich brauchte, um wieder vollständig gesund zu werden. Diese sanfte Erinnerung, dass es in Ordnung ist, sich Zeit zu lassen, war genau das, was ich in diesem Moment gebraucht habe. Ich war so sehr in meinen eigenen Gedanken gefangen, dass ich nicht immer auf meine eigenen Bedürfnisse achtete, aber seine Worte erinnerten mich daran, dass wahre Heilung nicht unter Druck passieren kann.

Als wir uns verabschiedeten, bat er mich, ihn regelmäßig auf dem Laufenden zu halten und ihm Updates zu schicken, wie es mir geht. Das war eine Bitte, die mich spüren ließ, dass er wirklich an meinem Wohl interessiert war und sich um mich kümmerte. Zwei Wochen später hielt ich mein Versprechen und meldete mich bei ihm. Seine Reaktion war die pure Freude. Er war so glücklich, von mir zu hören und stellte sofort die Frage, die nur er stellen konnte:

„Hast du wenigstens genug Leberkäse gegessen, damit du wieder richtig gesund wirst?"

In diesem Moment konnte ich nicht anders, als zu lachen - es war genau die Mischung aus Liebe und Humor, die ihn auszeichnete. Diese unverwechselbare Art, mit der er die Stimmung im Büro erhellte, selbst in den dunkelsten Momenten, war es genau das, was wir alle so sehr an ihm schätzen.

Es war wirklich eine der unerwarteten Wendungen, dass gerade er sich in einer solch liebevollen und humorvollen Weise meldete. Auch hier, wie bei vielen anderen, hatte ich nicht damit gerechnet, dass sich jemand in dieser Form um mich kümmern würde. Doch die Tatsache, dass er sich die Zeit nahm, sich immer wieder nach mir erkundigte und mich in dieser Phase meines Lebens unterstützte, war etwas, das mir wirklich gut tat. Es war eine Erinnerung daran, dass es nicht nur die großen Gesten sind, die uns helfen, sondern oft auch die kleinen, aber so bedeutsamen und unerwarteten Dinge: Ein Anruf, eine Nachricht, ein bisschen Humor und vor allem ein ehrliches Interesse an unserem Wohlbefinden.

Es tat gut zu wissen, dass ich in der Zeit meiner Abwesenheit so vielen meiner Kollegen fehlte und dass sie sich ehrlich um meine Situation sorgten. In lernte dass es besonders die Menschen sind, von denen man es am wenigsten erwartet, die einem das Gefühl von Nähe und Unterstützung geben. In meinem Fall war es diese unerwartete Fürsorge, die mich tröstete, als ich mich in einer so verletzlichen Lage befand. Es war für mich ein Zeichen, wie wertvoll und wichtig die Verbindungen im Arbeitsumfeld sind. Es sind nicht immer nur die oberflächlichen Kontakte, die zählen, sondern die echten Momente der Unterstützung, die wir füreinander finden, wenn wir sie am meisten brauchen. Vor allem sind dies auch jene Menschen, die nicht nur fragten: *„Wie geht es dir?"*, sondern auch wirklich zuhören wollten, wenn ich antwortete.

Dieser fortwährende Kontakt zu meinen Kollegen, der mir so viel Wärme und Trost brachte, wird für mich immer eine Erinnerung an die wahre Bedeutung von Mitgefühl und Freundschaft im Arbeitsumfeld bleiben.

Ich habe gelernt, dass wahre Unterstützung nicht immer in großen Taten liegt, sondern oft in den kleinen Gesten: In einer Hand, die sich nach meiner ausstreckt. In einer Stimme, die sagt:

„Ich bin für Dich da, ich denk an Dich".

In einer Nachricht, die mich daran erinnert, dass ich nicht vergessen bin. Heute weiß ich, dass es nicht die Krankheit oder der Schicksalsschlag selbst war, der mich stark gemacht hat. Es waren die Menschen, die mich aufgefangen haben - und dafür bin ich unendlich dankbar.

Ich hätte nie gedacht, dass jene Menschen aus meinem beruflichen Umfeld eine derart bedeutungsvolle Rolle in meinem Heilungsprozess spielen würden. Manchmal erwartet man von Kollegen keine tiefere emotionale Verbindung, doch in meinem Fall haben einige von ihnen mich wirklich sehr überrascht, denn es waren genau die kleinen Gesten eines jeden einzelnen, die mir gezeigt haben, dass ich nicht nur als Arbeitskraft gesehen wurde, sondern als Mensch.

Doch nicht nur Kollegen meldeten sich. Auch von außen, von Ex-Kollegen, Nachbarn und alten Bekannten, von denen ich schon lange nichts mehr gehört hatte, kamen plötzlich Nachrichten und Anrufe. Es war unglaublich schön, wie diese Verbindung wiederhergestellt wurde und ich fand es überraschend, wie schnell sich die Informationen verbreiteten. Ich hatte es nicht erwartet, dass die Geschichte von mir und meinem Erlebnis so viele Menschen erreichen würde. Es war, als wäre das Netzwerk, von dem ich dachte, es sei längst verblasst, plötzlich wieder lebendig geworden.

Was mich besonders berührte, war die Tatsache, dass ich all diese Menschen berühren konnte, ohne es bewusst gewollt zu haben. Ich selbst war nie der Typ, der die Aufmerksamkeit auf sich ziehen wollte, aber irgendwie schien das Leben mich zu einer Quelle des Gesprächs gemacht zu haben. Noch immer erhalte ich Nachrichten von Menschen, die mir mitteilen, dass sie von einem Freund oder Bekannten von mir und meiner Geschichte gehört haben. Es ist, als würde meine Geschichte ihre eigenen Wege gehen und immer neue Wege finden, zu den Menschen zu gelangen.

Letztlich kam ich durch diese Erkenntnisse zu dem Entschluss, dieses Buch zu schreiben. Es war nicht nur eine Art Therapie, um meine eigenen Erlebnisse zu verarbeiten und die vielen Gefühle, die ich über die Zeit angesammelt hatte, in Worte zu fassen, sondern auch, um all meinen Lieben, denen ich so viel zu verdanken habe, einen Teil von mir zu geben. Ein Teil der Geschichte, der auch erzählt, wie es mir wirklich ging und wie ich die Herausforderungen durchlebte. Es ist nicht nur mein Erleben, sondern auch meine Einladung an all jene, die mich unterstützten, die für mich da waren - und auch an die, die nun durch meine Erlebnisse und meine Worte vielleicht etwas für sich selbst mitnehmen können.

In dieser Zeit schrieb mir auch ein ehemaliger Kollege, dass er von den Neuigkeiten, die er über mich gehört hatte, *„geschockt"* war. Eine weitere Bemerkung von ihm beschäftigte mich jedoch noch sehr lange:

„Gut, dass du so viele Karma-Punkte auf deiner Guthabenseite hast."

In dem Moment verstand ich nicht so recht, was er damit meinte.

„Karma - war das nicht dieses Konzept, das besagte, dass uns die guten oder schlechten Dinge, die wir tun, irgendwann zurückkommen? Sollte mir diese Bemerkung etwas über mein bisheriges Verhalten oder meine Entscheidungen sagen?"

In meinen Gedanken begann sich die Frage festzusetzen:

„Hatte sich mein Karma also vertan? Hatte ich wirklich so viele positive Punkte auf meiner Seite, dass mir dieses Schicksal einfach widerfahren musste?"

In meinem Kopf hallte das Zitat aus dem Song *„Heller Schein"* von Hannes Ringlstetter auf: Dass man irgendwann für sein Karma geradestehen muss und alles was man getan hat, wieder zurückkommt.

„Und tatsächlich - was bedeutet es, wenn das Karma uns in eine Krise führt? War es eine Lektion, die mir zu Teil werden sollte?"

Diese Fragen gingen mir nicht mehr aus dem Kopf. Ich konnte mir nicht sicher sein, wie mein Leben in den letzten Jahren wahrgenommen wurde.

„Hatte ich wirklich immer das Beste gegeben? War ich immer gerecht? Habe ich wirklich so viele positive Karma-Punkte angesammelt, die mir nun geholfen haben, diese schwere Zeit zu überstehen? Oder war es der Zufall, das Schicksal, das mich in dieser schwierigen Phase begleitete?"

Die Worte meines Ex-Kollegen erinnerten mich daran, dass wir oft nicht wissen, wie sich unsere Taten und Entscheidungen auf unser Leben auswirken. Aber sie halfen mir auch zu verstehen, dass wir niemals die Kontrolle darüber haben, wie andere unsere Erfahrungen wahrnehmen. Vielleicht hatte mein Karma nicht wirklich eine Bedeutung in dem Sinne, dass es mir *„Zufall"* oder *„Schicksal"* zurückbrachte, sondern vielmehr spiegelte es die Menschen wider, die in meinem Leben sind. Die Liebe, die Fürsorge, das Mitgefühl und die Unterstützung, die mir entgegengebracht wurden, halfen mir durch diese schwere Zeit.

Ich habe gelernt, dass es nicht das Karma ist, das für uns sorgt, sondern vielmehr die Menschen um uns, die uns unterstützen und an uns glauben und genau dafür bin ich dankbar - für jede Nachricht, für jedes Wort der Unterstützung, für jede Umarmung, die mir half, wieder aufzustehen und weiterzugehen.

Lange habe ich mich gefragt, warum ausgerechnet ich diese zweite Chance bekommen habe. Warum das Leben mich gehalten hat, obwohl es mich hätte loslassen können. Es war keine

Selbstverständlichkeit, dass ich überlebt habe. Es war ein Kampf, einer, den ich selbst vielleicht nicht einmal bewusst geführt habe, aber mein Körper, mein Geist, das Leben selbst haben nicht aufgegeben. Jetzt stehe ich hier, an einer Schwelle, hinter mir die Vergangenheit, vor mir die Zukunft und mit einem Herzen voller Fragen.

6

Rückkehr in den Alltag -
Erwartungen der Umwelt vs. eigene Realität

Nach zwei Monaten des Rückzugs, der Erholung, des Verarbeitens und der inneren Auseinandersetzung mit dem, was passiert war, stand er plötzlich bevor: Der Tag, an dem ich zurück in meinen Alltag kehren würde. Zurück in die Arbeit, zu den Kollegen, zurück in eine Welt, die sich ohne mich einfach weitergedreht hatte. Und obwohl ich mich in den Wochen davor oft nach Normalität gesehnt hatte, fühlte sich dieser Schritt auf einmal wie ein unausweichlicher Sprung ins kalte Wasser an.

Ich wusste, dass er kommen würde, aber nichts hatte mich auf das vorbereitet, was dieser Tag tatsächlich mit mir machen würde. Die Nacht davor war unruhig, mein Kopf voller Gedanken, voller Fragen:

Nach meinem Schicksalsschlag und der Rückkehr ins Arbeitsleben fühlte ich mich wie zwischen zwei Welten gefangen - die Welt der Erwartungen, die mich zu meiner alten Stärke drängen wollte und die Welt der Realität, die mir zeigte, dass ich nicht mehr dieselbe war. Diese Rückkehr war mehr als nur ein physischer Schritt. Es war ein intensiver, innerer Prozess, der von Ängsten und Hoffnung begleitet wurde.

Der erste Moment im Büro fühlte sich unwirklich an. Mein Schreibtisch stand noch genauso da, als hätte ich ihn gestern verlassen. Die Kollegen kamen auf mich zu, mit offenen Armen, mit ehrlicher Freude, mit Rührung in den Augen. *„Schön, dass du wieder da bist!", „Wir haben uns Sorgen gemacht!", „Wie geht es dir denn jetzt?".*

Diese Fragen waren mitfühlend gemeint, aber sie lasteten schwer auf mir. Jedes Mal, wenn ich antwortete, musste ich die vergangenen Wochen wieder durchleben. Die Not-OP, die Angst, die Unsicherheit, die Zeit der Genesung. Immer wieder dasselbe erzählen, immer wieder die Erinnerung hochholen, obwohl ich doch versuchte, Abstand davon zu nehmen. Gleichzeitig wusste ich: Ich kann es ihnen nicht verübeln. Sie meinen es gut. Sie verstehen es nur nicht so, wie ich es fühle.

Die Worte und Gesten die mir entgegengebracht wurden, hatten mich besonders tief berührt und zeigen mir immer wieder, wie sehr wir einander brauchen, um durch schwierige Zeiten zu kommen. Besonders die Reaktion eines bestimmten Kollegen blieb mir dabei in positiver Erinnerung. Ich kenne ihn nun schon fast zehn Jahre und von Anfang an haben wir uns immer sehr gut verstanden. Wir haben stets auf Augenhöhe miteinander gearbeitet und es war eine Partnerschaft, in der wir uns gegenseitig respektiert und unterstützt haben. Als ich nach meiner Auszeit wieder an meinen Arbeitsplatz zurückkehrte, erlebte ich von ihm eine Reaktion, die mich in ihrer Aufrichtigkeit und Wärme vollkommen überwältigte.

Er kam regelmäßig in den ersten Wochen nach meiner Rückkehr zu mir ins Büro. Immer wieder fragte er mich ganz ehrlich, wie es mir geht und ob er irgendetwas für mich tun kann. Es war eine Frage, die so viel mehr war als nur eine Höflichkeitsfloskel. Es war echtes Interesse und Mitgefühl, das er mir entgegenbrachte. Dabei dachte ich nicht, dass gerade er es war, der mir so ein Angebot machen würde. Gerade in einer Umgebung, in der wir alle unsere eigenen Aufgaben und Verpflichtungen haben, hätte ich nicht erwartet, dass sich jemand - vor allem ein Kollege aus einem völlig anderen Bereich - freiwillig anbieten würde, mich bei meinen Aufgaben zu unterstützen.

Trotzdem musste ich seine Hilfe ablehnen. Es war mir einfach nicht möglich, Aufgaben, die ich selbst übernehmen konnte, einfach auf andere abzuwälzen, auch wenn seine Hilfe mir sehr viel bedeutet hätte. Ich wusste, dass auch er viele Verpflichtungen hatte und selbst unter Druck stand. Es war mir wichtig, ihn nicht noch zusätzlich mit Dingen zu belasten, die ihm bisher nicht begegnet waren und die ihm auch nicht zugemutet werden sollten. Doch diese Geste, dieses ehrliche Nachfragen und die Bereitschaft, mir zu helfen, bleibt mir unvergessen. Es zeigte mir, dass wahres Mitgefühl nicht nur darin besteht, zuzuhören, sondern auch danach zu handeln, selbst wenn es nicht erwartet wird.

Es ist genau diese Art von zwischenmenschlicher Unterstützung, die das Arbeiten in einem Team so besonders macht. Es ist das, was zählt - nicht nur die fachliche Kompetenz, sondern auch das Gefühl, füreinander da zu sein, gerade in den schwierigen Momenten. Diese Erfahrung hat mich in meinem Glauben an echte Zusammenarbeit und Freundschaft im Arbeitsumfeld bestärkt und mir gezeigt, wie wertvoll solche Gesten sind und wie legitim es ist, seine Schwächen auch nicht zu verstecken.

Leider hatte ich diese Unterstützung in den Wochen zuvor nicht erfahren, weshalb seine Geste noch bedeutungsvoller für mich war. Sie traf mich genau in dem Moment, als ich mich nach Unterstützung sehnte, aber mich nicht traute, sie aktiv einzufordern.

Es war ein schmerzlicher Moment für mich, als ich realisierte, dass trotz meines Schicksalsschlags, trotz der Rückkehr in eine ohnehin schon belastete Situation, niemand da war, um mir diese Last abzunehmen. Mir hätte es so gut getan zu wissen, dass sich jemand in dieser Zeit um meine Aufgaben gekümmert hätte. Es hätte mir geholfen, langsam wieder zu Kräften zu kommen. Doch das war nicht der Fall und ich musste mich wieder selbst durchkämpfen. Das war der Moment, in dem ich merkte, wie schwer es war, auf sich selbst zu achten und gleichzeitig den Anforderungen des Jobs gerecht zu werden. Es war ein ständiges Jonglieren, ein Kampf zwischen meinem Bedürfnis nach Selbstfürsorge und dem Drang, den Erwartungen der anderen gerecht zu werden.

Ich versuchte, einen gesunden Rhythmus zu finden, um meine Aufgaben wie früher fristgerecht erledigen zu können. Doch leider war auch das eine utopische Vorstellung. Stattdessen war es ein ständiges Hinterherhechten von Aufgaben, die keine Pause machten. Ich musste sogar mehrmals absagen und „*nein*“ sagen, was mir nicht leichtfiel. Es tat mir leid, doch ich wusste auch, dass ich besonders in dieser Zeit auch für mich selbst Verantwortung übernehmen musste. Bedauerlicherweise spürte ich teilweise immer wieder das Fehlen von Verständnis. Es gab Kollegen, die es als selbstverständlich ansahen, dass ich sofort wieder voll funktionierte. Manche von ihnen machten keinen Unterschied, ob ich gerade einen Schicksalsschlag überstanden hatte oder nicht. Sie sahen nur die Person im Büro, die sie wieder als „*verfügbar*“ ansahen. Die Realität dieser Gleichgültigkeit schmerzte mich tief.

Ich wünschte mir, dass in einer solchen Situation mehr Empathie vorhanden wäre, mehr Verständnis für den Menschen hinter der Tätigkeit. Niemand kann wirklich wissen, wie es einem anderen geht, vor allem nicht, wenn man nicht in seinen Schuhen steckt. Leider wird genau dieser Mensch oft als „*rückständig*“ oder „*unproduktiv*“ abgestempelt, wenn er nicht sofort wieder das alte Leistungsniveau erreicht. Es ist eine harte Realität, mit der ich mich konfrontiert sah. Aber ich hatte keine Wahl, als diesen Weg zu gehen. Ich musste mich selbst schützen und lernen, dass meine Gesundheit mehr wert war als jede Aufgabe, als jede Erwartung.

Ich habe gelernt, dass es in Ordnung ist, „*nein*“ zu sagen, dass es in Ordnung ist, sich Zeit zu nehmen, um wieder gesund zu werden. Es tut mir leid, wenn andere das nicht verstehen, aber ich musste erkennen, dass ich meine Grenzen ernst nehmen muss, bevor ich wieder völlig zusammenbreche. Denn was nützt es einem Unternehmen oder einem Team, wenn der Mensch, der hinter der Arbeit steckt, irgendwann nicht mehr da ist? Was nützt es, wenn ich mich selbst aufgebe, nur um Erwartungen zu erfüllen und dabei alles verliere?

Es gab aber auch die anderen Blicke. Die, die sagten:

„Ah, sie ist ja wieder fit.“

Die Erwartung, dass ich einfach meinen Platz einnehme, so wie vorher, dass ich dieselbe Leistung bringe, als hätte es diesen Schicksalsschlag nie gegeben. Besonders diese Gedanken machten mir Angst, denn die Wahrheit war: Ich war nicht mehr dieselbe und ich war nicht mehr so belastbar wie vorher.

Ich spürte es schon in den ersten Stunden: Die Anspannung, die mich innerlich zusammenzog, sobald die ersten Mails eintrudelten, sobald die ersten Aufgaben kamen, sobald ich mich wieder in den Strudel aus Terminen und Erwartungen begab. Ich hatte Angst. Nicht nur davor, dass die Arbeit wieder über meine Gesundheit triumphieren könnte, sondern auch davor, dass es niemand verstehen würde.

„Schön, dass du wieder fit bist!“ hörte ich immer wieder. Aber war ich das wirklich? Ich hatte mich körperlich erholt, ja. Aber innerlich? Meine Energie war begrenzt, meine Nerven dünn, meine emotionale Widerstandskraft nicht annähernd so stabil, wie ich es mir gewünscht hätte und doch sagte ich nichts. Ich wollte nicht schwach wirken, wollte mir nicht anmerken lassen, dass ich mich nicht bereit fühlte. Denn was wäre dann passiert? Hätte man mich für weniger leistungsfähig gehalten? Für nicht mehr belastbar genug? Hätte man in mir nur noch *„die, die fast gestorben wäre“, „die die nun einen Knacks weg hat“* gesehen?

Wo war ich an dieser Stelle geblieben? Diese moderne, weise, selbstbewusste, feinfühlige und kreative Frau die mir oft nachgesagt wurde.

Es war eine Zeit, die mich körperlich und emotional vollkommen erschöpfte. Die Wochen nach all dem, was ich durchgemacht hatte, waren von einer ständigen Müdigkeit geprägt, die mich so tief ergriff, dass ich oft nicht wusste, wie ich den Tag überstehen sollte. Ab Mittag fand ich mich immer wieder im Homeoffice auf der Couch wieder, fast gezwungen, in einer liegenden Position weiterzuarbeiten, um mich irgendwie durch den Tag zu retten. Meine Energie war aufgebraucht und nichts schien so zu laufen, wie es früher einmal war. Der Eisenmangel, der mir immer wieder zu schaffen machte und die schmerzende Narbe von der langen, körperlichen Belastung taten ihr Übriges. Es war mehr als nur ein körperliches Gefühl, es war eine ständige Last, die mich dazu brachte, die eigenen Grenzen immer wieder zu spüren.

Der Druck von außen war weiterhin da, die ständigen Anfragen meiner Kollegen, die Erwartungen, die an mich gestellt wurden - und alles das, während ich mich selbst so weit entfernt fühlte von meiner alten Leistungsfähigkeit. Ich merkte, dass ich in dieser neuen Realität noch nicht angekommen war. Meine alte Belastbarkeit war weit weg und ich kämpfte gegen das Gefühl an, dass ich den Anforderungen nicht gerecht wurde. Aber ich wusste, dass ich etwas ändern musste. Ich konnte nicht einfach so weitermachen, es würde mich nur weiter in den Abgrund treiben.

Es war nicht einfach, zurückzukehren. Nachdem ich alles durchgemacht hatte, was mir das Leben auferlegt hatte, fühlte sich der Schritt zurück in meinen Job wie der Beginn eines neuen

Kapitels an. Allerdings war es ein Kapitel, das ich nicht ohne weiteres einfach aufschlagen konnte. Die ersten Wochen waren geprägt von einem ständigen inneren Ringen. Auf der einen Seite wollte ich da sein, wollte mich wieder beweisen und zeigen, dass ich funktioniere. Doch auf der anderen Seite wusste ich, dass ich noch lange nicht an dem Punkt war, an dem ich mich wieder als *„voll einsatzfähig"* bezeichnen konnte und doch spürte ich, wie die Kollegen mich genau so wahrnahmen - *„Sie ist wieder da, also kann sie auch wieder alles leisten."* Diese Annahme war ein Trugschluss, der mir immer wieder schmerzlich bewusst wurde.

Ja, ich war wieder da, körperlich war es mir wieder möglich, ins Büro zu kommen. Doch innerlich und geistig war ich noch weit davon entfernt, die alte Energie zu haben, die ich vorher besaß. Es war, als würde ich ein zweites Leben führen - eines, das zwar neu und voller Chancen war, aber auch voller Unsicherheiten. Ich wusste, wie wichtig es war, auf meinen Körper zu hören, ihn zu respektieren und meine Grenzen nicht zu überschreiten. Doch nach außen hin, wollte ich all das nicht zeigen. Ich wollte keine Schwäche zeigen. Ich wollte nicht der *„kranke Fall"* in den Augen meiner Kollegen sein. Also tat ich so, als sei alles wie vorher, versuchte, mich anzupassen und einfach in gewohnter Manier weiterzuarbeiten. Zudem bat ich jedoch meinen Vorgesetzten darum, meine Kollegen darüber zu informieren, dass ich in dieser Übergangszeit nicht mit neuen Aufgaben überlastet werden sollte. Er kam meiner Bitte nach, was mir ein Stück weit geholfen hat, zumindest eine gewisse Rücksichtnahme zu spüren.

Es war jedoch nicht einfach. Ich hatte das Gefühl, mich ständig in einem Strudel zu befinden - zwischen meinen eigenen Bedürfnissen und den Erwartungen der anderen. Besonders zum

Jahreswechsel, als die Anforderungen wieder zunahmen, merkte ich, wie mir die Kraft fehlte. Die Müdigkeit war omnipräsent, und selbst einfache Gespräche fielen mir zunehmend schwer. Es war, als würde mein Körper mir ständig signalisieren:

„Du bist noch nicht wieder auf dem alten Level. Du musst langsamer machen."

Das war jedoch nicht immer möglich. Der Druck, der durch die steigenden Aufgaben und Erwartungen kam, war oft erdrückend. Nach der Arbeit war ich völlig erschöpft. Ich fiel regelrecht ins Bett, als wäre der Tag nie wirklich lebendig gewesen. Der Eisenmangel verstärkte all diese Gefühle und brachte mich immer wieder an meine persönliche Belastungsgrenze.

In dieser Zeit suchte ich erneut das Gespräch mit meinem Vorgesetzten. Ich erklärte ihm, wie ich mich fühlte, wie schwierig es war, mich wieder vollständig in den Arbeitsalltag zu integrieren. Ich habe offen mit ihm über die bestehende Diagnose gesprochen und darum gebeten, Verständnis dafür zu haben, wenn ich mich deswegen aus belastenden Situationen zurückziehen muss. An diesem Punkt hatte ich das Gefühl, dass ich mich selbst schützen musste, dass ich nur so die Kontrolle über meine Gesundheit und mein Wohlbefinden bewahren konnte.

So traf ich die Entscheidung, mir einen festen Tag in der Woche für Homeoffice zu nehmen, einen Tag, an dem ich mich von der ständigen Erreichbarkeit befreien konnte. Ein Tag, an dem ich mich in aller Ruhe auf die liegengebliebenen Aufgaben konzentrieren konnte, ohne den ständigen Druck, jederzeit für Anfragen bereitstehen zu müssen. Um dies zu tun, musste ich einen Schritt gehen, der mir alles andere als leichtfiel: Ich musste meine Kollegen und die Verantwortlichen über meinen aktuellen Gesundheitszustand informieren. Ich musste meine Schwäche, meine Verletzlichkeit, nach außen tragen - und das war für mich ein schmerzhafter Schritt. Ich wollte nicht, dass meine gesundheitliche Situation immer wieder im Fokus stand. Ich wollte nicht, dass man mir Mitleid zeigte oder mir das Gefühl gab, dass ich weniger leistungsfähig war. Jedoch wusste ich, dass ich es tun musste, um meine eigenen Grenzen zu wahren.

Es war eine Entscheidung, die mich innerlich zerriss. Die E-Mail, die ich schließlich an meine Kollegen schickte, war ein Schritt, der mir nicht leichtfiel. Es war eine Mischung aus Sorge und Erleichterung, die mich begleitete, als ich sie formulierte. Ich versuchte, klar und verständlich zu erklären, dass ich ab sofort einen Tag in der Woche im Homeoffice arbeiten würde, um mich auf meine Gesundheit und die liegengebliebenen Aufgaben zu konzentrieren. Gleichzeitig teilte ich darin auch meinen aktuellen Gesundheitszustand mit - etwas, das ich niemals freiwillig in den Vordergrund stellen wollte, aber wusste, dass es notwendig war. Es fühlte sich wie eine Offenbarung an, meine Schwäche so offen anzusprechen und ich wusste, dass ich damit eine Tür öffnete, die nicht mehr zu schließen war.

Als ich die E-Mail abschickte, war ich mir nicht sicher, wie sie aufgenommen werden würde. Kurz nachdem ich diese gesendet hatte, hatte ich die erste Rückmeldung eines Kollegen bekommen. *„Sehr schön geschrieben“*, antwortete er mir und ich konnte förmlich spüren, wie er mir seine Unterstützung und sein Verständnis durch diese Worte schickte. Diese kleine Geste, dieser einfache Satz, war für mich ein Lichtblick. Er wusste, wie schwer es mir gefallen war, mich in dieser Weise zu zeigen und er wollte mir mit seinen Worten Mut machen. In diesem Moment spürte ich, dass er mich nicht nur verstand, sondern auch hinter mir stand und wir beide uns in unserem Vertrauen wieder ein Stück annäherten. Es war ein ermutigender Moment, der einen starken Eindruck bei mir hinterließ und mir das Gefühl vermittelte, nicht allein zu sein. Jedoch kam meine Nachricht leider nicht überall so mitfühlend und verständnisvoll an und so musste ich mich trotz allem leider auch mit negativen Rückmeldungen auseinandersetzen.

Es war gerade einmal zwei Wochen später, als ich die Info ans Team verteilt hatte und als ich die Aussage einer Kollegin hören musste, dass man sich *„gar nicht mehr traue, mich zu irgendwelchen Themen zu fragen, weil ich mich ja aktuell für nichts interessiere was gerade anfällt"*, war ich völlig erschüttert. Diese Worte trafen mich wie ein Schlag. Wie konnte jemand so etwas sagen, ohne die Geschichte zu kennen? Ohne zu wissen, was ich durchgemacht hatte, ohne zu verstehen, wie nah ich dem Tod gewesen war und wie schwer es mir fiel, überhaupt zurückzukehren? Ich hatte gekämpft - um mein Leben, um meine Gesundheit, um alles, was mir wichtig war und jetzt, nach allem, was ich überstanden hatte, sollte ich mir auch noch solche Worte anhören müssen, obwohl ich wieder zurück war und bereits versuchte wieder mein Bestes zu geben und zu meiner alten, gewohnten Leistung zurückzukommen?

Ich fühlte mich tief verletzt und enttäuscht. Es war eine Form der Ungerechtigkeit, die mich aufwühlte, die mich an einem Punkt traf, an dem ich es nicht für möglich gehalten hatte. Jemand, der noch vor wenigen Wochen ums Überleben gekämpft hatte, musste sich nun vorwerfen lassen, dass er sich nicht mehr für die Arbeit interessierte? Ich fühlte mich nicht nur missverstanden, ich fühlte mich in meiner ganzen Person in Frage gestellt. Das traf mich besonders, weil ich mich nicht als jemand sah, der einfach aufgibt. Ich war zurückgekehrt, weil ich meine Aufgaben und meine Arbeit ernst nehme, weil ich nicht möchte, dass andere Menschen die Last meiner Abwesenheit tragen müssen. Jedoch musste ich auch erkennen, dass nicht jeder bereit war, in meine Situation einzutauchen, nicht jeder die Bereitschaft hatte, mit Empathie und Verständnis auf mich zuzugehen.

Diese Aussage zeigte mir auf schmerzhafte Weise, dass nicht jeder in meinem Umfeld die gleiche Sensibilität für solche Themen hatte. Ich wusste allerdings auch, dass ich dies nicht mehr an mich heranlassen durfte. Es war meine Entscheidung, wie ich mit meiner Arbeit und meiner Gesundheit umging und niemand hatte das Recht, darüber zu urteilen. Es geht nicht mehr darum, wie andere mich wahrnehmen, sondern darum, wie ich selbst für mich sorge. Es war klar, dass meine Gesundheit nun im Vordergrund stand - alles andere würde mir nur schaden und mich zurück in die falsche Richtung führen.

Also begegnete ich dieser Äußerung mit einem inneren Lächeln. Es war ein Lächeln des Verständnisses - für mich selbst, denn diese Worte, so schmerzhaft sie auch waren, zeigten mir nur noch mehr, wie wenig emphatisch manche Menschen sind. Das war auch eine Art von Geschenk, denn es half mir, noch klarer zu erkennen, dass ich nie so sein wollte. Ich wollte immer mitfühlend, verständnisvoll und respektvoll sein. Und in diesem Moment wusste ich, dass ich das, was ich erlebt hatte, nie wieder aus den Augen verlieren würde - auch nicht bei anderen, denn ich weiß nur zu gut, wie man sich in einer solchen Situation fühlt.

So schwer es war, aber diese Momente der Enttäuschung halfen mir, noch stärker zu werden. Ich lernte, mich von solchen Äußerungen zu distanzieren und meine Energie in das zu investieren, was wirklich wichtig war: in meine Gesundheit und in mein eigenes Wohlbefinden. Denn nur wenn ich für mich selbst sorge, kann ich auch für andere da sein.

———◆———

In den ersten Wochen meiner Rückkehr war das Verständnis hinsichtlich meiner Bitten und Wünsche nach Veränderung tatsächlich da und ich fühlte mich unterstützt. Doch mit der Zeit stellte sich heraus, dass dieses Verständnis nicht in jeder Situation gleich war. Eines Tages, als ich mich wieder aus einer stressigen Situation zurückzog, hörte ich Worte, die mich tief trafen: Mein Verhalten wurde als *„Schutzmechanismus"* abgestempelt und mir wurde gesagt, dass dieses Verhalten ein *„schlechtes Licht in die Mannschaft"* werfen würde. Diese Worte schmerzten mich mehr, als ich es je zugegeben hätte. Ich verstand, dass meine Entscheidung, mich zurückzunehmen, in meiner Position nicht immer die richtige war - dass ich damit vielleicht auch das Team im Stich ließ, aber was war der Preis, den ich dafür zahlte? Meine Gesundheit? Mein Wohlbefinden? Diese Frage beschäftigte mich tagelang, während ich versuchte, eine Balance zwischen meiner Verantwortung für die Arbeit und der Verantwortung für mich selbst zu finden.

Es war ein täglicher Kampf, jedes Mal, wenn ich ins Büro fuhr. Sollte ich mich in den Arbeitsfluss stürzen und alles annehmen, was der Tag brachte, ohne auf mich und meinen Körper zu hören? Oder sollte ich auf meine Grenzen achten und die notwendigen Pausen einlegen, um nicht in alte Muster zurückzufallen, die mir nicht gut taten? Letztlich fiel die Entscheidung immer wieder zugunsten meiner Gesundheit. Ich wusste, dass ich später - wenn es mir wieder schlechter ginge - ganz alleine die Konsequenzen tragen würde, wenn ich mich wieder in Situationen begab, die mich überforderten. Ja, es tat mir leid, wenn sich Kollegen dann abgelehnt fühlten oder nicht verstanden, warum ich mich zurückzog, aber meine Gesundheit und mein Wohlbefinden standen und stehen nun an erster Stelle.

Diese Entscheidung war ein weiter Wendepunkt für mich auf meiner Reise zu meinem neuen Ich. Sie war nicht einfach und sie war auch nicht immer leicht zu treffen, aber ich wusste, dass ich niemandem etwas schuldig war, außer mir selbst. Ich musste auf mich selbst achten und den Mut haben, Grenzen zu ziehen, auch wenn es anderen nicht passte. Diese Entscheidung, mich nicht mehr nur an den Erwartungen anderer zu orientieren, sondern an dem, was wirklich für mich und meine Gesundheit wichtig war, hat mich weiter wachsen lassen. Es war ein Schritt in eine Richtung, die ich so dringend brauchte - die Richtung zu mir selbst und zu meiner Heilung.

Heute kann ich mit Stolz sagen, dass ich diesen Schritt für mich gegangen bin. Es war eine Entscheidung, die mich nicht nur in meiner körperlichen, sondern auch in meiner emotionalen Heilung bestärkt hat. Ich weiß, dass es nicht immer leicht ist, sich von Erwartungen und Normen zu lösen, aber für mich war es der einzig richtige Weg. Ich hoffe, dass man das versteht, auch wenn es manchmal nicht sofort nachvollziehbar ist. Für mich bedeutet dieser Weg, dass ich mich immer weiter erhole, dass ich weiterhin an meine zweite Chance glaube und dass ich meine Gesundheit in den Mittelpunkt stelle - für mich und für niemanden sonst.

Dieser Schicksalsschlag hat meine Einstellung zur Arbeit verändert. Ich war schon immer jemand, der Leistung als Selbstverständlichkeit angesehen hat - Erfolg war messbar, spürbar, ein ständiges Streben nach dem nächsten Ziel. Doch jetzt stelle ich mir die Frage: *„Wofür?"*

Ich mag meine Arbeit sehr, ich bin stolz auf das, was ich erreicht habe und doch habe ich erkannt, dass sie nicht durchgängig mein Leben sein darf. Sie ist ein Teil davon, aber nicht der Mittelpunkt. Früher habe ich geglaubt, dass ich mich über meine Erfolge definieren muss, dass ich immer mehr geben, immer besser werden muss, um wirklich etwas zu bedeuten. Doch das Leben hat mir gezeigt: Mein Wert hängt nicht von meinen Leistungen ab.

Gleichzeitig bedeutet das nicht, dass ich an meiner Arbeit weniger Freude habe oder mich weniger anstrenge. Im Gegenteil: Seit ich mir bewusst gemacht habe, dass Arbeit nicht mein Leben bestimmt, bin ich effizienter, fokussierter und vor allem erfüllter. Ich setze klare Grenzen, ich nehme mir bewusst Auszeiten, und ich habe keine Angst mehr davor, auch mal *„Nein"* zu sagen.

So bleibt mir nur, weiter meinen Weg zu gehen, nach meinen eigenen Regeln und unter Berücksichtigung meiner eigenen Bedürfnisse. Ich werde mich nicht mehr aufopfern, ohne auf mich selbst zu achten.

Auch wenn das bedeutet, dass ich hin und wieder Konflikte oder Missverständnisse in Kauf nehmen muss, so weiß ich doch, dass es die einzig richtige Entscheidung für mich ist, denn wenn ich mich selbst verliere, verliere ich auch alles andere und das darf nicht noch einmal passieren.

7

Zwischen Erwartung und Realität -

Der Kampf zwischen alten Erwartungen und neuen Grenzen

Nachdem ich nur wenige Monate später wieder in meinen gewohnten Abläufen und in der Arbeitswelt zurück war, merkte ich schnell, wie sehr der Alltagsstress mich erneut einholte - viel schneller, als ich es mir jemals gewünscht hätte. Anfangs hatte ich so sehr gehofft, dass sich etwas ändern würde, dass dieser schwere Schicksalsschlag nicht nur mich, sondern auch meine Umgebung und meine Arbeit verändert hätte. Ich hatte mir gewünscht, dass aus meiner Erfahrung gelernt wurde und man Maßnahmen ergreifen würde, um mir zu helfen, den Stresspegel in meinem Arbeitsalltag für die Zukunft zu mildern oder zumindest zu verringern. Doch leider war diese Hoffnung nach meiner Rückkehr ins Büro schnell wieder dahin.

Es gab kaum Rückfragen von meinen Kollegen, ob ich Unterstützung benötigte oder ob man mir etwas abnehmen könnte. Vielmehr war man froh, mich wieder an meiner gewohnten Position zu sehen - anscheinend war alles wieder wie vorher. Dass ich wieder da war, wurde als selbstverständlich angesehen. Diese Erkenntnis tat weh und doch verstand ich sie mit der Zeit. Ich bin eben jemand, der sich in einen Job hineinkniet. Ein Job, bei dem bestimmte Aufgaben erledigt werden müssen. Wenn man wieder gesund aussieht, wenn man keine offensichtlichen körperlichen Einschränkungen mehr hat, dann erwartet man, dass man alles wieder wie gewohnt erledigen kann. Doch was hinter der Fassade passiert, das sieht niemand. Was in meinem Inneren vor sich geht, ist etwas, was nur ich weiß - meine Ängste, meine Sorgen, die ständigen Gedanken über meine Gesundheit und das Erlebte. Der *"alte"* Alltag fühlte sich plötzlich wie ein erdrückendes Gewicht an, ein System, das mich nicht mehr trug, sondern mich immer wieder zurückwarf.

Ich merkte, wie ich begann, Schutzmechanismen aufzubauen, um mich selbst zu schützen, um unnötigen Konflikten oder Diskussionen zu entgehen und um meinen selbst gesteckten Grenzen gerecht zu werden. Doch diese Verhaltensweisen wurden teilweise missverstanden. Man nahm sie nicht als das wahr, was sie waren - Versuche, mich zu wappnen und mit der Situation zurechtzukommen. Ich lernte, dass ich von niemandem erwarten kann, dass er sich in meine Lage versetzt, dass er mir etwas abnimmt oder eine Veränderung für mich herbeiführt, die mir gut tut. Diese Empathie, diese Fürsorge - das sind Geschenke, die nicht jeder Mensch in sich trägt und besonders in der Arbeitswelt scheint jeder mit seinen eigenen Herausforderungen so sehr beschäftigt zu sein, dass er kaum noch in der Lage ist, für jemand anderen zu sorgen.

Ich hatte sehr gehofft, dass mein Erlebnis etwas verändert hätte. Dass nicht nur ich mit neuen Augen auf mein Leben blickte, sondern dass auch mein Umfeld eine andere Sichtweise entwickelt hätte. Dass man verstehen würde, dass ich vielleicht nicht sofort wieder auf 100 Prozent laufen kann. Aber die Welt dreht sich weiter. Die Anforderungen bleiben dieselben. Und ich fragte mich immer wieder:

„Wie lange wird es dauern, bis von mir erwartet wird, wieder die Alte zu sein?"

Früher hatte ich oft darauf geachtet, was andere von mir erwarteten. Ich wollte niemanden enttäuschen, wollte funktionieren, wollte *„richtig"* leben. Ein Teil von mir wollte einfach wieder in den Arbeitsfluss zurückfinden, sich beweisen, wieder *„funktionieren"*. Aber ein anderer Teil schrie danach, nicht wieder in alte Muster zu verfallen.

„Ich hatte diese zweite Chance bekommen , sollte ich sie nun damit verschwenden, mich wieder in denselben Stress zu stürzen, der mich vielleicht erst in diese Situation gebracht hatte?"

Mir wurde klar, dass ich mich nicht darauf verlassen kann, dass andere für mich eine Veränderung bewirken. Es ist ein Prozess, den nur jeder selbst durchmachen kann. Es ist eine Kunst, die Fähigkeit zur Empathie, die uns dazu bringt, bedingungslos für einen anderen Menschen da zu sein, mit dem Ziel, ihm zu helfen und ihm das Leben zu erleichtern. Doch diese Gabe haben nur wenige und das ist eine bittere Erkenntnis. Ich habe mich damit abgefunden, dass viele Menschen in meiner Situation ähnliche Erfahrungen machen, die sie in ihrem Arbeitsumfeld isolieren. Man ist gezwungen, sich wieder selbst zu finden und die Verantwortung für das eigene Wohl zu übernehmen. So verstand ich trotz der inneren Haltung es allen anderen recht zu machen, dass ich der einzige Mensch bin, den ich wirklich zufriedenstellen musste. Ich begann mir selbst zuzuhören. Mir zu erlauben, Dinge auszuprobieren, die ich früher vielleicht nicht gewagt hätte. Ich traf Entscheidungen nicht mehr aus Angst vor Versagen, sondern aus Freude an der Möglichkeit.

Noch heute fällt es mir jedoch schwer, mich nicht mehr in meiner alten Kraft und Stärke zu sehen. Es ist, als würde ich immer wieder in einen Spiegel blicken und darin nicht mehr ganz die Person erkennen, die ich einmal war. Früher war ich belastbar, voller Energie, immer bereit, mich Herausforderungen zu stellen - egal, wie groß oder anstrengend sie waren. Doch heute ist das anders. Ich bin nicht mehr so leistungsfähig wie früher, nicht mehr so belastbar, wie ich es mir gewünscht hätte. Das zu akzeptieren, war vielleicht die größte Herausforderung meines zweiten Lebens.

Das Schwierigste war nicht nur, es mir selbst einzugestehen, sondern auch, es nach außen zu kommunizieren. Besonders im beruflichen Umfeld fiel es mir unglaublich schwer, diese neue Realität auszusprechen. Ich wusste, dass nicht jeder Verständnis haben würde, dass es vielleicht Menschen gibt, die meine Situation nicht nachvollziehen können oder schlimmer noch, die darüber urteilen, ohne auch nur einen Bruchteil dessen erlebt zu haben, was ich durchmachen musste.

Ich habe jedoch dadurch gelernt, dass ich mir selbst treu bleiben muss, dass ich für mich selbst einstehen muss. Es ist wichtig, zu erkennen, wann man über Schwächen sprechen möchte und wann man sie für sich behalten muss, um sich selbst zu schützen. Doch wenn diese *"Schwächen"* die eigene Tätigkeit oder die Erwartungen des Jobs beeinflussen, dann muss man sich auch eingestehen, dass man für diesen Job vielleicht auch nicht mehr der Richtige ist. Das ist eine sehr schmerzhafte Erkenntnis, die einen zum Nachdenken bringt, aber ich glaube, es ist der fairste Schritt sowohl für einen selbst als auch gegenüber seines Arbeitgebers. Ich muss ehrlich zu mir sein und mir eingestehen, wenn ich nicht mehr in der Lage bin, meinen vollen Beitrag zu leisten, weil ich mich selbst und meine Gesundheit priorisieren muss.

Diese Erkenntnis ist ein täglich Begleiter für mich geworden, besonders in den Momenten, in denen ich vor schwierigen Aufgaben oder Entscheidungen stehe. Doch auch wenn das bedeutet, dass ich mich von gewohnten Dingen verabschiede oder mich von Erwartungen lösen muss, so habe ich durch alles, was ich erlebt habe, gelernt, dass es wichtig ist, sich selbst Zeit zu geben. Zeit, sich wieder zu finden und neu zu definieren, was für einen selbst gut und richtig ist. Das ist der Punkt, an dem ich heute stehe - an dem Punkt, an dem ich akzeptiere, dass ich nicht die gleiche Person bin, die ich vor diesem Schicksalsschlag war. Es braucht seine Zeit, um sich in diesem neuen Leben zurechtzufinden. Aber diese Zeit muss ich mir nehmen, denn nur so kann ich nach vorne blicken und weiterhin einen Weg für mich finden, der mich mit allem verbindet, was ich erlebt habe.

Die größte Herausforderung war jedoch nicht die Rückkehr an den Arbeitsplatz. Es war die Frage, ob ich den Mut aufbringen würde, meine Grenzen zu akzeptieren und sie auch anderen gegenüber klar zu machen.

„Ich wusste, dass es leichter gewesen wäre, einfach so zu tun, als wäre alles wie immer, aber wäre das richtig?"

⸺ ◆ ⸺

Ich kann mir vorstellen, dass es Stimmen gibt, die es nicht gutheißen, dass ich meine Grenzen nun klarer ziehe, dass ich mir herausnehme, meine Gesundheit an erste Stelle zu setzen. Vielleicht gibt es Menschen, die denken:

„Ach, sie jetzt wieder." oder *„Jetzt macht sie aber einen auf Mitleid."*

Ich weiß es nicht genau, aber ganz ehrlich - es ist mir mittlerweile auch egal. Denn niemand, der nicht selbst durch eine existenzielle Krise gegangen ist, dürfte sich anmaßen so zu urteilen. Niemand kann wirklich nachempfinden, was es bedeutet, dem Tod so nah gewesen zu sein und sich danach in einem neuen, ungewohnten Körper wiederzufinden, einem Körper, der zwar lebt, aber nicht mehr dieselbe Leistungsfähigkeit besitzt wie zuvor. Vor allem kann niemand, der nicht selbst an diesem Punkt war, mir vorschreiben, wie ich mit meiner zweiten Chance umzugehen habe.

Ich habe lange genug gebraucht, um zu verstehen, dass meine neuen Grenzen keine Schwächen für mich sind. Sie sind eine Notwendigkeit. Sie sind mein Schutz. Sie sind der Beweis dafür, dass ich auf mich selbst höre, dass ich mich ernst nehme, dass ich mich nicht mehr für Dinge aufopfere, die mir nicht guttun.

Früher hätte ich vielleicht noch versucht, es allen recht zu machen. Hätte mich noch mehr angestrengt, um bloß nicht angreifbar zu sein, um bloß nicht als „*schwach*" dazustehen, aber das werde ich nie wieder tun. Ich bin an einem Punkt, an dem ich genau weiß, was mein Körper und meine Seele brauchen und ich werde keine Kompromisse mehr eingehen, nur um Erwartungen von anderen zu erfüllen.

Es hat Zeit gebraucht, mich selbst anzunehmen, mit allem, was dieser Schicksalsschlag in mir verändert hat und es hat noch mehr Zeit gebraucht, meine Ängste nicht als Schwäche zu sehen, sondern als Zeichen dafür, dass ich gewachsen bin. Früher habe ich oft über meine Grenzen hinaus gearbeitet, aus Angst, nicht genug zu leisten. Heute weiß ich: Wer gut arbeiten will, braucht Pausen und so nehme ich mir nun bewusst Momente zum Durchatmen und lasse mich nicht mehr von ständigem Leistungsdruck treiben.

Ich habe gelernt, dass ich nicht sofort wieder die volle Leistung abrufen muss, dass ich Pausen brauche und sie mir auch nehmen darf. Dass ich nicht jedem alles erzählen muss, wenn es mir nicht guttut und vor allem habe ich gelernt, dass es okay ist, nicht einfach nahtlos wieder in das „*alte Leben*" hineinzupassen. Und doch stresste es mich zutiefst, dass ich immer länger brauchte, um meine Aufgaben zu erledigen, als es früher der Fall war. Diese langsame und scheinbar endlose Abarbeitung meiner To-do-Liste raubte mir nicht nur wertvolle Zeit, sondern auch einen Großteil meiner Energie. Es war, als würde jede Aufgabe mehr von mir fordern, als ich zu geben in der Lage war. Noch schwerer wog der Gedanke, dass nach all dem, was ich für meine Arbeit gab, kaum noch Kraft übrig bleibt, um die schönen Dinge zu tun, die so wichtig für meine physische und mentale Gesundheit gewesen wären.

Heute weiß ich: Ich bin nicht mehr dieselbe wie früher, aber das ist in Ordnung. Ich bin nicht weniger wert, nur weil ich nicht mehr dieselbe Leistung erbringen kann. Ich bin nicht weniger stark, nur weil ich mir Pausen nehme, wenn ich sie brauche. Ganz im Gegenteil: Meine wahre Stärke liegt heute darin, mich selbst nicht mehr zu verraten, auch wenn das bedeutet, dass manche Menschen das nicht verstehen oder akzeptieren, dann ist das nicht mein Problem. Und doch ist es kein perfekter Prozess. Es gibt immer noch Tage, an denen mich die Zweifel einholen, an denen ich mich frage, ob ich wirklich auf dem richtigen Weg bin. Doch dann erinnere ich mich daran: Es ist mein Weg! Und solange ich ihn mit offenen Herzen gehe, kann er nicht falsch sein. Ich werde meine Grenzen respektieren. Für mich, für mein Leben, für meine Zukunft und nie wieder werde ich eine Ausnahme machen.

━━◆━━

Früher konnte ich mich in den kleinen Momenten des Lebens verlieren: Zeit für mich selbst, meine Freunde, meine Hobbys, das handwerkliche Arbeiten oder einen ruhigen Spaziergangs. Doch jetzt, in dieser neuen Realität, in der ich mich immer noch wiederfinde, fehlt mir oft die Energie, diese Momente zu schaffen. Was einmal ganz selbstverständlich war, ist heute eine Herausforderung für mich und das tut weh.

Diese Balance zu finden, ist für mich ein ständiger Kampf. Ich versuche, einen guten Mittelweg zwischen den Anforderungen des Lebens und meiner eigenen Gesundheit zu finden, aber oft kommt es mir vor, als würde ich mich und meine Bedürfnisse auf dem Weg verlieren. Es ist, als müsste ich ständig gegen mich selbst kämpfen, um nicht von der Flut von Verpflichtungen und Erwartungen erdrückt zu werden. Ich weiß, dass ich auf mich selbst achten muss und dennoch fehlt mir oft die Kraft, dies konsequent umzusetzen. Es fühlt sich an, als wäre das Gleichgewicht zwischen Leben und Arbeit ein Drahtseilakt und ich habe Angst, irgendwann abzurutschen.

Was mich zusätzlich belastet, ist die Art und Weise, wie ich von anderen wahrgenommen werde. Oft werde ich als gesund angesehen, obwohl ich weiß, dass ich es noch nicht wieder vollends bin. Es gibt Momente, in denen ich mich stark und fähig fühle, aber die Realität meiner physischen und emotionalen Grenzen bleibt oft unsichtbar für diejenigen um mich herum. Auf der anderen Seite fühle ich mich manchmal auch als *„krank"* betrachtet, obwohl ich mich in diesen Momenten keineswegs so fühle. Dieser ständige Zwiespalt zwischen den Erwartungen anderer und dem, was ich wirklich durchmache, hinterlässt in mir ein Gefühl der Unsicherheit und des Nicht-Verstanden-Werdens.

Es tut weh, sich in diesem Spannungsfeld zu bewegen – zwischen der Erwartung, wieder der *„alte"* Mensch zu sein und dem Wissen, dass ich noch nicht vollständig geheilt bin. Ich versuche, mich nicht selbst zu verlieren, versuche, mich nicht von den Anforderungen und der Vorstellung anderer, wer ich zu sein habe, erdrücken zu lassen, aber es ist schwer. Dieser Weg ist nicht einfach. Es ist ein ständiges Auf und Ab, ein Lernen, sich selbst in all seinen Facetten zu akzeptieren und anzunehmen.

Ich hoffe, dass es mir gelingt, irgendwann diese Balance wiederzufinden, in der ich meine Aufgaben in der Arbeit wieder mit Leichtigkeit erledigen kann, ohne mich selbst aufzugeben, aber es wird Zeit brauchen und das ist etwas, das ich mir immer wieder bewusst machen muss. Es ist ein langsamer, ungewohnter und schmerzhafter Prozess, aber ich weiß, dass ich ihn gehen muss. Denn die Wahrheit ist: Es gibt kein Zurück zu vorher und das ist in Ordnung. Es geht nicht darum, wieder genauso zu funktionieren wie früher, sondern darum, das Leben nach einem solchen Einschnitt bewusster zu gestalten - auch in der Arbeit.

Heute weiß ich: Es braucht Mut, sich selbst einzugestehen, dass man nicht mehr dieselbe ist, aber es braucht noch mehr Mut, das auch nach außen zu zeigen. Genau dieser Mut ist es, der mir hilft, meinen Weg neu zu gestalten, mit mehr Achtsamkeit, mit mehr Bewusstsein für meine Grenzen und mit dem Wissen, dass meine Gesundheit immer an erster Stelle stehen sollte.

Heute bedeutet Erfolg für mich auch nicht mehr, rund um die Uhr erreichbar zu sein oder mich selbst bis an die Grenzen zu treiben. Erfolg ist, einen guten Job zu machen, ohne mich selbst dabei zu verlieren. Erfolg ist, mein Bestes zu geben, aber auch zu wissen, wann es genug ist. Es ist möglich, beruflich erfolgreich zu sein, ohne sich selbst aufzugeben. Die Kunst liegt darin, Prioritäten zu setzen, nicht nur im Job, sondern vor allem im Leben.

Die Arbeit wird immer fordernd sein, immer Zeit einnehmen. Doch Familie und Freunde sind das, was wirklich bleibt. Ich plane heute meine Zeit mit ihnen genauso bewusst wie meine beruflichen Termine, denn sie sind mindestens genauso wichtig. Und dabei habe ich stets im Blick, dass die Zeit unsere wertvollste Ressource ist. Jeder Tag, jede Stunde ist einzigartig und unwiederbringlich. Heute frage ich mich oft:

Wenn die Antwort *„Nein"* ist, dann ändere ich etwas

Ich weiß jetzt, dass Erfolg nicht nur aus Leistung besteht, sondern auch aus der Fähigkeit, das Leben zu genießen. Erfolg bedeutet nicht, 12-Stunden-Tage zu haben, sondern die Zeit, die man investiert, auch klug zu nutzen. Mir ist nun bewusster denn je, dass jeder Moment zählt und dass man nicht darauf warten sollte, dass das Leben irgendwann beginnt, denn nichts ist wichtiger als die eigene Gesundheit! Keine Arbeit, keine Verpflichtung, kein *„Ich muss aber doch."*, denn es bringt nichts, sich selbst auszubrennen, nur um Erwartungen zu erfüllen - sei es die eigenen oder die der anderen. Sich so lange auszuruhen, bis es einem wirklich besser geht, sollte kein Luxus sein, sondern eine Selbstverständlichkeit. Unabhängig davon, ob andere darauf warten, dass man *„wieder funktioniert"*.

8

Konfrontation mit der Vergangenheit -
Die ungeschönte Wahrheit meiner Genesung

Als ich meinen Nachbarn knapp acht Wochen nach dem Vorfall in der Tiefgarage meiner Wohnung begegnete, wusste ich noch nicht, dass dies ein weiterer Moment sein würde, der mir nicht nur in Erinnerung bleiben würde, sondern mich auch auf meiner Reise zu mir selbst ein Stückchen weiter brachte. Als er mich sah, war seine Freude, mich wiederzusehen, so groß, dass ihm die Tränen in die Augen stiegen. Ich konnte sehen, wie sehr ihn die Nachricht über meine Situation erschüttert hatte und wie froh er nun war, mich persönlich zu sehen. In seinen Augen las ich sofort die Sorge und die Erleichterung.

Er erzählte mir, wie er von meinem Schicksal erfahren hatte und dass die Nachricht ihn regelrecht aus der Bahn geworfen hatte. Die Worte, die er damals in sich trug, brachten all die Emotionen wieder hoch, die er gefühlt hatte, als er von meinem Zustand erfuhr. Er sagte mir, dass seine Gedanken sofort wie ein Schlag durch seinen Kopf gingen:

"Bitte? Was soll das? Bitte erzähl mir einfach was anderes, aber nicht das. Nicht dass es der Nadine nicht gut geht und sie nur knapp dem Tod entkommen ist."

Die Art, wie er das sagte, die Traurigkeit in seiner Stimme, ließ mich nicht nur den Schmerz von damals spüren, sondern auch, wie schwer er immer noch mit dieser Nachricht und den Erinnerungen daran, kämpfte.

Er fragte mich, wie es mir gehe und erzählte mir, dass er durch eine gemeinsame Bekannte, die im Krankenhaus arbeitete, erfahren hatte, dass ich auf der Intensivstation lag. Diese Information war für mich zu diesem Zeitpunkt völlig neu. Ich hatte immer geglaubt, dass ich nur kurz auf der Intensivstation lag, aber es stellte sich offensichtlich heraus, dass dies doch länger der Fall gewesen war. Ich wusste, dass ich weiterhin in einem Intensivbett lag und auf der normalen Station versorgt wurde, aber was mir nicht bewusst war, war die Schwere meines Zustands, die sich offensichtlich in den Berichten der Ärzte widerspiegelte, die ich bis dato nicht kannte und selbst nicht gelesen hatte.

Nach diesem Gespräch begann ich nachzudenken. Ich fühlte, dass ich noch längst nicht alles darüber wusste, was wirklich mit mir passiert war. Offensichtlich waren die Informationen, die ich aus dem Entlassbrief entnahm, nur ein Fragment der Wahrheit - ein kleiner, harmlos wirkender Ausschnitt einer viel größeren, bedrückenden Realität. Die nüchternen Worte auf dem Papier erzählten nicht annähernd die ganze Geschichte.

Erst langsam dämmerte mir, dass sie nur die Oberfläche dessen widerspiegelten, was tatsächlich geschehen war. Dass hinter den sachlichen Formulierungen eine Dramatik verborgen lag, die mir bis zu diesem Moment nicht bewusst gewesen war.

Es war ein Gefühl von Unwissenheit, das mich drängte, mehr zu erfahren. Ich hatte den tiefen Wunsch, die Wahrheit zu kennen, selbst wenn ich wusste, dass diese Informationen schmerzhaft sein würden. So gingen weitere vier Wochen ins Land, in denen ich mit meinen Ängsten und Fragen kämpfte, bis ich schließlich den Entschluss fasste, mich den Fakten zu stellen. Ich beauftragte die Klinik, mir meine Behandlungsunterlagen zu übermitteln.

Drei Wochen später erhielt ich dann den Zugang zu einer Cloud, in der mir die Unterlagen online bereitgestellt wurden. Als ich das Passwort eingab und Zugriff auf die 287 Seiten bekam, war ich zunächst völlig überwältigt von der schieren Menge an Informationen. Es war mehr, als ich mir je hätte vorstellen können. Achtsam setzte ich mich eines Abends hin, um diese Unterlagen zu lesen, Seite für Seite. Ich wollte alles wissen, wollte verstehen, was wirklich passiert war. Es war ein Prozess, der mich emotional zutiefst forderte.

Als ich die Arztberichte und Befunde vor mir ausbreitete, zitterten meine Hände. Die Worte, sachlich und nüchtern formuliert, trafen mich mit voller Wucht. Zeile für Zeile las ich über meinen eigenen Kampf ums Überleben - schwarz auf weiß, ohne jede Emotion, doch gerade das machte es so unerträglich real. Die medizinischen

Begriffe, die nüchterne Sachlichkeit, die eilige Dringlichkeit, mit der Entscheidungen über das eigene Leben getroffen wurden - während man selbst wehrlos war. Der Verstand begreift, was damals wirklich geschehen ist, was die Ärzte gesehen, entschieden und getan haben, während man selbst in einem Dämmerzustand war.

Jede einzelne Seite las ich mit einer langen Pause, um die Informationen wirklich in mir aufzunehmen. Es war ein überwältigendes Gefühl - das Durcharbeiten dieser Berichte, die sachlich und nüchtern die Ereignisse darlegten, die mein Leben für immer verändert hatten.

Ich las von den dramatischen Ergebnissen meiner Blutwerte, die in der Notaufnahme mehrfach festgestellt wurden, von den beunruhigenden Herzwerten während meiner OP sowie den kritischen Maßnahmen die daraufhin durchgeführt werden mussten und die meinen Ärzten Sorgen bereiteten. All diese Informationen, die mir zuvor verborgen geblieben waren, kamen nun in klarer und sachlicher Form mit harten Zahlen und Daten auf mich zu. Es war ein starker Moment, aber auch ein schmerzhafter, der mich zutiefst ergriff. Die Tränen liefen mir über das Gesicht, als ich die Details las, die mir bisher nur vage bekannt waren. Die Härte der Worte, der nüchterne Ton der medizinischen Berichte, ließ mich noch einmal in aller Schärfe spüren, was ich durchgemacht hatte. Ich war dem Tod von der Schippe gesprungen. Gerade erst hatte mein Körper eine Not-OP überstanden, hatte gegen etwas gekämpft, das mich fast aus dem Leben gerissen hätte. Und jetzt saß ich hier, konfrontiert mit der ganzen schonungslosen Wahrheit. Keine beschönigten Worte, keine ausweichenden Erklärungen. Nur die blanke Realität dessen, was mit mir geschehen war.

Ich glaube, es dauerte insgesamt sechs Stunden, bis ich alles durchgelesen hatte. Als ich schließlich die letzten Seiten erreicht hatte, fühlte ich mich leer, aber auch erleichtert. Es war überwältigend. Ich spürte Angst, Wut, Erleichterung - alles gleichzeitig. Wie ein Film lief alles noch einmal vor meinem inneren Auge ab, diesmal nicht verschwommen und benommen wie damals, sondern glasklar und unmissverständlich. Ich verstand nun, was wirklich passiert war. Ich verstand, wie nah ich an der Grenze war.

Ich hatte nun die Klarheit, die ich so lange unbewusst gesucht hatte. Diese Informationen gaben mir den nötigen Aufschluss darüber, was wirklich mit mir passiert war. Was mir passiert war, als ich im Badezimmer meiner Eltern zusammenbrach und die Hilfe kam. Was wirklich mit mir passiert war, als meine Blutwerte drastisch im Keller waren. Was wirklich mit mir passiert war, während meine Herztöne in der Not-OP versagten. Es war ein Prozess des Verstehens und des Anerkennens, dass diese Erfahrung ab diesem Zeitpunkt nun tief in mir verankert war, dass sie nie verschwinden würde.

Und doch war da auch etwas anderes. Ein neuer Blick auf das Leben. Diese Erkenntnis, die mich tief traf: Ich bin noch hier. Ich habe eine zweite Chance bekommen. Und jetzt, wo ich die ganze Wahrheit kenne, kann ich sie nutzen. Ich kann meinen Körper verstehen, seine Zeichen deuten, meine Grenzen erkennen und vor allem eines tun - ihn wertschätzen.

Das Lesen meiner Patientenakte war mehr als nur das Nachvollziehen medizinischer Fakten - es war eine Konfrontation mit meiner eigenen Geschichte. Ein ungeschönter Blick auf das, was wirklich passiert ist, ohne die Verzerrung von Erinnerungen oder das Verdrängen der schwierigsten Momente. Es war nicht leicht, jedes Detail schwarz auf weiß zu sehen, doch genau das hat mir geholfen, alles zu begreifen. Mit jedem Wort, mit jeder nüchternen Diagnose und jedem vermerkten Eingriff wurde mir bewusst, was mein Körper durchgestanden hat. Ich verstand nicht nur den medizinischen Ablauf, sondern auch, wie knapp ich dieser Situation entkommen war. Und mit diesem Verstehen kam etwas Unerwartetes: eine tiefe innere Klarheit.

Das Wissen über all das, was geschehen ist, mag schmerzhaft sein, aber es gibt mir auch Macht. Die Macht, bewusster zu leben, besser auf mich zu achten, mich nie wieder als unverwundbar zu betrachten. Es ist kein einfacher Weg, doch er führt mich zu etwas Kostbarem: der tiefen Dankbarkeit, dass ich noch hier bin - und der Entschlossenheit, mein Leben weiterhin keinesfalls als selbstverständlich hinzunehmen.

Seitdem habe ich die Unterlagen auch nicht mehr angesehen. Ich habe sie auf meinem Laptop gespeichert, für den Fall, dass ich sie in der Zukunft noch einmal benötige, aber ich weiß, dass ich für mich an diesem Punkt angekommen bin. Die Informationen sind nun in mir und ich akzeptiere, dass sie für immer ein Teil von mir bleiben werden. Sie haben mir geholfen, das Bild meiner eigenen Geschichte klarer zu sehen, aber ich weiß auch, dass ich nicht noch einmal in die Tiefe dieser Details eintauchen möchte. Einige der Aussagen aus den Berichten sind in meinem Kopf geblieben und ich werde sie nie vergessen. Jedoch habe ich nun den Frieden, sie als Teil meines Lebens anzuerkennen und weiterzugehen.

Das war der Moment, in dem ich mich von dieser Phase meines Lebens verabschiedet habe. Es ist nicht leicht, aber es ist der Schritt, den ich für mich tun musste, um vorwärts zu gehen. Diese Auseinandersetzung war ein weiterer Schritt auf meiner Reise zu mir selbst. Denn nur wenn ich meine eigene Geschichte in ihrer ganzen Wahrheit kenne, kann ich wirklich weitergehen. Es gibt mir die Freiheit, nach vorne zu blicken - nicht mehr mit der Angst vor dem Unbekannten, sondern mit dem Wissen, dass ich bereits das Unfassbare überstanden habe.

Diese Unterlagen haben mir einen letzten, sehr wichtigen Teil der Wahrheit über mein bisheriges Leben gegeben. Und auch wenn es schmerzhaft war, sie zu lesen, bin ich froh, dass ich den Mut hatte, mich diesen letzten Fragen zu stellen. Ich kann jetzt weitermachen, mit der Gewissheit, dass ich alles weiß, was ich wissen musste, dass ich mich selbst in meiner tiefsten Verletzlichkeit erkannt habe und dass ich bereit bin, die Zukunft mit offenen Armen zu empfangen - und genau das macht mich stärker denn je.

9

Der 09.Oktober -
ein Zeichen des Universums?

Es gab eine Zeit, in der ich mich nie wirklich mit Spiritualität oder der genauen Bedeutung von Zahlen und bestimmten Tagen auseinandergesetzt habe. Ich war immer ein Mensch, der die Dinge eher rational betrachtete, der sich an das hielt, was greifbar war, an das, was man sehen und erklären konnte. Mit meinem Schicksalsschlag, der alles in mir erschütterte, der mich nicht nur emotional, sondern auch in meiner gesamten Wahrnehmung ins Wanken brachte, kam auch etwas in mir zum Vorschein, dass ich zuvor von mir nicht kannte.

Plötzlich war da Fragen, die mich nicht mehr losließen:

„Warum? Warum genau an diesem Tag? Warum genau ich? Warum auf diese Weise?"

Es fühlte sich an, als hätte das Universum eine Entscheidung getroffen, die ich nicht verstand, als würde mir man eine Botschaft übermitteln, die ich nicht entschlüsseln konnte. Also begann ich, nach Antworten zu suchen - nicht nur in Gesprächen mit anderen, nicht nur in meinen eigenen Gedanken, sondern auch in einer Welt, die mir bis dahin fremd war: in der Spiritualität.

Vielleicht klingt das für diejenigen, die mich kennen, vollkommen absurd. Ich, die sich nie für solche Dinge interessiert hatte, die immer mit beiden Beinen auf dem Boden der Realität stand, glaubte plötzlich an die Bedeutung eines Datums, an die Energie von Zahlen oder an Schicksalszeichen? Aber genau so war es - etwas ließ mich an diesem Gedanken nicht mehr los. Etwas in mir wollte verstehen, ob es eine tiefere Verbindung gab, ob es einen Grund dafür gab, dass mein Leben ausgerechnet an diesem Tag eine so entscheidende Wendung genommen hatte.

Es war eine seltsame, beinahe unheimliche Gewissheit, die sich in mir ausbreitete, als ich verstanden hatte, was der 9. Oktober 2024 wirklich für mich bedeutete. Es war nicht nur ein Tag, an dem mein Leben eine drastische Wendung genommen hatte, es war der Tag, an dem es hätte enden können, an dem er mein Todestag hätte gewesen sein können.

Jeder Mensch lebt sein Leben in dem Wissen, dass es irgendwann vorbei sein wird. Doch wir wissen nicht wann. Wir laufen durch die Jahre, durch die Monate, durch die Tage und ahnen nicht, dass wir vielleicht genau diesen Tag, den wir gerade erleben, eines Tages als unseren letzten hinterlassen werden. Wir haben unseren eigenen zukünftigen Todestag schon unzählige Male erlebt, ohne zu wissen, dass er eines Tages für andere für immer mit unserem Namen verbunden sein könnte. Wir haben ihn nichtsahnend verbracht - vielleicht fröhlich, vielleicht traurig, vielleicht müde, vielleicht aber auch in Gedanken versunken. Und irgendwann wird einer dieser Tage für uns der letzte gewesen sein.

Doch ich kannte ihn beinahe. Ich kannte meinen möglichen Todestag. Ich kenne nun das Datum, das auf meinem Grabstein hätte stehen können. Ich habe ihn durchlebt, aber nicht so, wie es hätte enden können. Diese Erkenntnis traf mich wie ein Schlag in die Magengrube.

Der 9. Oktober 2024 hätte mein letzter Tag sein können. Hätte ich ihn anders verbracht? Wäre ich an einem anderen Ort gewesen? Es ist eine schwindelerregende Vorstellung, die mein Herz schwer macht, denn dieses Datum ist nun nicht mehr nur eine zufällige Markierung im Kalender. Es ist eine Grenze zwischen Leben und Tod, zwischen einem *„Was wäre gewesen?"* und einem *„Ich bin noch hier."*

Dieser Tag wird für mich nie wieder ein gewöhnlicher Tag sein. Er trägt eine Bedeutung, die sich tief in mein Herz eingebrannt hat - denn an diesem Tag habe ich eine zweite Chance bekommen. Ein Tag, der mein Leben hätte beenden können, wurde stattdessen zu meinem *„zweiten Geburtstag"*. Und genau so werde ich ihn auch fortan behandeln: nicht als Erinnerung an Schmerz und Angst, sondern als Symbol für das Leben, das mir geblieben ist.

Meine Ärzte sagten mir, ich solle diesen Tag feiern - nicht mit Wehmut, sondern mit Freude und Dankbarkeit. Und sie haben recht. Denn jeder Moment, den ich jetzt erleben darf, ist ein Geschenk. Jedes Lachen, jede Umarmung, jeder Sonnenstrahl auf meiner Haut - all das ist nicht selbstverständlich, sondern ein Grund zum Feiern.

Damit ich diesen Tag auch in meinem hektischen Alltag nicht vergesse, hat mir eine liebe Freundin ein Armband mit genau diesem Datum liebevoll anfertigen lassen. Ein kleines, aber bedeutungsvolles Zeichen - eine stille Mahnung, wenn der Stress mich wieder einholt und ich Gefahr laufe, mich in Belanglosigkeiten zu verlieren. Seitdem trage ich es durchweg an meinem linken Handgelenk - an der Seite meines Herzens. Und oft, in ruhigen Momenten, wandert mein Blick darauf. Ich sehe das Datum, fahre mit den Fingern darüber und versinke in meinen Gedanken. Dann wird mir wieder bewusst, was wirklich zählt.

Zusätzlich ziert ein kleines Kompass-Symbol das Armband - eine tiefere Bedeutung, als es auf den ersten Blick scheint. Der Kompass steht für Orientierung, für den richtigen Weg im Leben, aber vor allem für das Heimkommen. Er erinnert mich daran, dass ich immer einen sicheren Hafen habe - meine Familie, meine Freunde, meine Wurzeln, den Ort, an dem ich mich geborgen fühle. Genau dorthin führte mich mein Weg auch an jenem 09.10.2024, als ich mich - ohne zu wissen, warum - spontan entschied, nach Hause zu meinen Eltern zu fahren. Diese Entscheidung hat mich gerettet und so trägt dieser kleine Kompass nicht nur ein Symbol für Richtung, sondern für das Schicksal, das mich genau dorthin geführt hat, wo ich in diesem Moment sein sollte.

Ich stellte mir zudem aber auch vor, wie mein Name über diesem Datum auf einem kalten Stein eingraviert worden wäre. Wie meine Familie diesen Tag jedes Jahr hätte durchleben müssen - nicht als einen, an dem ich eine zweite Chance bekommen habe, sondern als den Tag, an dem ich gegangen bin. Jedes Jahr hätte dieser Tag sich in die Herzen meiner Liebsten gebrannt, hätte Wunden aufgerissen, hätte Erinnerungen hervorgerufen.

Doch ich bin noch hier und genau deshalb kann ich nicht einfach weiterleben, als wäre nichts gewesen. Dieser Tag hat eine Bedeutung für mich bekommen, die ich nicht ignorieren kann. Er forderte mich auf, ihn tiefer zu ergründen. Warum genau dieser Tag? Warum nicht irgendein anderer? War es Zufall? Schicksal? Eine Warnung? Oder vielleicht ein Fingerzeig, dass mein Leben noch eine Aufgabe hat, die noch nicht erfüllt ist?

Es gibt keine einfachen Antworten auf solche Fragen, aber es gibt eines, das ich nun weiß: Ich habe die Chance auf ein zweites Leben bekommen und wenn ein Datum mir so nah vor Augen geführt hat, wie zerbrechlich das Leben ist, dann gibt es mir auch die Kraft, es mit einem neuen Bewusstsein zu leben.

Der 9. Oktober 2024 ist glücklicherweise nicht mein Todestag geworden, aber er wird für immer der Tag sein, der mir gezeigt hat, wie kostbar meine Zeit ist und so begann ich zu lesen, zu recherchieren, mich mit Themen auseinanderzusetzen, die ich früher vielleicht belächelt hätte. Ich wollte herausfinden, ob es wirklich Zufälle gibt oder ob das Leben auf eine Weise gelenkt wird, die wir mit unserem begrenzten Verständnis nicht immer sofort begreifen können. Je mehr ich mich mit dieser Welt beschäftigte, desto öfter ertappte ich mich bei dem Gedanken:

„Was, wenn all das tatsächlich Sinn ergibt?“

Ich lernte, dass die Zahl 9 für Vollendung und Wandel steht. Dass sie eine Zahl des Abschieds ist, aber auch eine des Neubeginns. In der Numerologie symbolisiert die Zahl 9 Vollendung, Mitgefühl und universelle Liebe. Sie steht für den Abschluss eines Zyklus und die Vorbereitung auf einen Neuanfang. Menschen, die von der Energie dieser Zahl beeinflusst werden, zeichnen sich oft durch Einfühlungsvermögen, Altruismus und ein starkes Verantwortungsbewusstsein aus. Sie sind bestrebt, anderen zu helfen und besitzen eine ausgeprägte soziale Ader.

Ich verstand zudem, dass der Oktober, als zehnter Monat, für einen neuen Zyklus steht, für eine Tür, die sich öffnet, wenn eine andere sich schließt. Spirituell gesehen ist dieser Monat eine Zeit der Selbstreflexion und der Vorbereitung auf kommende Veränderungen. Die leuchtenden Herbstfarben symbolisieren Erdung, Gleichgewicht und eine tiefe Verbindung zur Natur. Es ist eine Phase, in der man die Früchte seiner bisherigen Bemühungen erntet und Dankbarkeit für die erhaltenen Segnungen ausdrückt.

Die Verbindung des 9. Oktobers mit der Zahl 9 und dem Monat Oktober verstärkt die Themen Vollendung, Transformation und Mitgefühl. Dieses Datum kann als Aufforderung gesehen werden, innezuhalten, das eigene Leben zu reflektieren und sich auf neue Anfänge vorzubereiten. Es ermutigt dazu, alte Muster loszulassen, sich auf das Wesentliche zu konzentrieren und mit offenem Herzen in die Zukunft zu blicken.

Zusammenfassend steht der 9. Oktober für einen bedeutenden Wendepunkt, der sowohl persönliche als auch spirituelle Entwicklung fördert. Es ist ein Tag, der dazu einlädt, Mitgefühl zu leben, Dankbarkeit zu empfinden und sich auf die bevorstehenden Veränderungen mit Zuversicht einzulassen.

Die Erkenntnis traf mich unerwartet, wie ein Lichtstrahl inmitten eines dunklen Raums. Als ich mich mit der Bedeutung der Zahl und des Monats beschäftigte, spürte ich plötzlich eine Verbindung, die ich nicht erklären konnte. Es war, als ob eine unsichtbare Kraft mir ein Puzzle vorlegte, dessen Teile sich perfekt aneinanderfügten - jedes Detail passte eins zu eins zu mir, zu meinem Leben, zu meiner bisherigen Reise.

Die Zahl, mit ihrer symbolischen Kraft, schien mehr als nur ein mathematisches Konstrukt zu sein. Sie erzählte eine Geschichte, in der ich meine Geschichte wiedererkannte. Ihre Facetten spiegelten die Herausforderungen, die Höhen und Tiefen, die ich durchlebt hatte. Und der Monat - die Zeit des Jahres, mit seiner tiefgründigen Bedeutung - resonierte in einer Weise, die mir das Herz höherschlagen ließ. Es war, als ob dieser Moment und ich füreinander bestimmt gewesen wären.

Mir fiel es wie Schuppen von den Augen, als mir diese Spiritualität eine weitere Erkenntnis offenbarte. Alles ergab plötzlich Sinn - die Entscheidungen, die Zweifel, die Schritte, die ich gegangen war. Es fühlte sich an, als hätte das Universum mir einen sanften, aber eindringlichen Hinweis gegeben:

„Du bist auf dem richtigen Weg."

Diese Bestätigung erfüllte mich mit einer tiefen Ruhe, einem inneren Frieden, den ich lange gesucht hatte.

In diesem Moment wurde mir klar, dass es keine Zufälle gibt. Die Zahl und der Monat waren wie Botschafter, die mir halfen, meine eigene Geschichte besser zu verstehen und sie mit neuen Augen zu betrachten. Es war eine Einladung, weiterzugehen, meinem inneren Kompass zu vertrauen und mutig meinen Weg zu verfolgen - einen Weg, der nicht nur von äußerlichen Zeichen, sondern auch von innerlicher Stärke und Überzeugung geprägt war. Diese Erkenntnis werde ich für immer in meinem Herzen tragen, denn sie war mehr als eine Erkenntnis - sie war ein weiterer Wendepunkt für mich.

Vielleicht war dieser Tag kein Zufall. Vielleicht war es eine Art kosmische Fügung, eine Entscheidung des Schicksals, dass ich genau an diesem Punkt meines Lebens stehen sollte. Vielleicht sollte ich genau jetzt verstehen, dass das Leben nicht linear verläuft, dass es manchmal schmerzhaft bricht, um sich dann neu zusammenzusetzen - anders, vielleicht sogar stärker als zuvor.

Diese Erkenntnisse haben mich nicht von heute auf morgen geheilt. Sie haben den Schmerz nicht ausgelöscht, die Ängste nicht einfach fortgewischt, aber sie haben mir eine neue Perspektive gegeben. Sie haben mir gezeigt, dass es manchmal mehr gibt, als wir mit bloßem Auge sehen können. Dass wir vielleicht nicht auf alles eine sofortige Antwort bekommen, aber dass es sich lohnt, die richtigen Fragen zu stellen.

Also bin ich tiefer in dieses Thema eingetaucht, vielleicht sogar weiter, als ich es selbst je für möglich gehalten hätte. Nicht, weil ich plötzlich an alles Übernatürliche glaube, nicht, weil ich denke, dass das Leben vorherbestimmt ist, sondern weil ich spürte, dass es mir auf irgendeine Weise half. Weil es mir Trost gab. Weil es mir Hoffnung gab. Weil es mir zeigte, dass selbst die schwersten Tage eine Bedeutung haben können. Vielleicht werde ich nie eine endgültige Antwort auf mein *„Warum?"* finden. Aber vielleicht ist das auch gar nicht nötig. Vielleicht reicht es zu wissen, dass alles, was passiert, ein Teil von etwas Größerem ist und dass wir alle unseren eigenen Weg finden müssen, um das zu verstehen.

Der 9. Oktober 2024 - ein Datum, das für viele vielleicht nur eine Zahl im Kalender ist, aber für mich die Grenze zwischen „*davor*" und „*danach*" markiert. Ein Tag, der mein Leben unwiderruflich verändert hat und mich vor eine der größten Herausforderungen gestellt hat, die ein Mensch bewältigen kann. Doch nun, mit ein wenig Abstand und der Erkenntnis über die Bedeutung dieser Zahlen, frage ich mich:

„War es wirklich nur ein Zufall, dass ausgerechnet dieser Tag zu meinem persönlichen Schicksalstag wurde? Oder steckt viel mehr dahinter, eine tiefere Bedeutung, die ich erst jetzt zu begreifen beginne, nachdem ich mich auch selbst intensiv auf das Thema Spiritualität und Bedeutung von Zahlen und Monaten eingelassen habe?"

Wenn ich mir anschaue, wofür der 9. Oktober in Bezug zu mir selbst steht, dann wird mir bewusst, dass dieses Datum nie nur irgendein Tag war. Numerologisch betrachtet ist die Zahl 9 eine Zahl der Vollendung - das Ende eines Kapitels, um Platz für ein neues zu schaffen. Es ist die Zahl des Mitgefühls, der Transformation, der universellen Liebe. Der Oktober als 10. Monat des Jahres trägt die Bedeutung eines Neubeginns in sich, eines Übergangs, der notwendig ist, um sich weiterzuentwickeln - und genau das spiegelt sich in meiner eigenen Geschichte wider.

Mein Schicksal hat mich an diesem Tag vor eine Prüfung gestellt, die mir alles abverlangt hat. Ich stand an einem Punkt, an dem mein Leben eine unerwartete Wendung nahm, an dem ich mit Dingen konfrontiert wurde, die mich an meine Grenzen und darüber hinaus gebracht haben. Doch während ich lange nach dem

„*Warum*" gesucht hatte, begann ich langsam, das „*Wofür*" zu verstehen.

Vielleicht war es kein Zufall, dass dieser Tag meine Prüfung war. Vielleicht ist genau das der Beweis, dass unser Leben auf eine Weise gelenkt wird, die wir oft erst im Nachhinein begreifen. Es heißt, dass Menschen nur die Herausforderungen bekommen, die sie auch bewältigen können. Doch was, wenn nicht ich es allein war, die an diesem Tag geschätzt wurde? Was, wenn es vielmehr ein Zeichen dafür war, dass jemand oder etwas wollte, dass ich bleibe? Dass ich noch eine Aufgabe habe?

Wenn ich an meinen geliebten Opa denke, der mich seit meiner Kindheit begleitet, auch wenn er physisch nicht mehr da ist, dann frage ich mich:

„Hat er an diesem Tag seine schützende Hand über mich gehalten? Hat er dafür gesorgt, dass genau an diesem Tag alles so gekommen ist, wie es kommen musste, damit ich eben nicht an einem anderen Ort war, nicht allein war, nicht verloren ging?"

Die Vorstellung, dass er von oben aus alles lenkt, gibt mir eine Wärme, die ich nicht in Worte fassen kann.

Ebenso meine kleine Nichte Elena. Ein so unschuldiges, zartes Leben, das viel zu früh gehen musste. Seit ihrem Tod habe ich mir geschworen, mein Leben anders zu leben - bewusster, dankbarer, intensiver. Ich wollte all das tun, was sie nie erleben konnte, wollte sie in meinem Herzen auf jede Reise mitnehmen. Doch was, wenn sie es war, die an diesem Tag eingegriffen hat? Was, wenn sie mir auf eine Weise beigestanden hat, die ich nicht sehen, aber fühlen konnte?

Ich fing an zu glauben, dass an diesem Tag eine höhere Kraft am Werk war. Vielleicht sollte ich genau jetzt an diesem Punkt meines Lebens stehen, mit all dem Schmerz, der Angst, aber auch der neuen Chance. Vielleicht war es an der Zeit, eine alte Version von mir hinter mir zu lassen, um Platz für eine neue zu schaffen. Eine Version von mir, die die Dunkelheit kennt, aber nicht darin versinkt. Eine, die begreift, dass es im Leben keine Garantien gibt, aber dass jeder neue Tag eine Möglichkeit ist, etwas zu verändern.

Der 9. Oktober 2024 war nicht das Ende, er war ein Neubeginn. Ein zweites Leben, das mir geschenkt wurde. Vielleicht nicht ohne Narben, aber mit einer Tiefe, die mich verändert hat. Ich verstehe jetzt, dass nicht alles, was uns widerfährt, nur eine Verkettung zufälliger Ereignisse ist. Manche Tage haben eine Bestimmung. Manche Tage sind dazu da, uns zu zeigen, dass wir noch gebraucht werden, dass unsere Geschichte noch nicht zu Ende ist.

So trage ich diesen Tag nicht nur als Erinnerung an das, was war, sondern als Symbol für das, was noch kommt. Ich lebe noch und das allein ist schon ein großes Geschenk.

Es war eine weitere dieser unerklärlichen Begegnungen mit der Zahl „9", die mich dazu brachte, nachzudenken. Monate später, als ich mit unserem Hund durch den Wald spazierte, fiel mir plötzlich ein Baum auf, der eine auffällige, neon-gelbe Markierung mit einer „9" trug. Es war, als würde diese Zahl mich an diesem Moment festhalten und ich fragte mich sofort, ob auch andere Bäume im Wald solche Markierungen hatten. Doch nein, dieser Baum war der einzige, der eine Zahl trug. Neugierig, wie ich nun mal bin, ging ich querfeldein, durch das Dickicht, und stand plötzlich genau vor diesem Baum - aber warum führte mich mein zufällig gewählter

Weg genau dort hin? Dort hin, wo man eigentlich sonst nicht hingeht - abseits des Weges?

Was mir das sagen sollte, weiß ich bis heute nicht. Ich bin auch weiterhin nicht besonders spirituell, aber in diesem Moment spürte ich eine Verbindung, als würde das Leben mir noch einmal ein Zeichen schicken. Die Zahl „9" erinnerte mich sofort an meinen zweiten Geburtstag, an den Moment, in dem ich dem Tod nur knapp entkommen war. Es ist erstaunlich, wie manchmal die Dinge auf eine so unerklärliche Weise zusammenkommen. Solche Begegnungen sind vielleicht Zufall, doch in diesem Moment fühlte es sich nicht so an. Es berührte mich und hinterließ ein Gefühl der Verbundenheit mit etwas Größerem, auch wenn ich nicht genau benennen kann, was es war, aber manchmal ist es vielleicht genau diese Unklarheit, die solche Erlebnisse so bedeutungsvoll macht.

Es mag sein, dass man einfach auf diese eine Zahl durch diesen Schicksalstag fokussiert ist und sie dadurch bewusster und klarer wahrnimmt. Aber vielleicht steckt in dieser Fokussierung eine tiefere Botschaft - eine Lektion, die das Leben mir zu lernen gegeben hat. Es ist nicht nur wichtig, die scheinbar banalen Dinge des Alltags wahrzunehmen, sondern sie zu hinterfragen, sich mit ihnen auseinanderzusetzen und ihren verborgenen Wert zu entdecken.

Genau diese Erfahrung lehrte mich erneut, dass es die kleinen, alltäglichen Dinge sind, die eine besondere Bedeutung tragen - jene Momente, die wir oft übersehen, die uns begleiten, ohne dass wir ihnen Beachtung schenken. Aber wenn wir innehalten, sie betrachten und ihnen Raum geben, eröffnet sich eine neue Perspektive, eine tiefere Verbindung zum Leben selbst.

Wenn wir beginnen, uns mit diesen vermeintlichen Kleinigkeiten bewusst auseinanderzusetzen, bekommen wir die Chance, unser Leben intensiver, aufmerksamer und bewusster zu leben. Jeder Augenblick, jede Begegnung, jede noch so kleine Facette unseres Daseins wird zu einem Schatz, den es zu entdecken gilt. Es ist diese Achtsamkeit, die uns hilft, die Schönheit des Alltags zu erkennen und die Dinge, die wir oft für selbstverständlich halten, mit Dankbarkeit und Wertschätzung zu betrachten.

Vielleicht ist es genau diese Lektion, die das Leben uns lehren möchte: Die Welt mit offenen Augen wahrzunehmen, ihre Zeichen zu deuten und uns von ihrer Tiefe inspirieren zu lassen. Es ist die Einladung, jeden Tag als Geschenk zu begreifen und mit neuem Bewusstsein zu leben - nicht einfach nur zu existieren, sondern wirklich zu fühlen und zu schätzen, was uns gegeben ist.

10

Leben und Vergänglichkeit -
die unausweichliche Auseinandersetzung mit dem Tod

Als ich mich nach ein paar Wochen endlich wieder etwas besser fühlte, kam die gesamte Familie zusammen. Ich kann mich noch sehr gut an diesen Moment erinnern, den ich zu jener Zeit mit gemischten Gefühlen erlebte. Meine beiden Neffen, die mir in dieser Zeit so sehr gefehlt hatten, standen voller Energie vor mir. Doch in meinem Inneren wusste ich, dass sie mich nicht in einer so schwachen Verfassung sehen sollten. Ich wollte nicht, dass sie mich als die kranke Tante erleben, die aktuell nicht mehr wie gewohnt mit ihnen herumtoben kann. Ich wollte nicht, dass sie mich in diesem Zustand vorfinden, in dem ich mich selbst nicht wiedererkannte. Ich wollte, dass sie mich als die fröhliche Tante sehen, die immer für sie da ist, mit der man lachen und spielen kann. Doch ich wusste, dass sie in ihrem jungen Alter, 2 und 4 Jahre alt, es vermutlich nicht wirklich verstehen würden, was mit mir passiert war. Ich wollte nicht, dass sie diese Erinnerung behalten, die sie für immer mit mir verbinden würden und doch sagte einer meiner beiden Neffen einen Satz, der mich zunächst Stillschweigen lies und seine Worte noch immer in meinem Herzen nachhallen.

Er hielt während seines Spiels plötzlich inne und zeigte auf ein altes Foto von uns. *„Da war noch alles gut"*, sagte er mit kindlicher Offenheit. Ohne nachzudenken, schoss es aus mir heraus: *„Jetzt ist doch auch alles wieder gut, du musst dir keine Sorgen machen."* Es war meine automatische Abwehr - die Rolle, in die ich so oft schlüpfe, wenn ich nicht möchte, dass jemand meine Schwächen sieht. Doch er hatte sie, ganz unbewusst, bereits gespürt, ihm konnte ich offensichtlich nichts vormachen

Sofort suchte ich nach einer Möglichkeit, ihm zu beweisen, dass es mir gut ging. Ich schnappte mir einen Ball und begann mit ihm zu spielen. Ich wollte, dass er sah, dass ich immer noch die Tante bin, mit der er toben und lachen kann. Und während wir gemeinsam durch das Wohnzimmer liefen, biss ich auf die Zähne, um den Schmerz meiner Narbe zu ignorieren. Er sollte nichts merken. Für ihn wollte ich einfach nur stark sein.

Sein Verhalten war jedoch wie ein Spiegel, der mir zeigte, wie er mich wirklich sah - und es führte mich zurück zu der Frage, wie ich mich selbst gesehen hatte. Ich wollte glauben, dass ich bereits wieder gesund war, dass mein Körper und mein Geist die Kämpfe hinter sich gelassen hatten. Doch er sah hinter die Fassade, die ich aufgebaut hatte und erkannte, was ich selbst nicht wahrhaben wollte. Es war, als ob ich mich selbst austricksen wollte, um nicht der Wahrheit ins Gesicht zu sehen.

Es fühlte sich an, als würde ich wieder in meine Vergangenheit eintauchen - zurück zu einer Zeit, in der ich nicht einmal wahrnahm, wie sehr ich bereits an meinen Grenzen war. Nun fand ich mich erneut in einer ähnlichen Situation, gefangen in dem Versuch, nach außen hin stark zu wirken und den Schein zu wahren, obwohl ich wusste, dass ich mich damit selbst belaste. Es wurde klar, dass ich mich meinen eigenen Bedürfnissen und Grenzen stellen muss, statt erneut alte Muster zu wiederholen.

Tage später fiel mir dieses Geschäftsleitungs-Gruppenbild aus der Arbeit in die Hände. Ein Moment, der nun in meinem Gedächtnis eingebrannt ist. Manchmal ist ein Bild mehr als nur ein Abbild dessen, was die Augen sehen. Manchmal spiegelt es die tieferen Wahrheiten wider - Wahrheiten, die man selbst vielleicht noch nicht ganz begreifen kann oder möchte. Dieses Bild ist für mich genau das: ein Spiegel, der die Grenzen zwischen Krankheit und Gesundheit sichtbar macht. Es ist ein Ausschnitt, ein Moment aus meinem Leben, der all die Kämpfe, die Schwächen und die unerschütterliche Stärke vereint.

Ich kann es heute immer noch schwer ansehen, dieses Bild, das so viel mehr zeigt, als ich damals bereit war, zu akzeptieren. Es zeigt mich in einer Zeit, in der ich nicht gesund war - so sehr ich mir auch einreden wollte, es sei anders. Meine Familie, meine Freunde, meine Kollegen hatten es gesehen. Sie hatten es mir oft gesagt und doch war ich blind für das, was so offensichtlich war. Ich wollte es nicht wahrhaben, wollte die Realität nicht an mich heranlassen. Es ist zu schmerzhaft, diese Vergangenheit erneut vor Augen zu haben, die Schwäche, die ich damals nicht zugeben wollte, die gesundheitlich riskante Situation, die ich ignorierte. Doch gleichzeitig hat dieser Moment, dieser Rückblick, etwas in mir bewirkt. Er hat mich gezwungen, innezuhalten und ehrlich zu mir selbst zu sein.

Dass genau dieses Bild - reduziert auf mich - seinen Weg auf ein Buchcover gefunden hat, ist für mich ein Symbol. Ein Symbol für den Kampf, den ich geführt habe. Natürlich wurde es bearbeitet, in Schwarz-Weiß getaucht, um die blasse Farbe meiner Wangen zu verbergen, und doch bleibt es unverkennbar ein Teil von mir. Es trägt die Narben, die Geschichte und auch die Hoffnung. Es war eine schmerzhafte, aber klare Botschaft: Genau dieses Bild verkörpert meinen bisherigen Weg mehr als Worte es könnten.

So schwer es auch fällt, genau hinzusehen, ich weiß, dass ich dieses Bild nicht aus meinem Kopf drängen darf. Es soll mich erinnern, an die Momente der Verzweiflung, aber auch an die Stärke, die ich gefunden habe, um weiterzumachen. Vielleicht, ja, vielleicht ist genau das ein Teil dieses Prozesses - ein unbewusster Baustein meiner Therapie. Es erinnert mich daran, dass Heilung nicht nur körperlich geschieht, sondern auch darin, die eigene Geschichte anzunehmen, so schmerzhaft sie auch sein mag.

Dieser Schmerz, diese Konfrontationen meines Neffen sowie des Gruppenbildes mit der Wahrheit haben mir gezeigt, dass es keine Schwäche ist, Schwäche zuzugeben. Es ist ein Teil des Weges, den ich gehe. Es hat mich gelehrt, dass ich mich nicht vor meinen Erfahrungen verstecken muss, sondern dass sie mich formen - so schwer es auch sein mag. Und in diesem Prozess finde ich nicht nur den Mut, die Vergangenheit anzusehen, sondern auch die Kraft, die Zukunft mit offenen Augen und einem offenen Herzen zu gestalten. Dieser Moment, so schmerzlich er auch war, hat mich verändert - und dafür bin ich sehr dankbar.

Und so tobten wir beide weiter, lachten und genossen den Moment. Doch erneut sagte er wie aus dem Nichts etwas, das mich mitten ins Herz traf. Ein Satz, völlig aus der Situation heraus, der zeigte, wie tief seine kindliche Wahrnehmung reichte. In diesem Augenblick wurde mir klar, dass selbst die kleinsten Gesten und Worte manchmal die größten Wahrheiten ans Licht bringen können. Es erinnerte mich daran, dass Stärke nicht darin liegt, Schwächen zu verbergen, sondern darin, sie anzunehmen - auch vor den Menschen, die wir am meisten schützen wollen.

„Weißt Du, Tante, meine kleine Schwester im Himmel, die wollte noch nicht, dass du zu ihr kommst. Sie wollte, dass du noch hier bei mir und meinem Bruder bleibst, damit wir noch viel miteinander spielen können."

Als er das sagte, konnte ich kaum fassen, was für ein tiefes, reines und gleichzeitig schmerzhaftes Verständnis ein so kleiner Junge für die Situation entwickelt hatte. Wie aus einem unbeschwerten Kind heraus solch ein tiefes Mitgefühl und gleichzeitig auch solch eine stille Sorge kommen konnte.

Ich wusste in diesem Moment, dass er die Ernsthaftigkeit der Situation wohl auf seine eigene Weise erfasst hatte, auch wenn er nie direkt darüber gesprochen hatte. Die Angst, die er in seinen Augen trug, als er mich ansah, konnte ich nicht übersehen. Für ihn war es wohl eine Mischung aus kindlicher Unschuld und dem bereits spürbaren, unverstandenen Gefühl von Verlust und Bedrohung. Dass er in seinem kleinen, reinen Herz dachte, seine *„kleine Schwester im Himmel"* - was für eine unglaubliche Vorstellung für einen Jungen von nur vier Jahren - sei der Grund dafür, dass ich eine zweite gemeinsame Chance mit ihm erleben darf, war für mich der schmerzlichste, aber auch der aufrichtigste Ausdruck seiner Liebe und seiner Ängste.

Die Tränen liefen mir in diesem Moment einfach über das Gesicht. Sie stammten nicht nur aus der Rührung über die Tiefe seiner Worte, sondern auch aus der Erkenntnis, wie wenig dieser kleine Junge wirklich verstehen konnte - und wie sehr er dennoch mit mir fühlte. Die Vorstellung, dass er sich Sorgen um mich machte, dass er sich meine Abwesenheit aus seiner Perspektive so intensiv zu Herzen nahm, berührte mich auf eine Weise, die ich kaum in Worte fassen kann. Er hatte keine Ahnung von der ganzen Tragweite, die hinter meiner Krankheit stand, aber er spürte die Angst, die mich umgab und was es für uns alle bedeutete. Es zeigte mir einmal mehr, wie tief die Verbindungen in einer Familie gehen können, auch ohne Worte, ohne tiefes Verständnis, aber mit einer innigen Liebe und Zuneigung.

Er wollte mich einfach weiterhin bei sich haben. Er wollte, dass ich bleibe, dass ich nicht gehe. Auch wenn er nicht die Worte fand, um diese Sorge direkt auszusprechen, war seine Bitte unmissverständlich:

„Bitte bleib hier bei uns, damit wir noch spielen können."

In dieser unschuldigen Äußerung lag so viel Wahrheit und so viel pure, kindliche Liebe, dass es mir das Herz brach. Ich wusste, wie sehr er sich danach sehnte, dass alles wieder *„normal"* wird, dass der Schatten, der über uns allen hing, wieder verschwindet und gleichzeitig wusste ich, dass diese Sorgen nicht nur von mir, sondern auch von ihm getragen wurden - ohne dass er jemals wirklich darüber gesprochen hatte und auch ich ihn damit konfrontiert hatte.

Ich glaube, dass er uns alle immer wieder auf eine ganz besondere Weise lehrt, was es bedeutet, miteinander verbunden zu sein, ohne viele Worte sagen zu müssen. In seinem kleinen Kopf versuchte er, mir in meinen Ängsten und Unsicherheiten Trost zu spenden, ohne dass er genau wusste, wie. Was er mir mit diesen Worten gab, war mehr als nur Trost - es war eine Erinnerung an die Stärke der Familie, an die Liebe, die in den kleinsten, unscheinbarsten Momenten verborgen ist und an die Bedeutung derer, die immer für einen da sind, selbst wenn sie nicht die ganze Schwere der Dinge begreifen.

So saß ich also tief berührt da, beobachtete das Treiben, die Gespräche, das Lachen in meiner Familie und fühlte mich plötzlich wie ein Außenstehender. Alles um mich herum schien normal, aber ich fragte mich:

„Was wäre, wenn ich wirklich nicht mehr da wäre? Was würde dann aus ihnen, aus meinen Neffen, aus meiner Familie werden? Hätten sie in diesem Moment schon wieder gelächelt? Wäre ihre Welt dann immer noch stehengeblieben oder hätte sie sich weitergedreht, als ob nichts geschehen wäre? Hätten meine kleinen Neffen es überhaupt verstanden, was passiert wäre? Was hätte man ihnen erzählt? Wäre die Wahrheit zu schwer für ihre kleinen Herzen gewesen? Hätten sie gedacht, dass ich jetzt auf einer kleinen Wolke im Himmel sitze und von dort oben auf sie herabschauen würde? Ein Name, eine Erinnerung, ein Bild in den Erzählungen der Familie? Was für eine Rolle hätte ich in ihrem Leben gespielt, wenn sie mich nicht mehr richtig erlebt hätten?"

Ich versuchte mir vorzustellen, wie sie damit umgehen würden. Ihre kindlichen Herzen könnten es vielleicht nicht fassen, was geschehen war und im Laufe der Zeit hätten sie mich vielleicht sogar langsam vergessen. Ich weiß, wie wenig ich mich an meinen eigenen Opa erinnere, obwohl ich damals schon sechs Jahre alt war, als er starb. Diese Gedanken schmerzten mich zutiefst, weil ich es mir nie gewünscht hätte, dass sie mich auf diese Weise verlieren - dass sie mit einer Erinnerung an mich leben müssten, die nur aus Bildern und Geschichten besteht, doch gleichzeitig wusste ich, dass sie es sich nicht anders hätten merken können. Die Zeit würde für sie einfach so weiterticken und vielleicht wäre es für sie auch so leichter gewesen, mit diesem Verlust umzugehen.

Aber dieser Gedanke schmerzte mich. So sehr, dass ich mir in diesem Moment vornahm, jeden Augenblick, den ich mit ihnen zukünftig verbringe, noch intensiver zu erleben. Ich wollte, dass diese Momente in ihren Köpfen und Erinnerungen eingeprägt werden, dass sie wissen, wie sehr ich sie liebe, wie sehr sie mir am Herzen liegen. Es gab keine Zeit zu verlieren. Die Familie war jetzt alles, was zählte, auch wenn ich nie sicher sein konnte, wie sie sich wirklich fühlen würden, war mir eines klar: Ich wollte, dass sie sich an mich erinnern, als die Tante, die für sie da war - die Tante, die immer voller Energie und Lebensfreude war.

Für meine Familie hätte der Verlust von mir eine andere Dimension gehabt. Meine Mutter sagte mir später oft, dass für sie das Leben dann zu Ende gewesen wäre, wenn ich gestorben wäre. Sie hätte nichts mehr gehabt, das sie interessiert hätte und sie hätte keine Freude mehr empfinden können. Sie sagte mir, dass sie sich niemals davon hätte erholen können. Ich habe in ihren Augen und in ihrer Stimme die Tiefe ihrer Liebe und Angst gesehen, die mit dieser Vorstellung verbunden war.

Meine Oma reagierte ähnlich, sie wollte sich diesen Gedanken gar nicht erst ausmalen. Für sie war die Vorstellung, mich zu verlieren, unerträglich. Und mein Vater... Mein Vater war anders. Er war derjenige, der sich seine Gefühle nie anmerken ließ, aber ich wusste, dass auch er in dieser Situation gelitten hätte. Ich erinnerte mich an eine Geschichte, die mein Bruder mir erzählte. Als er, mein Vater und meine Mutter zusammen in meiner Wohnung waren, um mir Dinge für das Krankenhaus zu besorgen, hatte mein Vater plötzlich die selbstgebaute Holzbar betrachtet und gesagt:

„Mei, die haben wir doch letztens noch zusammen fertig gemacht."

Dieser Satz klang für meinen Bruder so, als hätte er mich schon aufgegeben. Doch ich wusste, dass er das nicht wirklich so meinte. In diesem Moment hat einfach nur sein Herz aus ihm gesprochen, voller Schmerz und Sorge. Ein Ausdruck der tiefen Liebe, der in diesem Moment der Verzweiflung herauskam. Er machte sich sehr wohl seine Gedanken, war sich der Schwere meiner Situation bewusst und wäre mit meinem leisen Abschied von dieser Welt vermutlich ebenso schmerzhaft getroffen worden, wie der Rest meiner Familie.

Für meine Freunde, die so nah an meinem Leben teilhaben, wäre es ebenfalls ein enormer Schock gewesen. Noch heute bemerke ich, dass sie in bestimmten Momenten immer wieder an mich denken. Wenn wir zusammen ganz banale Dinge machen - Essen gehen, gemeinsam am See sitzen oder zusammen in ein Wellnesshotel fahren, gibt es manchmal diese spontanen Bemerkungen wie:

„Oh Mann, ich kann mir gar nicht vorstellen, wenn Du jetzt einfach nicht mehr da wärst."

In solchen Momenten wird mir bewusst, wie sehr sie die Zeit mit mir schätzen, wie sehr sie dankbar sind, mich an ihrer Seite zu wissen. Es erfüllt mich mit Stolz, dass ich meine eigene Sichtweise auf das Leben und das Genießen dieser Momente auch offensichtlich nun auch auf sie übertragen konnte. Ich merke, dass sie sich der Vergänglichkeit der Zeit bewusst sind und die Momente, die wir zusammen verbringen, wertschätzen.

Wenn ich mir heute ihre Gedanken und jenes Szenario bis zum Ende durchspiele, dann stelle ich mir vor, dass meine Freunde mich regelmäßig an meinem Grab besuchen würden. Dass sie in stillen Momenten an mich denken und mit mir, auf ihre eigene Weise, Gespräche führen würden. Und ich hoffe, dass sie das Leben so weiterführen würden, wie ich es mir gewünscht hätte - mit Freude, mit Lachen und mit der Erinnerung an all die schönen Momente, die wir miteinander geteilt haben.

Und für meine Kollegen... Ich weiß, dass es zu Beginn ein Schock für sie gewesen wäre, aber das Leben geht weiter. Die Arbeit würde weiterlaufen, der Job würde übernommen werden. Jemand anderes würde in meine Fußstapfen treten und vielleicht würde dieser Wechsel dem Unternehmen neue Chancen und Perspektiven eröffnen. Doch tief in meinem Herzen weiß ich, dass dieser Wandel für einige meiner engsten Kollegen nicht so einfach gewesen wäre. Für diejenigen, mit denen ich über Jahre hinweg eine besondere Verbindung aufgebaut habe, hätte mein Fehlen nicht nur die Arbeit, sondern auch ihr persönliches Leben getroffen. Ich stellte mir vor, wie schwer es für sie wäre, plötzlich auf meine Präsenz zu verzichten - auf die gemeinsamen Gespräche, das Lachen, die geteilten Momente. Mein leeres Büro, die verwaiste Tasse in der

Kaffeeküche, die Stille an meinem Platz im Besprechungsraum - all das wären stumme Erinnerungen an mich, die schmerzlich wären.

Mehr noch wünsche ich mir, in den Herzen der Menschen um mich herum weiterzuleben zu dürfen. Ich möchte irgendwann nicht nur ein Name auf einem kalten Stein sein, ein Datum, das in einem Register vermerkt ist. Ich möchte ein Mensch bleiben - lebendig in den Erinnerungen meiner Liebsten, ein Teil ihres Alltags, auch wenn ich physisch nicht mehr da bin. Ich möchte, dass sie mich in kleinen Gesten und alltäglichen Momenten wiederfinden, in Geschichten, die sie erzählen, in Liedern, die sie an mich erinnern oder in gemeinsamen Traditionen, die sie für mich fortsetzen.

Ich stellte mir vor, wie meine Familie meinen Geburtstag weiterhin feiert - nicht in Trauer, sondern in Dankbarkeit. Sie stellen sich gemeinsam an einen Tisch, lachen, erzählen Geschichten über mich und erinnern sich an die schönen Momente, die wir geteilt haben. Gerade wegen meiner Abwesenheit soll dieser Tag besonders sein - ein Tag, an dem sie mich spüren und wissen, dass ich immer noch Teil ihrer Welt bin.

Der Gedanke, in ihren Herzen weiterzuleben, gibt mir Trost. Es wäre die schönste Erkenntnis, die ich mir selbst schenken könnte: Nicht vergessen zu werden, sondern weiterhin täglich bedacht zu werden.

Denn genau das bedeutet für mich wahre Unvergänglichkeit - nicht in Stein gemeißelt, sondern in den Erinnerungen und im Leben der Menschen, die ich liebe, weiterzubestehen. Ein Teil von ihnen zu bleiben, auch wenn ich längst fort bin. Das wäre mein größter Trost und meine größte Hoffnung mit der ich dieses Szenario in meinem Kopf beendete.

11

Das Leben neu sehen -
Dankbarkeit, Achtsamkeit und die Kunst, den Moment zu feiern

Es gibt Momente im Leben, in denen man erkennt, dass ein Kapitel zu Ende geht - nicht, weil man es geplant hat, sondern weil das Leben es so schreibt. Ich stand genau an so einem Punkt. Mein altes Leben, so wie ich es kannte, existierte nicht mehr, aber das bedeutete nicht, dass mein Leben vorbei war. Im Gegenteil - es war meine Chance ein neues Kapitel zu beginnen und diesmal wollte ich es bewusst schreiben.

Ich hatte viel Zeit damit verbracht, über das nachzudenken, was passiert war und welche Lehren ich für mich selbst aus diesem ganzen Thema gezogen hatte. Erfahrungen über die Schmerzen, die Rückschläge und die Angst, aber ich erkannte, dass ich nicht für immer in diesem Kapitel feststecken wollte. Meine Vergangenheit war ein Teil von mir - aber sie definiert mich nicht. Ich konnte wählen, was ich aus dieser Erfahrung und meiner Chance für ein zweites Leben machen wollte. Ich konnte mich in der Trauer über das Verlorene verlieren - oder ich konnte das Geschenk sehen, das mir gegeben wurde: die Möglichkeit, mein Leben neu zu gestalten. Ein schwerer Schicksalsschlag verändert alles. Er reißt einen aus dem gewohnten Leben, stellt alles infrage, nimmt einem die Kontrolle und doch kann er auch etwas zurückgeben: ein neues Bewusstsein für das, was wirklich zählt.

Nach allem, was ich erlebt habe, ist mein Blick auf das Leben heute ein anderer. Ich sehe Dinge, die ich früher übersehen habe. Die Wärme der Sonne auf meiner Haut, das Lachen eines geliebten Menschen, das beruhigende Geräusch von Regen auf den Fensterscheiben - all das ist nicht mehr selbstverständlich für mich. Es sind Geschenke und ich habe gelernt, sie bewusster wahrzunehmen.

Dankbarkeit. Ein Wort, das ich früher kannte, aber nie wirklich verstand. Ich hatte mich selbstverständlich oft bedankt - für Hilfe, für Unterstützung, für kleine Gesten im Alltag. Doch erst jetzt begriff ich, was es wirklich bedeutet, dankbar zu sein. Seitdem begleiten mich Dankbarkeit und Demut nun fortan jeden Tag. Nicht nur in den großen, bedeutsamen Momenten, sondern gerade in den kleinen Augenblicken, die das Leben ausmachen. Ein freundliches Wort, eine unerwartete Umarmung, ein tiefes Gespräch - all das hat für mich an Wert gewonnen. Ich erkenne, wie fragil das Leben ist, aber auch, wie wunderschön es sein kann.

Früher war mein Alltag oft ein „*Hetzen*" von Aufgabe zu Aufgabe, geprägt von Stress, von Pflichten, dem ständigen Gefühl funktionieren zu müssen. Ich hatte so oft über das nachgedacht, was ich noch nicht erreicht hatte, dass ich vergaß, das zu schätzen, was ich bereits hatte. Mein Kopf war voller Pläne, voller Sorgen um Dinge, die nie eingetreten sind, voller Erwartungen, die ich an mich selbst gestellt habe.

Ich war oft im *„Funktionieren"* gefangen, habe den Moment nicht mehr gespürt, weil der nächste Punkt auf meiner Liste schon wartete. Mit der Zeit merkte ich jedoch, dass ein zweites Leben nicht bedeutet, einfach nur zu *„funktionieren"*, sondern bewusster zu leben. Dieses zweite Leben zwingt mich, langsamer zu gehen, innezuhalten und Prioritäten zu setzen - etwas, das ich früher nie gelernt habe. Doch mit der Bürde kommt auch eine Stärke, die sich leise entfaltet. Ich lerne, auf mich selbst zu achten, meine Grenzen zu erkennen und zu akzeptieren, dass Perfektion nicht mehr mein Ziel sein muss. Die Bürde bleibt, ja, aber sie ist auch mein Anker, um mich selbst neu zu entdecken.

Mit all den Erfahrungen und Erkenntnissen aus dieser Zeit habe ich gelernt, dass Erfolg nicht in Zahlen oder Titeln gemessen wird, sondern in den Momenten, die uns wirklich glücklich machen und dass die wertvollsten Erfolge nicht auf Kontoauszügen oder in Arbeitszeugnissen stehen, sondern in den Beziehungen, die wir pflegen, in den Erinnerungen, die wir schaffen und in der Liebe, die wir geben.

Doch heute weiß ich: Das Leben passiert nicht in den To-Do-Listen, sondern in den Momenten dazwischen. In der Tasse Kaffee am Morgen, in der Stille eines Spaziergangs, in dem ehrlichen *„Wie geht es dir?"* eines Menschen, der es wirklich wissen will. Ich habe aufgehört, nach dem perfekten Leben zu streben und angefangen, das Leben zu schätzen, das ich habe. Mit all seinen Höhen und Tiefen, mit all den Menschen, die es lebenswert machen. Und genau das ist für mich heute der wahre Erfolg.

Früher habe ich vieles als gegeben hingenommen - meine Zeit, meine Gesundheit, meine Möglichkeiten. Heute weiß ich, dass nichts davon garantiert ist und genau das gibt meinem Leben eine neue Richtung. Ich frage mich nicht mehr, was andere von mir erwarten oder welchen Weg ich gehen sollte. Ich frage mich:

„Was will ich wirklich? Was macht mein Leben bedeutungsvoll?"

Ich habe erkannt, dass es nicht darum geht, das perfekte Leben zu führen oder ständig in einem Zustand erleuchteter Dankbarkeit zu sein. Es geht darum, dem Leben mit offenen Armen zu begegnen. Es geht darum, die Dinge zu tun, die mein Herz zum Leuchten bringen - nicht, weil ich muss, sondern weil ich darf.

Ich habe begonnen, mir Grenzen und neue Ziele zu setzen. Dieses Mal sind es jedoch nicht nur äußere Erfolge, die mich antreiben. Es sind die kleinen Dinge, die mich erfüllen: Tiefgründige Gespräche mit Menschen, die mir wichtig sind. Momente der Stille, in denen ich wirklich bei mir bin, den Mut habe, Dinge auszuprobieren, die mich früher eingeschüchtert hätten.

Und so gibt es genau jene Momente im Leben, die einem auf einzigartige Weise bewusst machen, wie sehr sich die Welt um einen verändert, ohne dass die anderen es wirklich merken. Ich erlebte das nach meinem Schicksalsschlag immer wieder, wenn ich durch ganz gewöhnliche, alltägliche Dinge ging - wie Einkaufen, spazieren oder einfach nur im Alltag unterwegs war. Was früher so selbstverständlich war, fühlte sich plötzlich anders an. Alles schien mehr Gewicht zu haben. Die Geräusche, die Gerüche, die Bewegungen der Menschen um mich herum - all das bekam eine neue Bedeutung.

Dieses zweites Leben zu führen, ist eine Bürde und ein Geschenk zugleich. Es trägt das Gewicht all dessen, was war - die Erinnerungen, die Narben, die Lektionen, die ich nie lernen wollte, aber musste und es war, als würde ich die Welt durch ein anderes Prisma sehen. Bei den ganz alltäglichen Aufgaben hielt ich oft inne und beobachtete das Treiben um mich, während ich selbst mit dem Gefühl kämpfte, nicht wirklich *„dazuzugehören"*, obwohl ich es tat. Es war eine Mischung aus Dankbarkeit und Melancholie - Dankbarkeit, wieder ein Teil dieser Welt zu sein, aber auch ein stilles Bewusstsein darüber, dass für mich jedes noch so kleine Erlebnis zu etwas ganz Besonderem wurde. Etwas, das für viele andere unbemerkt bleibt, für mich aber eine tiefe Bedeutung hatte.

Einer dieser Momente, der mir noch lange in Erinnerung bleiben wird, war der Tag, an dem ich zum ersten Mal wieder mit Freunden draußen war und wir gemeinsam eine Waldweihnacht besuchten. Es war ein kalter, klarer Abend und der Wald war in sanftes, warmes Licht getaucht. Wir gingen gemeinsam durch die Stände, lauschten der Musik, die aus den Ecken des Waldes schallte und bestaunten die weihnachtliche Stimmung. Doch inmitten all dieses bunten Treibens fühlte ich mich oft wie ein stiller Beobachter. Ich stand da, blickte auf die lachenden Gesichter, hörte die Gespräche, die flüchtigen Begegnungen und den Alltag, der in dieser festlichen Atmosphäre plötzlich so bedeutungsvoll wurde. Es war ein Moment der Verbindung - und zugleich der Distanz.

Ich hielt oft inne, betrachtete die Menschen um mich und dachte:

Für mich war es nicht selbstverständlich, da zu sein, nach allem, was passiert war. Diese Momente, das Lachen, das Gespräch, das Zusammensein - es war für mich etwas Neues, etwas, das ich nach dem Schicksalsschlag wieder neu lernte zu schätzen. Ich wusste, dass die anderen, die in diesem Moment zusammen waren, vielleicht nicht ganz so fühlten wie ich. Sie liefen durch den Wald, schauten sich um, nahmen das alles wahr - und doch war es für sie so normal. Sie waren einfach *„dabei"*, ohne vielleicht zu erkennen, wie wertvoll genau dieses *„dabei sein"* wirklich ist.

In letzter Zeit hat sich dieses Gefühl immer wieder gehäuft und es wurde fortan auch zu einem täglichen Begleiter von mir. Ich stehe oft da, als Beobachter von außen, nehme Dinge wahr, die mir früher nie so aufgefallen wären. Die leisen Gespräche im Hintergrund, die Details in der Bewegung der Menschen, die kleinen Gesten und die Augenblicke der Freude, die viele einfach so übersehen. Für mich sind all diese Momente inzwischen wie kleine Wunder, die mir zeigen, dass das Leben trotz allem weitergeht und dass es immer noch Schönheit gibt, auch in den ganz einfachen Dingen. Jedes Mal, wenn ich inmitten dieser Erlebnisse stehe, bin ich mir bewusst, dass ich diese besonderen Eindrücke vielleicht mehr schätze als andere, die sie als selbstverständlich empfinden und das ist auch gut so.

Manchmal ertappe ich mich noch heute dabei, wie meine Gedanken abschweifen - hin zu einer Welt, in der ich nicht mehr da bin. Bei bestimmten Tagen, wichtigen Terminen oder großen Veranstaltungen frage ich mich, wie diese wohl ablaufen würden, wenn ich nicht mehr hier wäre. Wahrscheinlich würde alles seinen gewohnten Gang gehen, fast unverändert, nur mit einer leeren Stelle, einem fehlenden Platz. Diese Vorstellung ist so nüchtern und doch so intensiv, dass sie mich immer wieder innehalten lässt. Durch diese gedankliche Auseinandersetzung mit meiner eigenen Vergänglichkeit habe ich etwas Wichtiges gelernt: die Perspektive zu wechseln. Statt mich von dieser Schwere erdrücken zu lassen, versuche ich bewusst den Moment in seiner vollen Tiefe wahrzunehmen und wertzuschätzen. Es hat mir gezeigt, wie kostbar das *„Jetzt"* ist - die kleinen Augenblicke, die großen Ereignisse, die Begegnungen und die Zeit, die uns geschenkt wird. Jeder Moment, mag er auch noch so alltäglich erscheinen, wird durch diese Erkenntnis zu etwas Einzigartigem, das ich nicht mehr als selbstverständlich betrachte. Es ist eine Lektion, die ich niemals vergessen möchte.

Es ist jedoch auch nicht immer einfach, mit dieser neuen Wahrnehmung zu leben, weil sie mich oft auch in eine Art Zwiespalt versetzt. Einerseits weiß ich, dass ich stolz darauf bin, wieder hier zu sein, inmitten all der Normalität und des Lebens. Andererseits gibt es Momente, in denen mir das Bewusstsein, dass andere nicht unbedingt spüren, wie privilegiert sie sind, einen leisen Schmerz verursacht. Aber diese Erfahrung hat mir auch eine weitere, wertvolle Erkenntnis beigebracht - dass wir oft die kleinen, unscheinbaren Dinge im Leben übersehen, bis wir lernen, sie wieder richtig zu sehen. Für für mich ist es inzwischen ein kostbares Gut, jeden dieser Momente bewusst zu erleben.

Mein zweites Leben hat mich gelehrt, achtsamer zu sein - für mich selbst, aber auch für andere. Ich nehme mir die Zeit, wirklich hinzuhören, wenn jemand mit mir spricht. Ich versuche, nicht nur mit den Ohren, sondern mit dem Herzen zuzuhören, denn ich weiß, wie wertvoll es ist, gehört und gesehen zu werden. Wie oft sind wir in Gedanken woanders, während jemand vor uns sitzt und uns sein Innerstes anvertraut? Ich will nicht mehr jemand sein, der nur halb anwesend ist. Ich will die Menschen um mich herum bewusst wahrnehmen, ihre Worte, ihre Emotionen - denn am Ende ist es genau das, was zählt.

Auch meine Definition von Erfolg hat sich verändert. Früher war Erfolg für mich an Leistung, an messbare Ergebnisse gebunden. Heute sehe ich es anders. Ein erfolgreicher Tag ist nicht mehr nur der, an dem ich viel erledigt habe, sondern der, an dem ich gelacht habe, an dem ich etwas gespürt habe, an dem ich mir oder jemand anderem etwas Gutes getan habe.

Ich habe gelernt, loszulassen. Dinge nicht mehr so sehr zu kontrollieren oder zu planen, sondern dem Leben mehr zu vertrauen. Es wird immer Herausforderungen geben und nicht alles wird nach Plan laufen, aber muss es das überhaupt? Vielleicht liegt die wahre Kunst darin, das Leben so anzunehmen, wie es kommt. Zu wissen, dass auch aus den dunkelsten Momenten irgendwann Licht erwächst. Dass selbst Schmerz und Verlust uns etwas lehren können, wenn wir bereit sind, hinzusehen.

Ich hätte nie gedacht, dass ein so einschneidendes Erlebnis mich persönlich wachsen lassen würde. Doch genau jetzt glaube ich fest daran, dass mir dieses Ereignis die Chance gab, das Leben bewusster und intensiver zu genießen. Es zwang mich, mich mit mir selbst auseinanderzusetzen. Meine Grenzen neu zu definieren - zu erkennen, was wirklich zählt. Ich lernte, mir selbst mit mehr Geduld zu begegnen. Zu akzeptieren, dass Heilung Zeit braucht -

körperlich und seelisch. Und dass es nicht darum geht, so schnell wie möglich wieder *„die Alte"* zu sein, sondern darum, mich neu zu entdecken.

Es braucht jedoch Zeit, Geduld und vor allem den Willen, sich wirklich auf diese neue Perspektive einzulassen. Zudem muss man auch offen sein und sich mit bestimmten Themen auf eine intensive Art und Weise auseinandersetzen. Es ist faszinierend zu erkennen, wie sich dadurch der Blick auf das Leben verändern kann. Seit meinem Schicksalsschlag habe ich begonnen, mich bewusst mit dem Thema *„Dankbarkeit"* auseinanderzusetzen und die Erkenntnisse, die ich dabei gewonnen habe, sind tiefgreifend und bewegend.

Jeden Abend nehme ich mir nun einen Moment Zeit, um innezuhalten. In der Stille des Tagesendes blicke ich zurück und überlege, wofür ich dankbar bin. Ich konzentriere mich dabei auf drei Dinge - ganz gleich, wie klein oder unscheinbar sie erscheinen mögen. Manchmal ist es ein nettes Gespräch, das mein Herz erwärmt hat oder ein Moment der mich an die Schönheit der Natur erinnert. Und manchmal ist es einfach die Tatsache, dass ich lebe, dass ich hier bin und diesen Moment erleben darf, für die ich an jenem Tag dankbar bin.

Dieser kleine, aber bedeutsame Trick hat meine Wahrnehmung auf wundersame Weise verändert. Er hat mir gezeigt, dass selbst in den schwersten Tagen noch Lichtblicke zu finden sind - Momente, die uns Kraft geben und die uns daran erinnern, dass das Leben trotz allem wertvoll ist - wir müssen uns nur stark darauf fokussieren. Dankbarkeit hat mir geholfen, die Schönheit im Alltäglichen zu entdecken, die Dinge zu schätzen, die ich früher für gegeben hielt und meinen Fokus auf das Positive zu lenken, auch wenn die Welt um mich herum manchmal dunkel scheint.

Es ist, als würde ich jeden Abend einen Schatz heben - einen Schatz, der mich daran erinnert, dass das Leben reich an kleinen Wundern ist. Dankbarkeit hat mich gelehrt, mit offenen Augen und einem offenen Herzen durch die Welt zu gehen. Sie hat mir die Kraft gegeben, nicht nur zu überleben, sondern wirklich zu leben und jeden Augenblick in seiner Tiefe zu spüren. Diese Erkenntnis ist ein Geschenk, das ich für immer bewahren werde.

Achtsamkeit - ein Begriff, der so einfach klingt und doch so viel Veränderung bewirken kann. Viel zu oft verlieren wir uns in den Strudeln der Vergangenheit, grübeln über Fehler, bedauern verpasste Chancen. Oder wir driften in die Zukunft ab, voller Sorgen und Ängste vor dem, was noch kommen mag. Doch dabei vergessen wir das Wichtigste: Das wahre Leben passiert genau hier, genau jetzt, in diesem Moment.

Diese Erkenntnis war für mich nicht immer selbstverständlich. Aber je mehr ich mich mit der Achtsamkeit beschäftigte, desto klarer wurde mir, wie wichtig es ist, bewusst im Augenblick zu sein. Es beginnt mit den kleinen Dingen. Ein tiefer Atemzug, der den Geist beruhigt. Das bewusste Genießen einer Mahlzeit, bei der ich jeden Bissen spüre, jeden Geschmack wirklich auch wahrnehme oder die völlige Aufmerksamkeit, die ich einer Unterhaltung schenke - wirklich zuzuhören, statt in Gedanken schon woanders zu sein.

Es ist erstaunlich, wie sehr diese scheinbar einfachen Handlungen das Leben verändern können. Achtsamkeit hat mich gelehrt, die Schönheit des Moments zu sehen. Sie hat mir gezeigt, dass das

Leben kein unaufhörliches Streben nach „*mehr*“ oder „*besser*“ sein muss, sondern dass der wahre Reichtum in der bewussten Wahrnehmung dessen liegt, was uns bereits umgibt. Manchmal bedeutet Achtsamkeit, einfach innezuhalten und die Welt um sich herum zu spüren - den Wind auf der Haut, das Vogelzwitschern, das warme Licht der Sonne. Sie bedeutet, sich selbst und das Leben mit neuen Augen zu sehen, mit einem Herz, das offen ist für den Moment. Denn letztendlich ist es nicht die Vergangenheit, die uns definiert oder die Zukunft, die uns antreibt, sondern genau dieser Augenblick - das Hier und Jetzt. Und wenn wir lernen, es zu schätzen, wird das Leben reicher, tiefer und voller Bedeutung. Es wird lebendig.

Nach meinem Schicksalsschlag habe ich darüber hinaus erkannt, wie wichtig es ist, die richtigen Menschen um sich zu haben. Es gibt kaum etwas Wertvolleres als echte, tiefe Verbindungen zu anderen Menschen. Ich investiere viel Zeit und Energie in Menschen, die mir gut tun, die mich bereichern und die mein Leben mit Liebe und Positivität füllen. Gleichzeitig habe ich gelernt, mich von Menschen zu lösen, die mir Energie rauben oder mich negativ beeinflussen, auch wenn diese Erfahrung und Handlung anfangs sehr schmerzvoll sein kann.

Auf meiner Reise zu mir selbst und zu meinem „*neuen Ich*“ habe ich eine der wichtigsten Lektionen gelernt: sich selbst mit Güte zu begegnen. Nach einem Schicksalsschlag ist es so leicht, in die Falle der Selbstvorwürfe zu tappen. Gedanken wie „*Hätte ich etwas anders machen können?*“ oder „*Habe ich wesentliche Zeichen, die mir mein Körper bereits gesendet hatte, aktiv übersehen?*“, können sich wie ein Schatten über das Herz legen. Man hadert, zweifelt und manchmal scheint der innere Kritiker lauter zu sein als die eigene Stimme.

Doch mit der Zeit habe ich verstanden, dass diese Härte gegen mich selbst nichts verändert, nichts heilt. Im Gegenteil, sie hält mich davon ab, nach vorne zu blicken. Ich habe gelernt, mir selbst mit Freundlichkeit und Nachsicht zu begegnen, so wie ich es für jemanden tun würde, den ich liebe und schätze. Denn warum sollte ich weniger Verständnis für mich selbst haben als für einen guten Freund?

Es war ein harter Prozess, sich zu sagen:

„Ich bin nicht perfekt und das ist in Ordnung."

Niemand ist perfekt - weder ich noch die Menschen um mich herum. Aber ich tue mein Bestes, jeden Tag, in jeder Situation und genau das ist genug. Es ist eine befreiende Erkenntnis, die mir hilft, die Vergangenheit loszulassen und mit mehr Leichtigkeit in die Zukunft zu schauen.

Diese Freundlichkeit zu mir selbst schenkte mir Raum für Wachstum und Heilung. Sie gab mir die Stärke, meine Fehler anzunehmen, aus ihnen zu lernen und mich nicht von ihnen definieren zu lassen. Es ist ein Weg der Selbstliebe, den ich immer weiter beschreite - ein Weg, der mir zeigt, dass wahre Stärke darin liegt, sich selbst mit offenen Armen zu empfangen, mit Güte, mit Nachsicht und mit der Gewissheit, dass ich genug bin. Genau so, wie ich bin.

Das Leben hat mir auf eine eindringliche Weise gezeigt, wie zerbrechlich und gleichzeitig wie wertvoll es ist. Meine

Auseinandersetzung mit diesen starken Themen - Dankbarkeit, Achtsamkeit und Selbstliebe - hat mir geholfen, ein neues Kapitel zu beginnen. Und eines habe ich dabei besonders gelernt: Nach einem Schicksalsschlag darf und soll man das Leben wieder feiern. Es ist kein Verrat an den schweren Zeiten, sondern ein Ausdruck der Wertschätzung für das Geschenk, das einem gegeben wurde - die Möglichkeit, hier zu sein und zu leben.

Früher habe ich manchmal darauf gewartet, dass *„der richtige Moment"* kommt, um die Dinge zu tun, die mich glücklich machten. Ich hatte die Illusion, dass irgendwann alles perfekt sein müsste, um Freude zu empfinden. Doch ich habe verstanden, dass dieser Moment nie kommen wird - denn das Leben findet jetzt statt, in diesem Augenblick. Es ist nicht das Morgen oder das irgendwann, sondern das Hier und Jetzt, das zählt.

Heute schenke ich mir bewusst diese kleinen Freuden, die mein Herz zum Leuchten bringen. Ein spontaner Ausflug in meinem Porsche, das Gefühl von Freiheit auf den Straßen. Ein gutes Essen, bei dem ich jeden Bissen genieße. Ein Lied, das mich zum Lächeln bringt und meinen Alltag erhellt. Es sind diese scheinbar kleinen Momente, die mein Leben so wertvoll machen. Sie erinnern mich daran, dass es nicht der große perfekte Moment ist, der uns erfüllt, sondern die Summe all der kleinen Augenblicke, die wir bewusst erleben.

Das Leben zu feiern bedeutet für mich nicht, die schwierigen Zeiten zu vergessen. Sie sind ein Teil von mir, sie haben mich zu dem Menschen gemacht, der ich heute bin. Aber sie definieren mich nicht. Vielmehr zeigen sie mir, wie wichtig es ist, die Helligkeit zu suchen, die Freude zuzulassen und das Leben mit offenen Armen zu empfangen - mit all seinen Facetten.

Ich feiere das Leben, weil ich weiß, wie kostbar es ist. Jeder Atemzug, jeder Moment mit geliebten Menschen ist ein Geschenk, das wir oft viel zu selbstverständlich nehmen. Doch ich habe gelernt, diese Schätze zu erkennen und sie mit Dankbarkeit und Liebe zu umarmen. Und genau darin liegt die wahre Stärke: Nach der Dunkelheit wieder ins Licht zu treten und sich zu erlauben, glücklich zu sein. Denn das Leben wartet nicht - es passiert jetzt, in diesem Moment. Und genau deshalb will ich es in vollen Zügen genießen und feiern. Heute, morgen und immer.

Ich könnte sagen, dass ich seitdem ein völlig anderes Leben führe. Dass ich jeden Tag mit vollkommener Klarheit beginne, dass ich immer weiß, was wichtig ist. Aber die Wahrheit ist: Ich bin immer noch auf der Suche und das wird sicherlich noch eine Zeit andauern, aber diesmal suche ich bewusster.

Ich weiß nicht, wohin mich dieser Weg führen wird, aber ich weiß, dass ich ihn mit einem neuen Bewusstsein gehe. Mit einer Dankbarkeit, die nicht erzwungen ist und die mir nach diesem Schicksalsschlag per se „aufgebürdet" wurde, sondern aus tiefstem Herzen kommt. Mit einer Freude, die nicht darin besteht, jeden Moment perfekt zu gestalten, sondern ihn einfach nur zu erleben, so wie er gerade ist.

Und während dieser Reise wurde mir immer wieder bewusst, dass ich niemals wieder ganz zu dem Menschen werde, der ich vorher einmal war - und das ist auch gut so. Das muss ich gar nicht, denn ich bin auf dem Weg, der Mensch zu werden, der ich jetzt sein darf, mit all meinen Erfahrungen, mit all meinen Narben, mit all meiner neu gewonnenen Stärke.

Dieses zweite Leben ist ein Geschenk und ich werde es nicht mit Angst oder Zweifel vergeuden. Auch wenn es Momente gibt, in denen ich weiterhin innehalten werde und mir bewusst mache, wie viel Glück ich hatte. Ich lebe. Ich habe eine zweite Chance bekommen und ich werde sie nutzen - nicht, indem ich in Angst vor dem nächsten Schicksalsschlag lebe, sondern indem ich jeden Tag als das sehe, was er ist: Ein kostbares Geschenk.

Ich werde es nicht perfekt leben, aber ich werde es echt leben. Das ist vielleicht die wertvollste Erkenntnis von allen. Es hat mir gezeigt, dass es sich lohnt, innezuhalten, tief durchzuatmen und zu erkennen, wie viel Gutes uns täglich umgibt. Ich weiß nicht, was die Zukunft bringt, aber ich weiß, dass ich ab jetzt jede Sekunde bewusster erleben werde.

12

Die Kraft von Verbindungen-
Familie und Freundschaft

Mein anstehender Geburtstag im Dezember sowie das erste *„Bonus-Weihnachten"* und *„Bonus-Silvester"* waren anders. Es fühlte sich komisch an, aber gleichzeitig auch unglaublich intensiv. Die Umarmungen, die Glückwünsche und vor allem der vielfach ausgesprochene Wunsch nach *„viel Gesundheit"* trafen mich auf eine Weise, wie ich es nie erwartet hätte. Sie berührten mich tief. In all diesen Momenten, als ich die Hände meiner Familie hielt, als ich die liebevollen Blicke meiner Freunde sah, wurde mir plötzlich klar, wie sehr auch ich es bis dato immer wieder für selbstverständlich hielt, gesund zu sein, am Leben zu sein. Und doch war ich noch da, an diesem Abend, an meinem Geburtstag sowie an den anstehenden Feiertagen - und das war ein Geschenk für mich.

Die Glückwünsche, die ich erhielt, hatten eine neue Bedeutung. Jeder sagte mir, wie froh er sei, dass ich noch da bin. Und der Satz *„Schön, dass du da bist"* klang plötzlich so viel tiefer, als es jemals zuvor der Fall gewesen war. Es war nicht nur eine floskelhafte Bemerkung. Es war ein Ausdruck von Freude, Erleichterung und Wertschätzung, der einen starken Eindruck bei mir hinterließ.

Es sind genau solche Worte, die man oft hört, ohne wirklich lange darüber nachzudenken und doch sind es genau diese Worte, die sich in das Herz brennen, weil man spürt, dass sie mit einer Tiefe gesagt wurden, die über das Alltägliche hinausgeht.

„Schön, dass du da bist - schön, dass es dich gibt."

Ein Kollege schrieb diese Worte immer wieder in seinen Nachrichten, sagte es an meinem Geburtstag, ließ es in seiner Neujahrsbotschaft mitschwingen. Es war nie beiläufig, nie einfach nur eine Floskel. Jedes Mal, wenn ich es las oder hörte, war es, als würde es mich warm umhüllen, als wäre es mehr als nur ein Satz, sondern eine Umarmung in Worten. Was mich besonders berührte: Es war nie ein *„Schön, dass du NOCH da bist."*

Dieser Unterschied mag klein erscheinen, fast unbedeutend, aber in Wahrheit ist er gewaltig.

„Schön, dass du NOCH da bist." hätte bedeutet, dass meine Existenz an eine Bedingung geknüpft wäre. Dass es eine Möglichkeit gegeben hätte, dass ich nicht mehr hier bin. Dass meine Anwesenheit fast ein Wunder ist, das man nicht als selbstverständlich ansehen darf, doch so hat er es nie gesagt.

„*Schön, dass du da bist.*" - das war anders. Es war nicht rückblickend, nicht an eine Katastrophe gebunden, nicht mit dem Schatten dessen behaftet, was hätte sein können. Es war eine Feststellung. Ein Gefühl, das einfach existiert, losgelöst von allem, was passiert war. Es sagte mir:

„*Du bist nicht nur hier - du gehörst hierher.*"

Es machte mich nicht zu einer Überlebenden, die Glück gehabt hatte. Es machte mich einfach zu mir. Zu jemandem, dessen Dasein wertvoll ist, unabhängig von der Vergangenheit oder den Schicksalsschlägen - und genau das bedeutete mir so unendlich viel. Denn in diesen Worten lag keine Angst, kein Mitleid, keine Erinnerung an die Zeit, in der alles auf der Kippe stand. Es war reine, ehrliche Wertschätzung.

Jedes Mal, wenn er es sagte oder schrieb, spürte ich, dass er es wirklich ernst meinte und dass er mich nicht nur in meinem Überleben sah, sondern in meinem Sein. So banal es klingen mag - es gab mir Halt. Es ließ mich spüren, dass ich nicht nur eine Geschichte bin, die hätte anders ausgehen können, sondern ein Mensch, der geschätzt wird. Einfach so, weil es schön ist, dass ich da bin und weil es schön ist, dass es mich gibt.

Viele schrieben mir an meinem Geburtstag kleine Briefe - persönliche Worte, die ihre Eindrücke widerspiegelten, als sie von meinem Schicksal hörten. Sie erzählten mir, wie sie sich fühlten, als sie von meinem Kampf erfuhren und wie sehr sie sich nun darüber freuten, dass ich noch unter ihnen war. Sie sprachen von ihren eigenen Ängsten und Sorgen, als sie an mich dachten, und wie froh sie nun waren, mich wieder an ihrer Seite zu wissen. Besonders berührte mich, wie viele meiner Freunde und meine Familie von meinen Schutzengeln sprachen, die sie in diesem Moment an meiner Seite sahen. Sie waren der festen Überzeugung, dass es diese unsichtbaren Helfer waren, die mich durch diese schwere Zeit getragen hatten und ich konnte nicht anders, als zu spüren, wie wahr diese Worte waren. Diese Glückwünsche waren so anders als jene zu all meine bisherigen Geburtstagen. Sie spiegelten noch immer die Ängste und Sorgen, aber auch die Hoffnung und Dankbarkeit meiner liebsten Menschen wieder.

Ich erinnere mich noch genau daran, wie meine Mutter mich an diesem Tag umarmt hatte, ihre Augen mit Tränen gefüllt. Diese Tränen waren nicht nur aus Freude, sondern auch aus einer Mischung aus Erleichterung und Dankbarkeit, dass ich noch bei ihr war. In diesem Moment konnte ich all das spüren, was sie nicht immer in Worte fassen konnte - die Angst, die Sorge, die Liebe, die in einer Umarmung auf mich übergingen. In ihren Tränen lag eine Welt, die so viel mehr sagte als jeder Satz.

Die Nachricht einer nahestehenden Freundin ging mir ebenfalls sehr nahe. Sie hatte mir geschrieben, was sie für mich empfand, was sie in diesem Jahr mit mir erlebte und diese Worte trafen mich wie ein sanfter Regen, der die Seele wäscht. Sie waren vielleicht die schönsten Worte, die ich jemals gelesen habe, Worte, die mich in diesem Moment so berührten, dass ich nicht wusste, wie ich darauf reagieren sollte. Ich fühlte mich gesehen, gehört, verstanden - und gleichzeitig unendlich dankbar. Inmitten der Worte, die sie mir schenkte, spürte ich, wie viel Liebe und Wärme in meinem Leben war, selbst in den dunklen Momenten.

Überraschend schrieb sie mir an jenem Abend eine WhatsApp-Nachricht. Beim Lesen konnte ich noch nicht wissen, welchen Eindruck diese Nachricht noch bei mir hinterlassen würde.

„Meine liebe Nadine! Dieses Jahr war besonderer als die anderen. Du hast eine zweite Chance auf das Leben bekommen. Dafür bin ich so unglaublich dankbar! Vor allem bin ich so stolz auf dich, wie du dieses Jahr gemeistert hast. Du bist für mich eine so starke, mutige und wunderschöne Frau mit einem so großen Herzen. Deine Aufopferung für deine Familie und alle Menschen, die dir wichtig sind, bewundere ich und inspiriert mich immer wieder. Jede gemeinsame Minute mit dir ist eine Bereicherung. Mit dir kann ich sein, wie ich bin... traurig, wütend, lustig, blödsinnig, tiefsinnig... Deine Freundschaft, die schon so viel mehr ist als nur eine Freundschaft, bedeutet die Welt für mich. DANKE, DASS ES DICH GIBT! Ich freue mich auf das kommende Jahr mit Dir!"

Als ich diese Worte las, liefen mir die Tränen übers Gesicht. Es war, als würde jeder einzelne Satz direkt mein Herz berühren. Diese Nachricht war nicht nur eine bloße Anerkennung dessen, was ich in diesem Jahr durchgemacht hatte, sondern auch eine tiefe Erinnerung an die Bedeutung unserer Freundschaft. Eine Freundschaft, die in all den Jahren, die wir nun schon miteinander teilen, so viel mehr geworden ist als nur das - sie ist zu einem Teil meines Lebens und ihres Lebens geworden, den wir niemals missen möchten.

Ich hoffe, dass sie es mir nicht übel nimmt, dass ich diese sehr persönlichen Worte hier teile, aber sie haben so viel für mich bedeutet, dass ich sie unbedingt in diesem Buch festhalten wollte. Durch diese Nachricht zeigte sie mir nicht nur, wie stark sie selbst als Frau ist, sondern auch, wie sehr sie die richtigen Dinge im Leben schätzt. Sie erinnert mich daran, wie wertvoll es ist, die Menschen um sich zu haben, die einem wirklich etwas bedeuten - und wie wichtig es ist, füreinander da zu sein, in guten und in schlechten Zeiten.

Ihre Worte hatten eine Kraft, die tief in mir widerhallte. Sie ließen mich erkennen, dass ich mich nicht länger in dem Bild der kranken, schwachen Person gefangen halten muss - einem Bild, das ich selbst noch von mir hatte. Sie zeigte mir etwas, das ich selbst nicht sehen konnte: dass ich bereits genau die Frau wieder war, die ich immer sein wollte. Die Frau, die von anderen genau so wahrgenommen wird, wie sie ist - hilfsbereit, aufopfernd, mutig. Diese Erkenntnis war erleuchtend für mich. Es war ein Moment, der mir zeigte, dass ich viel mehr bin als mein Schmerz, viel stärker als meine inneren Kämpfe. Ich begann, mich mit ihren Augen zu sehen - als die Person, die ich wirklich bin und nicht als die, die ich zu diesem Zeitpunkt noch glaubte, zu sein.

In jenen Momenten, wenn sie mir solche Zeilen schreibt, spüre ich mehr denn je, wie viel sie mir bedeutet. Sie ist nicht nur meine Freundin, sie ist meine Vertraute, mein Anker, mein sicherer Hafen, in den ich jederzeit einlaufen kann. Sie kennt mich in und auswendig - meine Ängste, meine Zweifel, meine Stärken und Schwächen - und dennoch steht sie immer an meiner Seite. Es ist ein unglaubliches Geschenk, eine solche Person an seiner Seite zu wissen, besonders in den schweren Momenten, in denen man sich oft verloren fühlt.

Es ist schön, dass ich sie habe. Es ist schön, von jemanden zu wissen, der einen so akzeptiert, wie man ist - ohne Vorurteile, ohne falsche Erwartungen, einfach nur mit all der Liebe, die eine wahre Freundschaft ausmacht. Über 20 Jahre sind wir nun schon miteinander verbunden und ich weiß, dass unsere Freundschaft noch viele weitere Jahre überdauern wird. Sie hat einen so tiefen Platz in meinem Herzen, und ich kann mir mein Leben ohne sie nicht mehr vorstellen.

Das Schöne an dieser langjährigen und innigen Freundschaft ist, dass wir diese zu dritt teilen. Es sind nicht nur die liebevollen Worte meiner einen Freundin, die mich tief berühren, sondern auch die Reaktion meiner zweiten, sehr engen Freundin, die mich zum Jahresende überrascht hatte. Uns drei verbindet diese Freundschaft nun schon seit dem Gymnasium und wir wissen alle sehr wohl, was wir voneinander haben. Es ist etwas so Besonderes, dieses Band zwischen uns, das über all die Jahre hinweg nie an Stärke verloren hat. Wir haben zusammen Höhen und Tiefen durchlebt und trotzdem stehen wir immer noch füreinander da - vielleicht sogar stärker als je zuvor.

Wenn wir drei zusammen unterwegs sind, fühlt sich alles einfach gut an. Es ist, als ob die Zeit stillsteht und wir uns in all den gemeinsamen Momenten wiederfinden, die uns geprägt haben. Es ist so viel mehr als nur eine Freundschaft; es ist ein unerschütterliches Vertrauen und eine tiefe Verbundenheit, die uns immer wieder zusammenführt, egal wie das Leben uns fordert. Jedes Mal, wenn wir zusammen sind, schaffen wir neue Erlebnisse und Erinnerungen, die uns auch in Zukunft durch die Jahre tragen werden.

Was mich besonders glücklich macht, ist die Tatsache, dass wir uns nicht nur in den besten Momenten zusammenfinden, sondern auch in den schwierigen, die uns formen und noch mehr zusammenschweißen. Wir wissen, dass wir uns aufeinander verlassen können und das ist ein Geschenk, das man nicht oft findet. Ich freue mich jetzt schon auf all die Jahre, die uns noch bleiben, die uns noch viele neue Erlebnisse bringen werden. Und irgendwann werden wir zusammen das Altenheim unsicher machen - eine gemeinsame Vorstellung, die uns immer wieder zum Lachen bringt. Ich weiß jetzt schon, dass die noch kommenden Momente genauso wertvoll werden wie all die Jahre davor.

Ich bin so unendlich froh, euch beide an meiner Seite zu wissen. Es ist ein unschätzbares Gefühl, Freunde wie euch zu haben, die einem in jeder Lebenslage beistehen, die einem die Hand reichen, wenn es nötig ist, die mit einem gemeinsam Weinen, wenn die Tage mal wieder schwerer sind und die mit einem lachen, wenn das Leben wieder einmal schöner wird. Ihr seid ein fester Bestandteil meines Lebens. Ihr bedeutet mir mehr, als Worte es je ausdrücken könnten.

An diesem Geburtstag wurde mir wieder klar, wie viel Liebe mich immer noch umgibt und wie wertvoll es ist, dass ich diese Menschen noch um mich habe. Ich wusste, dass mein zweites Leben nicht nur ein Geschenk für mich selbst ist, sondern für all jene, die mir so viel bedeuten. Und inmitten der Glückwünsche und der Liebe, die mir an diesem besonderen Tag zu teil wurde, fühlte ich mich erneut mit dem Leben verbunden, mit allem, was es noch zu bieten hat - und mit dem tiefen Wissen, dass ich noch eine Aufgabe hier habe, dass meine Reise noch nicht zu Ende ist.

Unmittelbar nach meinem Geburtstag standen, die von mir bisher ungeliebten, Weihnachtsfeiertage an. Weihnachten - ein Fest, das schon immer im Zeichen von Familie, Liebe und Geborgenheit stand. Doch dieses Jahr fühlte es sich anders an. Intensiver. Ehrfurchtsvoller. Ein Mensch, der gerade erst dem Tod von der Schippe gesprungen ist und eine zweite Chance erhalten hat, erlebt diese Tage mit einer Tiefe und Intensität, die schwer in Worte zu fassen sind.

Der Duft von Tannenzweigen und frisch gebackenen Plätzchen füllte den Raum und die flackernden Lichter der Kerzen tanzten in den Augen meiner Liebsten. Ich, die noch vor zwei Monaten an der Schwelle zwischen Leben und Tod stand, saß nun mittendrin - umgeben von vertrauten Gesichtern, von Lachen und leisen Gesprächen. Es war, als wäre diese Szenerie aus einem Traum entsprungen. Es fühlte sich an wie ein Wunder.

Während die vertrauten Klänge der Weihnachtslieder durch den Raum hallten, schossen Gedanken durch meinen Kopf. Dankbarkeit war der erneut ein überwältigender Begleiter zu jenen Tagen. Dankbarkeit für das Leben, das mich gehalten hatte, für den Herzschlag, der nie aufgehört hatte. Dankbarkeit für die zweite Chance, für die Möglichkeit, diese Momente noch einmal erleben zu dürfen. Und gleichzeitig war da auch wieder diese Demut - ein tiefes Bewusstsein dafür, wie nah ich daran war, all das für immer zu verlieren.

Die Familie, die mir immer schon sehr wichtig war, erschien nun in einem noch helleren Licht. Jeder Umarmung, jedes Lächeln schien bedeutsamer als je zuvor. Die warme Hand meiner Oma, das breite Grinsen meines Bruders, die leuchtenden Augen meiner beiden

Neffen- es war, als ob jedes Detail in meinen Erinnerungen eingraviert wurde. Nie zuvor hatte ich die Zeit mit meinen Liebsten so intensiv gespürt, so sehr wertgeschätzt.

Doch da waren auch Tränen. Tränen des Glücks, aber auch der Erleichterung, die mich in stillen Momenten einholten. Ich dachte erneut an die vergangenen zwei Monate, an die schmerzvollen Momente, die Zweifel, die Angst. Und jetzt war ich hier, lebendig, atmend, geliebt. Es war ein emotionaler Sturm - ein Hoch der Gefühle, das schwer zu bändigen war und mich in diesen Tagen immer wieder einhüllte.

„Das Leben ist jetzt", dachte ich, während ich meinen kleinen Neffen dabei zusah, wie sie voller Eifer das Papier von ihren Geschenken rissen. Dieses Weihnachten fühlte sich nicht wie ein gewöhnliches Fest an. Es war ein Feiern des Lebens, ein Feiern des Moments, ein Fest für das, was wirklich zählt. Und während ich im Kreis meiner Familie saß, wusste ich eines ganz sicher: Diese zweite Chance würde ich wirklich nutzen. Jeden Tag, jede Stunde, jeden Augenblick. Weihnachten war nicht nur ein Fest der Liebe - es war ein Fest der Dankbarkeit, des Lebens und der unendlichen Möglichkeiten, die mir geschenkt wurden. Ein neues Kapitel hatte begonnen. Und es war das wertvollste von allen.

Als ich an Silvester in den Himmel blickte, einen Moment inne hielt und den intensiven Blick auf den Sternenhimmel gerichtet hatte, war ich erfüllt von einer tiefen, stillen Dankbarkeit. Es war als ob der Himmel in diesem Moment alles mit mir teilte, was ich gerade empfand. Ganz leise, fast wie ein Flüstern, bedankte ich mich. Ich bedankte mich dafür, dass ich noch da war, dass ich dieses Silvester erleben durfte, dass ich weiterhin atmen konnte. Ich bedankte mich dafür, dass ich noch eine Chance hatte, zu leben, zu fühlen, zu lieben.

Ich wusste, dass ich in diesem Moment nicht allein war. In den Sternen, im Wind, in der Stille der Nacht fühlte ich die Nähe von denen, die nicht mehr bei mir sind. Mein Opa, der immer in meinem Herzen lebt, meine kleine Nichte, die mich täglich begleitet und all die geliebten Tiere, die mir immer treu waren - ich fühlte ihre Präsenz. Sie waren da, auf ihre eigene Art und Weise. Sie passten auf mich auf, gaben mir Kraft und Liebe, obwohl sie körperlich nicht mehr an meiner Seite standen.

Dieser Abend war nicht nur der Übergang in ein neues Jahr. Er war ein Übergang in eine neue Perspektive, ein neuer Blick auf das Leben, auf das Leben, das ich immer noch habe, auf die Menschen, die ich noch um mich habe, auf all das, was mir noch bevorsteht und dafür bin ich unendlich dankbar, denn mit diesem Schicksalsschlag verändert sich nicht nur den Blick auf das eigene Leben, sondern auch auf die Menschen, die es mit uns teilen.

Plötzlich wird einem in diesem stillen Moment auch wieder bewusst, wer wirklich an der eigenen Seite steht - wer sich sorgt, wer Trost spendet, wer einfach nur da ist, ohne viele Worte, aber mit einem offenen Herzen. Ich habe in dieser Zeit erfahren, wie unermesslich wertvoll echte Bindungen sind. Sie sind das, was uns trägt, wenn wir selbst nicht die Kraft dazu haben.

Nach meinem Erlebnis habe ich meine Familie und Freunde noch einmal ganz anders wahrgenommen. Nicht, dass sie mir vorher nicht wichtig gewesen wären, aber jetzt weiß ich, dass sie das Fundament meines Lebens sind. Es sind nicht die beruflichen Erfolge oder die materiellen Dinge, die am Ende zählen, sondern die Menschen, die in den schwierigsten Momenten an meiner Seite geblieben sind. Diejenigen, die mir gezeigt haben, dass ich nicht allein bin.

Ich habe daraus gelernt, mir bewusst Zeit für sie zu nehmen, Gespräche nicht zwischen Tür und Angel zu führen, sondern wirklich zuzuhören. Ich habe gelernt, dass ein ehrliches *„Wie geht es dir?"*, manchmal mehr bedeutet als tausend Worte. Dass eine Umarmung mehr Trost spenden kann als jede aufmunternde Phrase und dass man die Menschen, die man liebt, nicht für selbstverständlich halten darf, denn nichts im Leben ist garantiert - außer die Liebe, die wir geben und empfangen.

Wenn man mit einem Schicksalsschlag konfrontiert wird, trennt sich das Leben in ein *„Davor"* und ein *„Danach"*. Und manchmal trennt sich auch das Umfeld. Einige Menschen ziehen sich zurück, weil sie nicht wissen, wie sie mit der Situation umgehen sollen. Andere aber wachsen über sich hinaus und zeigen Seiten, die man nie erwartet hätte.

Ich habe erlebt, dass wahre Freunde diejenigen sind, die bleiben, auch wenn es schwer wird. Die nicht nur in glücklichen Zeiten da sind, sondern auch dann, wenn man selbst kaum noch die Kraft hat, sich zu melden. Die einen nicht drängen, positiv zu denken, sondern akzeptieren, wenn man einfach nur traurig oder wütend sein muss.

Es waren die Nachrichten, die ohne Erwartungen kamen. Die Besuche, bei denen es nicht um große Worte ging, sondern darum, einfach zusammen zu sein. Die Umarmungen, die länger dauerten, weil sie verstanden haben, dass ich sie brauchte. Diese Freundschaften haben mir gezeigt, dass ich nicht allein bin und dass es in schweren Zeiten nicht um Perfektion geht, sondern um Ehrlichkeit, Geduld und Nähe.

Einer dieser Momente war der, als eine Freundin mich zu Hause besuchte. Sie kam alleine, da die zweite im Bunde zu dieser Zeit noch nicht wirklich in der Lage war, mit der ganzen Situation umzugehen. Obwohl ich das bis heute absolut verstehe, war es für mich nie ein Moment des Vorwurfs. Jeder Mensch geht anders mit solch tiefgreifenden Erlebnissen um und es ist so wichtig, das zu akzeptieren und zu respektieren. Die Zeit wird auch für sie kommen, in der sie sich im Umgang mit diesem Thema sicherer fühlen wird.

Als sie vor mir stand, war es, als würde die Welt für einen Moment stillstehen. Es gab keine großen Worte, die wir für diesen ersten Moment brauchten. Sie kam zu mir und ohne ein weiteres Wort fiel sie mir in die Arme. Es war eine Umarmung, die so lange und fest war, als wollten wir uns beide nie wieder loslassen. Unsere Herzen schienen im gleichen Takt zu schlagen und in dieser Sekunde war alles andere unwichtig. Es war nur dieser Moment - wir zwei, vereint in einer Liebe und einem Mitgefühl, das so tief ging, dass keine Worte es je vollständig hätten ausdrücken können.

Nachdem ich mich wieder auf die Couch legte, da ich zu diesem Zeitpunkt noch nicht wirklich mobil war, setzte sie sich neben mich. Es war ein stilles Einverständnis, dass wir uns hier Zeit füreinander nahmen. Ohne Eile, ohne etwas, das uns von diesem Moment hätte ablenken können. Sie hatte natürlich viele Fragen an mich und ich begann ihr von all dem zu erzählen, was ich durchgemacht hatte - die Ängste, die Schmerzen, die Hoffnung und die Momente, in denen ich einfach nur festhalten wollte, was mir noch geblieben war. Als ich sprach, spürte ich die Wellen des Mitgefühls von ihrer Seite. Es war spürbar, wie sehr es sie berührte, was ich durchlebt hatte. Manchmal kamen ihr die Tränen und ich wusste, dass es nicht nur ihre Trauer war, die sie fühlte, sondern auch ihre unendliche Dankbarkeit, dass ich es geschafft hatte. Wir waren in diesem Moment tief miteinander verbunden - so verbunden, dass es schien, als könnten wir in dieser Stille alles verstehen, was zwischen uns war.

Mit einem Lächeln, übergab sie mir ein Geschenk von den beiden. Es war ein liebevoll zusammengestelltes *"Care-Paket"*, gefüllt mit vielen gesunden Sachen, Tees und Süßigkeiten, aber das war noch nicht alles. Was mich wirklich berührte, war die Karte, die sie mir beilegt hatten. Als ich sie öffnete und die Zeilen las, kamen mir sofort die Tränen.

„Liebe Nadine, erstmal möchten wir DANKE sagen - Danke liebe Schutzengel! Danke, dass alles den Umständen entsprechend so gut ausgegangen ist. Gute Besserung! Nimm dir die Zeit, um wieder ganz gesund & fit zu werden. Wir sind immer für Dich da. Alles Liebe & Bussis! & anbei noch ein paar Leckereien, um das Genesen leichter zu machen."

Diese Worte, so berührend und doch voller Bedeutung, durchdrangen mich mit einer Welle von Emotionen. Sie sprachen von der Sorge, der Angst und dem unsagbaren Glück darüber, dass ich noch hier war, aber sie sprachen auch von der Hoffnung, von der Zuversicht, dass ich bald wieder ganz gesund werden würde. Ich konnte nicht anders, als sie erneut zu umarmen, nachdem ich diese Zeilen gelesen hatte. Es war ein stummer Ausdruck meiner Dankbarkeit, meiner Liebe zu ihr und auch zu der Freundin, die mir diese Karte mitgeschrieben hatte. Es war ein Moment des tiefen Gefühls, der mich auch in der schwersten Zeit tröstete. Ich wusste, dass es diese kleinen Zeichen der Liebe waren, die mich stärkten und mich nie alleine fühlen ließen.

Ich richtete meinen Dank an die zweite Freundin per WhatsApp aus, die mir direkt antwortete: *„Gerne, wir sind froh, DICH zu haben."* Mit einem Kuss-Emoji beendete sie die Nachricht - und in diesem kleinen Zeichen der Zuneigung war so viel mehr verborgen. Es war die Bestätigung, dass wir alle füreinander da waren, dass wir in dieser Zeit zusammenhielten, was auch immer uns passieren würde.

Am Abend schrieb mir dann jene Freundin, die mich besucht hatte, nochmal:

„Es hat mir so gut getan, dich heute zu sehen. Ich bin so froh, dass es dich gibt."

Auch diese Nachricht rührte mich tief. Ich wusste, dass es nicht nur Worte waren, sondern ein Gefühl, das sie in diesem Moment teilte - das Gefühl der Dankbarkeit, dass ich noch hier war, dass ich noch leben konnte, dass unsere Freundschaft weiterhin Bestand hatte. Heute sitze ich nun hier und denke an all diese Momente, an diese wertvollen Freunde, die mich nie aufgegeben haben. Sie haben mir in meiner dunkelsten Stunde gezeigt, was wahre Freundschaft bedeutet und ich möchte dies keinesfalls mehr für selbstverständlich halten, dass sie immer für mich da sind.

Sie haben mir gezeigt, dass ich nicht allein bin. Sie haben mir gezeigt, dass sie in den schlimmsten Momenten genauso wie in den guten an meiner Seite stehen.

Es bleibt mir an dieser Stelle nur eines zu sagen:

„Danke, dass es EUCH gibt."

13

Erkenntnisse, die das Herz berühren -

Als ich mein zweites Leben wirklich verstand

Eine weitere Situation die mich auf meiner Reise zu meinem *„neuen Ich"* weiter voran trieb, ereignete sich knapp vier Monate später. Ich befand mich in einem Seminar für Führungskräfte, als der Seminarleiter, welcher auch als Familientherapeut und Psychologe tätig war, während einer Gruppenübung auf meine Situation aufmerksam wurde und mehr darüber erfahren wollte. Als ich ihm meine Geschichte erzählte, sah ich, wie sich seine Miene veränderte. Ein Ausdruck von Mitgefühl und Betroffenheit lag in seinen Augen, während er meine Worte hörte, mein Erlebtes in sich aufnahm. Für einen Moment schien es, als wüsste er nicht, was er sagen sollte. Dann sprach er diesen Satz aus, leise, fast ehrfürchtig:

„Wow, danke dass du mich an deiner Geschichte teilhaben lässt - das ist schon echt heftig, was dir da widerfahren ist - aber ist es denn nicht schön, wenn man weiß, dass deine Eltern, die dir eigentlich schon dein erstes Leben geschenkt haben, dir nun auch dein zweites Leben schenkten?"

Ich spürte, wie diese Worte tief in mir widerhallten, denn so hatte ich das Ganze noch gar nicht gesehen. Sie weckten etwas in mir, das ich vielleicht selbst noch nicht ganz verstanden hatte. Ich hatte so viel durchgemacht, war durch Dunkelheit gegangen, hatte mit dem Gedanken gerungen, ob es noch einen Weg zurück zu meinem *„alten Ich"* gibt. Und ja, als ich am tiefsten Punkt war, waren es genau sie - meine Eltern, die Menschen, die mir das erste Mal das Leben geschenkt hatten - genau sie waren dieselben, die mich auch diesmal zurück ins Leben holten und mir eine zweite Chance schenkten. Er hatte absolut recht mit seiner Aussage und mein Bewusstsein dafür weitete sich mehr und mehr.

Mir liefen Tränen über das Gesicht, während ich über seine Worte nachdachte. Ich hatte so oft darüber nachgedacht, wie viel Schmerz ich meinen Eltern bereitet haben musste. Wie groß ihre Angst gewesen sein musste, als sie mich fanden. Wie hilflos sie sich gefühlt haben mussten, als sie sahen, dass ihr eigenes Kind, das sie einst voller Liebe in diese Welt gebracht hatten, kurz davor war, ihnen für immer den Rücken zu kehren. Doch statt aufzugeben, statt sich von dieser Angst lähmen zu lassen, haben sie mich gehalten, mich zurückgeholt.

Eltern lieben ihre Kinder mit einer Kraft, die manchmal unbegreiflich ist. Sie geben uns nicht nur unser erstes Leben, sie kämpfen auch dafür, dass wir es nicht verlieren und genau das haben meine Eltern getan. Sie haben mich gefunden, in einem Moment, in dem ich selbst mich vielleicht schon aufgegeben hatte. Sie haben mich gesehen, mich gehört, mich mit all ihrer Liebe aufgefangen, als ich selbst keinen Halt mehr hatte.

Ich dachte an ihre Hände, die mich hielten. An ihre Stimmen, die mich riefen, als ich vielleicht schon nicht mehr zuhören wollte. An ihre Tränen, die mir zeigten, dass ich nicht allein war, auch wenn ich es in diesem Moment geglaubt hatte - und plötzlich verstand ich es erneut: Ich bin nicht nur durch einen Zufall noch hier. Ich bin hier, weil Liebe mich gehalten hat, weil die Menschen, die mir schon einmal das Leben schenkten, nicht zugelassen haben, dass ich es verliere.

Der Therapeut hatte recht. Es ist schön dies zu begreifen - auf eine Weise, die über Worte hinausgeht. Es ist ein Schmerz, der sich mit Dankbarkeit vermischt. Es ist eine Wunde, die von Liebe geheilt wird und es ist eine weitere Erkenntnis, die ich nie wieder vergessen werde: Mein Leben gehört nicht nur mir allein. Es ist untrennbar mit denen verbunden, die mich lieben - und diese Liebe war es, die mich zurückgebracht hat.

Im Rahmen dieses Seminar gab es einen weiteren Moment auf meiner Reise zu meinem *„neuen Ich"*, der mir nicht nur einen Augenblick der Erkenntnis schenkte, sondern der tief in mir selbst etwas verändert hatte - solche Momente, die einem die Bestätigung geben, dass man auf dem richtigen Weg ist. Der Seminarleiter bat uns zu Beginn des Seminars sich in einer zufälligen 4er Gruppen zusammenzufinden, um die sogenannte *"U-Bahn-Übung"* durchzuführen. Die Aufgabe war simpel, aber tiefgehend. Wir sollten uns in der ersten Begegnung an diesem Tag ohne Worte gegenüberstehen und uns allein durch Mimik, Gestik und das Auftreten der anderen Person ein Bild von ihr machen. Was strahlt diese Person aus? Was macht sie beruflich? Was sind ihre Hobbys? Die Herausforderung war, diese Eindrücke ohne jegliche Kommunikation zu sammeln, nur durch den Blick auf die andere Person, ohne sie wirklich zu kennen.

Diese Übung war erstaunlich aufschlussreich. Man hatte nur wenige Minuten Zeit, um eine Einschätzung der anderen Person vorzunehmen und dennoch kamen überraschend prägnante Gedanken und Eindrücke dabei heraus. Jeder teilte dann mit den anderen Teilnehmern seine Wahrnehmung von der Person und die Person selbst durfte nichts dazu sagen, keine Bestätigung oder Widerrede äußern. Es war faszinierend, wie viel wir in so kurzer Zeit über jemanden zu erfahren glaubten, nur durch das, was uns unser Bauchgefühl vermittelte und unsere Augen in dem anderen sahen.

Ein für mich besonders prägender Moment war, als ein Teilnehmer, der mich bis zu diesem Moment nicht kannte und keinerlei Ahnung von meiner Geschichte hatte, sein Eindruck von mir schilderte. Er sagte etwas, das mich völlig unerwartet traf. Er sagte, er habe in mir gesehen, dass ich das Leben liebe. Diese einfache, aber kraftvolle Aussage schlich sich tief in mein Herz. Sie kam aus dem Nichts und sie traf mich wie ein Blitz. In diesem Moment spürte ich, dass dieser Mensch, dieser Fremde, in mir etwas erkannt hatte, das ich mir für mich selbst nach meinem Schicksalsschlag so sehnlich gewünscht hatte: die Bereitschaft, das Leben wieder zu lieben, es zu genießen und die Chance, die mir gegeben wurde, tatsächlich zu ergreifen.

Ich wollte nicht mehr die Person sein, die als *„lähmend"* wahrgenommen wurde - diese Zuschreibungen hatte ich vor meinem Ausfall in meiner Arbeit immer wieder erlebt. Ich wollte nicht zurückkehren in dieses alte Fahrwasser, in dem ich mich gefangen fühlte, sondern ich wollte für mich selbst eine Veränderung erleben. Ich wollte das Leben wieder mit offenen Armen empfangen, mich nicht mehr von Ängsten und Zweifeln leiten lassen.

Und hier war es, diese Bestätigung von einem völlig Fremden, der mich nur durch einen flüchtigen Blick wahrgenommen hatte. Er hatte genau das in mir gesehen, was ich mir selbst seit dem Schicksalsschlag am meisten gewünscht hatte: die Freude am Leben, das fortwährende Streben nach etwas Positivem und die Entschlossenheit, die mir mein Schicksal wiedergegeben hatte, nicht zu verschwenden.

Diese Worte haben mich tief bewegt und gleichzeitig stolz gemacht. Es war, als ob das Leben mir auf einmal das Zeichen gab, dass ich den richtigen Weg eingeschlagen hatte. Ich hatte nicht nur meine eigene Einstellung verändert, sondern es war auch anderen aufgefallen - und das war ein Gefühl, das mich mit auf meinem Weg bestätigte.

Nach dieser Übung fühlte ich eine tiefgreifende Veränderung in mir. Es war, als ob ein Schleier vor meinen Augen gelüftet wurde und zum ersten Mal sah ich klar, wohin mein Weg führte. Die Erkenntnis, dass ich auf dem richtigen Weg zu meinem neuen Ich war, erfüllte mich mit einer Mischung aus Erleichterung und

Hoffnung. Diese Bestätigung - das ehrliche und wohlwollende Urteil eines völlig Fremden - war wie ein Lichtstrahl, der die Dunkelheit meiner Zweifel durchbrach. Doch diese neue Klarheit brachte auch neue Fragen mit sich:

Wie möchte ich nach allem, was passiert ist, gesehen werden? Soll ich als jemand wahrgenommen werden, der gestärkt aus den Tiefen seines Schicksals hervorgegangen ist - oder als jemand, der noch immer die Fragmente seiner Seele zusammensetzt? Was bedeutet es, mein neues Ich authentisch zu leben und wie fühlt es sich an, meine neue Identität der Welt zu offenbaren? Wie weit bin ich schon gekommen? Bin ich bereits eine Version von mir selbst, die ich voller Stolz betrachten kann? Oder stehe ich immer noch am Anfang meiner Reise, tastend und suchend, mit jedem Schritt näher an der Wahrheit über mich selbst?

Und wie setze ich mich mit meinem neuen Ich auseinander? Sind es die leisen Momente des Nachdenkens, in denen ich die Bausteine meiner Identität überprüfe und neu anordne? Oder ist es in Begegnungen mit anderen, wo ich erkenne, wie mein Inneres nach außen strahlt und ob es wirklich mich repräsentiert?

Mein Alltag hatte sich definitiv verändert. Kleine Entscheidungen, die vorher unbedeutend erschienen, tragen jetzt größere Bedeutung. Jede Handlung, jedes Gespräch und jede stille Minute scheinen ein Teil eines größeren Prozesses zu sein - dem Prozess, mich neu zu entdecken. Es ist eine Reise, die mich fordert, aber auch belohnt. Eine Reise, die mich lehrt, dass das „neue Ich" nicht durch plötzliche Wendungen entsteht, sondern durch die Summe all der kleinen, mutigen Schritte, die ich bereit bin zu gehen.

Diese Reise ist mein Weg, mein Neubeginn, und die Fragen, die diese Reise begleitet haben, sind meine Orientierungspunkte, um zu verstehen, wie weit ich gekommen bin und wohin ich noch gehen möchte.

Für diese Aufgabe, für diese Übung, die mir auf so einfache Weise die Augen öffnete, bin ich dem Seminarleiter sehr dankbar sein. Sie hat mir nicht nur gezeigt, dass ich auf dem richtigen Weg bin, sondern auch, dass ich in der Lage bin, diese Chance, die mir gegeben wurde, zu ergreifen und zu nutzen. Es war ein Moment der Bestätigung, ein Moment, der mir so viel Kraft und Zuversicht gab. Dieser Moment war ein weiterer Wendepunkt auf meiner Reise in ein neues Leben - ein Schritt, den ich mit jedem Tag weiter gehe, immer voller Hoffnung und Dankbarkeit.

14

Glück neu definiert -
Die Kunst es in kleinen Momenten zu finden

Wenn man einen Schicksalsschlag nur knapp überlebt hat, beginnt man unweigerlich, das Leben mit anderen Augen zu sehen. Man stellt sich Fragen, über die man früher nie nachgedacht hätte - nicht, weil sie nicht existierten, sondern weil sie einfach nicht wichtig genug schienen. Doch plötzlich drängen sie sich in den Vordergrund, fordern Antworten, die man selbst nicht immer bereit ist zu geben. Eine dieser Fragen, die mich besonders beschäftigte, war:

„Was bedeutet Glück eigentlich wirklich?"

Früher hätte ich Glück ganz anders definiert. Es war für mich oft an äußere Umstände geknüpft - an Erfolg, an finanzieller Sicherheit, an das Erreichen von Zielen. Ich fühlte mich glücklich, wenn meine Pläne aufgingen, wenn sich Wünsche erfüllten, wenn das Leben in den vorhersehbaren Bahnen verlief, die ich mir ausgemalt hatte. Glück war für mich das Gefühl, am richtigen Ort zu sein, zur richtigen Zeit, mit den richtigen Menschen. Es war messbar in Erfolgen, in schönen Momenten, in Meilensteinen, die ich mir gesetzt hatte. Ich glaubte, dass Glück etwas war, das man sich erarbeiten kann, das man planen und steuern kann. Ich dachte, dass Glück ein Zustand ist, in dem alles einfach perfekt ist, ohne Sorgen, ohne Ängste, ohne Zweifel.

Doch als das Leben plötzlich nicht mehr planbar war, als die Selbstverständlichkeit, mit der ich meinen bisherigen Alltag gelebt hatte, mir brutal entrissen wurde, begann diese Definition zu wanken. Nach diesem einen Tag, der unerwartet alles verändert hatte, sah ich Glück zwischenzeitlich mit ganz anderen Augen. Denn plötzlich frage ich mich:

„Was ist Glück wirklich? Ist es nur das, was wir bewusst anstreben oder steckt es oft in Dingen, die wir gar nicht sofort als Glück erkennen? Ist es vielleicht sogar das, was uns manchmal vor etwas bewahrt, ohne dass wir es überhaupt wissen?"

Ich dachte zurück an diesen Tag. An die Verkettung von Zufällen oder besser gesagt: an das, was sich für mich heute, nach all der Auseinandersetzung mit diesem Thema, nicht mehr wie Zufall anfühlt. Wäre dieses Bewerbungsgespräch nicht genau auf diesen Tag gefallen, wäre ich dann überhaupt noch hier? Hätte mich jemand gefunden? Oder wäre alles ganz anders gekommen? Ich weiß es nicht. Aber ich weiß eines: Es hätte anders kommen können und vielleicht war es genau dieses Gespräch, das mich an diesem Tag in eine andere Richtung gelenkt hat und somit mein „*Glück*" gewesen ist.

Plötzlich wurde Glück für mich zu einem vielschichtigen Begriff, zu einer Frage der Perspektive. Ich setzte mich mit dem Thema aus verschiedenen Blickwinkeln auseinander und begann, meine bisherige Sichtweise zu hinterfragen. War Glück wirklich nur das Erreichen eines bestimmten Zustandes - oder war es mehr?

In den ersten Wochen nach meinem Schicksalsschlag stellte ich mir oft die Frage, ob es einfach nur Glück gewesen war, dass ich überlebt hatte. War es eine Laune des Schicksals, eine willkürliche Fügung des Universums, dass ich hier saß und darüber nachdenken konnte? War ich nur zur richtigen Zeit am richtigen Ort gewesen, während andere weniger Glück hatten? Diese Gedanken waren belastend, denn sie gaben mir das Gefühl, dass mein Überleben nichts mit mir selbst zu tun hatte - dass es keinen tieferen Sinn hatte. Doch je länger ich darüber nachdachte, desto klarer wurde mir: Glück kann nicht nur Zufall sein. Vielleicht war es nicht vorherbestimmt, vielleicht gab es keine höhere Macht, die entschied, dass ich bleiben durfte - aber ich hatte eine zweite Chance bekommen. Und was ich daraus machte, lag nun in meinen Händen.

Ich begann, Glück nicht mehr als großes, übergeordnetes Konzept zu betrachten, sondern als etwas, das in den kleinen Momenten zu finden war. War es nicht auch Glück, morgens aufzuwachen und die ersten Sonnenstrahlen auf meiner Haut zu spüren? War es nicht Glück, eine Tasse Kaffee in der Hand zu halten, den Duft einzuatmen und für einen kurzen Augenblick einfach nur *„zu sein"* - für sich zu sein? Ich fing an, diese scheinbar nebensächlichen Dinge bewusster wahrzunehmen, sie regelrecht in mich aufzusaugen, weil ich überzeugt bin, dass nichts davon selbstverständlich war.

Ich erinnerte mich an einen Moment während meiner Genesung, als ich mit meinem kleinen Neffen über eine Wiese lief. Er entdeckte eine Pusteblume, pflückte sie vorsichtig, hielt sie mir hin und sagte:

„Hier, für dich. Wünsch dir was."

In diesem Moment wurde mir bewusst, wie oft wir als Erwachsene vergessen, uns etwas zu wünschen. Wie sehr wir verlernt haben, uns an den einfachen Dingen zu erfreuen. Ich blies die Samen in die Luft und beobachtete, wie sie vom Wind davongetragen wurden. Für einen Moment war da nichts als dieser eine Augenblick. Keine Sorgen, keine Ängste, kein Schmerz. Nur dieser kleine, bedeutungsvolle Moment, der mir zeigte: Glück ist oft so unscheinbar, dass wir es übersehen.

Glück ist ein Gespräch, das einen an einem bestimmten Ort hält, ohne dass man es in dem Moment begreift. Glück ist eine zufällige Begegnung, ein Telefonanruf zur richtigen Zeit, eine kleine Geste von jemandem, der gar nicht weiß, wie viel sie in diesem Moment bedeutet. Glück ist ein unsichtbarer Schutzmechanismus, der manchmal Dinge in die richtige Richtung lenkt, ohne dass wir es verstehen.

Doch Glück ist nicht nur ein Moment - es ist auch eine Entscheidung. Ich musste mir eingestehen, dass ich nicht einfach darauf warten konnte, dass sich das Glück wieder in mein Leben schlich. Ich musste es aktiv suchen, musste meine Einstellung dazu verändern. Vielleicht ist Glück nicht etwas, das uns widerfährt, sondern etwas, das wir selbst erschaffen. Eine bewusste Wahl, das Leben anzunehmen, so wie es ist. Trotz allem. Wegen allem. Glück bedeutet vielleicht nicht, dass alles perfekt ist - sondern dass wir in der Unvollkommenheit Frieden finden.

Ich begann, Glück nicht mehr als etwas zu betrachten, das ich eines Tages erreichen würde, wenn alle Umstände ideal waren. Ich erkannte, dass Glück nicht in der Zukunft lag, sondern im Hier und Jetzt. Dass es nicht von äußeren Faktoren abhängig sein durfte, sondern von meiner eigenen Wahrnehmung. Und dass ich trotz meines Schicksalsschlags - oder vielleicht gerade wegen ihm - lernen konnte, mein Glück nicht mehr an Dinge zu knüpfen, die ich nicht beeinflussen konnte.

Nach allem, was passiert ist, weiß ich eines: Meine Definition von Glück hat sich verändert. Es ist nicht mehr das große Ziel in der Ferne, nicht mehr an Erfolge oder materielle Dinge gebunden. Glück ist der Moment, in dem ich durchatme und dankbar bin, dass ich noch hier bin. Es ist das Lachen eines geliebten Menschen und tiefe die Ruhe in einer innigen Umarmung. Glück ist also nicht das Streben nach einem perfekten Leben - es ist das bewusste Erleben der scheinbar unperfekten, echten Momente. Und vielleicht ist das die schönste Erkenntnis von allen: Glück ist jetzt. Es ist in jedem Atemzug, in jeder Begegnung, in jeder Sekunde, die mir geschenkt wird. Und es liegt an mir, es zu erkennen.

Für mich persönlich gibt es beispielsweise keinen kürzeren Weg zum Glück, als in meinen Porsche zu steigen und loszufahren. Es sind nicht nur die PS, die mich voranbringen oder das satte Gefühl des Fahrens, das den Asphalt unter mir erobert. Es ist die Freiheit, die mich durchströmt, wenn ich den Motor starte und die Welt hinter mir lasse. In diesem Moment, wenn sich die Türen schließen und ich mit jedem Gasstoß mehr in meine eigene kleine Welt eintauche, verschwinden die Sorgen des Alltags. Der Klang des Motors, das Gefühl der Straße unter den Rädern, alles verschmilzt zu einem einzigen, wunderbaren Moment der Klarheit, des Friedens und des Glücks - mein persönliches Glück!

Jeder Kilometer ist wie eine kleine Auszeit, ein Geschenk an mich selbst. In meinem Porsche fühle ich mich lebendig, frei und stark - als ob ich alle Lasten abstreifen könnte. Es ist der kurze Augenblick, in dem ich nichts anderes brauche als diese Verbindung zwischen mir und der Straße. In diesen Momenten wird es mir bewusst: Glück muss nicht immer in großen Dingen liegen - manchmal ist es einfach der Sound des Motors und das Gefühl von Unabhängigkeit und Selbstbestimmung.

Ich habe jedoch auch gelernt, dass Glück nicht bedeutet, dass das Leben reibungslos verläuft. Es bedeutet nicht, dass wir keine schweren Momente erleben, dass wir keine Fehler machen oder dass uns das Schicksal immer wohl gesonnen ist. Glück ist vielmehr die Fähigkeit, trotz allem weiterzumachen. Es ist die Kraft, aufzustehen, wenn man am Boden war. Es ist das Wissen, dass es immer wieder Licht geben wird, auch wenn es noch so dunkel erscheint.

Glück ist, wenn man in Momenten der Verzweiflung doch noch eine Hand gereicht bekommt, sei es durch einen Menschen oder durch das Leben selbst. Es ist, wenn man merkt, dass man nicht allein ist, dass es immer irgendetwas gibt, das einen hält. Dass es

Verbindungen gibt, die uns vielleicht nicht ohne Grund begegnen, dass es Menschen gibt, die *„bewusst"* oder *„unbewusst"* zur richtigen Zeit für uns da sind.

Vielleicht ist Glück am Ende nicht das, was wir bewusst suchen, sondern das, was uns findet. Manchmal erst dann, wenn wir es am dringendsten brauchen und so hat sich meine Sichtweise zum Thema Glück durch meine persönliche Erfahrung verändert.

15

Geteilte Last, geteilte Liebe -
wie mein Schicksal meine Familie und Freunde bewegte

Mit der Erkenntnis des Glücks begann ich zu verstehen, was es bedeutet, auf andere angewiesen zu sein. Nicht nur auf das Leben, das uns eine helfende Hand reicht, sondern auch auf die Menschen, die uns umgeben. Familie, Freunde oder Fremde - sie alle sind wie stille Wächter, die auftauchen, wenn unsere eigene Stärke uns verlässt und wir nicht mehr allein weiterkämpfen können. Ihre Unterstützung ist mehr als ein Akt der Hilfsbereitschaft: sie ist der Beweis dafür, dass wir eingebettet sind in ein Netz von Verbindungen, die uns tragen, wenn wir selbst zu schwach sind.

Ich habe erfahren, wie es ist, wenn man selbst nicht mehr stark sein kann und plötzlich Menschen da sind, die mit einen kämpfen, wenn man selbst nicht mehr kann. Familie, Freunde, manchmal auch Menschen, von denen man es nie erwartet hätte.

Meine Familie hat mich gehalten, als ich selbst zu schwach war, um mich festzuhalten. Sie war da in den stillen Momenten, in denen es nichts zu sagen gab, weil Worte ohnehin nicht ausgereicht hätten. Sie war da in den schlaflosen Nächten, in denen die Angst größer war als die Hoffnung. Sie hat Tränen getrocknet, meine Hand gehalten, mich erinnert, dass ich nicht alleine war. Sie waren mein Anker, mein Zuhause, mein sicherer Hafen. Sie haben nicht immer die richtigen Worte gefunden, aber sie haben mir das Gefühl gegeben, dass ich nicht allein bin - und das war das Wichtigste.

Mit der Zeit habe ich verstanden, dass ein Schicksalsschlag nicht nur die betroffene Person verändert, sondern alle, die sie lieben. Ich habe die Sorgen in den Augen meiner Eltern gesehen, die sie nicht aussprechen wollten. Ich habe gespürt, wie mein Bruder versucht hat, stark zu sein, weil er wusste, dass ich es gerade nicht sein konnte und ich habe gelernt, dass Liebe nicht immer bedeutet, Lösungen zu haben - manchmal bedeutet sie einfach, da zu sein.

Ich habe meine Freunde auf eine Art gesehen, wie ich sie zuvor nie wahrgenommen hatte. Ich kannte sie als Wegbegleiter, als Menschen, mit denen ich lachte, mit denen ich Erinnerungen teilte, die mir durch den Alltag halfen. Doch als mein Leben plötzlich auf der Kippe stand, als ich selbst nicht wusste, ob und wie ich zurückkommen würde, sah ich sie in einem neuen Licht. Ich sah ihre Angst, ihre Fassungslosigkeit, ihr Mitgefühl und ihre bedingungslose Liebe.

Mir selbst war gar nicht bewusst gewesen, dass mein Schicksal so viel in ihnen auslösen konnte. Dass mein Kampf auch ihr Kampf wurde. Ich hatte nicht damit gerechnet, dass sie so tief betroffen sein würden, so voller Sorge, so erschüttert und doch standen sie da, voller Angst um mich, voller Hoffnung, voller Zuneigung.

Ein bleibender Moment davon, war der Krankenbesuch einer engen Freundin. Tage vor meinem Schicksalsschlag hatte sie mir so oft gesagt, dass sie sich melden wollte, doch in all der Hektik des Lebens hatte sie es leider lange nicht geschafft. Und dann, als sie von meinem Ausfall erfuhr, war der Schock deutlich in ihren Augen zu lesen. Es war eine Nachricht, die sie nicht erwartet hatte und das spürte ich in ihrem Blick, als sie sich zu mir setzte.

Als sie mir von ihren Gedanken und Gefühlen erzählte, die sie während der letzten Wochen und Monate mit mir verbunden hatten, spürte ich, wie die Emotionen in ihr hochkamen. Sie hatte geweint, als sie darüber sprach, wie sehr sie mich vermisste, wie schockiert sie von der Nachricht war. Als ich in ihre Augen sah, die von den Tränen glänzten, wusste ich, dass sie sich selbst so hilflos fühlte. Die Worte, die sie versuchte zu finden, um mich zu trösten, waren nicht genug und doch war es gerade dieser Moment des Teilens, der mir so viel bedeutete.

Ich sagte nichts. Es gab keinen Bedarf, etwas zu sagen, denn was hätte ich sagen sollen? In diesen stillen Augenblicken, als wir uns gegenüber saßen, die Stille zwischen uns so laut und zugleich so tröstlich war, konnte ich einfach nur fühlen, wie sehr sie mir beistand. In diesem Moment der Nähe, der Verbindung, in dem Raum, den sie mir gab, wusste ich, dass ich nicht allein war.

Ich stand auf, ohne ein Wort zu sagen und ging zu ihr. Ich umarmte sie fest, innig - eine Umarmung, die all das sprach, was ich gerade empfand. Sie war da, in dieser schwierigen Zeit und das war mehr wert als alles, was Worte hätten ausdrücken können. In ihrer

Umarmung fühlte ich nicht nur den Trost einer alten Freundin, sondern auch die Stärke, die ich immer wieder in den Menschen fand, die mich auf diesem Weg begleiteten. Ihre Tränen, die über ihre Wangen liefen, machten mich nicht schwächer. Im Gegenteil, sie öffneten mir das Herz auf eine Weise, die ich mir nie hätte vorstellen können.

Die Trauer, der Schock und die Sorge waren offensichtlich, doch in dieser Umarmung, in diesem Moment, wusste ich, dass wir beide etwas viel Wichtigeres miteinander teilten: Liebe und bedingungslose Unterstützung. Sie wusste, wie viel mir ihre Freundschaft bedeutete, und genauso wusste ich, wie viel ihr meine Gegenwart bedeutete.

Dieser Besuch war für uns beide ein Moment der Verbindung, der tiefen Zuneigung und des Verständnisses. Es war ein Moment, in dem Worte nicht mehr zählten, weil die Gefühle, die zwischen uns flossen, alles sagten, was gesagt werden musste. Es war auch ein Moment, der mir eine neue Kraft gab, zu wissen, dass Menschen wie sie an meiner Seite sind - in den guten, aber auch in den schwierigen Zeiten.

Was mich besonders berührt hat, war, dass nicht nur meine engsten Freunde für mich da waren. Auch Menschen, die ich lange nicht mehr gesehen hatte, meldeten sich plötzlich wieder. Bekannte, mit denen der Kontakt über die Jahre abgeflacht war, fragten nach mir, schrieben mir, erkundigten sich auch Monate später noch, wie es mir ging. Diese Erfahrung hat mir gezeigt, dass Verbindungen, die einmal tief waren, nicht einfach verschwinden. Sie können in den Hintergrund treten, vom Alltag überlagert werden, aber wenn es darauf ankommt, können sie wieder aufleben. Ist es nicht schön, dass ein solches Erlebnis uns wieder zusammengeführt hat? Dass wir uns wieder auf das Wesentliche besinnen konnten, auf das, was wirklich zählt?

Eine weitere Freundin hat mich in dieser Zeit tief berührt. Sie ist eine dieser Frauen, die immer stark erscheinen, die niemand so leicht aus der Bahn werfen kann, die immer einen klaren Kopf bewahrt. Ich habe sie immer bewundert für ihre Unabhängigkeit, für ihre Entschlossenheit, für ihre taffe Art - und doch hat sie in meiner schwersten Zeit eine Seite von sich gezeigt, die mich seitdem jedes Mal aufs Neue tief berührt.

Diese ganze Situation hat sie damals mehr mitgenommen, als ich es erwartet hätte. Ich hatte nie daran gedacht, dass mein Leid so tief in ihr widerhallen könnte, doch ihre Augen sprachen Bände, ihre Umarmungen waren länger, fester, bedeutungsvoller als je zuvor. Ihre Glückwünsche zu Geburtstagen oder Feiertagen klingen jetzt anders - voller Wärme, voller ehrlicher Emotionen. Ihre Worte treffen mich mitten ins Herz, weil ich spüre, dass sie jedes davon fühlt. Sie spricht mit einer Herzlichkeit, die ich früher vielleicht übersehen hatte, die mir aber heute mehr bedeutet als alles andere.

Noch heute bemerke ich dies immer wieder, wie einige meiner engsten Freunde auch selbst noch mit meinem Thema zu kämpfen haben. Es ist ein Schmerz, den ich spüre, auch wenn er nicht mein eigener ist, aber dennoch immer wieder in mir hochkommt. Erst kürzlich erzählte mir eine Freundin, wie schwer es ihr fällt, wenn sie anderen Menschen von meiner Geschichte erzählt. Sie sagte mir, dass sie bei diesem Thema immer noch mit den Tränen kämpfen muss und dass sie diese nicht immer zurückhalten kann. Es berührt mich zutiefst, aber gleichzeitig schmerzt es mich auch, weil ich nie gewollt habe, dass auch sie diesen Schmerz tragen müssen. Ich hätte mir so sehr gewünscht, dass sie das alles leichter aufnehmen können, dass der Schmerz und die Angst, die ich durchlebt habe, nicht so tief in ihnen verwurzelt sind, aber ich weiß auch, dass ich leicht reden kann:

„Wie kann ich von jemandem verlangen, dass er etwas leicht aufnimmt, wenn es ihn zutiefst berührt und er sich vielleicht auch damals große Sorgen um mich gemacht hatte? Wie kann ich erwarten, dass jemand diese Ängste einfach ablegt, wenn sie ihn emotional und mental so stark getroffen haben?"

Diese Gedanken haben mir gezeigt, dass es nicht nur an mir liegt, diese Situation zu verstehen, sondern dass es an mir als Freundin liegt, den anderen ebenso beizustehen, wie sie es für mich getan haben.

In solchen Momenten bemerke ich noch heute, wie ich selbst darauf reagiere. Ich versuche, die Schwere des Themas auf eine humorvolle Art zu lenken. Manchmal sage ich etwas wie:

„Ach komm, alles gut, du hast mich doch noch immer an der Backe" - oder *„Mich bekommst du nicht so schnell los!"*

Ich versuche, so zu tun, als wäre alles in Ordnung, als könnte ich den Schmerz und die Unsicherheit überspielen, aber ich merke, dass ihr Schmunzeln in solchen Momenten nicht immer von Herzen kommt. Es fühlt sich an, als ob auch sie die Dinge überspielen, genauso wie ich versuche, die wahre Tiefe meines Schmerzes zu verbergen, wenn andere noch immer mit dieser

Geschichte zu kämpfen haben. Es tut mir weh zu wissen, dass sie sich mit meinem Schmerz auseinander setzen müssen, dass sie sich noch immer Sorgen machen und mit ihren eigenen Ängsten kämpfen.

Für die Zukunft habe ich mir jedoch fest vorgenommen, viel mehr mit ihnen über diese Situation zu sprechen. Es ist mir wichtig, ihnen zuzuhören, ihre Gedanken und Gefühle zu verstehen. Ich möchte wissen, wie es ihnen damals ergangen ist, als sie von meinem Schicksal erfahren haben.

„Was haben sie gefühlt, welche Gedanken sind ihnen durch den Kopf gegangen, welche Ängste und Sorgen haben sich in ihnen ausgebreitet?"

Ich denke, es ist wichtig, dass ich diesen Gesprächen Raum gebe, dass ich mich öffne und ihnen ebenso die Möglichkeit gebe, sich zu öffnen. Jeder von ihnen ist auf seine eigene Weise betroffen und es ist meine Aufgabe als Freundin, diesen Raum zu schaffen. Ich möchte nicht nur für sie da sein, sondern ich möchte auch, dass sie wissen, dass ich ihre Gefühle ernst nehme, dass ich ihre Ängste anerkenne und sie nicht alleine mit diesen Emotionen lasse.

Es ist eine Verantwortung, die ich gerne übernehme und ich glaube, dass diese Gespräche nicht nur mir, sondern auch ihnen helfen werden, den Schmerz zu verarbeiten, den sie für mich getragen haben. Ich bin ihnen diese Unterstützung schuldig und ich möchte ihnen auch zeigen, wie sehr ich ihre Stärke schätze, dass sie immer noch an meiner Seite sind, trotz all der Schmerzen und Ängste, die diese Geschichte in ihnen ausgelöst hat.

Ich habe erkannt, dass wahre Freundschaft nicht nur bedeutet, füreinander da zu sein, wenn es uns gut geht, sondern vor allem auch dann, wenn es schwierig wird. Es ist wichtig, dass wir gemeinsam heilen, dass wir zusammen sprechen, uns gegenseitig stärken und immer wieder füreinander da sind - in den besten, aber auch in den schwersten Momenten. Ich weiß, dass wir diese Herausforderung gemeinsam meistern können und ich werde alles tun, um diese Aufgabe als Freundin zu erfüllen - für sie, wie sie es auch für mich getan haben.

Und so wurde mir mehr und mehr bewusst, dass nicht nur ich mit meinen Ängsten kämpfte - auch meine Freunde trugen ihre eigenen Sorgen mit sich. Immer wieder spürte ich, wie sich ihre Befürchtungen leise in unsere Gespräche schlichen, wie sich ihre Blicke veränderten, wenn das Thema auf mich kam. Es war, als würden ihre Ängste langsam durchsickern, sich zwischen uns legen und unausgesprochen im Raum stehen.

Ich musste mich damit auseinandersetzen, mich darauf einlassen - nicht nur, weil sie mir wichtig waren, sondern weil ich erkannte, dass mein Schicksal nicht nur mich allein betraf. Mein Kampf war auch ihrer. Sie hatten mich fast verloren und diese Angst ließ sie nicht los. Und so lernte ich, nicht nur meine eigenen Gefühle zu tragen, sondern auch die Sorgen der Menschen, die mich liebten.

So war es auch in einem ganz normalen Gespräch, wie in vielen anderen - über Alltägliches, über nichts Besonderes - und dann wählte eine Freundin plötzlich diese Worte - unerwartet, mitten in der Stille, als wären sie schon lange da gewesen, aber hätten erst jetzt den Weg nach draußen gefunden:

„Ich kann mir das gar nicht vorstellen, wie das gewesen wäre, wenn du jetzt einfach nicht mehr da wärst. Jetzt wäre vermutlich auch schon Deine Beerdigung gewesen."

Für einen Moment war ich sprachlos. Es war kein komplizierter Satz, keine tiefphilosophische Erkenntnis und doch traf er mich mitten ins Herz. Ich sah in ihr Gesicht und erkannte, dass es nicht nur ein gedankenlos dahin gesprochener Satz war. Es war ein Echo von etwas, das tief in ihr gearbeitet hatte. Von einer Angst, die sie vielleicht nicht immer zeigen konnte, von einer Erleichterung, die sie vielleicht lange nicht aussprechen wollte.

Mein Schicksalsschlag war nicht nur meiner. Ja, ich war es, der ihn durchlebt hatte - mit all den Schmerzen, der Angst, den Fragen nach dem *„Warum?"*, aber er hatte auch Spuren in den Menschen hinterlassen, die mich lieben. Ich hatte mich so oft gefragt, wie es für mich gewesen wäre, wenn ich nicht überlebt hätte. Doch nie hatte ich mir wirklich vorgestellt, was es wirklich für sie bedeutet hätte - für meine Freunde, für meine Familie.

Als meine Freundin diese Worte aussprach, spürte ich, wie sehr sie sich auch selbst bereits mit meinem möglichen Tod auseinandergesetzt hatte. Es traf mich mitten ins Herz. In diesem Moment wurde mir bewusst, dass mein Verschwinden nicht nur eine abstrakte Möglichkeit gewesen war, sondern eine Realität, mit der meine Liebsten sich bereits auseinandergesetzt hatten. Während ich mich so sehr auf mein Überleben konzentriert hatte, hatte ich nie wirklich darüber nachgedacht, was gewesen wäre, wenn ich es nicht geschafft hätte.

Also ließ ich diese Gedanken zu:

„Wo wäre ich dann? Was wäre geblieben - von mir, von meinem Dasein? Wären meine Spuren irgendwann verblasst, als hätte es mich nie gegeben? Oder hätte ich irgendwo, in einer anderen Form, weiter existiert?"

Zum ersten Mal wagte ich es, mich tiefer mit diesem Thema auseinanderzusetzen. Und während ich mich mit der Frage nach meinem eigenen Verschwinden befasste, erkannte ich noch deutlicher, wie kostbar das Leben ist - und dass ich hier bin, weil meine Geschichte einfach noch nicht zu Ende erzählt ist.

Wenn mein Weg an diesem Punkt zu Ende gegangen wäre, so hatte dieser schmerzhaft Gedanke für mich auch eine seltsame, stille Wärme in sich, denn dann hätte ich sie alle wiedergesehen - meinen geliebten Opa, dessen Stimme und Umarmungen ich so sehr vermisse, meine kleine Nichte, die viel zu früh gegangen ist und die ich mir immer als strahlendes Licht vorstelle, das irgendwo über uns leuchtet, meine treuen Tiere, die mich auf Erden begleitet haben und deren Liebe nie wirklich erloschen ist. Ich stellte mir vor, wie sie mich empfangen hätten - mit offenen Armen, mit Freude, mit dem Gefühl, endlich wieder zu Hause zu sein. Vielleicht hätte ich von oben auf meine Familie und meine Freunde geblickt, auf all die, die mich lieben. Ich hätte sie weinen sehen, aber ich hätte auch gewusst, dass ich in ihren Herzen weiterleben würde - dass ich nicht wirklich weg wäre, sondern nur an einem anderen Ort.

Doch ich bin geblieben und vielleicht genau deshalb, weil mein Platz noch hier ist, weil mein Weg eben noch nicht zu Ende ist und weil es noch so viel Liebe zu geben und zu empfangen gibt, hier auf dieser Seite des Lebens.

Genau das spiegelte sich in ihren Worten wider. In diesem einen Satz lag alles: die Angst, die sie gefühlt hatte, als sie nicht wusste, wie es ausgehen würde. Die Erleichterung, als klar wurde, dass ich bleiben durfte. Die unbewusste Beklemmung, die immer noch in ihr steckte, weil sie sich ausmalte, wie anders alles hätte sein können. Ich erkannte: Mein Überleben war für sie ein Geschenk, aber auch eine emotionale Last. Sie musste sich mit einer Realität auseinandersetzen, die sie sich nie hätte vorstellen wollen.

Ich wusste nicht sofort, was ich darauf sagen sollte. Was kann man darauf sagen? Ich hätte ablenken können, es mit Humor nehmen, einfach ein *„zum Glück bin ich ja noch da"* oder *„so schnell wirst Du mich nicht los"* oder *„Unkraut vergeht nicht"* sagen können, aber das hätte nicht das Gewicht dieser Worte anerkannt.

Also schwieg ich. Ich ließ diesen Satz im Raum stehen, so wie er war - echt, schwer, bedeutungsvoll und dann sah ich sie an. Ich sah ihre wässrigen Augen, die mehr sagten als ihre Worte. Ich sah die Erleichterung, aber auch die Angst, die da noch irgendwo tief in ihr saß. Also tat ich das Einzige, was in diesem Moment richtig war: Ich nahm sie in den Arm und umarmte sie und wir blieben so, für einen Moment, ohne weitere Worte, weil es manchmal nichts zu sagen gibt, außer das unausgesprochene *„Ich weiß und ich bin noch hier"*.

Diese Worte haben mich nicht losgelassen. Nicht, weil sie mich erschreckt haben, sondern weil sie mir gezeigt haben, wie tief unsere Verbindung wirklich ist. Sie haben mir bewusst gemacht, dass meine Geschichte nicht nur die meine ist, sie gehört auch den Menschen, die mich lieben.

In ihrem Satz lag auch etwas Schönes: Die Erkenntnis, dass ich für jemanden so wichtig bin, dass die Vorstellung meines Fehlens undenkbar wäre, dass mein Leben eine Lücke hinterlassen hätte, die nicht einfach gefüllt oder ersetzt werden könnte.

Diese Erfahrung hat unsere Freundschaft verändert - nicht, weil wir vorher nicht verbunden waren, sondern weil wir jetzt wissen, wie viel wir einander wirklich bedeuten. Ich weiß jetzt, dass sie mich nicht nur schätzt, sondern dass mein Leben für sie einen echten Wert hat. Dass sie Angst hatte, mich zu verlieren. Dass sie sich mit mir freut, dass ich noch hier bin und das zeigte sie mir in verschiedenen Momenten.

„Freunde sind die Familie, die man sich aussucht." Ich habe diesen Satz früher oft gehört, aber heute verstehe ich ihn wirklich. Meine Freunde sind nicht nur Freunde, sie sind ein Teil meiner Familie geworden. Sie sind die Menschen, die geblieben sind, die sich gesorgt haben, die mir ihre tiefste Zuneigung gezeigt haben, ohne dass ich darum bitten musste. Ich weiß jetzt: Es gibt keine größere Sicherheit im Leben, als Menschen um sich zu haben, die einen lieben.

Menschen, die einen halten, wenn man selbst nicht mehr stehen kann. Menschen, die einem zeigen, dass man nicht alleine ist - in keinem Moment, egal wie dunkel er erscheint - und diese Menschen werde ich nie mehr als selbstverständlich ansehen. Nie wieder.

Dadurch weiß ich jetzt, dass mein Überleben nicht nur meine zweite Chance ist. Es ist auch eine zweite Chance für all die Menschen, die mich lieben - und dafür bin ich unendlich dankbar. Ich bin dankbar, dankbar dafür, dass ich ein Mensch bin, der so viel Liebe erfahren darf. Dankbar dafür, dass ich den wahren Wert dieser Liebe heute erkenne, denn Freundschaft ist nicht nur eine lockere Verbindung, sie ist nicht nur gemeinsamer Spaß oder geteilte Interessen. Freundschaft ist Familie - die Familie, die man sich selbst aussucht.

16

Zwischen Geschenk und Verantwortung -
der Umgang mit einer zweiten Chance

Es heißt oft, dass das Schicksal jene Menschen vor die größten Herausforderungen stellt, von denen es weiß, dass sie stark genug sind, sie zu tragen. Dass manche von uns die Last tragen, damit anderen, die vielleicht nicht so stark sind, dieses Leid erspart bleibt. Doch was bedeutet das wirklich? Bedeutet es, dass man all das aushalten muss, einfach weil man es kann? Bedeutet es, dass man nie verzweifeln darf, weil man *„stark genug"* ist? - *„Aber bin ich das? Bin ich wirklich stark?"*

Ich weiß es nicht. Was ich aber weiß, ist, dass ich in meinem Leben schon viele solcher Herausforderungen erleben musste - und dass sie mich verändert haben - jede einzelne von ihnen. Und so begann ich mich auf meiner Reise tiefer mit dieser Aussage auseinanderzusetzen, um nach einer Antwort für mich zu suchen.

Ich war sechs Jahre alt, als mein geliebter Opa starb. Mein größtes Vorbild, meine Bezugsperson, mein Held. Krebs hatte ihn besiegt. Ich war noch viel zu klein, um die Tragweite dieses Verlusts zu verstehen, aber ich habe gespürt, dass nichts mehr so war wie vorher. Dass ein Stück Sicherheit in meinem Leben plötzlich fehlte. Dass ein Mensch, der mich liebte, auf einmal nicht mehr da war und trotzdem ist er in meinem Leben geblieben - als Erinnerung, als unsichtbare Hand, die mich auf meinem Weg begleitet. Noch heute denke ich an ihn, besuche ihn regelmäßig auf dem Friedhof und ich frage mich oft:

„Wäre er stolz auf mich?"

Ich kann mich leider kaum noch an ihn erinnern und doch fühle ich mich ihm tief verbunden. Meine Familie erzählt mir immer wieder, wie sehr er mich geliebt hatte, wie ähnlich wir uns gewesen seien. Immer wieder wird mir nachgesagt, dass ich meine Kreativität und Naturverbundenheit von ihm habe. Ich klammere mich an diese Erzählungen, weil sie mir das Gefühl geben, ihn doch irgendwie zu kennen, ihn doch irgendwie bei mir zu haben. Manchmal denke ich, dass er wirklich immer noch hier ist. Dass er auf mich aufpasst, dass er mir Zeichen sendet, dass er mich leitet. Dass er mich an genau den Orten hält, an denen ich sein soll. Offensichtlich ist er auch der Meinung gewesen, dass ich hier unten aktuell noch besser aufgehoben bin und dafür bin ich ihm unsagbar dankbar, wenngleich ich mich natürlich auch auf ein Wiedersehen mit ihm dort oben gefreut hätte.

Sein Verlust hat mich schon damals tief getroffen, und auch heute ist die Sehnsucht nach ihm allgegenwärtig; dennoch hat mich dieser Schmerz bereits im frühen Alter gelehrt, mit den unerbittlichen Wendungen des Lebens umzugehen und sie zu akzeptieren, so schwer es auch fällt.

Doch nichts, absolut nichts, hätte mich auf das vorbereiten können, was Jahre später geschah und mit welch dramatischer Herausforderung ich konfrontiert wurde. Völlig überraschend verstarb meine kleine Nichte am Sudden Infant Death Syndrom, dem plötzlichen Kindstod. Sie war gerade einmal sieben Monate alt, als sie starb. Zwei Tage vor Weihnachten schlief sie ohne jegliche Anzeichen beim Stillen ein und wachte leider nie wieder auf. Ich erinnere mich noch sehr gut an den Moment, als mein Vater und mein Bruder in mein Büro kamen. An ihren Gesichtsausdruck. An die Worte, die aus ihrem Mund kamen, die ich nicht begreifen konnte:

„Du musst nach Hause kommen. Elena ist gestorben."

Mein Herz setzte aus. Mein Kopf verstand nicht, was meine Ohren hörten. Wie konnte das sein? Sie war doch gestern noch da. Sie war doch gesund. Sie war doch ein Baby - und doch war sie weg. Einfach so, von einer Sekunde auf die andere.

Von diesem Moment an war nichts mehr wie zuvor. Als wir nach Hause kamen, mussten wir stark sein und es meiner Mutter und meiner Oma sagen. Ich sehe es noch heute vor mir, als wäre es gestern gewesen. Meine Mutter kam nach einer Taxifahrt nach

Hause, nichtsahnend. Sie wunderte sich, warum plötzlich alle um diese Uhrzeit zu Hause waren. Sie spürte, dass etwas nicht stimmte und als wir ihr sagten, dass sie sich setzen sollte, wurde sie nervös. Dann brachten wir die Worte über unsere Lippen.

„Mama, Elena ist tot."

Ihr Schrei durchbohrte die Luft. Er schnitt mir ins Mark. *„NEIN! NEIN! Das darf nicht sein! NEIN!"* Sie schrie und brach in unseren Armen zusammen. Wir mussten den Rettungsdienst rufen, weil wir sie nicht mehr beruhigen konnten. Ich werde diesen Moment nie vergessen. Noch heute, wenn ich daran denke, treibt es mir Tränen in die Augen. Ich sehe ihre Verzweiflung, ihre Fassungslosigkeit, ihre bodenlose Trauer. Genau deshalb, kann ich mir auch vorstellen, wie es ihr erging, als sie mich regungslos im Badezimmer am Boden vorgefunden hatte. Für sie musste dieser Moment schrecklich gewesen sein, geprägt von der Angst nun plötzlich wieder aus dem Nichts jemanden aus der Familie verlieren zu können.

Von diesem Tag an war mir nichts mehr wichtig - absolut nichts. Weihnachten, das Fest der Liebe, des Zusammenseins - bedeutete mir nichts mehr. Ich erinnere mich daran, wie mein Vater und ich an Heiligabend, zwei Tage nach ihrem Tod, mit den Hunden durch die Dörfer spazierten, weil wir es zu Hause nicht mehr ausgehalten haben. Wir liefen durch die Dunkelheit, während hinter den Fenstern Kerzen flackerten und Familien um geschmückte Christbäume saßen. Sie lachten, sie feierten, sie lebten ihr Leben, als wäre alles wie immer - aber für uns war nichts mehr wie immer. Unsere Welt war stehen geblieben und es tat weh zu sehen, dass sich die Welt für alle anderen einfach weiterdrehte. Ich fühlte mich wie ein Beobachter meines eigenen Lebens - als würde ich hinter einer unsichtbaren Scheibe stehen und zusehen, wie alles einfach weiterlief, während ich selbst reglos verharrte. Die Welt drehte sich, die Menschen lachten, lebten, machten Pläne - und ich? Ich war da, aber nicht wirklich „hier". Ich sah zu, aber nahm nicht teil.

Mit diesem Schicksalsschlag hatte sich alles verändert. Nichts fühlte sich mehr an wie zuvor. Die Selbstverständlichkeit, mit der ich früher durchs Leben gegangen war, war verschwunden. Stattdessen blieb ebenfalls wie auch jetzt bei meinem eigenen Schicksalsschlag das Gefühl, zwischen zwei Welten zu schweben - zwischen dem „Davor" und dem „Danach", ohne zu wissen, wo ich eigentlich hingehöre.

Nach solchen Schicksalsschlägen stellt sich dann oft die Frage nicht nur, wie man weitermacht, sondern auch, wer man jetzt eigentlich ist, denn man ist nicht mehr derselbe. Nie wieder.

Ich habe gelernt, dass man mit Verlusten leben kann. Dass man „weiterfunktioniert", auch wenn sich ein Teil von einem für immer verändert hat. Aber ich habe auch gelernt, dass Schmerz nicht einfach vergeht. Er wird nicht weniger, nur weil Zeit vergeht. Er wird nur leiser, man lernt, ihn mitzunehmen, ihn zu tragen, ihn als Teil des eigenen Lebens zu akzeptieren. Man wird also stärker, so wie es in diesem anfänglichen Sprichwort auch immer rüberkommen soll.

Der Tod meiner Nichte hat mich verändert. Er hat mir gezeigt, wie zerbrechlich das Leben ist. Wie schnell alles vorbei sein kann. Wie plötzlich ein einziger Moment alles für immer verändern kann und doch stellte sich mir in diesem Bezug auch die Frage, warum gerade ich eine zweite Chance bekommen habe, aber unsere kleine

Elena nicht. Diese Frage verfolgte mich. Sie bohrte sich tief in mein Herz und lies mich nicht mehr los. Jeden Tag fragte ich mich, warum das Leben mir eine Chance gegeben hatte, weiterzumachen, während unsere kleine Elena, so unschuldig und voller Leben, diese Chance nicht erhalten hatte.

„Warum bin ich hier, während sie nicht mehr bei uns ist? Was macht den Unterschied aus?"

Diese Gedanken, diese Fragen - sie kreisten unaufhörlich in meinem Kopf, ohne Antwort, ohne Trost.

Ich weiß, dass das Leben manchmal grausam und unfair ist. Es lässt uns schmerzhafte Lektionen lernen, die wir nie lernen wollten, aber je mehr ich darüber nachdachte, desto mehr spürte ich, dass diese Frage nicht nur eine Frage nach dem Sinn von Leben und Tod war, sondern auch nach der Gerechtigkeit und dem größeren Bild, das ich nie ganz begreifen konnte. Unsere kleine Elena - sie hatte noch so viel vor sich. Noch so viele Momente, die sie nicht erleben durfte. Sie war ein so reines, unschuldiges Wesen, das nie darum gebeten hatte, fortzugehen - und doch blieb ihr das Leben verwehrt, während ich mit dieser zweiten Chance fortfahre.

Die tiefe Trauer, die mich überkommt, wenn ich an Elena denke, vermischt sich jetzt nach meinem persönlichen Schicksalsschlag mit einer Art Schuld. Warum durfte ich überleben, während sie von uns gegangen ist? Ich fühlte mich wie ein Kind, das in einer Welt voller Fragen und ohne Antworten nach Halt suchte. Es war schwer, mit dieser Art von Ungerechtigkeit umzugehen, vor allem, weil ich wusste, dass es keine Erklärung gab. Man sucht nach einem Grund, nach einem *„Warum"*, aber alles, was bleibt, ist Schweigen und Leere.

Es ist nicht nur die Frage nach der Ungerechtigkeit des Lebens, die mich quälte, sondern auch die Last, die mit dieser zweiten Chance verbunden ist.

„Was soll ich damit tun? Wie soll ich dieses Geschenk, das mir gegeben wurde, ehren? Wie kann ich gerecht werden in einer Welt, die scheinbar so viel Ungerechtigkeit in sich trägt? Warum bekomme ich all das - das Leben, die Liebe, die Chance, alles neu zu erleben - und Elena nicht?"

Ich fragte mich, ob sie an mich denkt, ob sie irgendwo im Universum, im Himmel oder in einer anderen Welt, weiß, wie sehr ich sie vermisse. Ob sie versteht, dass ich sie nie vergessen werde und dass ihre kurze Zeit auf dieser Erde einen bleibenden Eindruck in meinem Leben hinterlassen hat. Gleichzeitig fragte ich mich auch, wie ich mit dieser Leere in mir umgehen soll. Wie ich diese zweite Chance nicht nur für mich selbst nutzen, sondern auch zu Ehren von ihr leben kann.

Immer wieder kämpfte ich mit diesen Gefühlen, versuchte, den richtigen Weg zu finden, wie ich meine eigene Reise fortsetzen kann, ohne die Erinnerung an Elena zu verlieren. Ich hatte das Gefühl, dass ich etwas für sie tun musste, etwas, das ihre Abwesenheit irgendwie ausgleicht. Aber wie? Wie lebt man weiter, wenn einem das Leben auf so unverständliche Weise genommen wird?

Es ist ein ständiger, innerer Kampf zwischen dem Wunsch, das Leben zu umarmen und zu genießen, was mir gegeben wurde, und dem Gefühl der Trauer und des Verlustes, das mich begleitet, wann immer ich an Elena denke. Es ist schwer, diese beiden Gefühle miteinander zu vereinen - die Dankbarkeit für meine eigene Chance und die Trauer um das, was sie nie erleben konnte.

Ich weiß nicht, ob ich jemals eine Antwort auf diese Frage finden werde, aber ich weiß, dass ich jedes Mal, wenn ich an sie denke, mit der Erinnerung an Elena in meinem Herzen lebe - und vielleicht ist das alles, was ich tun kann: weiterleben, die Chance, die mir gegeben wurde, zu nutzen und sie dabei nie zu vergessen, sondern für sie und mit ihr weiterzuleben. Ich habe mir schon damals kurz nach ihrem Tod geschworen, dass ich all die Dinge, die ich mit Elena erleben wollte, trotzdem tun werde, für sie und mit ihr im Herzen. Dieser Gedanke treibt mich seitdem an und auch mit der Auseinandersetzung meines persönlichen Schicksals weiss ich, dass ich daraus gestärkt hervorgehen werden.

Den letzten gemeinsamen Moment, den ich mit ihr erleben durfte, werde ich nie mehr vergessen. Es war am 18. Dezember 2016, nur vier Tage vor ihrem Tod. Es war ein Sonntag und sie war mit meinem Bruder und dessen Freundin bei meinen Eltern zum Kaffeetrinken. Diese Besuche waren immer besonders - sie war die Lebensfreude in Person, ein Licht in der Familie. Ich kann mich noch genau an diesen Tag erinnern, als wäre er gestern gewesen.

Ich hielt sie in meinen Armen und trug sie durch die weihnachtlich geschmückte Wohnung. Ihre kleine Hand griff nach den weihnachtlichen Dekorationen, die den Raum in festliches Licht tauchten. Wir blieben an einem Adventsgesteck stehen, auf dem eine warmweiße Lichterkette die roten Kugeln in einem sanften Schimmer erstrahlen ließ. Sie war fasziniert von den funkelnden Kugeln und wollte sie unbedingt anfassen. Also hielt ich sie näher heran, damit sie dieses wunderschöne Licht sehen konnte. In diesem Moment standen wir beide da und die weihnachtliche Atmosphäre um uns herum war so lebendig. Die Lichter glänzten in ihren Augen und ich konnte sehen, wie sie völlig verzückt und glücklich war. Ihr Gesichtsausdruck war voller Freude und ich erinnere mich noch genau an ihr strahlendes Lächeln. Es war, als ob sie von der Schönheit des Augenblicks überwältigt war, von der Magie, die die Lichter verbreiteten.

Wir spiegelten uns in den glänzenden Kugeln und für einen Moment schien die Welt für uns stillzustehen. Ich fühlte mich so verbunden mit ihr und in diesem Augenblick war alles vollkommen. Diese Erinnerung an ihre Freude inmitten der festlichen Lichter hat sich tief in mein Herz eingebrannt und obwohl ich erst viel später verstand, wie besonders dieser Moment war, konnte ich damals schon erahnen, dass es etwas ganz Einzigartiges war.

Nur wenige Tage später, starb sie. Mit ihrem Tod veränderte sich etwas in mir, etwas, das ich nie erwartet hatte. Als sie von uns ging, wollte ich nichts mehr mit Weihnachten, der Dekoration oder dem festlichen Trubel zu tun haben. Es fühlte sich einfach falsch an, die Welt in Lichter und Glanz gehüllt zu sehen, während sie nicht mehr bei uns war. Am 23. Dezember 2016, nur einen Tag nach ihrem Tod, entfernte ich die gesamte Weihnachtsdekoration. Der Gedanke, in dieser festlichen Zeit an sie zu denken, schmerzte zu sehr. Ich konnte diese *"besinnliche"* Zeit nicht mehr ertragen, alles fühlte sich leer und schal an.

Aber, und das ist es, was mich heute noch bewegt, weniger als ein Jahr später beschloss ich, etwas zu tun - etwas, das wir für sie, für unsere kleine Elena, tun wollten. Es war ein Versprechen, das wir uns gegeben hatten. Etwas zu erleben, was für sie und mit ihr gedacht war. Mein Bruder und ich wollten die Erfahrung machen, die sie nie machen konnte und dabei an sie denken und diese für sie erleben.

Es war Anfang Dezember 2017, als wir uns entschieden, nach New York zu reisen. Ich wollte schon immer Mal nach New York - nicht unbedingt zur Weihnachtszeit, aber warum nicht genau dann, um dieses gemeinsame Erlebnis mit meiner kleinen Nichte zu verbinden? Der größte Weihnachtsbaum der Welt, der in der Rockefeller Plaza aufgestellt ist, war das, was uns zu diesem Zeitpunkt in den Kopf kam. Warum also sollten wir uns nicht genau diesen Weihnachtsbaum ansehen, den sie niemals sehen konnte?

Am 8. Dezember 2017 machten mein Bruder und ich uns auf den Weg nach New York. Wir landeten abends und der erste Weg führte uns direkt zur Rockefeller Plaza, zum legendären Christbaum. Ich erinnere mich noch genau an den Moment, als wir um die Ecke bogen und die Menge an Menschen, die weihnachtliche Musik und den Verkehrslärm hinter uns ließen. Dann, plötzlich, erhoben sich vor uns die Lichter des größten Weihnachtsbaums, den ich je gesehen hatte. Es war ein überwältigender Anblick. Der Baum war viel größer und imposanter, als ich es mir je vorgestellt hatte. Die unzähligen Lichter und die funkelnden Kugeln wirkten, als ob sie für uns strahlten, als ob sie uns in diesem Moment begrüßten.

Ich konnte nicht anders, als zu weinen. Die Tränen liefen mir über das Gesicht, als ich näher an den Baum trat. Je näher wir kamen, desto mehr spürte ich die unbeschreibliche Kraft dieses Moments. Als wir schließlich direkt unter dem Baum standen, streckte ich meine Hand aus und versuchte, eine der glänzenden Kugeln zu berühren. In diesem Moment fühlte es sich an, als wäre ich zurück in meiner Elternhaus, damals, als ich mit meiner kleinen Nichte im Arm unter den Lichtern des Adventsgestecks stand. Es war eine Verbindung von damals und heute - ein Gefühl von Liebe und Erinnerung, das mich überwältigte.

Dieser Moment, dieser Baum und diese Erfahrung, fühlten sich nicht nur wie nur eine Reise nach New York an, sondern wie ein Erleben für sie. Für unsere kleine Elena, die nicht mehr hier sein konnte. Es war ein wunderschöner Moment der Erinnerung und des Trostes. Es zeigte mir, dass ich das Richtige getan hatte. Ich hatte diesen Moment nicht nur für mich selbst erlebt, sondern auch für sie. Ich bin mir sicher, dass sie bei mir war - in meinem Herzen, in jedem Lächeln, in jeder Träne und das ist es, was ich mir seitdem immer vorgenommen habe: Sie ist immer bei uns, in den Erinnerungen, in den Momenten, die wir teilen und in allem, was wir tun, um sie in unserem Leben lebendig zu halten.

Ich besuche sie oft auf dem Friedhof und wenn es mir schlecht geht oder ich Unstimmigkeiten in der Arbeit habe, dann gehe ich dorthin, weil es der einzige Ort ist, der mir die Nähe und die notwendige Ruhe gibt, die ich sonst nicht haben kann. Ich weiß, dass sie eigentlich die ganze Zeit bei mir ist, aber dort, an diesem Ort, fühle ich sie noch deutlicher. Ein Ort, an dem ich sie zu spüren glaube, an dem ihre Nähe greifbar ist. Heute weiß ich viel klarer, dass sie nicht wirklich dort ist, dass dieser Ort nicht der Raum ist, in dem sie sich aufhält. Sie ist nicht mehr physisch bei uns - das ist eine harte Wahrheit, die ich nicht immer begreifen möchte, doch sie lebt weiter, in unseren Herzen, in den Erinnerungen, die wir an sie haben. Sie begleitet uns jeden Tag, in jeder kleinen Geste, in jedem Gedanken, an dem wir an sie denken.

Besonders in der schwierigen Zeit kurz vor meiner Operation habe ich sie gespürt. Es war, als ob sie mich in diesem Moment nicht verlassen hatte, als ob sie mir von oben als Schutzengel beistand und mich nicht aus den Augen ließ. Ich fühlte ihre Nähe, ihre Liebe, die mich durch diese dunklen Stunden getragen hat. Diese Erinnerung, dieser ganz besondere Moment, ist nicht nur schön, sondern mittlerweile eine unschätzbare Kostbarkeit für mich geworden. Sie hat mir gezeigt, dass auch wenn jemand nicht mehr körperlich bei uns ist, ihre Liebe und ihr Licht immer weiter leuchten - in uns, in den Gedanken und in den Gefühlen, die wir mit uns tragen.

Sie ist nicht fort, sie lebt in uns weiter, und jedes Mal, wenn ich an sie denke, spüre ich ihre Wärme und ihre Fürsorge, die mich auch weiterhin begleiten. Und so fragte mich, ob es stimmt, dass genau die Menschen solche Schicksalsschläge erleben, die stark genug sind, sie zu überleben. Bedeutete das, dass all die Schicksalsschläge in meiner Familie mich bereits zu einem stärkeren Menschen gemacht hatten? Dass ich durch all das, was ich schon erlebt und ertragen hatte, nun besser damit umgehen konnte - dass es mir leichter fiel, mein eigenes Schicksal zu überwinden? Und wenn ja, hieß das dann auch, dass dieser Schmerz, dieser Kampf, einem anderen, vielleicht schwächeren Menschen erspart blieb?

Diese Gedanken ließen mich nicht los. War es wirklich so? War das der Sinn dahinter? Ich konnte diese Frage nicht einfach annehmen, nicht ohne tiefer in mich zu gehen, nicht ohne wirklich zu verstehen, ob und wie das auf mich zutraf. Ich musste herausfinden, ob meine Stärke aus meinen Erfahrungen gewachsen war - oder ob ich mir nur einredete, dass es so sein musste, um meinem Leid einen Grund zu geben.

Es heisst, dass das Leben sich genau die aussucht, die weitergehen können, weil es weiß, dass sie nicht daran zerbrechen werden. Aber was ist, wenn man nicht stark sein will? Was ist, wenn man einfach nur schreien möchte, wenn man wütend ist, wenn man nichts mehr fühlen möchte?

Und plötzlich begriff ich, was mir dieses alte Sprichwort eigentlich sagen wollte. Nicht mit dem Verstand, sondern mit dem Herzen. Vielleicht wurde mir dieses Schicksal tatsächlich auferlegt, weil ich stark genug war, es zu tragen - auch wenn ich selbst lange nicht daran geglaubt hatte.

Ich habe gelernt, dass Stärke nicht bedeutet, nicht zu zerbrechen. Es bedeutet, trotzdem weiterzumachen, auch wenn es schwer ist, auch wenn es wehtut, auch wenn man manchmal nicht weiß, wie. Vielleicht sind es wirklich die starken Menschen, die solche Prüfungen bekommen. Vielleicht ist das Schicksal wirklich nicht fair, aber wenn das Leben mich eines gelehrt hat, dann das: Ich werde nicht daran zerbrechen. Ich werde all das in meinem Herzen tragen, die Menschen, die ich verloren habe, die Liebe, die ich nie zeigen konnte, die Erinnerungen, die nicht mehr weitergeschrieben werden konnten und ich werde leben. Nicht nur für mich, sondern vor allem auch für sie.

Und so war da noch ein weiterer Gedanke, der sich leise in mein Innerstes schlich und dort blieb: Wenn dieses Leid, das ich durchleben musste, einem anderen Menschen erspart geblieben ist - vielleicht einem, der daran zerbrochen wäre - dann hat mein Schmerz einen Sinn bekommen.

Und dieser Gedanke, so schwer er auch zu greifen ist, hat etwas Friedliches in mir hinterlassen. Eine stille Würde. Wenn mein Weg anderen den ihren leichter gemacht hat, wenn mein Durchhalten jemanden vor dem Zerbrechen bewahrt hat, dann war es nicht umsonst. Dann kann ich damit abschließen - nicht in Resignation, sondern in Frieden.

17

Das Ende als Anfang -
Gedanken über Leben, Abschied und Vermächtnis

Ich bin dem Tod nur knapp von der Schippe gesprungen" - ein Satz, der mir selbst noch immer etwas unwirklich erscheint und doch ist er meine persönliche Realität. Ich bin noch hier. Ich atme, ich lebe, ich darf weitermachen. Aber dieser Neuanfang brachte Gedanken mit sich, die mich nicht losließen. Gedanken, die ich vorher immer zur Seite geschoben hatte, weil sie unbequem waren, weil sie sich nicht mit dem Alltag vereinen ließen, weil sie sich nach einem später anfühlten, für das ich doch noch ewig Zeit hatte.

„Doch was, wenn es kein später gibt? Was, wenn mein Leben an genau diesem Punkt doch geendet hätte?"

Dieser Gedanke ließ mich die ganze Zeit über nicht los. Nicht, weil ich Angst hatte - die Angst vor dem Tod war in dieser Situation seltsam nebensächlich gewesen, sondern weil mir bewusst wurde, wie viel ich hinterlassen hätte. Nicht nur Erinnerungen, sondern Verantwortung, ungeklärte Dinge, Worte, die nie gesagt wurden.

Während meiner Reise zu meinem *„neuen Ich"* wurde mir eines immer bewusster: Wie wichtig es gewesen wäre, meinen möglichen Tod bereits im Vorfeld geregelt zu haben. Ein Gedanke, den ich lange verdrängt hatte - vielleicht, weil er zu schwer, zu endgültig schien. Doch während meiner Genesung holte er mich immer wieder ein.

Ich durchlebte so viele Phasen auf diesem Weg. Vom schmerzhaften Abschied der Selbstverständlichkeit des Lebens hin zu einer tiefen Dankbarkeit und Demut. Ich lernte, klare Grenzen für mich selbst zu setzen, neue Ziele zu finden, Achtsamkeit im Alltag zu waren und mich mit der Angst auseinanderzusetzen, nicht mehr die Alte zu sein. Ich kämpfte mit meinem Schicksal, mit meinen Ängsten, bis hin zu einer Identitätskrise, die mich zwang, mich selbst völlig neu zu definieren.

All das führte mich zu einer Erkenntnis: Ehrlichkeit mit sich selbst bedeutet auch, sich den Themen zu stellen, die man am liebsten vermeiden würde. Dazu gehört unausweichlich auch die Auseinandersetzung mit dem eigenen Tod. So schwer dieser Gedanke auch sein mag - er gehört zum Leben dazu und ich war ihm nun mal näher als jemals zuvor.

Und vielleicht bedeutet wahre Stärke nicht nur, sich am Leben festzuklammern, sondern auch, es bewusst und vorbereitet zu gestalten - bis zum Schluss. Es war ein merkwürdiger, fast surrealer Gedanke:

„Was wäre gewesen, wenn ich wirklich gegangen wäre? Nicht nur für mich, sondern für meine Familie, meine Freunde, die Menschen, die mich lieben. Hätten sie gewusst, was ich mir für meinen Abschied gewünscht hätte?"

Diese Frage ließ mich auf eine komische Art und Weise nicht mehr los. Ich stellte mir zunehmend vor, wie meine Familie zusammenkommen würde, mitten in ihrer Trauer, überfordert von dem Schmerz, den meine plötzliche Abwesenheit hinterlassen würde - und dann vor dieser zusätzliche Last stehen würden: Die Entscheidung, wie mein letzter Weg aussehen soll.

Hätte ich eine große, klassische Trauerfeier gewollt oder eine kleine, intime Gesellschaft ausschließlich mit meinen engsten Herzensmenschen? Welche Musik hätte gespielt werden sollen? Welche Worte hätten mich wirklich beschrieben? Hätte ich Blumen gewollt, ein bestimmtes Ritual, eine besondere Art, wie sich alle an mich erinnern sollten? Ich weiß es jetzt für mich und bin mir darüber im klaren, aber wissen es auch die anderen?

Hätten sie mich so verabschiedet, dass ich aus einer anderen Welt mit einem Lächeln zugesehen hätte? Dass ich voller Dankbarkeit auf ihre Mühe geblickt hätte, weil sie genau wussten, wie sie es mir hätten recht machen können? Oder hätten sie unsicher dagestanden, sich fragend angesehen und gerätselt, was in meinem Sinne gewesen wäre?

Dieser Gedanke schmerzte mich. Nicht, weil es mir nach meinem Tod noch etwas ausmachen würde, sondern weil ich mir wünschte, dass meine Familie und Freunde in so einem Moment nicht noch zusätzlich belastet worden wären. Sie hätten ohnehin schon genug zu tragen gehabt. Wie hätte ich es ihnen da zumuten können, auch noch herausfinden zu müssen, was ich mir für solch einen Moment wirklich gewünscht hätte?

Niemand spricht gerne über seinen eigenen Abschied. Es fühlt sich fast falsch an, darüber nachzudenken, als würde man das Schicksal erneut herausfordern und das hab ich ehrlich gesagt mittlerweile schon sehr stark überstrapaziert, also warum sollte ich dann hier nochmal mit dem *„Feuer spielen"*. Ich habe jedoch gelernt, dass es dabei nicht um das *„Ob"* geht sondern um das *„Wann"*.

Wenn dieser Moment eines Tages kommt, dann möchte ich nicht, dass meine Familie und meine Freunde in dieser schweren Zeit noch Entscheidungen treffen müssen, die ich längst für sie hätte treffen können. Es ist eine seltsame Vorstellung, sich mit seiner eigenen Beerdigung auseinanderzusetzen. So richtig darüber nachdenken konnte ich früher nicht und auch heute noch fühlt es sich irgendwie surreal an. Doch mittlerweile, mit etwas Abstand, haben sich meine Gedanken zu diesem Thema in mir immer weiter gefestigt und ich habe eine klare Vorstellung davon, wie ich mir meinen eigenen Abschied wünschen würde.

Ich hätte nie gedacht, dass ich mir so konkrete Vorstellungen machen würde, aber die Idee, wie dieser Moment aussehen könnte, ist jetzt zu einem Teil meines Denkens geworden. Wenn es nach mir ginge, würde ich am liebsten in der Nähe meines Opas begraben werden wollen - vielleicht sogar in seinem Grab, wenn es möglich wäre. Der Gedanke, dass wir gemeinsam, als Familie, in dieser letzten Ruhe vereint sind, hat für mich etwas sehr Beruhigendes.

Irgendwie würde ich mir auch wünschen, dass man mich nicht verbrennen würde. Ein einfacher Sarg, der mir den Frieden gibt, wäre meine banale Vorstellung. Vielleicht ist es der Wunsch nach einer gewissen Einfachheit, nach einer Geborgenheit, die ich mir bis zum letzten Moment erhalten möchte.

An diesem Tag würde ich es schön finden, wenn die Sonne den Himmel erleuchtet und sich ein warmer, freundlicher Tag über alles legen würde. Ich würde es mögen, wenn die Menschen in bunter, fröhlicher Kleidung auftauchen, anstatt in Schwarz. Für mich ist das Leben zu kurz, um immer nur in Trauer zu versinken. Wenn ich eines lernen durfte, dann war es, dass jeder Tag zählt, dass das Leben gefeiert werden sollte. So stelle ich mir also vor, dass man an diesem Tag in fröhlicher Kleidung zusammenkommt, dass die Atmosphäre von Leichtigkeit geprägt ist. Blumen? - Ja, Blumen würde ich sicher auch schön finden, aber sie sollten nicht das Hauptaugenmerk sein. Vielmehr würde ich mir wünschen, dass man stattdessen Spenden für ein Kinderhospiz oder eine Krebshilfe tätigt. Das wären die Dinge, die mit mir in Erinnerung bleiben würden - nicht Blumen, sondern die Hilfe und der Gedanke, anderen in ihrem Kampf beizustehen.

Trotz allem wäre es für mich jedoch noch viel wertvoller, wenn man an meinem Grab ein Lächeln hinterlassen würde. Es muss nicht immer etwas Materielles, wie Blumen oder Kerzen sein. Ein Lächeln ist für mich ein Zeichen von Leben, von Hoffnung und dass man den Moment miteinander teilen kann, auch in traurigen Zeiten. Ich stelle mir vor, wie man bei meinem Grab steht und mit einem Lächeln zurückblickt, anstatt in Trauer zu versinken. Was wäre dann noch schöner als bunte Luftballons, die in den Himmel steigen - als ein Symbol für Freiheit, Freude und für den letzten

Gruß, den man mir als Abschied schenkt? Die Vorstellung, wie der Wind die Ballons mit sich nimmt, bringt mir ein Gefühl der Leichtigkeit, die mir an dieser Stelle für meine Familie und Freunde sehr wichtig wäre.

Es gibt noch etwas, das mir am Herzen liegt: Das Lied „*Spatzl, schau wia i schau*" von Helmut Fischer. Als großer Monaco Franze Fan wünsche ich mir nichts mehr, als das dieses Lied an meinem letzten Tag von so vielen Menschen gemeinsam gehört wird. Es erinnert mich an so viele schöne Momente und die Vorstellung, wie es bei der Beerdigung gespielt werden könnte, gibt mir das Gefühl, dass mein Leben in irgendeiner Form in diesem Moment weitergehen könnte - zumindest in den Erinnerungen an die Musik und die Zeit, die ich damit verbunden habe. Ebenso darf an dieser Stelle auch nicht das Lied „*Days*" von den Kinks fehlen. Diese Lied verkörpert das Gefühl des Loslassens, sei es nach einer Trennung, dem Verlust eines geliebten Menschen oder dem Ende einer wichtigen Lebensphase. Trotz des Abschieds ist der Song nicht verbittert oder traurig, sondern drückt eine tiefe Wertschätzung für die gemeinsame Zeit aus.

Die Zeilen:

„*Thank you for the days, those endless days, those sacred days you gave me*"

zeigen, dass man die eigene Vergangenheit nicht bereuen sollte, sondern als wertvolle Erfahrung ansehen sollte - und das wäre ein letzter Hinweis, den ich meinen Liebsten hinterlassen wollen würde.

Ich habe nie viel von einem klassischen Leichenschmaus gehalten. Warum soll man sich an diesem Tag in etwas Zwanghaftem verlieren? Stattdessen fände ich es wunderschön, wenn meine Familie im Anschluss an die Zeremonie einfach einen gemeinsamen Ausflug unternehmen würde.

Kein drückendes Mittagessen, keine Mahlzeit, die man sich quasi „aufzwängt", weil es sich „so gehört". Stattdessen ein Spaziergang, ein Ausflug, um gemeinsam in der Erinnerung an mich weiterzuleben und das Leben zu feiern, so wie es immer war - fröhlich, ungezwungen und voller Liebe.

Am Abend der Beerdigung würde ich mir wünschen, dass meine Familie eine kleine Abendrunde mit meinem Porsche 911 um den Chiemsee drehen würde, dabei eines unserer gemeinsamen Lieblingslieder im Auto hören würde und währenddessen einfach die Zeit mit mir in den Erinnerungen und für mich genießen würde. Wenn sie an diesem Abend auf dem Rückweg vom See noch einmal am Friedhof vorbeifahren würden, einfach nur, um zu schauen, ob ein kleines Lichtlein für mich brennt, dann würde ich mich von oben sehr freuen. Denn die erste Nacht am Friedhof, das ist bestimmt etwas, das für alle seltsam und ungewohnt ist, aber wie schön wäre es, wenn meine Familie dann weiß, dass ein Licht für mich brennt und dass sie mich nicht wirklich verloren haben, sondern ich immer noch ein Teil von ihnen bin - der in ihnen weiter leuchtet.

Wenn ich eines Tages gehen muss, dann wünsche ich mir, dass meine Todesanzeige nicht nur Trauer, sondern auch ein kleines Lächeln hinterlässt. Ein Satz, der mich, mein Leben und meinen

Abschied widerspiegelt - ehrlich, bodenständig und mit einem Hauch von Humor.

Deshalb fände ich es schön, wenn dort die Worte des Monaco Franze stehen würden:

„Aus is und gar is und schad is, dass's wahr is."

Dieser Satz sagt alles. Er nimmt dem Abschied die Schwere, ohne ihn zu verleugnen. Er ist wehmütig, aber nicht verzweifelt. So, wie ich es mir wünschen würde - dass man mich vermisst, aber auch mit einem warmen Gefühl an mich denkt. Dass mein Leben nicht nur als Verlust gesehen wird, sondern als etwas, das da war, das Spuren hinterlassen hat und das, so hoffe ich, in guter Erinnerung bleibt.

Ob ich das nun als meinen endgültigen Wunsch für meine Beerdigung sehe, weiß ich noch nicht. Die Gedanken dazu entwickeln sich ständig weiter, aber in diesem Moment, mit all den Gedanken und Wünschen, fühle ich mich irgendwie beruhigt damit. Irgendwie weiß ich, dass ich die Leute, die mir nahe stehen, nicht mit all dem völlig unvorbereitet zurücklassen muss. Ich habe meine Wünsche für den Fall, dass dieser Moment irgendwann kommt, formuliert und das ist ein erster Schritt, eine Erleichterung, dass diejenigen, die mir am meisten bedeuten, sich nicht verloren fühlen müssen, wenn dieser Moment für uns alle einmal Realität werden sollte.

Für mich ist es mittlerweile vollkommen klar, dass der Tod und alles, was dazu gehört, kein Tabu-Thema mehr sein sollte. Warum reden wir ständig über Dinge, die wir nicht ändern können oder die uns nicht betreffen, während wir uns bei solchen Themen zurückhalten? Das Leben ist nicht nur das, was wir machen, sondern auch das, was wir hinterlassen. Auch wenn der Tod etwas ist, das niemand gern thematisiert, so gibt uns der Gedanke an unsere eigene Beerdigung doch die Möglichkeit, vorab für die Menschen, die uns lieben, eine gewisse Vorarbeit zu leisten. Vielleicht ist das der Weg, auf dem wir auch in den schwersten Momenten noch etwas zurückgeben können - durch das Aussprechen von Wünschen, durch das Zeigen unserer Werte und Gedanken und genau das möchte ich tun. Ich möchte meine Familie und Freunde nicht mit dem Gefühl zurücklassen, dass sie nach meinem Abschied nicht wissen, wie ich mir alles gewünscht hätte.

Ich möchte, dass sie Trost darin finden, dass alles vorbereitet ist. Dass sie einen Ablaufplan haben, der ihnen sagt: So hätte sie es gewollt. Dass sie sich nicht fragen müssen, ob sie die richtigen Entscheidungen getroffen haben. Ich möchte, dass sie diesen Tag nicht mit Zweifeln füllen, sondern mit Erinnerungen an mich, so, wie ich wirklich war.

Sollte dieser Tag eines Tages kommen, dann wünsche ich mir, dass er nicht nur von Trauer geprägt ist, sondern auch von Liebe. Von meinem Wesen, von meinem Humor, von meiner Art, das Leben zu sehen. Ich wünsche mir, dass sie sich nicht nur an meinen Abschied erinnern, sondern vor allem daran, dass ich gelebt habe. Ich möchte, dass sie, so schwer es auch sein mag, an diesem Tag nicht nur weinen, sondern vielleicht sogar einmal lächeln, weil sie wissen, dass ich von oben zusehe und dass ich ihnen unsagbar dankbar bin.

Der Gedanke an meine eigene Beerdigung war etwas, mit dem ich mich auf meiner Reise unweigerlich auseinandersetzen musste. Doch es waren nicht nur meine eigenen Überlegungen, die mich damit konfrontierten - immer wieder wurde ich auch von außen mit diesem Thema berührt, manchmal ganz bewusst, manchmal eher zufällig und unerwartet.

Eine dieser Situationen war eine Seminaraufgabe, die mich tief traf und deren Inhalt mich zu diesem Zeitpunkt so sehr ansprach:

„Was möchtest du, dass die Menschen auf deiner Beerdigung über dich sagen? Was soll von dir bleiben?"

Plötzlich wurde aus einer vagen, fernen Vorstellung eine direkte Frage an mich selbst. Eine Frage, die mich zwang, über mein Leben nachzudenken - nicht nur darüber, was ich erlebt hatte, sondern auch darüber, was ich wirklich davon hinterlassen wollte.

Und so wurde mir klar, dass die Beschäftigung mit meiner eigenen Beerdigung nur ein Teil des Ganzen war. Ja, es war ein praktischer Schritt - ein Ablaufplan, geordnet nach meinen Wünschen, ein Stück Kontrolle inmitten des Chaos. Aber tief in mir spürte ich, dass es nicht das war, was in diesem Moment wirklich zählte.

Denn während ich mich mit der Organisation meines letzten Weges befasst hatte, hatte ich etwas Entscheidendes ausgeblendet: die Frage, was ich eigentlich hinterlassen möchte. Nicht materiell - sondern emotional.

„Was würden meine Familie, meine Freunde von mir erzählen, wenn ich nicht mehr da bin? Was würde von mir bleiben, wenn der letzte Vorhang gefallen ist?"

In dieser Erkenntnis lag eine neue, tiefgreifende Etappe auf meiner Reise - hin zu dem Menschen, der ich im zweiten Anlauf meines Lebens werden wollte. Ich begann, mir bewusst Gedanken darüber zu machen, welches Vermächtnis ich hinterlassen möchte. Nicht in Stein gemeißelt, sondern in den Herzen jener, die mich geliebt haben.

Es war ein leiser, aber bedeutungsvoller Schritt - einer, der nicht aus Pflicht entstand, sondern aus dem Wunsch, dass mein Weg Spuren hinterlässt. Echte, fühlbare Spuren.

Und so kam mir diese Seminaraufgabe gerade recht. Eine einfache Frage, ein Impuls - und doch traf sie mitten ins Herz. Sie forderte mich auf, tiefer einzutauchen, genauer hinzusehen:

„Wer war ich gewesen, und wer wollte ich sein? Was sollten andere über mich erzählen, wenn meine Stimme verstummt war?"

Diese Aufgabe beflügelte mich. Sie war wie ein leiser Ruf meines neuen Ichs, das langsam Gestalt annahm. Ich ließ mich darauf ein, mit jeder Faser meines Seins. Und was zuerst wie eine theoretische Übung wirkte, wurde zu einer Reise in mein Innerstes. Zu einer ehrlichen Auseinandersetzung mit meinem Leben - und mit dem, was davon bleiben soll. Es war mehr als eine Aufgabe. Es war ein Geschenk. Ein Schritt auf dem Weg zu mir selbst.

Zunächst bat uns der Coach, sich vorzustellen, was die Mitarbeiter über uns sagen würden, wenn wir die Firma verlassen würden. Was würden sie in Erinnerung behalten? Was würden sie von uns denken und erzählen, wenn wir nicht mehr da sind? In meinem speziellen Fall, nach dem Schicksalsschlag, den ich durchgemacht habe, hatte er diese Frage für mich persönlich umformuliert. Er wollte von mir hören, was die Leute über mich sagen sollten, wenn ich nicht mehr da gewesen wäre - wenn ich den Schritt in eine andere „*Welt*" gemacht hätte. Ich sollte mir Gedanken darüber machen, wie ich wirklich gesehen werden möchte und was von mir bleiben sollte. Wenn ich mir dessen bewusst bin, sollte ich versuchen, mein restliches Leben genau nach diesen Zielen auszurichten.

Ich habe lange über diese Frage gegrübelt. Sehr lange. Tag für Tag, Woche für Woche. Während ich über all die Momente in meinem Leben nachgedacht habe, die mich zu dem gemacht haben, was ich heute bin, bestätigte sich eines immer wieder: Es sind nicht die äußeren Dinge, die zählen. Es sind nicht die Häuser oder Wohnungen, die ich gebaut habe oder besessen habe oder die Autos, die ich gefahren bin. Diese Dinge, so wichtig sie im Moment erscheinen mögen, sind nur vergängliche Nebensächlichkeiten. Was wirklich zählt, ist, wie ich die Menschen um mich herum beeinflusst habe, wie ich ihnen in den schweren Momenten beigestanden und ihnen in den guten Momenten ein Lächeln ins Gesicht gezaubert habe. Es geht nicht um meine Leistung, sondern um die Liebe, die ich gegeben habe und die Erinnerungen, die ich dadurch hinterlasse.

Was möchte ich also, dass man über mich sagt, wenn meine Zeit hier auf der Erde zu Ende geht? Ich möchte, dass man man drüber spricht, dass ich immer für meine Familie und meine Freunde da war - nicht nur als eine beruflich erfolgreiche Person, sondern als jemand, der mit Herz und Seele für die Menschen in meinem Leben eingetreten ist. Ich möchte nicht, dass die Leute über mich sagen, dass ich immer nur in meinem Job gefangen war, dass ich mich in meiner Arbeit verloren habe, während ich meine Familie und

Freunde außen vor ließ. Nein, das ist nicht die Geschichte, die ich hinterlassen möchte. Ich möchte, dass man sich an mich erinnert als jemanden, der emphatisch, wohlwollend und liebevoll war - jemanden, der immer dann da war, wenn er gebraucht wurde, jemand, der immer ein offenes Ohr hatte, der immer den Weg fand, um zu helfen und zu unterstützen.

Ich möchte, dass man mich als jemand sieht, der Liebe geschenkt hat, ohne etwas zurückzuerwarten. Der nicht nur seine beruflichen Ziele verfolgt hat, sondern auch in jeder Interaktion, in jedem Gespräch, in jedem Moment menschlich und nahbar war. Ich möchte nicht, dass über mich gesprochen wird, wie viele materiellen Dinge ich angesammelt habe. Diese Dinge sind letztlich nur Dinge, die kommen und gehen. Was bleibt, ist die Erinnerung an die gemeinsamen Momente, an das Lachen, die Unterstützung, die Wärme, die ich hoffentlich in die Welt getragen habe. Das ist für mich der wahre Wert eines Lebens und das ist es, was ich hinterlassen möchte.

Jetzt, wo mir diese Klarheit über die Art und Weise, wie ich gesehen werden möchte, bewusst geworden ist, weiß ich, dass es meine Aufgabe ist, jeden Tag nach diesen Prinzipien zu leben. Jeden Tag in den Situationen meines Lebens zu prüfen, ob ich diesen Werten treu bleibe. Die Versuchung, im Alltag in alte Muster zurückzufallen - zu viel zu arbeiten, mich zu sehr in den kleineren Problemen zu verlieren - wird immer da sein, aber jetzt habe ich diese Erinnerung in mir und ich habe sie sogar schriftlich festgehalten, sodass ich sie jederzeit wieder aufrufen kann. Ich habe mir dieses Ziel gesetzt und es ist meine persönliche Aufgabe, immer wieder darauf hinzuarbeiten.

Wenn ich an diese Gedanken zurückdenke, frage ich mich, ob es nicht eine der schönsten Ideen ist, sein Leben genau so zu gestalten - bewusst, achtsam und in Übereinstimmung mit den eigenen Werten und Zielen. Sich immer wieder daran zu erinnern, was wirklich zählt: nicht der Job, das Haus oder der Status, sondern die Liebe, die wir geben und die Beziehungen, die wir pflegen.

Das Leben ist so viel mehr als das, was wir besitzen. Es ist das, was wir miteinander teilen und ich hoffe, dass ich in meiner Zeit hier auf der Erde etwas von dieser Liebe und Fürsorge weitergegeben habe, die mir so sehr selbst am Herzen liegt. Es ist nicht immer einfach, aber ich werde mein Bestes tun, um in jedem Moment zu leben, als ob er mein letzter wäre - mit der Hoffnung, dass man sich an mich und meine wirklichen Werte jederzeit wohlwollend erinnert.

Diese Seminaraufgabe hatte mich demnach tief zum Nachdenken gebracht. *„Was sollen die Menschen auf meiner Beerdigung über mich sagen?"* - diese Frage war mehr als nur eine Übung - sie zwang mich zudem auch, mich mit meinem eigenen Vermächtnis auseinanderzusetzen.

Doch je länger ich darüber nachdachte, desto klarer wurde mir: Es ging nicht nur um Erinnerungen, nicht nur um Worte, die vielleicht irgendwann über mich gesprochen würden. Es ging auch um Verantwortung. Um all das, was bleibt, wenn ich einmal nicht mehr da bin - materiell und emotional.

Und so führte mich diese gedankliche Reise unweigerlich zu einer weiteren, noch schwierigeren Frage:

„Habe ich alles geregelt? Wer kümmert sich um das, was ich hinterlasse? Wer trifft Entscheidungen, wenn ich es nicht mehr kann?"

Plötzlich war es nicht mehr nur ein theoretisches Nachdenken über das „Danach" - es wurde zu einer konkreten Auseinandersetzung mit meinem eigenen Testament.

Es mag merkwürdig erscheinen, sich schon zu Lebzeiten Gedanken über den eigenen Abschied und das, was danach kommt, zu machen. Doch je mehr ich über diesen Moment nachdachte, desto mehr wurde mir bewusst, wie wichtig es sei, nicht nur über die Zeremonie und den Abschied selbst nachzudenken, sondern auch über all das, was ich hinterlassen würde - mein Hab und Gut, das vielleicht für viele von Bedeutung sein könnte und die Verwaltung und Verwendung dessen, was ich mir im Laufe meines Lebens erarbeitet habe.

Die Vorstellung, dass meine Familie oder meine Freunde irgendwann mit all den Dingen konfrontiert werden, die ich zurücklasse, ohne dass ich ihnen klar und deutlich gesagt habe, wie ich es mir wünsche, machte mich nachdenklich. Denn am Ende blieb vieles, was für mich von Wert war, was ich für wichtig hielt - sei es materieller oder immaterieller Natur. Doch was von all dem ist wirklich wichtig? Was soll weitergegeben werden und was nicht? Wer soll sich kümmern und was soll damit geschehen?

Es war nicht nur eine Frage des Besitzes, sondern vielmehr auch eine Frage der Verantwortung und der Fürsorge. Ich wollte nicht, dass sich meine Familie nach meinem Weggang unnötig mit Fragen und Belastungen auseinandersetzen muss, die sich leicht hätten vorher klären lassen. Es ist ein Zeichen der Liebe und des Respekts, wenn man sich rechtzeitig darum kümmert, was mit den Dingen

geschieht, die einen selbst ausmachen - ob es nun finanzielle Dinge
sind oder persönliche Besitztümer, die eine Bedeutung haben. Ich
möchte, dass meine Liebsten nicht in einer unsicheren Lage sind,
dass sie wissen, was zu tun ist und dass sie nicht mit Dingen
belastet werden, die sie verwirren oder überfordern.

Es ging mir vor allem auch darum, wie mein Leben in den
Erinnerungen und Herzen der Menschen weiterlebt. Welche Werte
möchte ich hinterlassen? Was soll in meinen Beziehungen
weitergeführt werden, was soll die Welt von mir und meinen Taten
behalten? Das sind Fragen, die ich mir stellte und die ich, so gut es
ging, auch beantworten konnte.

In der Stille und den Momenten der Reflexion über diese Themen
erkannte ich, wie wichtig es war, sich frühzeitig damit
auseinanderzusetzen. Die Dinge, die ich zurücklasse, sollen nicht
als Last empfunden werden, sondern als etwas, das denjenigen, die
nach mir kommen, hilft, sich zurechtzufinden und mit den
Erinnerungen und Werten, die ich ihnen hinterlasse, in Frieden
weiterzuleben. Ich hoffe, dass meine Familie, meine Freunde und
all diejenigen, die mir nahe stehen, durch diese klare
Auseinandersetzung spüren, dass sie nicht alleine sind - dass sie
sich nicht in ungewissen Fragen verlieren müssen, sondern dass sie
wissen, wie sie mit all dem umgehen können.

Es ist für mich ein Akt der Liebe, der Fürsorge und der
Verantwortung - und vielleicht ist es der letzte Beitrag, den ich
leisten kann, um sicherzustellen, dass meine Lieben in einem
Moment, in dem sie ohnehin schon mit Schmerz und Trauer zu
kämpfen haben, nicht auch noch mit unnötigen Sorgen belastet

werden. Das ist ein Gedanke, den ich mir von Herzen wünsche, für mich selbst und für diejenigen, die nach mir kommen.

Früher hätte ich gelacht bei dem Gedanken, als sei es eine rein bürokratische Angelegenheit, die mich frühestens in ein paar Jahrzehnten betreffen würde. Doch jetzt, wo ich diese unsichtbare Schwelle überschritten habe und eine zweite Chance bekommen habe, verstehe ich, dass es so viel mehr ist.

Es geht nicht nur darum, wer was bekommt oder welche Dokumente wo hinterlegt sind. Es geht darum, Ordnung in das Chaos zu bringen, das der Tod hinterlässt. Es geht darum, meine Liebsten nicht mit offenen Fragen zurückzulassen, denn die Wahrheit ist: Ich hätte gehen können. Einfach so, ohne Vorwarnung, ohne Zeit für ein letztes Gespräch, ohne die Möglichkeit, noch irgendetwas zu klären. Was wäre dann gewesen?

Wer hätte sich um all die kleinen und großen Dinge gekümmert, die mein Leben ausmachen? Wer hätte gewusst, was mir wirklich wichtig ist? Wer hätte sich um meine Herzensangelegenheiten gekümmert? - meine geliebten Tiere, meine Autos, meine Erinnerungen, all das, was mich ausmacht?

Wer hätte die Kraft gehabt, meine Sachen durchzugehen, sich zu fragen, was ich gewollt hätte, ohne eine Antwort zu bekommen? Es schmerzte mich, darüber nachzudenken, aber noch mehr schmerzte mich der Gedanke, dass ich den Menschen, die ich liebe, diese Last hinterlassen würde.

Ein Testament ist für mich kein Zeichen von Resignation. Es ist kein Aufgeben. Es ist kein Abschied. Es ist ein Akt der Liebe. Es ist das Versprechen, dass meine Lieben nicht in Ungewissheit zurückbleiben. Dass sie keine Entscheidung treffen müssen, die ich ihnen hätte abnehmen können. Dass sie keine Zweifel haben müssen, weil ich ihnen alles gesagt habe, was gesagt werden musste.

Vielleicht ist es genau das, was ein zweites Leben mit sich bringt: die Erkenntnis, dass wir uns nicht davor fürchten müssen, über das Ende nachzudenken, denn erst, wenn wir akzeptieren, dass unsere Zeit begrenzt ist, fangen wir wirklich an, bewusst zu leben.

Ich will leben, voller Intensität, voller Dankbarkeit, voller Bewusstsein für alles, was mir geschenkt wurde, aber ich will auch vorbereitet sein, weil ich jetzt weiß, dass nichts im Leben garantiert ist. Ich werde mein Testament schreiben. Nicht, weil ich gehen will, sondern weil ich weiß, wie wertvoll das Leben ist.

—◆—

Die Auseinandersetzung mit meinem eigenen Testament war ein schwerer, aber notwendiger Schritt. Es bedeutete, mich mit meinem Ende zu befassen, klare Entscheidungen zu treffen und Verantwortung zu übernehmen - für mich selbst und für die, die bleiben würden. Doch so wichtig dieses Thema auch war, es durfte nicht das Einzige sein, das mich beschäftigte, denn während ich mich mit dem Loslassen auseinandersetzte, wurde mir gleichzeitig bewusst, wie viel es noch zu *„halten"* gab. Mein Leben war nicht nur eine Abfolge von Dingen, die geregelt werden mussten - es war vor allem eine Sammlung von Momenten, von Erinnerungen, die noch entstehen sollten.

All diese Auseinandersetzungen und gewonnenen Erkenntnisse brachten mich zu einer neuen Aufgabe: nicht nur für das Ende vorzusorgen, sondern vor allem das „*Hier und Jetzt*" bewusster zu leben. Ich wollte ab sofort „*Momentensammler*" werden - durch die Welt und das Leben gehen, mit offenen Augen, offenen Armen und einem offenen Herzen für all die kleinen und großen Augenblicke, die das Leben trotz allem noch für mich bereithielt.

Das Leben ist ein kostbares, zerbrechliches Geschenk und während ich nun weitergehe, fühle ich mich, als ob ich die Zeit mit einer anderen Perspektive sehe. Die drängenden Fragen, die mich begleiteten:

„Wie kann ich das Leben jetzt, nach all dem was passiert ist, wirklich leben? Wie kann ich in all den kleinen Momenten das Unermessliche finden und den Wert des Lebens spüren, jeden Tag aufs Neue?"

Einer der ersten Gedanken, die mir kam, war der, dass ich die Erinnerungen nicht nur auf dem Smartphone oder im digitalen Raum festhalten wollte - wie so viele von uns es gewohnt sind. Ich wollte etwas Greifbares, etwas, das ich in der Hand halten konnte, etwas, das nicht in den endlosen Weiten der Cloud verschwinden würde. Ich wollte Momente sammeln, so wie man kleine, wertvolle Schätze aufbewahrt, die im Laufe der Zeit nicht verblassen.

So kam mir die Idee, meinen beiden engsten Freundinnen zu Weihnachten ein Geschenk zu machen, das nicht nur an einen Moment erinnert, sondern auch die Aufgabe übernimmt, das Leben aktiv einzufangen. Ich schenkte ihnen jeweils ein leeres Fotoalbum und eine Retro-Filmkamera mit nur 36 Bildern für das Jahr 2025. Die Aufgabe war klar: Jeder Moment, der besonders ist, soll eingefangen und im Fotoalbum festgehalten werden. Diese Momente sollten mit Kreativität und Liebe bearbeitet und aufbereitet werden, sodass sie nicht nur digital existieren, sondern auch physisch, zum Anfassen, zum Blättern und Erinnern. Tickets von Veranstaltungen, Bierdeckel von gemeinsamen Biergartenbesuchen, Geschwindigkeits-Bußgelder falls der ein oder andere von uns mal wieder einen chronischen Gasfuß hatte oder einfach nur kleine schöne Erinnerungen aus Papier die der freien Gestaltung keinerlei Grenzen setzt. Am Ende des Jahres möchten wir uns zusammensetzen und uns gegenseitig die schönsten Momente des Jahres zeigen. Ich stelle mir vor, wie wir lachen, weinen und uns in Erinnerungen verlieren, wie wir zurückblicken und erkennen, wie viel Liebe und Lebensfreude selbst in den stillen, einfachen Momenten steckt.

Das Geschenk war mehr als nur ein Fotoalbum und eine Kamera. Es war eine Einladung, das Leben in seiner vollen Tiefe zu erleben - mit all seinen Höhen und Tiefen und es ist eine Reise als *„Momentensammler"* auf die ich die beiden mit eingeladen habe.

In einem Jahr, in dem ich mir vorgenommen habe, die schönsten Momente einzufangen, möchte ich nicht nur meine eigenen Augen auf das Wesentliche des Lebens richten, sondern auch die meiner Freunde. Diese Reise soll uns alle miteinander verbinden, uns helfen uns bewusst zu machen, wie sehr wir für das Leben, die Liebe und die Freundschaft dankbar sein können. Es geht nicht nur darum, Erinnerungen zu schaffen, sondern darum, sie mit einem Blick der Wertschätzung zu füllen. Wir alle kennen die hektische Welt, die uns oft dazu drängt, zu viel zu tun und zu wenig zu leben. Ich möchte diese Momente der Stille, der Freude und des Zusammenhalts wieder ins Leben holen und bewusst wahrnehmen.

Das Schöne daran ist, dass meine Freundinnen nicht nur das Geschenk mitmachen, sondern mit einer ähnlichen Leidenschaft darauf reagierten. Ihre Freude und Offenheit, diese Reise mit mir zu unternehmen, ist für mich wie ein Geschenk. Sie haben verstanden, dass ich durch meine eigene Wiederentdeckung der Lebensfreude auch ihre Freude an diesem Leben entfachen möchte. Sie wissen, dass es nicht nur um das Festhalten von *„schönen Momenten"* geht, sondern darum, die Essenz des Lebens zu finden, im Jetzt zu leben und sich nicht von der Geschwindigkeit des Alltags davontragen zu lassen. Ich finde es bewundernswert, wie sie sich darauf einlassen, wie sehr sie mit mir gemeinsam das Leben als das begreifen, was es wirklich ist: wertvoll, flüchtig, aber voller Kraft.

Ich kann es kaum erwarten, die Ergebnisse dieses Projekts zu sehen, die Fotografien und Erinnerungen, die wir sammeln werden, aber mehr noch freue ich mich auf das, was ich in den nächsten Monaten lernen werde - über das Leben, über meine Freunde und über mich selbst. Es ist eine bewusste Entscheidung, die schönen Momente einzufangen, die uns im Alltag vielleicht zu entgleiten drohen, denn das Leben ist zu kostbar, um es in der Hektik des Alltags zu verlieren. Wir sind ab sofort auf *„Momentensammler-Tour"* - und ein jeder darf sich dieser Reise anschließen. Was auch immer das Jahr uns bringen wird - wir werden uns daran erinnern, wie wichtig es ist, uns die Zeit zu nehmen, innezuhalten und die Freude zu schätzen, die uns immer wieder begegnet.

Als *„Momentensammler"* durchs Leben zu gehen, bedeutete für mich persönlich, jeden Augenblick bewusster wahrzunehmen - die kleinen Wunder im Alltag zu sehen, kostbare Erinnerungen zu schaffen und all das zu schätzen, was das Leben mir noch schenken wollte. Doch je mehr ich mich darauf einließ, desto stärker wurde ein neuer Gedanke in mir:

„Was will ich in diesem Leben noch erleben?" „Welche Träume, welche Wünsche, welche Dinge wollte ich nicht nur sammeln, sondern wirklich erleben?"

Und so entstand etwas, das weit über bloße Gedanken hinausging - meine persönliche Bucket List. Eine Liste voller Sehnsüchte, voller Ziele, voller Momente, die ich nicht nur träumen, sondern unbedingt verwirklichen wollte, denn wenn ich eines gelernt hatte, dann das: Das Leben ist jetzt und es liegt allein an mir, es mit unvergesslichen Erlebnissen zu füllen.

Die Auseinandersetzung mit meiner eigene Endlichkeit hat mich mit einer unbeschreiblichen Sehnsucht erfüllt, all die kleinen, oft übersehenen Momente des Lebens zu erleben - nicht die großen Reisen, nicht das Streben nach Ruhm oder Anerkennung, sondern die wertvollen, unersetzlichen Momente, die so oft in der Hektik des Alltags verloren gehen.

Ich habe meine eigene Bucket List erstellt, aber sie sieht ganz anders aus, als die Listen, die man oft aus Filmen oder Büchern kennt. Sie ist nicht erfüllt von Reisen zu exotischen Orten oder großartigen Abenteuern, sondern von den kleinen, doch so bedeutungsvollen Dingen, die uns jeden Tag umgeben. Es sind die Dinge, die mich wirklich berühren, die mich am meisten erfüllen und die in meiner Seele nachhallen, weil sie mit den Menschen zu tun haben, die ich liebe.

Ein Fußballspiel mit meinen Neffen zum Beispiel - es ist ein solcher Moment für mich. Einfach zusammen draußen im Garten, der Ball rollt, die Kinder lachen und ich kann die Freude in ihren Augen sehen. Es ist kein episches Ereignis, kein weltbewegendes Abenteuer, aber es ist eines der Dinge, die mich so glücklich machen. Es ist das Gefühl, als Tante so viel geben zu können - als würde ich in diesem kleinen Spiel alles erleben, was das Leben für mich wirklich ausmacht: Liebe, Lachen, Verbundenheit.

Zudem habe ich mir vorgenommen, meinen beiden Neffen das Skateboardfahren beizubringen. Einfach ein gemeinsames Abenteuer, ein kleiner Moment der Geduld und des Staunens, wenn sie es zum ersten Mal alleine schaffen, ein Stück auf dem Board zu fahren. Es ist mir ein Anliegen, meine eigenen Fertigkeiten in diesem Bereich an die beiden weiterzugeben. Ich kann mir die Freude in ihren Augen vorstellen, wenn sie es nach langer mühsamer Übung endlich hinbekommen und ich werde ihre Erleichterung und ihren Stolz sehen. Gleichzeitig werde ich mir selbst bewusst machen, wie wertvoll es ist, diese Momente zu erleben - wie jeder einzelne Augenblick, in dem wir mit den Menschen, die uns am meisten am Herzen liegen, etwas teilen - ein ganz eigener Schatz ist.

Für mich ist es nicht mehr der große Traum, der mich antreibt, sondern der Moment, in dem wir gemeinsam etwas erleben. Es geht nicht mehr um den weit entfernten Horizont, sondern um das Hier und Jetzt, um das, was direkt vor mir liegt. Vielleicht mag es klein erscheinen, aber für mich ist es alles, was zählt. Ein Lächeln, ein gemeinsames Lachen, eine Umarmung - diese Dinge sind das wahre Leben. Die Momente, in denen ich einfach mit meinen liebsten Menschen zusammen bin und weiß, dass wir diesen Augenblick gemeinsam teilen - das sind für mich die größten Geschenke.

In meiner Bucket List haben diese alltäglichen Dinge nun die höchsten Prioritäten. Ich möchte so viel Zeit wie möglich mit meinen Neffen verbringen, ihre Geschichten hören und ihnen etwas beibringen. Die beiden sind zwei wundervolle kleine Menschen, die noch so viel vor sich haben. Ich will ihnen beim Aufwachsen zusehen, ihre Schritte begleiten, ihre Entwicklung miterleben. Ich will nicht nur die Tante sein, die ab und zu vorbeikommt - ich will ein fester Bestandteil ihres Lebens sein. Eine Konstante, eine Vertrauensperson. Jemand, bei dem sie immer einen sicheren Hafen finden, egal was kommt.

Ich will sie unterstützen, sie in allem bestärken, was sie sich vornehmen, ihre Stärken fördern und ihnen beibringen, dass das Leben trotz aller Herausforderungen, die auch sie irgendwann durchleben müssen, wunderschön ist. Wenn sie irgendwann mit ihren Sorgen oder Ängsten zu mir kommen, will ich ihnen zuhören, sie in den Arm nehmen und ihnen das Gefühl geben: Ihr seid nicht allein!

Aber nicht nur für sie, sondern auch für meine Familie und meine engsten Freunde will ich da sein - wirklich da sein. Ich will gemeinsame Zeit nicht mehr als selbstverständlich ansehen, sondern als etwas Kostbares. Ich will meine Liebsten noch fester umarmen, noch öfter sagen, wie viel sie mir bedeuten. Ich will Gespräche bewusster führen, in Begegnungen nicht nur anwesend sein, sondern wirklich präsent - ich will einfach nur „Momentensammler" meiner eigenen Bucket List werden.

Ich möchte mit meinen Freunden in den kleinen, unscheinbaren Momenten des Lebens Freude finden. Ich möchte einen Ort besuchen, der mich immer fasziniert hat - nicht nur als Reiseziel, sondern als Gefühl. Ich möchte Jemandem einen Herzenswunsch erfüllen, ohne dass er oder sie es erwartet.

Ganz besonders möchte ich aber die kostbare Zeit mit meiner Oma in vollen Zügen genießen. Ich möchte für sie da sein, so wie sie es immer für mich ist - mit Zeit, Geduld und Liebe. Inmitten all der Herausforderungen und Veränderungen, die das Leben mit sich bringt, wird mir immer mehr bewusst, wie wertvoll jeder einzelne Moment ist, den ich mit ihr verbringen kann. Es gibt keine Selbstverständlichkeit, dass unsere Lieben immer bei uns bleiben und deshalb möchte ich diese Zeit nicht nur nutzen, sondern sie regelrecht zelebrieren.

Ich möchte für sie da sein - mit jeder Faser meines Herzens. In den stillen Momenten, wenn wir einfach nur nebeneinander sitzen und die Stille genießen, möchte ich ihr das Gefühl geben, dass sie nie alleine ist. Ihre Hand zu halten, ihr meine Zuneigung zu zeigen, ihr mit meinem ganzen Wesen zu vermitteln, dass sie einer der wichtigsten Menschen in meinem Leben ist - das ist mein innigster Wunsch. Es sind diese kleinen Gesten, die oftmals mehr sagen als tausend Worte. Ein Lächeln, das von Herzen kommt, ein Blick, der ihr Trost spendet, oder einfach das stille Beisammensein, das mehr spricht als jede Unterhaltung.

Es gibt so viele Geschichten, die sie mir immer wieder erzählt hat und ich werde sie nie vergessen. Ihre Worte sind wie ein kostbarer Schatz, der nicht nur Erinnerungen bewahrt, sondern auch das Wissen und die Weisheit einer Generation, die mir so viel bedeutet. In ihren Erzählungen liegt eine Tiefe, die mich immer wieder berührt. Es sind nicht nur die Geschichten, die sie erzählt, es ist die Art und Weise, wie sie das Leben sieht, mit all seiner Schönheit und all seinen Hürden. Diese Geschichten sind Teil unserer gemeinsamen Geschichte und sie verdienen es, gewürdigt zu werden.

Ich möchte mit ihr lachen, weinen und all die kleinen und großen Momente erleben, die das Leben eben so besonders machen. Die Zeit mit ihr ist ein wahres Geschenk, das ich nicht als selbstverständlich ansehen möchte. Jede Sekunde, in der sie bei mir ist, ist ein unersetzlicher Augenblick. Ich möchte ihr noch viele weitere schöne Erlebnisse schenken - Momente, die sie zum Lächeln bringen, die ihr zeigen, wie sehr sie geliebt wird. Denn sie hat mir so viel Liebe gegeben und es ist jetzt an der Zeit, ihr all das zurückzugeben.

Ich werde diese Zeit, die uns noch bleibt, nicht ungenutzt verstreichen lassen. Sie hat mir so viel beigebracht - über das Leben, über die Liebe und über die wahre Bedeutung von Zusammenhalt. Ihre Weisheit, ihre Stärke und ihre Güte sind ein wahrer Schatz. Ich möchte ihr danken, indem ich für sie da bin und ihr zeigen, wie viel sie mir bedeutet. Jeder Moment, den wir miteinander verbringen, ist ein Stück Himmel auf Erden. Ich werde alles tun, um diese kostbaren Momente mit ihr zu genießen und zu bewahren, solange es mir möglich ist, denn Zeit mit ihr ist ein wahres Geschenk. Sie ist eine Quelle der Liebe und Inspiration in meinem Leben und ich werde dafür sorgen, dass sie immer spürt, wie wichtig sie für mich ist.

Meine Bucket List beinhaltet aber auch Ziele der eigenen Veränderung. Ich will mich in Zukunft von dem lösen, was mir nicht guttut. Negative Gedanken, Stress, Druck von außen - sie haben in meinem Leben keinen Platz mehr. Ich habe verstanden, dass ich selbst entscheide, was ich an mich heranlasse und was nicht. Dass ich nicht alles hinnehmen muss, was mir aufgebürdet wird - und dass es kein Egoismus ist, sich selbst an erste Stelle zu setzen, sondern eine Form der Selbstliebe, ohne die man kein erfülltes Leben führen kann. Ich bin noch hier und das bedeutet, dass ich das Beste aus dieser zweiten Chance machen werde. Ich werde mein Leben nicht mehr nur ablaufen lassen. Ich werde es leben, mit allem, was dazugehört.

Es wird also ein weiteres Kapitel voller Liebe, Lachen und wertvoller Erinnerungen, das ich mit mir und mit meinen Liebsten schreiben werde, denn ich habe nun mehrfach gelernt, dass es die kleinen, scheinbar unwichtigen Dinge sind, die uns wirklich ausmachen. Es ist das Zusammensein mit den Menschen, die uns am meisten bedeuten, die uns ein Gefühl von Zuhause und Geborgenheit geben, das in keinem Urlaub und keiner Reise zu finden ist.

In diesen einfachen Momenten ist für mich die wahre Bedeutung des Lebens. Diese Momente, die so unscheinbar und alltäglich wirken, sind es, die mir helfen, den Schmerz zu überwinden, die mich heilen und mich erkennen lassen, wie wundervoll das Leben trotz allem ist. Ich möchte keine dieser kostbaren Minuten mehr verpassen. Ich möchte sie einfangen, in meinem Herzen bewahren und sie mit all denen teilen, die mir am meisten bedeuten. So ist meine Bucket-Liste jetzt eine Liste der Momente, die ich mit den Menschen, die ich liebe, erleben möchte.

Einen Punkt auf meiner Bucket List zu erfüllen, bedeutet mehr als nur ein Häkchen auf einer Liste zu setzen. Es bedeutet, einen Traum Wirklichkeit werden zu lassen. Und genau einen davon habe ich mit dem Verfassen dieses Buches getan. Ich habe ein Buch geschrieben - eine Geschichte, die tief aus meinem Herzen kommt. Eine Geschichte, die von Schmerz und Hoffnung erzählt, von Angst und Mut, von Verlust und dem unerschütterlichen Willen, weiterzumachen. Es war kein leichter Weg, aber ich bin ihn gegangen. Zeile für Zeile, Kapitel für Kapitel, bis aus Gedanken Worte wurden und aus Worten ein Buch.

Jetzt halte ich es in meinen Händen - den Beweis dafür, dass ich es geschafft habe. Dass ich die Kraft hatte, mich meinen Erinnerungen zu stellen und den Mut, sie mit der Welt zu teilen. Es erfüllt mich mit Stolz, aber noch mehr mit Dankbarkeit. Denn dieser Moment zeigt mir: Ich bin bereits auf einem guten Weg. Meine Bucket List ist nicht nur eine Sammlung von Wünschen - sie ist ein Versprechen an mich selbst, das Leben bewusst zu gestalten. Und dieses Buch ist der lebendige Beweis dafür, dass ich es tue.

Auf meiner Bucket List stehen demnach auch ein paar, lang ersehnte Träume, die ich mir unbedingt erfüllen möchte, deren Priorität sich nun jedoch durch mein neues Bewusstsein, weiter nach hinten geschoben hat. Ich will mit meinen Freunden in einem Mountain-Kart die Berge hinunter heizen, einen Roadtrip quer durch die USA machen, mit meinem eigenen Porsche am Porsche Festival in Sylt teilnehmen, ein NFL-Spiel in den USA live erleben, mit meinem 911er unzählige Alpenpässe überqueren und mir schließlich noch einen weiteren Porsche 911 mit dem Baujahr meines Jahrgangs 1989 zulegen. All diese Abenteuer und noch viele mehr sind nun Teil meiner neuen Bucket List - Ziele, die mich motivieren, die Welt mit offenen Augen zu erleben und die Dinge zu tun, die mich wirklich erfüllen.

Diese kleinen und großen Träume sind immer noch da, aber sie haben jetzt eine neue Bedeutung bekommen. Sie fügen sich in eine Liste ein, die mir immer wieder zeigt: Die schönsten Momente im Leben sind oft die, die wir für selbstverständlich hielten, die wir vergessen, während wir nach mehr streben. Und ich werde sie ab jetzt mit allen Sinnen erleben - als meine Aufgabe als „Momentensammler", um nie zu vergessen, wie wertvoll jeder einzelne ist.

18

Fremdes Blut, neues Leben -
die zweite Chance durch die Kraft der Menschlichkeit

Mann lebt nur einmal!"* - Es ist ein Satz, den ich früher oft gehört und selbst gesagt habe. Ein Satz, der beiläufig in Gesprächen fällt, der auf Postkarten steht oder als Entschuldigung für spontane Entscheidungen dient. Doch heute klingt er für mich anders. Heute berührt er etwas in mir, das tiefer geht als je zuvor, denn ich weiß, wie es sich anfühlt, das Leben zu verlieren und es dann doch noch einmal geschenkt zu bekommen.

Mein erstes Leben endete an einem Tag, den ich nie vergessen werde. Es war nicht nur mein Herz, das beinahe aufhörte zu schlagen, sondern die Gewissheit, dass alles so weitergehen würde wie bisher. Ein Schicksalsschlag, der mich an den Rand dessen brachte, was ein Mensch ertragen kann. Plötzlich stand ich vor einer Grenze, von der ich nie dachte, dass ich sie jemals erreichen würde. Alles, was sicher schien, zerbrach in Sekunden.

Dieser Satz hat für mich seitdem eine neue Bedeutung bekommen. Früher hörte ich darin den Druck, alles auf einmal erleben zu müssen, keine Gelegenheit zu verpassen, ständig nach mehr zu streben. Heute höre ich darin eine Erinnerung daran, wie kostbar jeder Moment sein kann - nicht weil ich alles tun muss, sondern weil ich alles fühlen darf.

Wenn ich heute durch die Straßen gehe, sehe ich Dinge, die mir früher nicht aufgefallen wären: das Licht, das durch die Blätter fällt, das Lächeln eines Fremden, das mitreißende Geräusch von Kinderlachen. Ich nehme das Leben mittlerweile wirklich bewusster wahr, weil ich weiß, wie schnell es sich ändern kann. Ich umarme Menschen länger, sage öfter, was ich fühle und vergeude keine Zeit mehr mit Wut oder Angst vor dem Unbekannten, denn man lebt nur einmal!

Während meiner Genesung begegneten mir immer wieder diese Floskeln - gut gemeint, aber oft so weit entfernt von dem, was ich wirklich fühlte. Sie kamen aus den Medien, tauchten im Alltag auf und wurden mir direkt von Freunden und Bekannten entgegengebracht. *„Alles hat seinen Grund." „Du bist so stark." „Das wird schon wieder."*

Ich wusste, dass sie es nur gut meinten, dass sie vielleicht selbst nicht die richtigen Worte fanden. Doch oft fühlte es sich an, als würden diese Sätze das, was ich durchmachte, einfach überdecken - als ob mein Schmerz, meine Ängste und meine Kämpfe mit ein paar Worten kleiner gemacht werden könnten. Aber so funktionierte es nicht. Manche Dinge lassen sich nicht in einfache

Sätze packen und manchmal gibt es eben keine Erklärung, keinen Trost, der wirklich ausreicht.

Die Fragen die mich trafen wurden teilweise immer skurriler oder ich hatte diese zumindest so empfunden. Oft wurde ich gefragt, ob ich mich überhaupt noch mit dem Begriff *„mein eigen Fleisch und Blut"* identifizieren kann, nachdem ich während meiner Operation eine beachtliche Menge an Blut verloren hatte, so dass ich zwei Bluttransfusionen erhalten hatte. Zu Beginn schob ich diese Frage in meinem Kopf beiseite. Inmitten all der Panik, der Angst und der physischen Belastung ging es mir in erster Linie nur darum, dass ich überhaupt noch leben durfte. In mir floss nun das Blut eines Fremden - jemand, den ich nie getroffen hatte, dessen Namen ich nicht kannte, dessen Geschichte mir verborgen blieb. Und doch war dieser Mensch jetzt ein Teil von mir, hatte mir in meinem schwächsten Moment Kraft geschenkt, ohne jemals zu wissen, für wen. Ich war extrem dankbar für die fremden Menschen, die ihren Körper geöffnet hatten, um mir zu helfen, mir das Leben zu retten. Was konnte mir da noch wichtiger erscheinen als das Wissen, dass ich durch diese Spender am Leben geblieben war?

Aber irgendwann kam der Moment, an dem ich begann, tiefer über diese Frage nachzudenken:

„Wie fühlt sich das an, wenn fremdes Blut in mir fließt?"

Es war eine merkwürdige Vorstellung, eine, die mich erst mit der Zeit wirklich erreichte. Das Konzept von *„mein eigen Fleisch und Blut"*, das so eng mit unserer Identität verbunden ist, wurde plötzlich auf eine ganz neue Weise von mir hinterfragt. Ich hatte immer gedacht, dass dieses *„Fleisch und Blut"* eine Art Symbol für das zugehörige Band zwischen Familienmitgliedern ist. Es ist eine unsichtbare, aber starke Verbindung, die uns zu unseren Eltern, Geschwistern und unseren Vorfahren zurückführt. *„Mein eigen Fleisch und Blut"* bedeutet, dass man Teil von etwas Größerem ist - dass man die Essenz seiner Familie trägt, durch seine Gene und seine Herkunft.

Doch jetzt, da ich fremdes Blut in meinen Adern spüre und auf dieses Thema immer wieder angesprochen wurde, fragte ich mich, ob ich dieses Band noch genauso spüren konnte. Ich hatte immer diesen Begriff als eine *„Grundvoraussetzung"* angesehen, als einen Teil dessen, was mich zu dem machte, was ich war. Doch plötzlich war dieser Begriff mit einer gewissen Fremdheit behaftet.

„Kann man sich mit der Vorstellung identifizieren, dass das eigene Leben durch das Blut eines anderen Menschen, eines Fremden, gerettet wird? Ist dieses Blut, das nun in meinen Venen fließt, wirklich auch mein Blut?"

Es gibt etwas Ungeheuerliches an der Vorstellung, dass der Körper, in dem man lebt, nicht nur von eigenen Zellen und Erbe geprägt ist, sondern dass fremde Körperflüssigkeiten - das Blut eines anderen Menschen - in einem weiter fließen. Ein Teil von mir fühlte sich durch die Spender verbunden, ich konnte nicht anders, als mich geistig von Herzen bei ihnen zu bedanken, ohne zu fragen, was das für mich langfristig bedeutete. Ihre Entscheidung, ihr Blut zu spenden, hatte mir das Leben gerettet - das war der wesentliche Gedanke und dennoch, mit jedem Tag, den ich mit dem Gedanken an das fremde Blut in mir verbrachte, begannen Zweifel und weitere Fragen zu entstehen.

Am Anfang nahm ich diese Frage eher als neugierige Bemerkung wahr, als etwas, das mich eigentlich nicht tangieren sollte, aber die

Wahrheit war, dass ich mit jedem Tag, an dem ich versuchte, mir eine Antwort auf diese Frage zu geben, mehr und mehr über mein eigenes Verständnis von Identität nachdachte. Wenn ich nun ein Teil von jemand anderem war - ein Teil von den jenen Menschen, deren Blut mir das Leben gerettet hatte - gehörte ich dann überhaupt noch wirklich dazu? In meiner Familie? In meiner eigenen Geschichte? In meinen eigenen Körper?

Die Frage, ob ich immer noch zu meiner Familie, zu *„meinem"* Fleisch und Blut gehöre, gewann für mich eine neue Tiefe, denn die Verbindung zu den Menschen, die einem das Leben gegeben haben, ist stark, tief und ein Teil dessen, was uns menschlich macht. Es geht nicht nur um Gene oder äußere Merkmale. Es geht um diese innige, emotionale Bindung, die durch Jahre der gemeinsamen Erlebnisse und Erinnerungen wächst. Aber was passiert, wenn diese körperliche Verbindung - das Blut - nun durch fremdes Blut ergänzt wird? Entweder, um das Leben zu retten oder als Teil der Medizin, die mir in einem Moment der Krise angeboten wurde?

Irgendwann begriff ich, dass diese Fragen nicht einfach mit einem klaren *„Ja"* oder *„Nein"* zu beantworten waren. Die Antwort lag in einer tieferen, spirituelleren Ebene des Lebens, die für mich von Bedeutung war. Vielleicht war es nicht mehr nur das Blut, das in meinen Adern fließt, was mich zu *„meinem eigenen Fleisch und Blut"* macht. Vielleicht war es vielmehr der Wille, weiter zu leben. Der Wille, sich durchzusetzen, selbst in den schwierigsten Momenten. Das ist es, was mich zu dem machte, was ich heute bin.

Schlussendlich war mir jedoch die wichtigste Erkenntnis aus der Auseinandersetzung mit diesem Thema, dass ich eine tiefe

Verbundenheit zu den Menschen spürte, deren Blut nun in mir war. Ich sah es als ein Geschenk des Lebens, als ein Band, das mich mit anderen Menschen vereinte - auch wenn ich sie nie kennenlernen würde. Und doch war es dieses fremde Blut, das mir half, zu überleben, das mich in die Lage versetzte, weiterhin *„mein eigene Fleisch und Blut"* zu sein. Ich verstand plötzlich, dass dieser Begriff nicht nur durch meine Familie definiert wird, sondern auch durch alle die, die in ihrem Handeln so großzügig und selbstlos sind. Ich fühlte mich getragen von diesem universellen Band des Lebens, das weit über das hinausging, was man normalerweise als *„Blutsverwandtschaft"* bezeichnen würde.

Letztendlich bin ich nun davon überzeugt, dass diese Frage eine endgültige Antwort benötigt. Es geht nicht darum, zu definieren, wer oder was man ist, sondern vielmehr darum, zu akzeptieren, dass unsere Identität in vielen Formen und auf viele Arten geformt wird. Nicht nur durch unsere Gene oder unser Blut, sondern durch die Menschen, die uns auf unserem Weg begleiten - sei es durch familiäre Bindungen, durch fremde Hände, die uns in schwierigen Zeiten unterstützen oder durch die Liebe und die Erlebnisse, die uns zusammenhalten. Wenn ich heute über *„mein eigen Fleisch und Blut"* nachdenke, weiß ich, dass es nicht nur in meinem Körper fließt, sondern in meinem ganzen Leben. In all den Menschen, die mir begegnet sind, die mir geholfen haben, weiterzumachen und die mich daran erinnern, dass das Leben ein Geschenk ist, das uns miteinander verbindet - auf eine Art und Weise, die viel größer ist, als das, was wir von Geburt an in uns tragen.

Diese Thematik ließ mich nicht mehr los. Wie oft denken wir über Blutspenden nach? Wie vielen Menschen wird durch eine einzelne Spende die Chance auf Leben geschenkt? Ich hatte es selbst erlebt -

ohne diese anonyme Geste der Nächstenliebe wäre ich vielleicht nicht mehr hier. Deshalb ist es mir persönlich so wichtig, hinzusehen und nicht wegzuschauen. Jeder von uns kann einmal in die Situation kommen, auf das Blut eines anderen Menschen angewiesen zu sein. Und genau deshalb sollten wir uns bewusst machen, wie wertvoll und lebensrettend eine Blutspende sein kann.

Blutspenden - es ist mehr als nur eine Geste der Hilfe. Es ist ein Akt des Lebens, eine unschätzbare Unterstützung, die von so vielen Menschen täglich erwartet wird, aber nicht jeder kann sich vorstellen, was wirklich hinter dieser einfachen Tat steckt. Wie viele Leben mit einem einzigen Tropfen Blut gerettet werden, das ist eine Zahl, die uns oft nicht bewusst ist. Doch in meinem Fall, nach meiner eigenen dramatischen Erfahrung, weiß ich nun umso mehr, wie essentiell Blutspenden für das Überleben eines Menschen sein kann. Es waren fremde Menschen, die mir durch ihre Spende das Leben geschenkt haben. Zu wissen, dass jemand - irgendwo da draußen - sich bewusst entschieden hat, mir zu helfen, ist ein Gefühl, das schwer in Worte zu fassen ist. Ein völliger Fremder, dessen Blut durch meine Venen fließt, um mir eine Chance auf ein weiteres Leben zu geben. Diese Tat, diese Entscheidung, hat mir nicht nur das Leben gerettet, sondern mir auch eine wertvolle Perspektive auf das Leben vermittelt.

Blutspenden ist ein Geschenk, das man nicht oft genug betonen kann. Ein Tropfen Blut kann die Hoffnung von einem Menschen wiederaufleben lassen, der in einer scheinbar aussichtslosen Lage ist. Es gibt so viele Menschen, die auf diese Hilfe angewiesen sind - nach schweren Unfällen, während schwieriger Operationen, bei der Behandlung von chronischen Krankheiten, während der Geburt oder wie bei mir, im Rahmen einer Not-OP aufgrund starker innerer Blutungen. Für diese Menschen kann das Blut eines Spenders den Unterschied zwischen Leben und Tod ausmachen.

Genau deshalb ist es so wichtig, dass wir uns bewusst machen, wie viel Gutes wir durch diese einfache, aber lebensrettende Handlung tun können. Als jemand, der durch fremdes Blut das Leben erhalten hat, fühle ich mich nun noch stärker dazu aufgerufen, selbst ein Teil dieses Kreislaufs des *„Gebens"* zu werden. Auch ich möchte künftig Blut spenden, sobald ich dazu wieder freigegeben bin und meine Werte stabil genug sind. Ich möchte etwas zurückgeben, etwas, das unermesslich wichtig und wertvoll ist. Ich möchte anderen dieselbe Chance geben, das zu erleben, was ich erlebt habe - die Chance, weiterzuleben, zu kämpfen, zu hoffen.

Wenn ich in Zukunft als Spenderin vor Ort bin, werde ich mit einem Lächeln an die Menschen denken, die mir einst geholfen haben. Ich werde wissen, dass mein Blut für einen anderen Menschen die gleiche Hoffnung bedeutet wie für mich. Es wird für mich nicht nur ein einfacher Akt der Nothilfe sein, sondern ein Akt der Verbundenheit. Ein Akt, der zeigt, dass wir alle miteinander verbunden sind, auch wenn wir uns nicht kennen, auch wenn wir keine Ahnung haben, in welchem Moment unser eigenes Blut für das Leben eines anderen entscheidend sein wird.

Es gibt so viele Dinge, die wir tun können, um das Leben anderer zu verbessern. Und Blutspenden ist eine der unmittelbarsten und wirkungsvollsten. Es kostet uns nicht viel - nur einen kleinen Teil unserer Zeit und die Bereitschaft, etwas von dem, was wir haben, zu teilen, aber für denjenigen, der auf das Blut angewiesen ist, bedeutet es alles. Es gibt keine größeren Worte als *„Danke"* - und dennoch können wir, wenn wir Blut spenden, in den Augen eines anderen Menschen das größte Dankeschön finden.

Deshalb appelliere ich an euch, meine Freunde, meine Familie, an alle, die dies lesen: Wenn es euch möglich ist, geht zum Blutspenden. Es gibt nichts, was mehr zählt. Ihr wisst nie, wem ihr damit das Leben retten könnt und vielleicht, genauso wie mir, gibt es auch anderen das Gefühl, dass wir in dieser Welt nicht alleine sind - dass, auch wenn es schwierig ist, immer noch Hoffnung da ist und dass wir einander unterstützen können.

Für mich ist es eine persönliche Entscheidung, ein Versprechen an mich selbst und an diejenigen, die mir geholfen haben: Ich werde mein Bestes tun, um diesen Kreislauf des Lebens zu erhalten und vielleicht wird mein Blut eines Tages, genauso wie das der anderen, jemandem helfen, der in der gleichen verzweifelten Lage war wie ich. Es ist die kleinste, aber zugleich größte Geste, die wir leisten können, denn das Leben, das wir retten, ist nicht nur das Leben eines anderen - es ist auch ein Stück von uns selbst, das wir in diesem Moment weitergeben.

19

Die Reise geht weiter -
ein Ende, das ein Anfang ist

Dieser Schicksalsschlag, den ich erlebt habe, hat mich in vielerlei Hinsicht auf eine harte Probe gestellt. Als die Diagnose kam und ich plötzlich mit der Realität konfrontiert wurde, dass mein Leben sich so drastisch ändern könnte, fühlte es sich an, als würde man den Boden unter mir wegziehen. Es war, als ob ich Schiffbruch erlitten hätte - alles, was ich kannte, alles, was ich für selbstverständlich hielt, war plötzlich in Gefahr. Inmitten von Angst, Schmerz und Ungewissheit schien es, als ob ich in einem Sturm gefangen war, ohne zu wissen, ob ich ihn je überstehen würde.

Aber mit jedem neuen Tag, mit jeder Entscheidung, die ich treffen musste, mit jeder Träne, die ich vergoss, begann ich zu begreifen, dass der einzige Weg, weiterzumachen, darin bestand, mich nicht von der Dunkelheit überwältigen zu lassen. Es war ein harte und steinige Erfahrung, die mich an meine Grenzen führte, doch in diesen Momenten der Verzweiflung fand ich auch zu der Stärke, die ich nicht wusste, dass ich besaß.

Ich habe erneut erleben müssen, dass das Leben nicht immer nach Plan verläuft. Manchmal schlägt das Schicksal plötzlich zu und fordert uns heraus, die Kontrolle loszulassen und uns dem Unbekannten zu stellen, aber ich habe auch gelernt, dass wir die Fähigkeit haben, wieder aufzustehen - nicht nur für uns selbst, sondern auch für die Menschen, die uns am Herzen liegen.

Für meine Familie und meine Freunde konnte ich nicht einfach aufgeben. Ich wusste, dass ich nicht nur für mich kämpfte, sondern auch für all die Menschen, die mich lieben und die mich brauchen. Sie waren da, in jeder schwierigen Stunde, in jeder Träne, in jedem Moment der Unsicherheit. Ihr Glaube an mich hat mir die Kraft gegeben, weiterzumachen, auch wenn es anfangs unmöglich schien. Ich musste weitermachen, weil ich wusste, dass meine Reise nicht nur meine eigene war - sie war auch ihre.

In den dunkelsten Momenten habe ich verstanden, wie wichtig es ist, das Leben in all seiner Unvollkommenheit zu schätzen. Ich habe gelernt, wie stark ich bin, auch wenn ich mich schwach fühle und dass es in Ordnung ist, Hilfe anzunehmen und zu wissen, dass man nicht alles alleine tragen muss. Ich habe erkannt, dass der wahre Mut nicht darin besteht, keine Angst zu haben, sondern darin, trotz der Angst weiterzumachen.

Ich habe einen unermüdlichen Lebenswillen. Dieser Lebenswille ist wie ein inneres Feuer, das in mir brennt und mich auch in den schwierigsten Momenten am Leben hält. Er ist nicht immer laut oder sichtbar, aber er ist da, tief in mir verankert - ein unerschütterliches Fundament, das mich immer wieder aufstehen lässt, egal wie oft ich zu Boden gefallen bin. Es ist dieser Lebenswille, der mich nun fortan auch weiterhin durch schwierige Zeiten trägt, der mir immer wieder den Mut gibt, weiterzumachen, auch wenn der Weg steinig und voller Hindernisse ist. Manchmal fühlt es sich an, als ob die Welt um mich herum zerbricht, als ob alles zu viel wird, doch in diesen Momenten spüre ich die Kraft in mir, die mich nie aufgibt, die nie aufhört zu kämpfen.

Ich habe gelernt, dass das Leben nicht immer einfach ist. Es gibt Tage, an denen der Schmerz fast unerträglich ist, an denen Zweifel und Angst mich zu überwältigen drohen, aber genau in diesen Momenten erinnere ich mich an meinen unermüdlichen Lebenswillen, an das, was mich am Leben hält - meine Hoffnung, meine Träume, meine Liebe und meine Stärke. Dieser Lebenswille ist mein Kompass, der mich immer wieder auf den richtigen Weg führt, selbst wenn ich mich verloren fühle.

Ich gebe nicht auf, weil ich weiß, dass hinter jedem Sturm ein neuer Morgen wartet. Es mag auch in der Zukunft Momente geben, in denen ich an meine Grenzen stoße werde, aber ich weiß, dass in mir eine unglaubliche Kraft schlummert, die mich weit über diese Grenzen hinausführen kann. Der Wille zu leben ist mehr als nur der Wunsch, am Leben zu bleiben - es ist der Drang, das Beste aus jedem einzelnen Moment herauszuholen, die Schönheit des Lebens zu erkennen und für die Menschen, die mir wichtig sind, da zu sein.

Ja, ich habe einen unermüdlichen Lebenswillen, der mich immer wieder zu neuen Höhen führt. Es ist dieser Wille, der mir die Kraft gibt, weiterzugehen, auch wenn alles andere in mir sagt, dass ich nicht mehr kann. So lange dieser Lebenswille in mir brennt, werde ich nie aufhören zu kämpfen, niemals aufgeben und immer weiter nach vorne schauen - mit dem Wissen, dass das Leben noch so viele schöne Momente für mich bereithält.

Heute stehe ich hier, verändert und gewachsen. Ich habe Schiffbruch erlitten, aber ich habe auch den Kurs neu bestimmt und weiß, dass ich weiterhin mit aller Kraft vorwärts segeln muss - für mich, für meine Familie und für all die Menschen, die an meiner Seite stehen. Das Leben geht weiter und ich werde es annehmen, mit allem, was es mir bringt, denn ich habe gelernt, dass jeder Schritt, jede Herausforderung, jede Dunkelheit auch ein Teil des Weges ist, der uns letztlich stärker und weiser macht. So gehe ich weiter, mit dem festen Glauben, dass es immer einen Weg gibt, weiterzumachen, selbst wenn wir uns am meisten verloren fühlen.

Daher lasse dieses besondere, herausfordernde und lehrreiche Jahr 2024 los - mit all seinen Höhen und Tiefen. Ich öffne mein Herz für hoffentlich all die kommenden Jahre, die mir geschenkt wurden und blicke voller Zuversicht nach vorn. Ich freue mich auf das, was ich selbst gestalten kann und vertraue darauf, dass das Universum den Rest für mich übernimmt.

„Es gibt keine Alternative zum Gesundwerden." Diese Aussage trägt in sich eine unmissverständliche Wahrheit, die tief in die Essenz des Lebens und des Menschseins eingreift. Sie spricht nicht nur von körperlicher Heilung, sondern umfasst auch die seelische und emotionale Regeneration - den Prozess, sich selbst aus den Tiefen der Dunkelheit zu befreien, die der Schmerz, das Leid oder die

Verzweiflung hinterlassen haben. Diesen Satz hatte mir ein Kollege zur Genesung übersendet und er hatte sich seitdem in meinen Kopf gebrannt. Es ist eine Erinnerung daran, dass es in diesem Leben keine wahre Alternative gibt, als den Weg der Heilung zu gehen, sei es in den Momenten des körperlichen Verfalls oder der emotionalen Erschöpfung, denn dieser Weg ist nicht nur ein Weg zu mehr Wohlbefinden - er ist der einzige Weg, der uns aus der Unsicherheit herausführt und uns die Kraft gibt, weiterzuleben. Diese Aussage stellt die Dringlichkeit des Heilungsprozesses dar: *„Gesundwerden"* ist keine Option unter vielen, sondern eine unbedingte Notwendigkeit. Es gibt keinen Platz für das Zögern, keine Zeit für den Stillstand. Wenn wir in den Abgrund des Leidens blicken, sei es durch eine Krankheit oder durch seelische Krisen, dann gibt es keinen Raum für Resignation. In diesen Momenten, in denen das Leben uns mit all seiner Härte und seinem Schmerz konfrontiert, fordert uns die Aussage heraus. Sich mit dem Leiden abzufinden ist keine wirkliche Option. Es gibt keinen bleibenden Frieden im Verharren - der einzige wahre Weg ist der Weg nach vorne, der Weg der Heilung. Die Alternative dazu ist das Festhalten an einer Dunkelheit, die uns noch weiter in die Tiefe zieht, die uns die Lebenskraft raubt. *„Gesundwerden"* wird zur einzig wahren Wahl, der einzigen Lösung, die uns wirklich hilft.

Darüber hinaus spricht diese Aussage auch eine wichtige Botschaft der Eigenverantwortung an. *„Gesundwerden"* ist kein passiver Prozess, bei dem wir einfach darauf warten, dass sich die Dinge von selbst bessern. Nein, es erfordert unseren aktiven Einsatz, unsere Bereitschaft, Verantwortung für unser eigenes Wohl zu übernehmen. Wir müssen die Initiative ergreifen, uns selbst umsorgen, unser Leben verändern, wo es notwendig ist und an der eigenen Heilung arbeiten. Diese Botschaft fordert uns heraus, uns nicht mit einem Zustand des Leidens abzufinden. Sie fordert uns auf, in uns selbst die Kraft zu finden, den ersten Schritt zu tun, den ersten Moment des Widerstands gegen das Leid, denn es gibt keinen alternativen Weg - wir selbst sind die Einzigen, die uns aus der Dunkelheit herausführen können. Kein noch so wohlmeinender Rat oder unterstützender Mensch kann den Heilungsprozess für uns übernehmen. Es liegt in unserer Hand, diesen Weg zu gehen, die Verantwortung für uns selbst zu tragen und uns aktiv um unser Wohl zu kümmern.

Schließlich, in einer tieferen, fast philosophischen Betrachtung, spricht diese Aussage das Leben selbst an. Sie erinnert uns daran, dass das Leben, in seiner Essenz, darauf ausgerichtet ist, sich zu regenerieren. Es ist eine unaufhörliche Bewegung, ein stetiges Streben nach Wachstum, nach Erneuerung. Selbst nach den größten Krisen, den tiefsten Wunden, gibt es immer einen Weg nach vorn. *„Gesundwerden"* - in welcher Form auch immer es sich zeigt - ist die Wahrheit des Lebens. Auch nach dem größten Schmerz gibt es die Möglichkeit, wieder aufzublühen, weiterzugehen und zu wachsen. Das Leben hört nicht auf, uns immer wieder die Chance zur Heilung zu bieten. Es zeigt uns, dass es niemals zu spät ist, dass jeder Tag die Möglichkeit birgt, sich neu zu erfinden und wieder zu einem Zustand des Wohlbefindens zu gelangen. *„Gesundwerden"* ist dabei nicht nur ein körperlicher Prozess, sondern auch ein spiritueller - eine Rückkehr zu uns selbst, zu dem, was uns lebendig macht.

Der Buchtitel *„Wenn Aufgeben keine Option ist"* hat somit für mich eine tiefgreifende und ganz persönliche Bedeutung, die weit über ein einfaches Motto hinausgeht. Es ist nicht nur eine leere Floskel oder ein motivierendes Sprüchlein, das man gelegentlich hört und schnell wieder vergisst. Es ist eine kraftvolle Aussage, die mir von einem Kollegen in einer der schwierigsten Phasen meines Lebens mit auf den Weg gegeben wurde. Diese Worte waren nicht einfach nur ein Trost, sie waren eine Aufforderung, eine Herausforderung, die mich in meiner Schwäche berührte und mir in meiner Verzweiflung einen Weg zeigte.

Es war eine Einladung, wieder aufzustehen, auch wenn jeder einzelne Teil meines Körpers und meines Geistes nur noch nach Ruhe schrie. Es war eine Erinnerung daran, dass es immer noch eine Wahl gibt - die Wahl, nicht aufzugeben, auch wenn es der einfachere Weg schien. Diese Worte klangen wie ein Ruf aus der Dunkelheit, eine Art Kompass, der mir zeigte, dass es immer noch einen Weg nach vorn gab, dass die Reise nicht zu Ende war, nur weil der Moment gerade besonders schwer war.

Was diesen Buchtitel noch wichtiger für mich macht, ist die Tatsache, dass er nicht nur aus der Luft gegriffen war, sondern mir direkt zugeschrieben wurde. Es war die Botschaft eines Kollegen, der mich nicht nur als Arbeitskollegen, sondern als Mensch verstand. Er wusste, wie ich mich fühlte, wusste, wie nahe ich dem Punkt war, an dem man aufgibt - und dennoch sagte er mir, ohne zu zögern:

„Du kannst jetzt nicht aufhören. Du bist stärker als du denkst und du wirst es schaffen. Puh, ich bin sprachlos, aber DU schaffst das!"

Er nahm mich nicht einfach in den Arm und sprach von leeren Hoffnungen, sondern er appellierte an die Stärke in mir, die ich selbst gerade nicht mehr sehen konnte. Es war kein einfacher Ratschlag. Es war eine Aufforderung - eine Aufforderung, mich wieder zu erheben und weiterzugehen, auch wenn die Welt um mich herum in sich zusammenzubrechen schien.

Der Satz ist mittlerweile für mich ein Mantra geworden, ein ständiger Begleiter, der mich immer wieder daran erinnert, dass es immer einen weiteren Schritt gibt. Dass das Aufgeben nie die Antwort ist, egal wie dunkel der Tunnel auch erscheinen mag. Diese Worte haben mir geholfen, den Glauben an mich selbst nicht zu verlieren, selbst als ich dachte, dass es zu viel war. Noch heute, wenn ich in schwierige Zeiten gerate, höre ich in meinem Inneren diese Worte:

„Aufgeben ist keine Option.“

Sie erinnern mich zudem jederzeit daran, dass ich nicht alleine bin - dass ich nicht nur für mich kämpfe, sondern dass auch die Menschen um mich herum an mich glauben und mir die Kraft schenken, weiterzugehen.

Dieser Buchtitel ist also weit mehr als nur ein notwendiger, zeilenfüllender Untertitel. Er ist ein Ausdruck von Mitgefühl, von Vertrauen und einer tiefen Verbundenheit, die mir in den schwersten Stunden meines Lebens die nötige Stärke gab. Es ist eine Erinnerung daran, dass selbst in den Momenten der größten Schwäche jederzeit die Möglichkeit besteht, aufzustehen und weiterzumachen - weil Aufgeben keine Option ist. Letztlich steckt in dieser Aussage eine starke Botschaft der Hoffnung und der Entschlossenheit: Egal, wie schwer die Situation ist - *“Aufgeben ist keine Option“* und *„Gesundwerden“* ist nicht nur ein Ziel, sondern eine Notwendigkeit.

Und was auch noch wichtig ist:

„Es ist erst wirklich vorbei, wenn es vorbei ist"

- diese Worte tragen eine tiefere Bedeutung, die sich mir erst mit der Zeit entfaltete. Oft denken wir, dass wir am Ende angekommen sind, wenn uns das Leben vor unüberwindbare Herausforderungen stellt. Wenn wir uns erschöpft fühlen und am Boden liegen, wenn die Wellen der Verzweiflung immer höher schlagen, dann glauben wir manchmal, dass wir das Ende erreicht haben, doch diese Worte erinnern uns daran, dass das Ende nicht immer in den Momenten der Unsicherheit liegt, in denen wir uns verlieren. Es erinnert uns daran, dass der wahre Schlusspunkt erst dann erreicht ist, wenn wir bereit sind, das Kapitel wirklich zu schließen, wenn wir uns selbst vergeben haben, wenn wir uns erlaubt haben, zu heilen.

In den schwersten Stunden, wenn der Schmerz zu laut wird und die Ängste uns zu ersticken drohen, kann es sich anfühlen, als ob es keinen Ausweg gibt, aber genau in diesen Momenten zeigt sich die wahre Bedeutung hinter dieser Aussage: Es ist noch nicht vorbei. Nicht, wenn wir noch atmen. Nicht, wenn wir noch einen Funken Hoffnung in uns tragen. Es ist erst vorbei, wenn wir aufhören zu kämpfen, wenn wir aufgeben, wenn wir die Kraft verlieren, noch einen Schritt zu gehen und selbst dann - vielleicht nicht einmal dann - ist es wirklich vorbei.

„Es ist erst wirklich vorbei, wenn es vorbei ist", ist eine Einladung, sich nicht von Rückschlägen oder vermeintlichen Enden entmutigen zu lassen. Es ist ein Aufruf, weiterzumachen, auch wenn der Weg schwer und die Last untragbar scheint. Es geht nicht nur darum, körperlich weiterzugehen - es geht auch darum, im Inneren weiter zu wachsen, den Schmerz zu durchleben und sich selbst zu erlauben, zu heilen. Manchmal fühlen sich die Prüfungen

wie das Ende an, aber sie sind oft eben nur Wegweiser, die uns zu einem neuen Kapitel führen, zu einer Version von uns selbst, die stärker und weiser aus den Stürmen hervorgeht.

Diese Worte sind ein Zeugnis von Resilienz und Hoffnung. Sie lehren uns, dass das Ende nicht immer das endgültige Urteil ist. Vielmehr sind es die Momente dazwischen - die Momente des Kämpfens, des Wiederaufstehens, des Weiteratmens - die die wahre Bedeutung des Lebens ausmachen.

Vielleicht ist es der Verlust, der uns zeigt, wie tief unser Mut ist. Vielleicht ist es der Schmerz, der uns die wahre Stärke unseres Herzens offenbart.

Es ist ein Trost, zu wissen, dass der wahre Abschluss nicht im Moment der Dunkelheit liegt, sondern im Licht, das wir selbst wieder anzünden - Stück für Stück, Schritt für Schritt, denn es ist nicht nur die Schlussfolgerung, die zählt, sondern auch die Reise dorthin. So lange wir uns nicht endgültig aufgeben, so lange wir die Hoffnung nicht aufgeben, so lange wir weitermachen - in jedem Atemzug, in jeder kleinen Entscheidung, in jedem Mut, den wir wiederfinden - ist es noch nicht vorbei. Es ist erst wirklich vorbei, wenn es vorbei ist - und selbst dann wird der Weg, den wir gegangen sind, in uns weiterleben, als Teil dessen, was wir geworden sind und was wir noch werden können.

20

Nachwort -
Dank und Anerkennung: ein letztes Kapitel der Verbundenheit

Ich möchte an dieser Stelle von ganzem Herzen Danke sagen. Ein riesengroßes Dankeschön an meine Familie und meine Freunde - an jeden einzelnen von euch. Ihr seid für mich die Wurzeln, die mich halten, wenn alles um mich herum ins Wanken gerät. Ihr seid die Menschen, die mich mit all meinen Stärken und Schwächen akzeptieren und lieben, ohne zu urteilen, ohne zu fordern. In den schmerzvollsten Momenten meines Lebens wart ihr diejenigen, die mir immer wieder den Weg zurück ins Licht gezeigt haben. Ihr habt mir Mut gemacht, auch wenn ich ihn selbst nicht mehr spüren konnte und habt mir die Hand gereicht, wenn ich das Gefühl hatte, zu fallen. Ohne euch wäre ich nicht die Person, die ich heute bin. Ihr habt mir gezeigt, was es heißt, wirklich bedingungslos geliebt zu werden. Ihr seid die Engel, die immer da sind, wenn ich sie am meisten brauche, auch wenn es oft nur durch ein kleines Wort, eine Nachricht oder eine Umarmung ist - und für all das danke ich euch von ganzem Herzen.

Es gibt keinen Ausdruck, der wirklich erfassen kann, wie viel ihr mir bedeutet. Ihr seid so viel wertvoller, als ihr es euch vielleicht manchmal vorstellt. Ihr wisst oft nicht, wie sehr eure Unterstützung, eure Nähe und euer Glaube an mich mir geholfen haben, in den schwierigsten Zeiten nicht aufzugeben. Gerade ihr habt es mir ermöglicht, immer wieder aufzustehen, den Kopf hoch zu nehmen und weiterzumachen, auch wenn der Weg noch so steinig war. Ihr seid die Kraft, die in mir steckt, wenn ich sie nicht mehr in mir selbst finde. Ich wünsche mir, dass ihr wisst, wie unendlich dankbar ich bin, euch an meiner Seite zu wissen. Ihr seid ein unverzichtbarer Teil meines Lebens und ich werde für immer dankbar sein, dass ihr mir euer Herz und eure Zeit schenkt.

Ein weiteres großes Dankeschön möchte ich an all diejenigen richten, die meine Geschichte gelesen haben - die, die sich die Zeit genommen haben, meine persönlichen Gedanken und Gefühle nachzuvollziehen. Ich danke euch für eure Offenheit, für das Vertrauen, dass ihr mir entgegenbringt, wenn ihr meine Worte aufnehmt. Ich hoffe von Herzen, dass ich euch mit meinem Weg vielleicht einen kleinen Denkanstoß geben konnte, euch vielleicht dazu ermutigen konnte, über eure eigene Reise nachzudenken. Genau das war nämlich mein Ziel. Vielleicht habt ihr euch in meinen Erfahrungen wiedererkannt oder vielleicht habt ihr auch etwas in euch selbst entdeckt, was ihr bislang nicht bemerkt hattet. Manchmal ist es gerade das Teilen von Geschichten, das uns zeigt, dass wir nicht allein sind - dass wir alle unsere Kämpfe haben, aber auch die Stärke, sie zu überwinden. Eure Unterstützung, eure

Gedanken und vielleicht auch euer Mitgefühl, das ihr mit mir teilt, sind unbezahlbar. Ich danke euch, dass ihr meine Geschichte nicht nur gelesen, sondern sie mit mir getragen habt.

Ich möchte mich an dieser Stelle auch von ganzem Herzen bei allen Ärzten, dem Pflegeteam sowie dem Rettungsdienst-Einsatzteam und der liebevollen Notärztin bedanken. Ohne euch, ohne eure unglaubliche Professionalität und Hingabe, wäre ich vermutlich heute nicht mehr hier. Es ist einfach überwältigend, wie viel ihr tagtäglich leistet und mit welcher Verantwortung euer Beruf einhergeht.

Wenn ich darüber nachdenke, dass ich selbst lediglich ein „*Sessel-Sitzer*" im Büro bin, während ihr jeden Tag an eure eigenen Grenzen geht, um das Leben anderer zu retten und zu verbessern, dann kann ich nicht anders, als mich beinahe zu schämen, diesen Vergleich überhaupt anzustellen. Was ihr jeden Tag tut, ist wahnsinnig beeindruckend und für mich persönlich kann ich nur tief den Hut ziehen und mich aus tiefstem Herzen bedanken.

Besonders beeindruckt hat mich die großartige Zusammenarbeit zwischen dem Rettungsteam, der Notaufnahme, der Operation und der Nachsorge. Ich hatte nicht einmal die Vorstellung, wie stark das alles miteinander verknüpft ist und wie ich durch die „*rote*" Markierung meines Namens in der Notaufnahme alle notwendigen Fachleute um mich versammeln konnte. Diese Struktur und das reibungslose Zusammenspiel waren wirklich ein weiteres Zeichen für eure unglaubliche Arbeit.

Ein riesiges, herzliches Dankeschön an euch alle! Ich hoffe, dass dieser Dank auch stellvertretend für alle anderen Ärzte, Pflegekräfte und Rettungsdienste in dieser Welt steht, die Tag für

Tag einen unfassbar guten Job machen - trotz all der Hürden, die auch euch immer wieder begegnen. Ihr seid die wahren Helden und ich danke euch von ganzem Herzen, dass es Menschen wie euch gibt!

In all dieser Dankbarkeit schwingt mehr als nur ein einfaches „Danke" mit. Es ist ein tiefes Gefühl von Verbundenheit und Anerkennung. Es ist ein Gefühl der Dankbarkeit, das so viel größer ist, als ich es mit Worten ausdrücken kann. Ihr seid alle ein Teil von mir und ich werde immer in diesem Gefühl des gegenseitigen Haltens und Tragens weitergehen. Vielen, vielen Dank für alles, was ihr mir gebt - für eure Liebe, eure Unterstützung und für das Verständnis, das ihr mir schenkt.

Es heißt: *„Was dich berührt, wird ein Teil von dir!"*

- und genau das hoffe ich, mit meinem Buch zu erreichen: dass meine Geschichte, mein Schicksalsschlag und meine Chance auf ein zweites Leben auch einen Teil in dir hinterlässt, der dich begleitet, inspiriert und erinnert, wie stark und wertvoll das Leben trotz allem sein kann.

Was ist nun mein größter Wunsch für die Zukunft? Ein Leben voller Liebe und Leichtigkeit. Ein Leben, in dem die Magie der kleinen Momente mich immer wieder berührt und das Glück mich auf leisen Sohlen überrascht - und genau das wünsche ich auch euch von Herzen!

Ich schließe mit diesem Kapitel in meinem Leben nun ab. Es war ein Abschnitt meines Lebens, der mich tief geprägt hat und mich mit Lektionen konfrontierte, die ich nicht gewählt habe, aber die mich dennoch verändert haben. Ich habe akzeptiert, was mir das

Schicksal gelehrt hat, auch wenn es manchmal schmerzhaft war. Jeder Moment, jede Herausforderung, jede Träne und jedes Lächeln haben mich zu der Person gemacht, die ich heute bin.

Ich habe die schwierigen Lektionen verinnerlicht und weiß, dass ich sie nun als Stärke in mir trage. Ab jetzt werde ich versuchen, all das, was ich gelernt habe, umzusetzen. Die Erkenntnisse, die ich aus dieser Zeit gewonnen habe, sind nicht nur Worte auf Papier, sondern sie sind Teil meines Wesens geworden. Sie werden mich leiten, auch wenn der Weg nicht immer einfach ist. Ich werde mich erinnern an die Momente der Schwäche, die mich stärker gemacht haben, an die Ängste, die mich mutiger gemacht haben und an die Hoffnung, die mich nie verlassen hat.

Ich verspreche mir, mein Leben bewusst zu leben. Nicht in Angst vor dem, was passieren könnte, sondern in Dankbarkeit für das, was ist. Ich verspreche mir, mir selbst mit mehr Nachsicht zu begegnen. Mich nicht an Perfektion zu messen, sondern an Echtheit. Ich verspreche mir, auf mein Herz zu hören - auch dann, wenn der Verstand Zweifel sät. Ich verspreche mir, mich nicht länger von äußeren Erwartungen bestimmen zu lassen, sondern meinen eigenen Weg zu gehen.

Lebensfreude und Dankbarkeit sind für mich unverhandelbar, das habe ich gelernt - und mit dieser tiefen Erkenntnis trete ich nun in die Zukunft. Ich habe verstanden, dass es nicht die großen, spektakulären Momente sind, die das Leben ausmachen, sondern die kleinen, oft unscheinbaren Augenblicke, die im Einklang mit unserer inneren Haltung stehen. Dankbarkeit für das, was ist, und die Fähigkeit, Freude im Alltäglichen zu finden, haben mich zu dem Menschen gemacht, der ich heute bin. Ich gehe mit dem festen

Glauben, dass jeder Tag, selbst der schwerste, die Möglichkeit birgt, das Leben in seiner vollen Schönheit zu erfahren und zu schätzen. Es ist eine Reise, die nie endet und ich bin bereit, sie mit offenem Herzen weiterzugehen. Mein Weg als *„Momentensammler"* hat gerade erst begonnen und ich kann es kaum erwarten, welche Augenblicke und Eindrücke noch auf mich warten.

Mein Schicksal, so schwer es auch sein mag, ist nun ein weiteres Päckchen in meinem kleinen Rucksack - einem Rucksack, der mich fortan auf meinem Weg begleitet. Doch dieser Rucksack ist nicht nur mit der Last der Schicksale gefüllt, die ich in meinem bisherigen Leben erfahren musste. In ihm steckt auch eine ganze Menge an Optimismus und Dankbarkeit, die mir das Leben immer wieder schenkte. Es ist dieser Optimismus, der mir Hoffnung gibt und mich mit der Gewissheit erfüllt, dass jeder Schritt, den ich zukünftig gehe, mich näher zu einer besseren Version meiner selbst führt. Die Dankbarkeit für all das Gute, das ich erfahren durfte, all die Menschen, die mich unterstützt haben und die Momente, die mich gestärkt haben, helfen mir, das Gepäck des Schicksals leichter zu tragen. So schwer die Last manchmal auch sein mag, sie fühlt sich nie erdrückend an, weil ich weiß, dass ich nicht allein bin. Ich habe alles, was ich brauche, um weiterzugehen - eine innere Stärke, die mich nie aufgibt und ein Herz voller Dankbarkeit, das mich immer wieder aufrichtet. So gehe ich nun weiter, mit diesem Rucksack, lasse los, was hinter mir liegt und blicke mit einem offenen Herzen nach vorn. Und so richte ich meinen Blick nach vorn. Denn so sehr meine Vergangenheit auch Teil meiner Geschichte ist - sie definiert nicht, wohin ich gehe. Selbst in einem Auto ist die Frontscheibe größer als der Rückspiegel. Warum? Weil der Weg, der vor uns liegt, immer mehr Raum verdient als der, den wir bereits hinter uns gelassen haben. Die Vergangenheit ist da - in dieser kleineren Heckscheibe - sichtbar, spürbar, manchmal schmerzhaft. Sie erinnert mich an alles, was ich durchlebt habe. Aber sie ist nicht mehr der Ort, an dem ich lebe, denn ich bin weitergereist und die große Scheibe vor mir zeigt mir, wohin ich fahren kann. Sie steht für Hoffnung, für Möglichkeiten, für das Leben, das noch vor mir liegt. Und genau dorthin will ich schauen. Nicht, weil ich das Gestern vergessen will - sondern weil ich gelernt habe, dass meine Zukunft mehr verdient: mehr Aufmerksamkeit, mehr Mut, mehr Liebe. Also fahre ich nun weiter. Mit einem Herzen voller Erinnerungen - aber mit einem Blick, der nach vorne gerichtet ist, denn das Leben geht weiter und ich gehe mit ihm - entschlossener, achtsamer und dankbarer für jede Sekunde, die mir geschenkt wird.

Zum Abschluss möchte ich euch eine letzte, von Herzen kommende Botschaft mit auf den Weg geben: Achtet auf die kleinen Dinge. Denn oft sind es gerade die vermeintlichen Kleinigkeiten, die die größten Bedeutungen in sich tragen und vergesst dabei nicht, das Leben zu genießen, zu lachen, zu lieben, jeden Moment bewusst zu erleben. Umarmt die Menschen, die euch am Herzen liegen und sagt ihnen, wie viel sie euch bedeuten.

Wir wissen nie, wie viel Zeit uns noch bleibt, aber wir können sie nutzen, um keine Gelegenheiten zu verpassen. Und vergesst nicht, die schönste Aussicht eröffnet sich dem, der nicht aufgibt wenn es schwierig wird. Das ist meiner kleiner Reminder an euch - macht was draus!

Also: Cheers, auf das Leben!

Alles Liebe, Eure Nadine!

Über die Autorin

Nadine Schott wurde im Chiemgau geboren, einer Region, die mit ihrer wunderschönen Natur schon früh ihre Verbundenheit zur Heimat in ihr weckte. Das Schreiben jedoch war lange Zeit keine ihrer Ambitionen. Tatsächlich hätte sie früher niemals gedacht, dass sie jemals ein Buch verfassen würde. Doch das Leben führte sie auf eine unerwartete Reise. Ein tiefgreifender Schicksalsschlag erschütterte sie und veränderte ihre Perspektive auf das Leben. In einer Phase tiefer Reflexion und emotionaler Verarbeitung wurde ihr das Schreiben als therapeutisches Mittel empfohlen - eine Empfehlung, die sie anfangs zögerlich aufnahm, jedoch schnell als bedeutsame Bereicherung erkannte.

Was zunächst eine Methode zur Selbsthilfe war, entwickelte sich für sie zu einer echten Leidenschaft. Beim Schreiben entdeckte sie eine völlig neue Möglichkeit, ihre Gedanken und Gefühle zu ordnen und auf eine Weise auszudrücken, die für sie sowohl heilend als auch erfüllend war. Durch das Teilen ihrer eigenen Erfahrungen möchte sie anderen Mut machen, denen das Leben ebenfalls unerwartete Hürden in den Weg gestellt hat. Ihr erstes Buch ist mehr als eine bloße Geschichte - es ist ein Ausdruck von Hoffnung, Resilienz und der Kraft, auch in schwierigen Zeiten den Weg nach vorne zu finden.

Darüber hinaus hat sie durch das Schreiben nicht nur eine Form der Verarbeitung gefunden, sondern auch eine neue Welt für sich eröffnet. Sie schätzt die Möglichkeit, ihre Leserinnen und Leser zu berühren, sie zu inspirieren und sie auf emotionaler Ebene zu begleiten. Für sie ist das Schreiben ein Ausdruck von Menschlichkeit und Empathie - Eigenschaften, die sie in jeder Zeile ihres Werkes vermitteln möchte.

Wenn sie nicht schreibt oder arbeitet, verbringt sie ihre Zeit am liebsten in der Natur, die sie seit ihrer Kindheit geprägt hat. Spaziergänge mit dem Familienhund durch die Chiemgauer Alpen, entspannte Stunden an einem der vielen Seen in ihrer Region oder Touren in ihrem geliebten Porsche 911 geben ihr die Ruhe und Inspiration, die sie für ihre kreativen Projekte benötigt. Diese Momente in der Natur laden ihre Energie auf und sind eine Erinnerung an die Schönheit des Lebens - ein zentraler Gedanke, den sie auch in ihrer Literatur weiterzugeben versucht.

Sie ist eine Frau, die mit Mut und Entschlossenheit aus persönlichen Herausforderungen neue Stärke geschöpft hat. Ihr

Weg zeigt, dass es nie zu spät ist, neue Leidenschaften zu entdecken und sich selbst neu zu erfinden. Mit ihrem Werk lädt sie ihre Leserinnen und Leser ein, Teil ihrer Reise zu sein und gemeinsam Hoffnung, Trost und Stärke zu finden. Ihre Geschichte inspiriert - nicht nur durch ihre Worte, sondern auch durch die Kraft, die hinter diesen steckt.

Ende